JAZMÍN.

JUDITH McWILLIAMS
ENAMORADA DE SU JEFE

Cualquier forma de reproducción, distribución, comunicación pública o transformación de esta obra solo puede ser realizada con la autorización de sus titulares, salvo excepción prevista por la ley.
Diríjase a CEDRO si necesita reproducir algún fragmento de esta obra.
www.conlicencia.com - Tels.: 91 702 19 70 / 93 272 04 47

Editado por Harlequin Ibérica.
Una división de HarperCollins Ibérica, S.A.
Avenida de Burgos, 8B - Planta 18
28036 Madrid

I.S.B.N.: 978-84-1062-952-3
Depósito legal: M-11929-2024
Impreso en España por: BLACK PRINT
Fecha impresión para Argentina: 8.1.25
Distribuidor exclusivo para España: LOGISTA
Distribuidor para México: Distibuidora Intermex, S.A. de C.V.
Distribuidores para Argentina: Interior, DGP, S.A. Alvarado 2118.
Cap. Fed./Buenos Aires y Gran Buenos Aires, VACCARO HNOS.

PRÓLOGO

MAÑANA regresaría Lucas! ¡En catorce horas y veinte minutos volvería a ver a su amado! El ascensor en el que montaba paró en la Planta Baja, y las puertas se abrieron silenciosamente. Automáticamente, Jocelyn atravesó la gran superficie de mármol negro de Forester Enterprises.

—Buenas noches, Harry —sonrió Jocelyn al guardia que estaba sentado detrás del escritorio de la Recepción.

—Buenas noches, señorita Stemic —le respondió Harry—. Parece contenta. ¿Tiene una cita esta noche?

Por un instante, a su mente acudió una imagen de Lucas. Sus ojos brillaban con emoción. Sonreía sensualmente. Aquella imagen aceleraba el latido del corazón de Jocelyn. ¿Cómo sería tener una cita con Lucas?, se preguntó. ¿Que la mirase con amor y deseo, en lugar de con aquella amistad impersonal? Sería algo fascinante. El mundo se detendría, cambiaría... Al menos su mundo. Sería lo más cercano al paraíso en la tierra.

—Debe de ser alguien muy especial para que la ponga así —bromeó Harry.

—Lo es —contestó Jocelyn.

Y caminó deprisa hacia las puertas de salida del edificio antes de que Harry pudiera seguir haciendo preguntas. Preguntas que no podría contestar. No podía contarle que estaba loca por un hombre que solo la veía como a una eficiente ayudante administrativa. Sonaba patético, pero no lo era.

El hecho de que Lucas no la amase en aquel momento no era sinónimo de que no la fuera a amar en el futuro, pensó. Después de todo, ella no lo había amado a primera vista tampoco. Cuando la había entrevistado para el trabajo de ayudante, solo había pensado que él era muy sexy. Y hasta después de varias semanas trabajando con él, sus sentimientos no se habían transformado en amor. Tal vez, con el tiempo, su simpatía por ella pudiera hacerse lo suficientemente profunda como para olvidar su determinación de no volver a involucrarse en una relación con una mujer que trabajase para él. Y ella no tenía prisa. Tenía mucho tiempo. Toda la vida.

Jocelyn sonrió mientras abría las pesadas puertas de cristal y sentía el perfume a pino de la guirnalda que colgaba de ella. Estaban en época de Navidad, y todo era posible.

Jocelyn salió y sintió el golpe frío de un viento helado en la cara. Bajó la cabeza y atravesó deprisa el aparcamiento casi vacío en dirección a su coche.

—¡Eh, nena! —oyó una voz irritante antes de sentir una mano en el brazo.

La mano tiró de ella hacia un pecho masculino y duro. Y un hombre la abrazó.

Jocelyn se deshizo de aquellos brazos instintivamente. No quería que ningún hombre que no fuera Lucas la abrazara.

—¡No puede ser que aún estés enfadada conmigo, nena, después de tantos meses! —dijo el hombre—. ¡Eh! En estos tiempos todo el mundo se acuesta con gente para divertirse. ¡Soy yo quien debería estar enfadado!

Estropeaste un fin de semana perfecto. Y no hablemos del tiempo que perdí saliendo contigo sin obtener nada a cambio.

Con la esperanza de que se fuera, Jocelyn sacó el llavero a control remoto y abrió el coche.

Para su indignación, él rodeó el coche y se sentó al lado de ella.

Jocelyn se echó atrás un mechón que se le había salido del moño que solía usar para trabajar. El viento había despeinado su cabello castaño. Se preguntó qué diablos estaba haciendo Bill allí. Hacía más de un año que no lo veía. Pero le importaba tan poco Bill, que ni le iba a preguntar.

—Sal de mi coche —le dijo.

—Todavía, no. Tú y yo tenemos que hablar, nena. Necesito ayuda, y tú vas a dármela.

—¡Ni loca!

—¡Oh! Creo que sí —dijo Bill con una expresión que fue una premonición de desastre.

—No querrás que el pobre Lucas descubra que su eficiente ayudante y el hermanastro al que odia fueron amantes, ¿no?

—¡No fuimos amantes!

—Puedes intentar contárselo, pero, ¿a cuál de los dos piensas que creerá cuando le muestre esto, eh?

Bill le mostró una hoja.

Jocelyn la agarró con un nudo en el estómago. Luego sintió náuseas cuando se puso a leer. Era la copia de un recibo de un hotel a nombre de Bill y de ella. Y lamentablemente, era real.

En el mes de enero, la había invitado a esquiar un fin de semana en los Poconos. Como a Jocelyn le había parecido que podía ser divertido, había aceptado, con la condición de que tuvieran habitaciones separadas y de que ella se pagara los gastos. Pero cuando habían llegado al complejo turístico, había descubierto que Bill había cancelado la reserva de su habitación durante la semana, y que la había registrado en su habitación.

Como Jocelyn había conducido desde Filadelfia con Bill y como la única agencia de alquiler de coches del lugar había estado cerrada por la noche, Jocelyn no había tenido forma de marcharse. Y para colmo, cuando ella había intentado alquilar una habitación, le habían dicho que el alojamiento estaba completo.

Enfadada y frustrada, tanto por su ingenuidad, como por el calculado retorcimiento de Bill, le había dicho a este lo que pensaba. Luego había agarrado la mitad de las mantas de la suite, y se había acostado en el sofá del pequeño salón, dispuesta a pasar una noche incómoda. Por la mañana a primera hora, se había marchado. Había sido la última vez que había visto a Bill.

—¿Cómo supiste que estaba trabajando para Lucas? —preguntó, intentando darse tiempo para pensar.

—La querida prima Emmy. Anduvo diciendo por ahí que te había ayudado a conseguir un trabajo como ayudante de Lucas.

—¿Y por qué te has puesto en contacto conmigo ahora? Hace seis meses que tengo este trabajo.

—Porque he tenido problemas económicos —Bill se pasó los dedos por su cabello perfectamente arreglado—. Te lo diré claramente: he gastado hasta el último céntimo que me dejó mi padre, y si no encuentro una nueva fuente de ingresos...

—¿Tendrás que ir a trabajar como el resto de la gente? —preguntó ella—. Extorsionarme no te ayudará. Los ahorros de toda mi vida no te alcanzarían ni para una semana.

–No me refiero a tu dinero, ¡bruja idiota! El de Lucas.

–No pensarás que soy su apoderada, ¿no?

–Siempre piensas en lo pequeño –dijo él fríamente–. No quiero malversar fondos de la empresa. Quiero asumir el control de la empresa. Pueden darme una fortuna por su venta. De todos modos, debería haber sido mía.

–El padre de Lucas se la dejó a él –Jocelyn repitió lo que le había dicho Emmy.

–Creo que Lucas sustituyó un testamento real por uno falso. Mi madre piensa lo mismo.

Jocelyn observó el gesto desagradable de Bill, su mirada malévola, se estremeció y se alegró de que estuvieran en un aparcamiento abierto, a la vista de la gente que pasaba.

–¿No se os ha ocurrido a ninguno de los dos que es posible que tu padre no haya tenido otra opción que dejar la empresa a Lucas? –dijo Jocelyn–. Por lo que dijo Emmy, la empresa pertenecía a la madre de Lucas originalmente. Tal vez fuera... ¿el equivalente moderno de lo que es un vínculo jurídico?

–No hay ninguna posibilidad. Mamá tuvo la precaución de mirar el testamento de la primera esposa de mi padre antes de casarse con él. La madre de Lucas dejó todo lo que tenía a su marido. No, la única explicación de por qué papá no me dejó la empresa a mí fue porque Lucas sustituyó el testamento por uno falso. Y yo quiero que me ayudes a encontrar el verdadero.

–Usa tu cabeza, Bill –Jocelyn intentó hacerlo razonar–. Aun si hubiera habido otro testamento, ¿qué razón tendría Lucas para guardar el original? Lo destruiría en la primera oportunidad que tuviera.

–No, no lo habría hecho –insistió Bill–. Hubiera

querido recrearse contemplándolo, pensando que se había burlado de papá y de mí. Así que me ayudarás a buscar ese testamento, o le diré a Lucas que hemos sido amantes. Y entonces, ¿adónde irá a parar tu trabajo?

«Al diablo», pensó Jocelyn, horrorizada. Igual que su vida. Miró al vacío por la luna delantera del coche. Habían empezado a caer pequeños copos de nieve.

–Piénsalo, nena. Estaremos en contacto –le sonrió Bill, satisfecho, y salió del coche.

¿Qué haría?, se preguntó Jocelyn. Sin duda, Bill llevaría a cabo su amenaza. Y no solo eso. Disfrutaría con ello. Era muy sádico.

Tenía que hacer algo antes de que Bill actuase.

Cerró los ojos, intentando pensar, sin siquiera notar el frío helador del interior del coche.

Fue presa del pánico.

–No es justo –se dijo en voz alta, mientras ponía el coche en marcha y salía del aparcamiento, intentando reprimir las lágrimas que nublaban su visión. Pero pocas cosas en su vida habían sido justas, pensó, cansada.

CAPÍTULO 1

JOCELYN resistió el impulso de cerrarse más el abrigo, porque sabía que el frío que sentía era interior. Tenía que ver con el hombre que tenía al lado.

Miró a Lucas Forester detenidamente. Observó su barbilla con una hendidura, su mentón cuadrado, sus ojos marrones. Tenía la boca apretada y la mirada hacia adelante. Era un hombre reservado. Podría haber estado solo en el coche por el caso que le hacía.

En ocho días, ella ya habría entregado el aviso de renuncia a su puesto de trabajo y tendría que marcharse. Se marcharía y no lo volvería a ver. Sintió pánico, pero intentó no desesperarse. Si había una cosa que le había enseñado su desgraciada infancia, era a no rebelarse contra el destino. No le hacía bien. Al destino ella no le importaba. O se la tomaba con ella, empezaba a pensar.

No era justo. Solo había pensado brevemente que Bill Forester podría ser alguien especial. Pronto se había dado cuenta de que era un ser egoísta que solo tenía dos intereses en su vida: él mismo, y la búsqueda del placer.

En cambio Lucas... Instintivamente miró su perfil. En cinco años el trabajo duro de Lucas había hecho que la empresa que le había dejado su padre duplicara su valor. ¡Y quién sabe cuánto más haría en otros cinco años!

Pero ella no estaría allí para verlo, pensó Jocelyn con tristeza. Lucas Forester hacía que cualquier hombre palideciera a su lado, pensó.

—Creo que voy a parar antes de que lleguemos al aeropuerto para cenar –dijo Lucas.

Jocelyn se estremeció al oír el tono seco en su voz. El hombre paciente, indulgente, que había conocido, parecía ser otro desde que ella le había entregado su carta de renuncia al puesto de trabajo.

Era una pena que hubiera tenido que avisarle con tiempo en lugar de poder desaparecer llevándose los recuerdos de sus últimas semanas juntos. Ahora lo recordaría frío, cortés, un extraño que estaba furioso por su decisión repentina. Para colmo, cuando él le había preguntado las razones de su decisión, ella le había dicho una tontería tal como que «necesitaba tiempo para encontrarse a sí misma». Y aquello a él le había irritado más aún.

—¿Te parece bien? –le preguntó Lucas.

Jocelyn, envuelta en sus pensamientos, se sobresaltó al oír su voz.

—Sí, claro –contestó.

—Hay un sitio a unos kilómetros de aquí que tiene comida decente. Claro que no hace falta mucho mérito para superar la comida de avión –agregó Lucas.

—No.

Lucas se sumió en un profundo silencio.

Jocelyn intentó concentrarse en mirar el paisaje por la ventanilla. En diciembre, Buffalo estaba tan desolado como su corazón.

Lucas dirigió sus ojos hacia Jocelyn, y ella volvió a sentir que la miraba como a alguien que lo había traicionado.

Y eso era exactamente lo que sentía Lucas. Había

trabajado con aquella mujer, en equipo, durante seis meses. Habían colaborado muy estrechamente, se habían reído de las mismas cosas, habían hablado de los males endémicos de la sociedad, y habían discutido amistosamente sobre el modo de resolverlos. Él había pasado de pensar que ella era la mejor ayudante que había tenido, a pensar que era única, una mujer en quien se podía confiar. En realidad, él había pensado que a ella le gustaba como hombre, no como Lucas Forester, el industrial rico que podía darle cualquier capricho que le pidiera.

Había pasado de tener una idea abstracta de su belleza a darse cuenta de que era la mujer más sensual que había conocido. Se había pasado largas noches imaginando todas las formas en que le gustaría hacerle el amor. Incluso había llegado a pensar que no había peligro en involucrarse emocionalmente con alguien con quien trabajaba. Que podía compaginar el placer y los negocios.

Y con una breve nota escrita a máquina en un folio, Jocelyn había destruido todo lo él que había pensado de ella.

Entonces se había dado cuenta de que había estado equivocado. Totalmente equivocado. No habían sido reales ni su lealtad, ni que él le gustase, ni siquiera su interés por el trabajo.

¡Ni siquiera se había molestado en mentir diciendo que había encontrado otro trabajo! Le había ido con el cuento de que «tenía que encontrarse a sí misma». Pero lo que había encontrado, evidentemente, era un tonto que estaba dispuesto a comprarle todo lo que quisiera, sin necesidad de trabajar.

Sintió la rabia quemándole dolorosamente el corazón. Había tenido suerte de darse cuenta de que Jocelyn era otra cazafortunas antes de darle alguna pista de que...

No tenía sentido reflexionar acerca de sus sentimientos por ella. Jocelyn se marcharía de la oficina en ocho días, y no la volvería a ver. El segundo matrimonio de su padre le había enseñado que no valía la pena amar a una mujer que quería a un hombre por lo que tenía y no por quien era.

A pocos kilómetros Lucas divisó el restaurante que estaba buscando. Tuvo que buscar aparcamiento durante un momento, porque al parecer, muchos viajeros habían decidido parar allí.

Aparcó y fue a abrir la puerta para que saliera Jocelyn, pero ella ya había salido. Como si no quisiera aceptar nada de él, pensó Lucas amargamente.

Frustrado, se metió las manos en los bolsillos y caminó al lado de ella.

Cuando llegaron a la puerta del restaurante Lucas se dio cuenta de que se había dejado el maletín con el móvil en el coche. Tenía que hablar con Richard, el vicepresidente de la empresa para saber lo que sucedía en la oficina.

–Me he dejado el móvil –dijo, serio–. Entra. Iré enseguida.

Jocelyn lo vio darse la vuelta y caminar hacia el coche. Hubiera ido tras él para explicarle por qué se marchaba. Pero se reprimió el impulso. No serviría. No serviría de nada. Después de que su padre se hubiera casado por segunda vez con su secretaria, Lucas había decidido no involucrarse jamás con alguien que trabajase para él. Y si a eso se agregaba que ella había salido con su odiado hermanastro, y había pasado una noche con él en un hotel...

Lucas no podría superar sus prejuicios, ni la red de

mentiras que tejería Bill a su alrededor. Aun si Lucas no la despedía, la miraría con desconfianza a partir de entonces. Y ella no lo soportaría.

«¡Maldito Bill!», pensó. ¿Cómo podía hacerle aquello?

Porque no pensaba en ella como en una persona de verdad. Bill se movía por el mundo como si solo él fuera una persona de verdad. Los demás solo servían a sus fines.

«Aprende de la experiencia y sigue adelante», se dijo, repitiéndose lo que siempre se había dicho, desde que era pequeña. Había vivido una dura infancia durante la cual había estado acogida con varias familias.

Pero aquella vez la idea no la consolaba. Era como si sin Lucas no hubiese nada.

Un coche negro entró en el aparcamiento a gran velocidad distrayendo sus pensamientos. Solo quedaba un aparcamiento al lado del coche de Lucas. Al ver que una camioneta que venía desde el lado contrario le iba a disputar el lugar, el coche negro se abalanzó sobre el espacio descontroladamente, pero al hacerlo pisó un trozo de hielo y derrapó.

Jocelyn miró la escena, horrorizada. El conductor quiso controlar el coche, pero no pudo. Y entonces se oyó un golpe y un sonido metálico a continuación, al chocar con el coche de Lucas.

—¡No, por favor, Dios! —susurró Jocelyn.

Su propia voz pareció sacarla del trance en el que se hallaba, y corrió a ver a Lucas. No quería ni pensar en que tal vez su ayuda llegara demasiado tarde. No podía concebir un mundo sin Lucas.

Se acercó y con una mirada rápida se dio cuenta de que Lucas estaba en el suelo, inconsciente, atrapado entre su coche alquilado y el coche negro. Estaba sangrando.

Jocelyn corrió el conductor del coche negro y abrió la puerta.

–No he querido golpearlo. ¡No ha sido culpa mía! ¡El coche ha resbalado por el hielo! ¡No ha sido culpa mía, le digo! –exclamó el hombre.

Furiosa con aquel hombre porque no hacía más que justificarse en lugar de ayudar a Lucas, Jocelyn tiró del abrigo del extraño y lo hizo salir del coche, en un rapto de adrenalina que la dejó medio mareada.

–Pero será culpa suya si no hace algo para ayudarlo –le reprochó ella–. Vaya a llamar a una ambulancia.

–¿Una ambulancia? –preguntó el hombre.

Cuando Jocelyn dio un paso hacia él, el extraño se dio la vuelta y empezó a correr hacia el restaurante.

Jocelyn se sentó en el asiento del conductor y giró la llave de arranque. Afortunadamente, funcionó. Con el pie firmemente apretado en el freno, para que el coche no saliera hacia adelante, dio marcha atrás. Luego alejó el coche un poco más para estar segura de que había despejado el espacio donde estaba Lucas, y paró el motor.

Corrió hacia Lucas, que estaba en el suelo envuelto en un charco de sangre.

Se arrodilló a su lado, intentando averiguar de dónde salía la sangre.

Se dio cuenta de que tenía una herida en la cabeza que empezaba en la sien y terminaba en algún sitio entre su cabello castaño oscuro.

Jocelyn metió la mano en el bolsillo de su chaqueta y sacó el impecable pañuelo que Lucas llevaba siempre pero que jamás usaba.

Al rozar su pecho sintió el latido de su corazón. Eso le dio esperanzas. Tal vez no fuera tan grave, pensó. Las heridas en la cabeza siempre parecían peor de lo que eran.

«Haz algo» se dijo, apretando el pañuelo contra la herida.

–Déjeme, señorita. Soy el médico –un hombre se arrodilló al lado de Jocelyn, y puso la mano encima del improvisado vendaje de Lucas.

–Cariño, saca mi maletín del maletero –ordenó el hombre, por encima del hombro.

Un momento más tarde, una mujer de mediana edad apareció con un maletín de piel y apartó a Jocelyn para ocupar su lugar.

–No se preocupe, querida –dijo la mujer–. Mi marido es un médico excelente, y en mis tiempos, yo era una de las mejores enfermeras de Oregón.

–Es una suerte –dijo Jocelyn, apartándose.

Jocelyn cerró los ojos, tratando de rezar por Lucas, pero no podía formar un solo pensamiento coherente. La imagen de Lucas allí tirado, con la cara manchada de sangre, ocupaba toda su mente.

–Bien, la ambulancia ha llegado –dijo el médico.

Jocelyn se dio la vuelta y vio una ambulancia verde y blanca con las luces encendidas. Cerca de ella, también había una patrulla de policía.

–Si no me equivoco, su marido va a necesitar una intervención inmediatamente –continuó el doctor–. Es una suerte que usted esté aquí para dar su consentimiento. Usted es su esposa, ¿verdad?

–Sí –Jocelyn no tuvo reparo en mentir.

Hubiera hecho cualquier cosa con tal de que Lucas recibiera la atención que necesitaba.

–Trabajamos juntos, y nunca llevo los anillos a la oficina –explicó Jocelyn su falta de alianza.

La ambulancia paró y de ella salieron un hombre alto y una mujer delgada. El hombre corrió hacia Lucas, le echó una mirada y gritó algo a la mujer. Esta corrió a la parte de atrás de la ambulancia, abrió las puertas y sacó una caja metálica roja grande. Corrió hacia Lucas, y se agachó al lado del médico y su compañero.

–¡Le digo que no ha sido culpa mía! –se oyó la voz del hombre del coche negro.

Jocelyn se dio la vuelta bruscamente y le dijo:

–Si no hubiera ido a gran velocidad, el coche no habría derrapado.

–¿Cuál es el nombre de...? –el policía miró a Lucas.

–Lucas Forester –respondió Jocelyn.

–Y esta es su esposa, oficial –dijo el médico–. Estaré en el restaurante, si necesita algo.

–Intente no preocuparse, querida. Tenemos un hospital local muy bueno –el doctor palmeó el hombro de Jocelyn, y luego se dio la vuelta y se marchó.

El policía sacó un pañuelo de papel de su bolsillo y se lo dio a ella.

–Límpiese, señora Forester. Se le van a congelar las lágrimas con el frío que hace.

Jocelyn no se había dado cuenta de que estaba llorando.

–Le digo que no ha sido culpa mía. ¿Cómo podía saber que había un trozo de hielo ahí? –insistió el conductor del coche negro–. Y no solo eso, ella me sacó del coche a empujones, y creo que me he torcido algo –se quejó.

El policía miró a Jocelyn un momento. Luego se dio la vuelta y miró al hombre de arriba abajo.

–¿Y por qué cree, señor, que a la señora le pareció necesario sacarlo del coche? –preguntó el oficial.

–Yo estaba en estado de shock. Y ella, en lugar de dejar que recuperase la razón, simplemente abrió la puerta y me sacó de mi propio coche.

–Teniendo en cuenta la inteligencia que ha demostrado hasta ahora, ¡el recobrar la razón le habría llevado mucho tiempo! –exclamó Jocelyn.

–Bueno, yo...

–Entre en el restaurante, señor. Espéreme allí –le instruyó el policía–. Iré a hablar con usted en cuanto el señor Forester sea trasladado al hospital. Edna –el oficial llamó a su acompañante–. Ve con él, y ten cuidado de que no beba nada. No quiero que se cuestione el resultado de la prueba del alcohol en sangre.

–¡No he bebido! –exclamó el hombre al policía.

–Venga, señor –Edna le agarró el brazo y lo llevó hacia el restaurante.

–¿Ha visto el accidente, señora Forester? –le preguntó el policía a Jocelyn.

–Sí. Ese hombre vio que quedaba un solo sitio para aparcar y se lanzó a ocuparlo antes de que se lo quitase una camioneta que venía del otro lado. Lucas estaba sacando algo del coche en el momento en que el coche negro pisó un trozo de hielo y se fue contra él.

–¿Cómo le quitaron el coche de encima de él?

–Lo hice yo –explicó Jocelyn–. Saqué al conductor y quité el coche hacia atrás.

–Perdone –el enfermero apartó a Jocelyn y al policía para poder manejar la camilla.

Jocelyn observó mientras levantaban a Lucas y lo ponían en la camilla.

–No se preocupe, señora –el enfermero se detuvo para sonreírle–. Tiene estable el pulso, y las heridas en la cabeza siempre parecen más graves de lo que son, con toda esa sangre... ¿Por qué no viene en la ambulancia con su marido? Así, mientras nos da su nombre y otros datos personales.

–Vaya con su marido, señora Forester –dijo el policía–. Su coche no puede conducirse, de todos modos.

Jocelyn se dio la vuelta. El coche alquilado estaba muy golpeado. Pero eso no tenía importancia al lado de lo que pudiera pasarle a Lucas.

El policía la ayudó a subir a la ambulancia y se sentó a un lado.

El enfermero le tomó la tensión a Lucas.

–La tensión está bien –le dijo a Jocelyn–. Dígame, ¿tiene alguna enfermedad crónica?

–No. Sale a correr todos los días, así que está en buena forma física.

–Bien –el hombre abrió la camisa de Lucas y colocó unas especies de electrodos en su pecho.

–Lo hacemos por precaución –le dijo el enfermero–. Estamos conectados con el hospital. Ellos están recibiendo las señales y leyendo el resultado. Así que, en cuanto lleguemos sabrán lo que tienen que hacer.

–¿Cuánto más vamos a tardar en llegar? –preguntó Jocelyn, preocupada por la palidez de Lucas.

–No tardaremos –el enfermero se sujetó cuando la ambulancia tomó una curva.

Cinco minutos más tarde, llegaron a Urgencias. Un equipo de profesionales de bata blanca salió a recibirlos. Sacaron a Lucas de la ambulancia y lo metieron en el hospital. Parecían muy eficientes.

–Venga, señora Forester –dijo el enfermero–. Le mostraré dónde puede esperar.

–Gracias –respondió ella débilmente.

–Intente no pensar en ello –el hombre le agarró el brazo y la condujo a la sala de espera de Urgencias.

–Puede esperar aquí, señora Forester –el hombre la dejó en una sala pequeña con un sofá y una silla de plástico–. Siéntese. Iré a decirle al médico dónde se encuentra, ¿de acuerdo?

Jocelyn asintió con la cabeza y se sentó en el sofá. Entrelazó los dedos nerviosamente. Luego se secó las lágrimas con un pañuelo. Tenía un nudo en la garganta. Tenía miedo.

–Señora Forester. Me alegro de encontrarla –un hombre mayor entró en la sala–. Soy el doctor Edwards, el neurocirujano del hospital. Acabo de ver a su marido. Estamos haciéndole un electroencefalograma. En cuanto esté hecho quiero abrir.

–¿Abrir?

–Operar. Tiene hemorragia interna, y tiene que ser detenida. Es una suerte que esté con él. Si no, hubiéramos perdido un tiempo muy preciado hasta encontrar a algún familiar.

Jocelyn se estremeció. Dudaba que su hermanastro o su madrastra hubieran hecho algo por ayudarlo. Les interesaban las posesiones de Lucas, no él.

No se atrevía a decir que no era la esposa de Lucas, hasta que estuviera fuera de peligro.

Respiró profundamente y dijo:

–Firmaré lo que haga falta para la recuperación de mi... marido –aquella palabra sonó como una burla en sus oídos.

Había soñado tantas veces con que Lucas la amase, y ahora que no había posibilidad alguna de que sucediera, proclamaba públicamente que era su marido.

–Sé que es difícil, señora Forester, pero intente no preocuparse. El electro es normal hasta ahora. Con un poco de suerte, la operación saldrá bien, y para Navidad, no le quedará más recuerdo de esto que una cicatriz, algo de lo que cualquier cirujano plástico puede encargarse. Ahora intente relajarse. Vendrá la secretaria luego, a traerle los papeles que tiene que firmar. Voy a prepararlo para operar.

Jocelyn asintió con la cabeza. No podía hablar. Temía romper a llorar.

Jocelyn vio marcharse al médico. Quería pensar en cuál sería su siguiente paso, pero no podía.

A pesar de la amabilidad del personal, que le ofreció café varias veces y que le dieron ánimos, la espera se le hizo interminable.

Al fin, el doctor entró con una sonrisa. Y ella respiró aliviada.

Pero entonces sintió un zumbido en los oídos. Agitó la cabeza para quitárselo, pero el movimiento pareció hundirla en un silencio y una niebla espesa. Y ya no oyó nada más.

Volvió en sí a los cinco minutos. Cuando lo hizo, estaba tumbada en el sofá. Un médico con cara de preocupación estaba inclinado encima de ella. Se sintió confusa. Luego recordó.

–¿Está bien él? –preguntó al fin.

–Fuera de peligro totalmente. He parado la hemorragia, y por lo que he podido observar, no ha habido daño cerebral.

–¿Por lo que ha podido observar? ¿Qué quiere decir?

–Exactamente eso. No he visto nada que indique que este accidente vaya a tener algún efecto secundario. He hablado con la asistente social del hospital. Se reunirá con usted en una sala que tenemos para los parientes de los pacientes en cuidados intensivos. El policía ha traído sus maletas del coche, y su bolso, que se olvidó en el coche, al parecer. Está todo en la sala.

–Gracias. ¿Cuándo puedo ver a mi... esposo?

–Está en reanimación de momento. Saldrá dentro de una hora, aproximadamente, si sigue progresando tan bien. ¿Por qué no va a la sala y descansa? Le prometo que la llamaremos enseguida, cuando lo pasemos a la habitación, ¿de acuerdo?

–De acuerdo –respondió Jocelyn.

No veía la hora de ver a su amado Lucas.

CAPÍTULO 2

EL DOCTOR Edwards quiere hablar con usted antes de que vea a su marido –le dijo una enfermera a Jocelyn.

Ella sintió miedo.

–Lucas no... –balbuceó, presa del pánico.

–No, por supuesto que no –la tranquilizó la enfermera–. Va recuperándose bien; sorprendentemente bien, teniendo en cuenta lo que ha pasado. Solo que... ¡Oh! Aquí está el doctor Edwards –se interrumpió la enfermera, aliviada al ver al médico.

Si Lucas no había empeorado, el único motivo que podía haber para que quisieran verla era que el hospital hubiera averiguado de algún modo que Lucas no estaba casado, y que ella no era su esposa. Que les había mentido.

Eso explicaría la impaciencia del médico por verla.

–Señora Forester –el saludo del cirujano la sorprendió–. Lucas está bien –el hombre vio su expresión y agregó–: Físicamente, estoy impresionado, está respondiendo muy bien.

–¿Entonces? –preguntó ella.

–Por experiencia sé que en ocasiones, en situaciones como esta...

–No dé rodeos, por favor –lo interrumpió Jocelyn–. Eso me pondrá más nerviosa.

–No se preocupe. No es nada malo. Solo un problema temporal... El señor Forester sufre de amnesia en este momento.

–¿Amnesia?

–No es nada raro cuando hay heridas en la cabeza –le aseguró el hombre–. Lo hemos descubierto esta mañana cuando le dimos la medicación y pudo recobrar la consciencia. Lo normal es que su marido recobre la memoria en una semana. En un par de semanas le daremos el alta.

–¿Amnesia? –repitió Jocelyn–. ¿No recuerda quién soy?

¿Ni que ella no era su esposa?, se preguntó.

–De momento, no –dijo el médico.

–¿Y cómo tengo que manejar esto? –preguntó ella, finalmente.

–Lo más importante es que mantenga la calma, y que no intente forzarlo. Su esposo irá recordando un poco más cada día, hasta que se recupere totalmente. Simplemente conteste a las preguntas que le haga, y, sobre todo, intente que no haya tensión.

–Comprendo.

No sabía qué hacer. Pero no era momento para confesar la verdad. Porque Lucas necesitaba tranquilidad para mejorar. Y Bill aprovecharía cualquier debilidad para aplastarlo. Además, su hermanastro sería una fuente de tensión segura.

Por otro lado, se daba cuenta de que no quería confesar la verdad. Pronto desaparecería de la vida de Lucas por completo, y el disfrutar de unos días ocupando el papel de esposa suya, era como un regalo para ella. Atesoraría los recuerdos de esos días.

–¿Cuándo puede marcharse del hospital? –preguntó Jocelyn.

–Si no hay ningún imprevisto, podría irse pasado mañana.

–¿Tan pronto?

–Se recuperará más rápidamente en un ambiente familiar. No se preocupe. Todo irá bien –el doctor Edwards le sonrió para animarla, y se marchó por el corredor.

Jocelyn se quedó preocupada. Cuando Lucas recuperase la memoria, lo perdería para siempre.

Respiró profundamente y se dirigió a la habitación de Lucas.

Lucas estaba acostado en una cama estrecha, con los ojos cerrados. Estaba pálido. Una venda le tapaba la parte izquierda de la frente. Jocelyn se acercó sigilosamente. Al ver la herida roja y violeta que asomaba a la venda, hizo una mueca de dolor. No se afeitaba desde el día del accidente, y la barba de tres días le daba un aire de pirata que inesperadamente la excitó. Parecía un guerrero antiguo. Un guerrero del bando de los vencidos.

¡Tenía un aspecto tan vulnerable! Algo totalmente inusual en él. Lucas era un hombre tan seguro... Daba la impresión de que siempre tenía el control de sí mismo y de las situaciones. Era un shock ver que necesitaba protección. Aquella situación especial, inesperadamente los ponía en un mismo nivel. Ahora él la necesitaba.

Por primera vez en su vida, ella no estaba en la periferia de su vida, sino en su mismo centro.

Lucas abrió los ojos lentamente, como si hubiera intuido que había alguien en la habitación. Ella lo miró. Y esperó a que él le diera una pista para saber qué tenía que hacer o decir.

Lucas intentó enfocar la visión en la mujer que tenía delante. Tenía los ojos azules violáceos. Pero su mirada parecía expresar cierta aprensión. ¿Sería por él?, se preguntó. Observó su piel blanca, su delicada nariz salpicada de pecas. ¿Tendría pecas en otras partes del cuerpo? Instintivamente miró su cuerpo, y un calor interno le subió hasta el vientre. Lo que hizo que aumentaran las palpitaciones de su cabeza.

Apartó la mirada de su cuerpo y la dirigió a su boca. Tenía labios sensuales, de un color rosa suave, y parecían prometer un paraíso al afortunado que pudiera besarlos.

La observó quitarse un mechón de cabello de la cara. Era castaño, con algún destello rojizo.

¿Quién era esa mujer? Una enfermera, no. No podía estar vestida con un traje azul de estilo mujer de negocios si era la enfermera. Deseó poder verle las piernas, pero se las tapaba el borde de la cama.

Una rápida imagen de aquella mujer extendiendo los brazos para agarrar algo de un estante alto cruzó por su mente. Llevaba pantalones beige, que se le ajustaban estupendamente a las caderas. Aquella imagen lo excitó. Nuevamente sintió un pinchazo en la cabeza. Esperó a que se le pasara para tratar de sacar alguna conclusión de aquel destello de memoria. Al parecer, él conocía a aquella mujer. La conocía y la deseaba.

Aquella mañana, cuando había intentado preguntarle detalles de su vida al médico, la única información que le había dado este había sido que tenía una esposa llamada Jocelyn, que había estado a su lado desde el accidente, aunque no estaba allí en aquel momento. ¿Sería esa su esposa? Intentó controlar la excitación que le producía aquella noción.

Miró sus pechos. ¿La conocería íntimamente?

Se sintió frustrado al no recordar.

Sonrió a Jocelyn y aventuró:

–¿La señora Forester?

Para su asombro, los ojos azules de la extraña se llenaron de lágrimas.

–¡Oh, Lucas! ¡Estaba tan preocupada de que...! –se interrumpió, emocionada.

Lucas parecía tan normal, tan lúcido...

–¿De que te hubiera olvidado? –dijo él, sacando sus propias conclusiones–. Acércate. No muerdo –agregó, al ver que ella no se movía–. De momento, me hacen daño hasta los pensamientos lascivos ... Literalmente, me duelen.

Lucas frunció el ceño al ver que ella se ponía colorada.

–Tú eres mi esposa, ¿no? –preguntó, extrañado de la reacción de su esposa.

¿Es que las esposas no deseaban a sus maridos?

¿O es que aquella esposa en particular no quería que él la deseara?

Su cabeza volvió a palpitar y a dolerle.

Jocelyn respiró profundamente y dijo:

–Sí, soy tu esposa.

Sus palabras resonaron en la habitación, y volvieron a sus oídos como si fueran un eco de su mentira.

Jocelyn sintió miedo y excitación a la vez.

Una de sus innumerables madrastras, le había dicho una vez que si mentía, Dios la haría desaparecer en el acto.

Y ella siempre había recordado sus palabras, a su pesar. Pero, evidentemente, no tenía razón, porque si una mentira de tal magnitud no había sido contestada inmediatamente, estaba salvada para siempre.

–Sabía que te conocía –dijo él.

Dejó de analizar su expresión. Puesto que un accidente de tal magnitud la habría desestabilizado bastante.

Lucas extendió la mano hacia ella. Jocelyn la agarró instintivamente. Y le acarició la punta de los dedos.

Entonces él respondió acariciando la palma de su mano. Y ella se estremeció al sentir su tacto.

Jocelyn se pasó la lengua por los labios.

Lucas miró el movimiento. Le hubiera gustado dibujar aquella boca con su propia lengua.

—Espera un momento a que traiga una silla para sentarme —dijo Jocelyn. Soltó su mano y corrió a buscar un sillón que había junto a otra pared.

Lucas la observó. ¿Realmente quería una silla o era que la ponía nerviosa el contacto físico con él?, pensó.

Pero era mejor no pensar. Ya tenía bastante con todo lo demás, para agregar una preocupación más.

¿O sería que ella sabía algo sobre su operación o su salud que él no sabía? ¿Le habría dicho algo el médico? ¿Y si no recobraba nunca la memoria?, se preguntó Lucas.

—Lucas, ¿qué te ocurre?

—¿Qué te ha dicho el médico?

—¿A mí?

—Sobre mi operación...

—Que has tenido mucha suerte. Que no habrá daño permanente, y que la pérdida de la memoria no es raro en casos como este. Y que poco a poco la irás recobrando. Solo hay que esperar a que la recuperes.

—¿Solo eso? ¿Esperar?

—Sí —sonrió ella.

Él se relajó.

—Es lo que me ha dicho a mí también. Pero, ¿qué se supone que tengo que hacer mientras? ¿Vegetar?

Jocelyn se puso colorada al imaginar ciertas acciones que no tenían nada que ver con vegetar.

–De momento, no podrás seguir con tu trabajo –le dijo ella.

–Un cuadro muy aburrido, al parecer. Pero, si me ofreces compartir la cama contigo...

–Debes evitar las emociones fuertes. No debes excitarte.

–En ese caso, ¿por qué no me cuentas un poco de mi pasado? Cuéntame cómo he llegado aquí. Lo único que me dijo el médico es que tuve un accidente, y que no me preocupase.

–No quiere que te estreses.

–¿Y no se da cuenta que el no saber es estresante también?

–No hay mucho que saber. Estábamos viajando, rumbo al aeropuerto...

–¿De viaje? ¿No vivimos aquí? ¿Y dónde es aquí, si no te importa?

–Aquí es Buffalo, Nueva York. Estabas aquí para terminar la compra de Plásticos Bleffords.

–¿Y tú venías conmigo?

–Yo iba contigo porque sucede que soy tu ayudante administrativa –respondió Jocelyn.

–¿De verdad? Tienes un aspecto más bien decorativo para ser una eficiente profesional.

–Y tú pareces bastante inteligente como para tener en cuenta los estereotipos. Estoy empezando a pensar que el golpe que has recibido ha sido más fuerte de lo que suponía.

Lucas sonrió.

–Tal vez sea un poco machista en secreto, y como he perdido la memoria, no me doy cuenta de que tengo que fingir...

–Si sigues así, perderás algo más que la memoria... Soy una profesional competente, y quiero respeto por mi habilidad en los negocios.

–¿Y qué me dices de tus habilidades como esposa?

¿Qué sucedía?, se preguntó Jocelyn. ¿Por qué cada frase de Lucas tenía algún significado sexual?

Pero claro, jamás había fingido ser su esposa en el pasado, pensó. Antes la trataba como a una compañera de trabajo, asexuada.

–Soy una esposa resignada.

–¿Sí? Cuéntame más.

–Se supone que no tengo que forzar tu memoria –dijo Jocelyn.

No tenía ganas de contar muchas mentiras.

–De acuerdo. O sea que estábamos en Buffalo en viaje de negocios, ¿Y qué pasó entonces?

–Decidiste parar a comer en un restaurante de camino al aeropuerto. Estábamos prácticamente en la puerta del establecimiento cuando te diste cuenta de que te habías dejado el teléfono móvil en el coche. Y volviste a buscarlo. Un conductor vino a toda velocidad al único aparcamiento que quedaba, que estaba al lado del coche que habíamos alquilado. Patinó en el hielo y derrapó. Perdió el control del coche y te atropelló. Quedaste entre los coches –dijo con voz temblorosa, al recordarlo.

La historia del accidente, para su frustración, no significó nada para él. Podría haber sido la historia de un extraño.

Entre los latidos de su cabeza y la medicación que parecía atontarlo, se sentía más confuso aún.

–Te amo –dijo de pronto–. Jocelyn Forester, te amo. Te amo, señora Forester –dijo con convicción y fuerza.

No sonó como una mentira.

Jocelyn tragó saliva. Se sintió culpable. No había pensado cómo reaccionaría Lucas cuando descubriese que ella le había dicho que era su esposa.

–Ahora te toca a ti –dijo Lucas, mirándola intensamente.

Ella tendría que aprender a vivir con su culpa. Ahora no podía echarse atrás. Lucas la necesitaba para curarse. Era lo único que podía hacer por él, y no iba a fallarle.

–Yo... Te amo, Lucas –dijo.

–¿A qué me dedico? –preguntó Lucas.

Ella se alegró de que cambiase de tema.

–Eres el único dueño de una mediana empresa que fabrica componentes para un montón de cosas. Heredaste la empresa cuando murió tu padre, hace cinco años, y desde entonces has duplicado su tamaño –le contestó.

–¿Tengo familia?

–Tu madre murió cuando tenías cuatro años, y tu padre se volvió a casar poco después. Tienes una madrastra y un hermanastro.

Miró a Lucas detenidamente, tratando de ver si al mencionar a Bill recordaba algo.

Lucas suspiró.

–Lo siento, no recuerdo nada. ¿Y me gusta mi trabajo?

–Sí. Estabas decidido a ser el mejor y el más grande de tu ramo.

¿Estaría tan absorbido en su trabajo que habría descuidado su matrimonio? ¿Sería por eso que ella reaccionaba tan extrañamente cuando él hablaba de temas personales?

Otra pregunta sin contestar. Pero no era momento para revolver problemas personales. Y menos cuando no los recordaba.

–Entonces, ¿quién se ocupa de la empresa mientras estoy aquí? ¿Tú?

–No –Jocelyn sonrió–. Yo he estado esperando en los pasillos, comiéndome las uñas mientras el cirujano trabajaba dentro de tu cabeza.

–Tengo la impresión de que lo tengo trabajando dentro todavía.

Jocelyn miró su gesto de dolor. Además parecía cansado.

–¿Quieres algo para el dolor?

–¡No! No –repitió más tranquilamente–. No quiero más medicamentos.

–Es tu cabeza, así que tú decides. Yo solo quiero que estés mejor.

–Si tú no te estás ocupando de la empresa, ¿quién lo hace? –volvió Lucas al tema de la empresa.

–Richard ha decidido ocuparse de ella hasta que estés mejor.

Lucas recordó un rostro de un hombre mayor, con cabello canoso y barba blanca. A aquella imagen siguió una sensación de alivio. El médico no le había mentido. Iba a recuperar la memoria. Estaba todo allí. Solo había que darle tiempo a sus recuerdos, para que salieran a la superficie.

–He estado pensando dónde podrías recuperarte tranquilamente –dijo ella.

Había estado pensando mucho en ello. Necesitaba un lugar donde nadie supiera que no estaban casados. Y un lugar donde no pudiera enterarse Bill de su estado.

–¿Y has llegado a alguna concusión?

–Sí, la cabaña de esquí que tienes será lo mejor.

Él frunció el ceño, intentando recordar algo de aquella cabaña.

—¿Y dónde está? —preguntó.

—En Vermont, cerca de Stowe. Un tío abuelo de tu madre te la regaló cuando te graduaste en la universidad —agregó Jocelyn—. Como el médico ha insistido en que no debes cansarte, he pensado que podríamos ir en avión directamente a Vermont, desde el hospital. Podemos comprarnos algo de ropa allí.

—De acuerdo —dijo Lucas.

En realidad no le importaba adónde fueran, con tal de que ella estuviera con él.

CAPÍTULO 3

CÓMO te sientes? –preguntó Jocelyn, mirando de soslayo a Lucas, mientras conducía hacia el refugio de esquí.

La cicatriz de Lucas estaba roja en aquel momento, pero el cirujano le había dicho que perdería el color con el tiempo.

Parecía que había perdido peso en el hospital, y las pequeñas arrugas alrededor de los ojos y de la boca parecían más pronunciadas.

–Estoy bien.

–¿Te duele la cabeza?

–Con una aspirina puedo controlarlo.

–No creo que sea suficiente con una aspirina –dijo ella.

–No exageres, mujer. ¿No has oído decir que la aspirina es un medicamento maravilloso?

–Lo maravilloso es que hayas podido salir de esto entero.

Jocelyn recordó su cuerpo ensangrentado, e hizo una mueca de dolor.

–Excepto que no recuerdo nada –agregó Lucas.

–Recuperarás la memoria.

El cirujano se lo había asegurado cuando habían abandonado el hospital.

–Espero que sea pronto –comentó Lucas–. ¿Estás

segura de que mi vicepresidente es una persona competente para llevar el negocio?

–Sí. Y como te he dicho, en la época de Navidad no hay mucho trabajo. La gente está en otras cosas.

Jocelyn estaba nerviosa. Desde que habían dejado el hospital, se sentía como una participante de uno de esos programas en que los concursantes viven una realidad ficticia, y tuviera la oportunidad de probar un bocado de aquello que deseaba más que nada en el mundo: ser la esposa de Lucas. Pero el juego tenía una carta mala mezclada: el saber que Lucas recuperaría la memoria en algún momento, y que su sueño se convertiría en pesadilla.

Se mordió el labio pensando cuál podría ser su reacción al enterarse de que ella lo había engañado. Intentaría explicarle que de ese modo se había asegurado de que le daban el tratamiento médico más adecuado lo más rápidamente posible. Lo que le iba a costar más era explicarle por qué había seguido fingiendo una vez que él había salido del peligro.

Tal vez pudiera decirle que había tenido miedo de que el hospital se pusiera en contacto con su hermanastro para que lo cuidase. y que le había preocupado lo que Bill pudiera hacer.

Tenía la ventaja de ser la verdad, aunque no toda la verdad. Pero Lucas no se daría cuenta de ello.

Pero ahora tenía que ocuparse del presente, y disfrutarlo.

Nunca había pasado la Navidad con alguien a quien amaba. Y había decidido saborear aquella oportunidad.

–¿Por qué tan seria? –le preguntó Lucas–. ¿Te ha cansado el vuelo? Puedo conducir un rato yo. Seguramente sé hacerlo.

Jocelyn se rio.

Tenía una risa encantadora, pensó Lucas. Lo hacía feliz con su risa. Como si vaticinara algo maravilloso.

–Gracias, de todos modos, pero conduciré yo. No me apetece probar a ver si te acuerdas de hacerlo, en una carretera de montaña con nieve.

–Supongo que no –respondió él.

De pronto se le cruzó una imagen esquiando. Fue muy vívida, como si pudiera sentir la nieve en la cara, y el calor del sol de la tarde.

–¿Has recordado algo?

Lucas notó la tensión en su voz. Debía ser terrible estar casada con alguien que no te recordaba, pensó.

–No, pero lo estoy intentando. ¿Hemos pasado la última Navidad en esta cabaña a la que vamos?

Jocelyn pensó en mentir y decirle que sí. Pero luego decidió que cuantas menos mentiras dijera sería mejor para disculparse después.

–No estábamos casados la pasada Navidad.

–¿Cuándo nos casamos?

Jocelyn pensó un momento. Luego decidió.

–El treinta y uno de octubre.

–¿Y qué tipo de boda fue? ¿Muy formal? –él esperó un chispazo de memoria. Pero a su mente no acudió nada.

–No. Sacamos la licencia y nos casó un juez de paz. ¿Estás seguro de que no te duele la cabeza? Tal vez sea bueno que descanses un poco.

Y que dejase de hacerle preguntas, pensó Lucas. ¿Por qué no quería hablar de la boda? ¿Sería que le había disgustado casarse de ese modo? ¿Y por qué una mujer tan atractiva como ella lo había elegido a él?

«Déjalo, Forester», se dijo. Solo vas a lograr ponerte mal pensando.

–Tal vez sea buena idea descansar un poco –respondió Lucas.

Apoyó la cabeza en el asiento y cerró los ojos.

Se durmió un rato, hasta que lo despertó en una curva el movimiento del coche que habían alquilado en el aeropuerto.

Cuando abrió los ojos, vio una pequeña casa de una planta cubierta de madera. Parecía haber crecido en la misma colina. Tenía un aspecto agradable, como si lo hubiera estado esperando.

–¿La reconoces? –le preguntó Jocelyn.

–No, pero parece agradable. ¿Hemos pasado mucho tiempo aquí?

–Yo no he estado nunca aquí, pero tú solías pasar casi todos los fines de semana en este sitio.

–¿No te gusta el campo? –preguntó Lucas cuando salió del coche.

Jocelyn miró a su alrededor.

–No lo sé. Nunca he pasado más de un día en el campo.

Lucas sacó las maletas del maletero.

–Déjame que te ayude –dijo ella.

–Me he hecho daño en la cabeza, no en la espalda –dijo él.

Jocelyn fue detrás de él, callando sus protestas.

El médico había dicho que Lucas no podía hacer nada que pudiera provocarle otro golpe en la cabeza.

–Abre la cabaña, ¿quieres?

–No tengo llave.

¿Por qué no tenía la llave ella?, se preguntó Lucas. Bueno, solo llevaban dos meses casados, se dijo, intentando calmar su inquietud.

Lucas dejó las maletas en el suelo y metió la mano en el bolsillo para sacar la llave.

–¿Sabes cuál es la llave de la puerta? ¿O si está en este llavero? –le preguntó Lucas, mirando el manojo de llaves.

–¿Si está en este llavero? No se me ha ocurrido preguntarte si tenías la llave. Pensé que...

Jocelyn se interrumpió al ver una ventana al lado de la puerta. Parecía a prueba de robos.

Lucas sonrió.

–No te habría servido de nada preguntarme. Tendremos que probarlas todas.

–Pruébalas. Yo rogaré que no nos congelemos mientras.

–No hace tanto frío como para congelarnos –dijo Lucas, animado.

–No creo que mi cuerpo opine lo mismo. No puedo mover los dedos de frío que tengo...

–Eso puede solucionarse –Lucas la miró pícaramente–. Simplemente puedo...

Ella se excitó ante la idea.

–¡Aquí está! –gritó Lucas.

La puerta se había abierto con la segunda llave que probaba.

Lucas le hizo un gesto de cortesía para que entrase.

Jocelyn entró y miró todo con curiosidad. En una pared había una chimenea inmensa. Un sofá de piel frente a él, y dos sillas... Había una puerta de cristal en el lado opuesto a la puerta de entrada. Daba a una habitación con paredes recubiertas de madera. En la pared a la derecha de Jocelyn había dos puertas. Una estaba cerrada. Y la otra era una cocina pequeña.

–Bonita –dijo Lucas.

–Muy bonita. Con un poco de color sería ideal... Busquemos la cama –dijo Jocelyn al ver la cara cansada de Lucas.

–Es una buena idea –dijo él.

Alertada por el tono de su voz, Jocelyn lo miró. Sus ojos brillaban con emoción. Se le secó la boca al ver que él la miraba de arriba abajo. ¿No habría pensado que ella se había referido a...?, se preguntó Jocelyn.

–Tienes que descansar –le advirtió Jocelyn.

–Tú descansa a tu manera, y yo a la mía. Y te aseguro que la mía es más divertida –sonrió Lucas sensualmente.

Hacer el amor con Lucas debía de ser algo fuera de lo normal, no «divertido» simplemente, pensó Jocelyn.

¿Qué haría ahora? Él pensaba que estaban casados...

–No creo que pueda hacerme daño haciéndote el amor –dijo Lucas, al ver que ella estaba reacia.

–El médico ha dicho que era mejor que no hiciéramos el amor durante un mes o menos –Jocelyn encontró la excusa perfecta.

–¡Un mes! Estamos casados.

–Y pasaremos el resto de nuestras vidas juntos –mintió Jocelyn–. ¿Qué es un mes?

–¿Quieres que te lo diga, de verdad?

–Ten paciencia. Un mes se pasará muy rápido.

–Parece que no tengo otra opción –protestó Lucas.

–¿Por qué no te acuestas y descansas y yo...

–Acabo de dormir una siesta –respondió Lucas–. ¿Por qué no enciendo el fuego, mejor?

–Buena idea. Hace frío –ella tembló al sentir el frío de la habitación.

–Debe de haber algún tipo de calefacción central –comentó él.

Jocelyn debía de estar cansada después de todo lo que había vivido por él. No quería que se sintiera incómoda allí, pensó Lucas.

Empezó a examinar la habitación. Encontró una

cosa que parecía un termostato. Levantó la llave y afortunadamente empezó a sonar un ruido y a salir aire caliente.

—Tus deseos serán cumplidos siempre... —bromeó él.

Ojalá hubiera sido así, pensó ella.

Lucas miró alrededor y dijo:

—En cuanto al fuego...

—¿Cómo se enciende? —preguntó Jocelyn.

—¿Y me lo preguntas a mí, que no puedo recordar mi nombre siquiera? Aunque por sentido común, debo de haber usado esa chimenea. Así que sabré hacerlo, supongo.

—Tiene lógica. ¿Cómo comprobamos la teoría? —preguntó ella.

—Iré afuera a ver si hay leña en algún sitio. Tú busca algo para empezar el fuego.

Jocelyn se reprimió las ganas de seguirlo. Si le restringía los movimientos, él se sentiría mal.

Lo vio atravesar las puertas de cristal.

Jocelyn pensó que no tenían ropa adecuada para un refugio de montaña. Cuanto antes fuesen de compras, mejor.

Jocelyn abrió la puerta que había al lado de la cocina y descubrió un dormitorio con una cama doble. Había un comodín, y un cuarto de baño, el único de la casa.

El dormitorio tenía el aspecto de una habitación desolada. Como si Lucas hiciera mucho tiempo que no lo habitase. Estaban trabajando los sábados desde el mes de julio, y la cabaña quedaba un poco lejos para pasar un día solamente.

No vio nada que les pudiera servir para encender un fuego. Así que se dirigió a la cocina.

Era pequeña, con una mesa y un armario. Había una puerta que daba al trastero.

Era funcional, pensó Jocelyn.

Debajo del fregadero había una bolsa con periódicos viejos. Miró la fecha. Siete de abril. Tenía razón. No iba allí desde hacía meses. Recogió la bolsa y la llevó al salón, donde Lucas estaba intentando echar unos leños a la chimenea. Jocelyn puso cara de asco al ver la suciedad de polvo y hojas secas que Lucas tenía en el abrigo.

—¿Qué has encontrado? —preguntó él.

—Periódicos. Pueden servir, ¿no? —respondió ella.

Lucas miró la bolsa con papeles.

—Supongo que sí. Pero me parece que eso no es lo que hago normalmente.

—¿Por qué piensas eso?

—Porque cuando hago algo que he hecho antes, lo siento... Me siento cómodo. Como si mi cuerpo reconociera la acción, aunque no lo reconozca mi mente. Y no tengo ninguna sensación con el papel.

—El papel no puede ser malo.

—No creo... —dijo él.

Se arrodilló al lado de ella y empezó a arreglar el papel y lo que había conseguido para quemar, en la chimenea. Mientras observaba a Jocelyn, Lucas agarró una larga cerilla de la caja que había encima de la chimenea, y la encendió. El papel prendió enseguida.

Con cuidado, Lucas puso los leños en las brasas. Se dio la vuelta y le sonrió.

—Un fuego —anunció.

Jocelyn sintió ternura al ver su expresión de alegría.

—Ahora lo que nos falta son castañas —comentó Lucas.

—¿Castañas? —al repetir la palabra, se dio cuenta de

repente de que se le había pasado pensar en la comida. Y la cocina no tenía nada.

–Será agradable comer chocolate y galletas frente al fuego... –sonrió Lucas.

–No creo, salvo que seas un mago. Se me ha olvidado por completo traer algo de comida.

–Supongo que habrá alguna tienda de alimentación cerca. Además, es bueno saber que no eres perfecta.

–¿Qué quieres decir? –preguntó Jocelyn.

–Hasta ahora, has sido tú quien ha hecho todo. La que se ha ocupado de todos los detalles y yo no he hecho más que seguirte. Empezaba a sentirme como una especie de equipaje pesado.

–Las ayudantes administrativas debemos ser eficientes. Y yo lo soy normalmente.

–Y yo no suelo ser una carga muerta –respondió Lucas–. No lo he dicho como una crítica. Estoy seguro de que eres muy eficiente. También estoy seguro de que no me he casado contigo por tu eficiencia.

Jocelyn no supo qué decir.

–Es muy importante para mí ser muy organizada –dijo ella, para cambiar a un tema algo menos personal.

–¿Por qué?

–¿Por qué?

–Sí, ¿por qué es tan importante para ti ser organizada?

Una cosa con la que no había contado cuando había empezado aquella representación era que ser la esposa de Lucas le daba derecho a él a hacer preguntas personales.

–Supongo que porque me da la sensación de tener el control de las cosas. Y eso es muy importante para mí –era verdad, en parte–. Y ahora que has podido hacer el fuego, tienes que descansar.

—No estoy cansado.

—Pero te duele la cabeza, ¿no? —Jocelyn miró la cara pálida de Lucas.

—Solo un poco.

—Bien, organicémonos. Te acuestas una hora y luego iremos a comprar comida y ropa cómoda.

—Acepto. Descansaré una hora, pero ni un minuto más. Y no insistas en que me vaya temprano a la cama y...

—¡No te estoy insistiendo!

—No me mandes a la cama temprano. ¿Trato hecho? —Lucas extendió la mano para hacer el trato.

Jocelyn la miró, deseando tocarla. Darle un beso en la palma de la mano, rozar su mejilla con ella, y...

—O aceptas los términos que te ofrezco o haces una contraoferta —dijo él, dándole la mano.

—Acepto —Jocelyn tomó su mano, tratando de hacer como que aquello no tenía importancia. Pero no lo logró. Cuando sintió su mano grande agarrando la suya, notó un estremecimiento, como algo eléctrico.

—Esto no me parece familiar —dijo Lucas.

Jocelyn se quedó helada.

—¿Qué quieres decir? —preguntó ella con cautela.

—Quiero decir que esto de darte la mano es raro. No es como hablar contigo.

—Probablemente porque no nos damos la mano demasiado a menudo. Mientras que... hablamos todo el tiempo.

Lucas sonrió con cara de picardía y alivio a la vez.

—Claro. Debí darme cuenta por mí mismo. Las parejas casadas no suelen darse la mano, ¿verdad?

Jocelyn pestañeó, para desviar la mirada de aquella sonrisa que la embriagaba.

—Lo que debe ser familiar debe de ser esto, ¿no?

Lucas tiró de ella y le dio un beso en la boca.

Ella se sobresaltó por aquella sensación tan placentera.

Era como si hubiera habido un cortocircuito en su interior.

No sabía si se alegraba o no. Si un simple beso la excitaba de aquel modo, ¿cómo reaccionaría si él le hiciera el amor?

Una cosa era cierta: la siguiente semana habría un montón de sensaciones nuevas, sensaciones que la traicionarían cuando Lucas recobrase la memoria.

Por un momento, Jocelyn dudó de la sensatez de lo que estaba haciendo. Pero su duda terminó cuando miró los ojos de Lucas.

No importaba lo que pudiera costarle emocionalmente. No podía darle la espalda. Él la necesitaba. Y ella lo amaba. No había nada que importase más que esas dos cosas.

CAPÍTULO 4

JOCELYN abrió la puerta de la habitación de la cabaña con mucho cuidado. Observó a Lucas. Por suerte, estaba dormido.

Miró su cuerpo con deseo. Respiraba normalmente. Eso la tranquilizaba.

Afortunadamente, Lucas había entrado en la sala de operaciones en muy buena forma física.

No había motivo para temer nada. Pero ella estaba inquieta.

Porque lo amaba.

Temía que hubiera alguna complicación y que Lucas corriese algún peligro.

Eran temores irracionales. Pero ahí estaban. Tenía que mantenerlos ocultos. Él ya tenía bastante con la pérdida de su memoria.

Cerró la puerta de la habitación. Lucas no dormiría mucho tiempo. Así que seria mejor aprovechar ese rato para hacer algunas cosas.

Jocelyn agarró su bolso, que estaba en el sofá. Sacó un bloc, y llamó a la oficina con el teléfono inalámbrico que había al lado del sofá.

Richard debía de estar esperando su llamada, porque le pusieron con él inmediatamente. Le contó sucintamente que Lucas tenía amnesia, y le rogó la necesidad de que no se enterase nadie. No solo minaría la confianza de sus clientes, si descubrían que el dueño de la empresa no recordaba nada, sino que era importante que no se enterase su hermanastro ni su madrastra.

Richard estuvo de acuerdo con ella en todo. No solo apreciaba sinceramente a Lucas, sino que conocía a Bill y a su ambiciosa madre desde hacía años, y no confiaba en ellos. Después de prometerle a Richard que lo llamaría para darle regularmente noticias de cómo se encontraba Lucas, Jocelyn colgó. Luego llamó a su apartamento para ver cuáles eran los mensajes que habían dejado en el contestador.

Tenía varias llamadas de telemarketers, cuatro invitaciones a fiestas de amigos durante las vacaciones, y una llamada de la biblioteca, diciéndole que el libro que había pedido en reserva estaba allí. Pero al final había una llamada de Bill, exigiéndole saber por qué no lo había llamado para informarle de los progresos en la búsqueda del testamento.

Jocelyn respiró profundamente, recordándose que pronto Bill desaparecería definitivamente de su vida. Puesto que había firmado una carta de renuncia a su puesto de trabajo, sus amenazas ya no tenían sentido. No podía hacerle nada más.

Se preguntó qué haría Bill si no hacía caso a su mensaje simplemente.

Aumentaría su sensación de que lo estaba engañando, pensó, y haría algo para remediarlo. No le costaría saber que Lucas y ella habían hecho un viaje de negocios a Buffalo, puesto que no había habido ninguna razón para mantenerlo en secreto.

Una vez que Bill empezara a rastrear sus movimientos, se enteraría de lo del accidente. Y no hacía falta ser un Sherlock Holmes para pensar que Lucas se estaría recuperando en su refugio de esquí, y que ella estaba con él. Y si se enteraba de eso, bien podía ir en persona a Vermont y amenazarla personalmente. Se le retorció el estómago al pensarlo. Bill, a la distancia, era difícil de tratar. Pero cerca, era una pesadilla.

Era mejor engañarlo, pensó. Hacerle creer que estaba cooperando con él, así se quedaría donde estaba y los dejaría en paz hasta que Lucas estuviera mejor.

Pero, ¿qué podía decirle? Miró el teléfono mientras intentaba pensar en algo. Algo que le permitiera a Bill interpretar lo que quisiera.

Pero no debería llamar desde el teléfono de Lucas o desde el móvil de ella, reflexionó. Seguramente Bill tenía localización de llamada, e inmediatamente sabría dónde estaba. Y prefería que se enterase de eso lo más tarde posible.

Lo llamaría de un teléfono público cuando fueran a la ciudad, decidió. Los teléfonos públicos no debían de registrarse en los identificadores. Al menos, eso pensaba.

—¿Qué te ocurre?

La voz de Lucas la sobresaltó. Jocelyn se dio la vuelta y lo vio de pie en la entrada del salón. Estaba despeinado, pero su rostro parecía más relajado que antes. Como si hubiera descansado del viaje en avión.

—Nada —respondió ella.

—Entonces, ¿por qué pareces tan preocupada? ¿A quién estás llamando? —Lucas miró el teléfono, aún en su mano.

Jocelyn lo dejó enseguida.

—Solo estaba escuchando los mensajes en el contestador del trabajo.

—¿Y por eso te pones como si hubieras perdido a tu último amigo?

—No te he perdido. Estás aquí.

Lucas ignoró aquellas palabras cariñosas que le habían llegado al alma. Ella estaba preocupada. Parecía preocupada. Le pasaba algo.

—Estás evitando contestarme.

—Y tú estás imaginando cosas —le contestó.

—¿Algún mensaje de interés? —preguntó él, casi seguro de que ella ocultaba algo, pero sabiendo que no iba a poder sacarle qué era. Había algo de lo que ella no quería que se enterase. Pero no tenía la más mínima idea.

Tal vez fuera solamente que no quisiera preocuparlo. O hubiera otros motivos... Volvió a pensar en la salud de su matrimonio. Tal vez...

No, se dijo. No podía reaccionar a algo que solo existía en su cabeza. Si caía en esa trampa, podría crear problemas en un matrimonio que antes no los tuviera.

—No —contestó ella, tratando de que no se le notase el alivio que sentía al ver que Lucas cambiaba de tema.

No le gustaba mentirle, aunque fuera por su propio bien. Además, no era muy buena mintiendo. Aunque después de tanta práctica, sería una experta cuando aquello terminase.

—Solo algunas invitaciones a fiestas en las vacaciones de Navidad. ¡Oh! Y he llamado a Richard. Me ha dicho que la oficina está muy tranquila. La única noticia es que Amalgamated ha incrementado sus pedidos trimestrales en un treinta por ciento.

Lucas frunció el ceño, tratando de relacionar el nombre con algo en su memoria. Pero no pudo.

—¿Podemos satisfacerlos? —preguntó por fin.

—Sí, no hay problema. Richard ya lo ha puesto en marcha. Está haciendo horas extra voluntarias para que los pedidos salgan sin problemas.

–¿Le has contado lo de mi...? –Lucas gesticuló hacia su cabeza.

–Amnesia –contestó Jocelyn–. Sí, pensé que era mejor, pero lo mantendrá en secreto. Le parece que es mejor que no se sepa, para los negocios. Además, cuando estés bien, tendríamos que decirles a todos que estás normal.

–Promesas, promesas... –dijo Lucas, y el corazón de Jocelyn se contrajo de pena.

–Promesas basadas en la experiencia. Tu herida no es única –dijo ella.

Intentó convencerlo diciéndole que sinceramente pensaba que su amnesia sería algo temporal. Aunque ella tuviera sus temores.

–Eso me dices siempre...

–Y te lo diré hasta que me creas. Aunque creo que recuperarás la memoria antes de eso. Eres un hombre muy cabezota.

Lucas la miró y le dijo:

–La palabra es «decidido».

–«Una rosa con otro nombre olería igual que una rosa»... –le dijo ella, citando a Shakespeare.

En los ojos masculinos vio un brillo de risa.

Lucas vio sus labios curvados y sintió un deseo irreprimible de besarla.

«¿Por qué no?», pensó. Estaba casado con ella. Ese médico les había prohibido hacer el amor por algo que para él no tenía sentido. Pero no había nada malo en besarla.

Llevado del impulso, se sentó en el sofá a su lado, y la estrechó en sus brazos. Al notarla tensa, se sintió un poco frenado en su impulso. ¿Por qué se sentía tensa cuando él la tocaba?

Pero sus pensamientos se detuvieron cuando olió su

fragancia. Olía a flores, a primavera... Aquel perfume intoxicante hacía imposible el proceso de pensar.

Instintivamente, la apretó más. El roce de sus pechos contra su torso aceleró el latido de su corazón.

Ciegamente, bajó la cabeza y la besó.

Los labios de Jocelyn eran tan suaves como se había imaginado, y sabían aún mejor.

Si era tan placentero besarla, ¿cómo habría sido hacerle el amor?, se preguntó distraídamente. Sintió el tacto de la punta de sus dedos en su mejilla como un fuego, y apretó su abrazo. Dibujó su labio inferior con la punta de su lengua, deseando un mayor contacto físico.

Jocelyn tembló, y su reacción lo excitó más aún. También le hizo sentir una puntada en la cabeza. Instintivamente, Lucas se encogió, con temor de moverse por si el dolor le aumentaba.

Presintiendo que algo iba mal, Jocelyn trató de recomponerse y liberarse de la red de deseo que la envolvía después de aquel beso. Se echó atrás y estudió su rostro pálido.

–Te duele la cabeza –dijo.

Se soltó de Lucas, y él se sintió abandonado.

Lucas sonrió y dijo:

–He oído decir que a veces se usa el dolor de cabeza como excusa para evitar practicar el sexo, pero esta es la primera vez que me entero de que el hacer el amor puede causar dolor de cabeza.

–El besarse debe de estar en la lista de cosas que pueden causar estrés –Jocelyn intentó controlar sus emociones. No era fácil. El beso la había conmovido.

–Yo diría que más bien debe provocar excitación –dijo él–. Porque besarte es increíblemente excitante.

Jocelyn sintió un ataque de alegría al oír sus palabras, pero intentó reprimirlo con el sentido común. Su piropo no tenía importancia, porque no tenía memoria de otros besos para compararlos con aquel. Pero aun así, era como un sueño hecho realidad que él pensara por unos días que ella era sexy y deseable.

—Ya se me ha pasado el dolor —dijo Lucas—. No fue exactamente un dolor de cabeza. Más bien como un pinchazo, que se me pasó tan pronto como vino.

—¿Estás seguro? —ella lo miró, preocupada—. ¿No te apetece tomar algo?

—Lo que me apetece hacer seguramente me volvería a dar un pinchazo —dijo él secamente—. ¿No íbamos a ir a la ciudad después de mi siesta?

—Sí —Jocelyn se relajó al ver que Lucas recuperaba el color de las mejillas—. Tenemos que comprar ropa cómoda y comida.

—Entonces, hagámoslo.

Jocelyn lo observó ponerse de pie y cerrar las puertas de cristal que daban a la chimenea. Lo vio mirar la cerámica que rodeaba el frente de la chimenea y luego pasar la mano por la moqueta.

—¿Qué estás haciendo? —preguntó Jocelyn.

—Asegurándome de que no cae ninguna brasa en la moqueta. Las chispas pueden provocar un incendio, y no quiero que se queme la casa mientras... —se calló, al darse cuenta de lo que estaba diciendo—. Debe de ser mi subconsciente que me dice qué tengo que hacer —dijo luego—. Porque no recuerdo haber hecho esto antes, pero lo he hecho automáticamente.

—Tu subconsciente parece ocuparse de las medidas básicas de supervivencia —respondió Jocelyn—. Es un instinto que tenemos todos los humanos.

—Muy interesante —murmuró Lucas—. La moqueta no está caliente y las ascuas no pueden causar problemas detrás de la pantalla de cristal. Así que no hay peligro si queremos irnos. Por cierto, ¿dónde está el pueblo al que vamos?

—No tengo ni idea. Lo que necesito es un lugar grande donde pueda conseguir comida y ropa. ¿Tienes alguna intuición acerca de él?

Lucas intentó buscar algo en su memoria, pero fracasó.

—No te preocupes —dijo ella—. Tomaremos una dirección y la seguiremos. Tarde o temprano tenemos que llegar a la civilización.

—Me preocupa que sea «tarde» y no temprano —respondió él—. La carretera parecía muy desolada cuando vinimos. Había solo unas cuantas estaciones de servicio, y algún bar.

—Sí. Así que seguiremos hacia el otro lado, puesto que sabemos que no encontraremos nada por donde vinimos.

—Me parece sensato. ¿Puedo conducir?

—¡No! Mañana, si quieres, puedes practicar un poco delante de la casa, a ver cómo te sientes —agregó luego Jocelyn, moderando su negativa.

—Probablemente. Como si tuviera quince años y estuviera jugando con el coche de mi padre... —respondió él.

Enseguida acudió a su mente la imagen de un hombre de cabello canoso. Tenía cara de estar furioso, pero Lucas no sabía por qué, ni con quién estaba enfadado.

Tal vez su subconsciente le había suministrado aquella imagen en respuesta a su comentario sobre su padre, y esa fuera una imagen de él. Si era así, no parecía un padre muy abnegado.

—¿Me has dicho que mis padres están muertos? —le

preguntó Lucas a Jocelyn. Recordaba vagamente que ella le había dicho eso en el hospital.

—Sí, tu madre murió cuando eras un niño pequeño, y tu padre murió hace cinco o seis años.

—¿De qué?

—No se supo nunca el motivo —Jocelyn agitó la cabeza—. Yo supuse que fue un ataque al corazón. Puedes preguntarle a Richard. Él debe de saberlo.

Lucas agitó la cabeza.

—Ahora no importa. Solo me lo preguntaba. Vámonos.

—Buena idea. Quiero volver antes de que se haga de noche, si es posible. Estas carreteras estrechas y sinuosas no me gustan para conducir de noche.

Lucas esperó a recordar algo de las carreteras. Pero no fue así.

Frustrado, agarró su abrigo.

Jocelyn fue al armario que había al lado de la entrada a buscar el suyo. Lucas la observó abrocharse los botones. Ese abrigo estaría bien para la ciudad, donde pasarían muy poco tiempo, pero para el campo necesitaría una parka, un gorro de lana, una bufanda, guantes ... Parecía muy delicada con aquella figura tan pequeña. Como un enanito de jardín. Un enanito de jardín muy sexy, pensó Lucas.

—¿Estás listo? —le preguntó Jocelyn, contenta de salir con él.

—Sí.

Cerró la puerta con llave y la siguió. Tendría que conseguirle otra llave a Jocelyn.

Cuando estuvieron en la carretera Lucas sacó su cartera y se puso a contar los billetes que tenía.

—¿Qué estás haciendo? —Jocelyn le echó una mirada breve.

–Contando el dinero para las compras. Tengo exactamente trescientos setenta y dos dólares.

–No te preocupes. Tengo una tarjeta de crédito. La usaremos para esto y guardaremos el efectivo para una emergencia.

–¿Tarjeta de crédito? –volvió a mirar en su cartera–. Yo también tengo una. Mejor dicho, dos –Lucas sacó una tarjeta American Express y una Mastercard.

–La American Express es para negocios. Edward se alarmaría si la usas para otras cosas. Edward es el contable –le explicó.

–Y esto no son negocios –comprendió él.

–No te preocupes. Tu otra tarjeta debe de tener un crédito casi ilimitado.

Lucas frunció el ceño.

–Deduzco que tenemos dinero, con todo ese crédito...

–Una cosa no implica la otra. A veces el crédito se da sin ningún sentido común. Pero en este caso tienes razón. Puedes comprarte lo que quieras.

–Comprendo... Entonces podemos...

Lucas se interrumpió al ver algo grande y marrón salir de entre unos arbustos y atravesar la carretera.

Jocelyn frenó de golpe.

–El padre de Bambi en persona –dijo Jocelyn–. Es una suerte que sea rápido, porque si no, no estaría vivo.

–Afortunadamente, eres una buena conductora –comentó Lucas–. Esos ciervos son un peligro.

Jocelyn se alegró de su halago.

–Pero son bonitos, no obstante –contestó ella.

–Pero preferiría que no se cruzasen en mi camino.

–Tendré que tener más cuidado.

Jocelyn empezó a conducir más despacio, atenta a

los animales salvajes. Afortunadamente, no encontró más ciervos. Lo que encontró fue cada vez más casas.

–Aquí parece estar más poblado –dijo Lucas, coincidiendo con lo que ella había pensado.

–Debe de haber algún centro comercial o algún pueblo cerca.

A los cinco minutos comprobaron que así era. Fue a dar a las afueras de un pintoresco pueblo.

–Parece un paisaje de un folleto turístico –comentó Jocelyn mientras atravesaban la calle principal–. Fíjate si hay tiendas como las que necesitamos. Daré la vuelta al final del pueblo y volveré.

Lucas tomó nota de una tienda de deportes, de un restaurante... Jocelyn dio la vuelta en un aparcamiento de una tienda de alimentación y se dirigió a la tienda de deportes. Aparcó frente a ella.

–Supongo que encontraremos ropa aquí. Luego podemos comprar comida, antes de volver.

–Primero la ropa, luego el restaurante para comer, y la tienda de alimentación al final –dijo Lucas–. Has tenido un día agotador, física y mentalmente. No quiero que encima tengas que preparar la comida. Y yo no tengo ni idea de si sé cocinar.

Jocelyn sintió alegría al ver su preocupación por ella. Era extraño tener a alguien que se preocupara por su bienestar. Extraño y seductor.

–Estoy de acuerdo –respondió Jocelyn.

En cuanto entraron, una atractiva rubia se acercó a ellos.

–¿Puedo ayudarlo en algo? –la mujer sonrió a Lucas.

Jocelyn se sintió molesta. ¿Cómo se dirigía a Lucas de aquel modo estando ella al lado?

–Estamos mirando de momento –contestó Jocelyn.

La mujer la miró, molesta, y sonrió a Lucas, diciendo:

—Llámenme si necesitan algo.

Desapareció moviendo las caderas.

Jocelyn miró a Lucas, y se relajó al verlo examinando la tienda, y no a la mujer. De todos modos, durante el tiempo que habían trabajado juntos, Lucas no había respondido nunca a las insinuaciones de las jóvenes que habían tratado de seducirlo. No era un hombre que se dejara atraer por las mujeres.

—¿Por dónde empezamos? —preguntó Lucas.

Jocelyn miró el abrigo de Lucas, sucio de hojas y dijo:

—Por chaquetas.

—Y sombreros, guantes, bufandas... Rojo fuerte, creo.

—Te quedaría bien el rojo —Jocelyn miró su ropa oscura.

—No digo para mí, sino para ti. Yo sé esquiar.

—¿Es el rojo algún tipo de señal de que una es una novata?

—No, el rojo es un color muy visible, que se ve si te caes a un banco de nieve y tienen que sacarte. Salvo que tú sepas esquiar.

—No. Nunca he probado.

Los niños criados en instituciones no solían tener esas oportunidades. Era un hobby muy caro aprender a esquiar. Y desde que había dejado de estar en las instituciones trabajaba muchas horas, y en los ratos que le quedaban estudiaba para sacar el título de Licenciada en Negocios.

—Te enseñaré —él se dirigió a una zona donde había esquíes—. Dices que me pasaba el tiempo libre esquiando aquí, así que debo de esquiar bien.

–También te he dicho que el médico insistió en que no hagas nada que pueda causarte un golpe en la cabeza. Si te cayeras... –se estremeció al pensarlo.

–Mi amnesia podría hacerse permanente –Lucas sacó la conclusión.

–No lo sé –Jocelyn no quiso alarmarlo–. El doctor no dijo nada concreto, solo insistió en que te cuidases. Así que, por favor, de momento ni siquiera pienses en esquiar hasta que te dé el alta por completo.

–Probablemente, tengas razón –respondió Lucas, mirando con pena los equipos de esquí por última vez–. Sería una estupidez arriesgarme a volver a hacerme daño.

Jocelyn se relajó un poco.

Una cosa que el accidente no había cambiado era su personalidad básica. Siempre había sido una persona razonable cuando se le mostraban los hechos. No se ponía arrogante ni se quejaba. Simplemente, afrontaba la situación. Era una de las cosas que amaba de Lucas, decidió.

–Pero de todas formas quiero comprarte una chaqueta roja –insistió Lucas–. Algún día se cerrará la herida. Y cuando pueda, quiero enseñarte a esquiar.

–Seguro...

Ella sabía que cuando recuperase la memoria no habría lecciones de esquí, pero eso sería más adelante. Y ahora Lucas sería feliz comprándole una chaqueta roja. Eso le bastaba.

Media hora más tarde habían comprado un equipo entero de ropa para el campo. Lucas no había querido que ella le limitase las compras, señalando que tal vez tardasen semanas en irse de allí. Lucas había sacado su tarjeta de crédito, y ella no había podido protestar delante del empleado de la tienda.

Dejaron las compras en el maletero del Mercedes y caminaron la corta distancia hasta el restaurante. Cuando cruzaron la calle, Jocelyn vio un teléfono público, en la esquina frente a la farmacia. Era lo que necesitaba para llamar a Bill.

Pero, ¿cómo podía ausentarse el tiempo necesario para hablar con él?, se preguntó mientras seguía a Lucas y entraban al establecimiento. Tal vez... Se le ocurrió una idea mientras esperaban que la camarera los acomodase.

–Lucas, ¿podrías pedirme una hamburguesa, patatas fritas y una taza de café? Quiero ir a comprar una receta a la farmacia.

–¿Por qué no lo hacemos después de comer?

–Si la llevo ahora, estará lista cuando salgamos, y nos iremos enseguida. Si no, tendremos que esperar.

El primer impulso de Lucas fue decir que iría con ella. Por alguna razón no quería que estuviera fuera de su vista. Él sabía que no era lógico, pero se sentía mejor cuando podía verla, y fantásticamente, cuando podía tocarla. Pero tal vez su obligada cercanía empezaba a irritarla. Luego se le ocurrió algo peor: tal vez quisiera estar unos minutos sin él.

Intentó no ser egoísta y dijo:

–Está bien. ¿Cómo quieres la hamburguesa?

–Muy pasada. Y quiero que le pongan lechuga, tomate, mayonesa.

–De acuerdo. No tardes mucho. Las patatas fritas frías saben mal.

Jocelyn sonrió, alegrándose de que le hubiera resultado tan fácil escaparse.

Salió del restaurante y se dirigió a la farmacia.

Lucas se acercó a la ventana y la observó. Frunció el ceño cuando la vio acercarse a la cabina de la esquina y poner monedas. Sabía que tenía un teléfono móvil. Lo había visto cuando ella había buscado un pañuelo en su bolso en la tienda de deportes. ¿Por qué no lo usaba?

La respuesta era obvia: porque no quería que él oyera lo que iba a hablar. Hablase con quien hablase, no quería que él la escuchase. ¿Por qué? Ninguna de las posibilidades que pasaron por su mente lo dejaron tranquilo. Sobre todo cuando recordó lo tensa que se había puesto cuando él la había tomado en sus brazos. ¿Tendría un amante? Pero, ¿cómo era posible que un matrimonio de solo dos meses estuviera naufragando?

En realidad no había tenido tiempo aún de cansarse de él.

Lucas se pasó la mano por la frente, que empezaba a dolerle por las especulaciones. Porque eran especulaciones, se dijo. Solo porque no fuera capaz de pensar en una razón inocente para que ella usara la cabina y no su teléfono móvil, no podía pensar que no la hubiera.

—Sígame, señor —le dijo la camarera.

Él la siguió, reacio.

Decidió que fuera la razón que fuese no iba a preguntársela a Jocelyn. No estaba preparado para lo que ella pudiera contestarle. Le daba miedo enterarse de que su matrimonio tenía problemas. Tal vez nunca estuviera preparado, se dijo.

Jocelyn esperó nerviosamente que Bill contestase el teléfono. Finalmente saltó el contestador. Se alegró de que al menos no tuviera que hablar con él directamente.

En cuanto sonó el pitido, se identificó y le dijo que

estaba viendo cómo solucionaba el problema. Lo que era verdad. Que Bill pensara lo que quisiera.

Colgó y fue a la farmacia a dejar la receta que le había dado el médico para los dolores de cabeza de Lucas.

CAPÍTULO 5

MIRA ESO –le dijo Lucas.
Jocelyn agarró más fuertemente el volante esperando ver nuevamente a un ciervo suicida.

–¿Qué has visto? –preguntó.

–Las luces de la casa que acabamos de pasar. Hay muchas luces en las casas.

–¿Te refieres a las luces de Navidad?

–Sí.

–Son bonitas por la noche –dijo ella.

–Creo que me gustaría poner luces en la cabaña.

–Pero, ¿quién las va a ver en donde vives?

–Donde «nosotros» vivimos –la corrigió.

–Tú, nosotros, da igual. La cabaña sigue estando en un lugar muy aislado, de todos modos.

–Me gustan. Quiero que pongamos luces. Muchas... ¿Ponías luces de Navidad antes de que nos casáramos?

–No, siempre he vivido en apartamentos.

–Piénsalo como un desafío. Pero, ¿no decorabas tu casa cuando eras pequeña?

Jocelyn trató de hacer memoria.

–Solo una de las familias con las que viví ponía luces de Navidad afuera. Y era el hombre y sus hijos quienes lo hacían.

Lucas sintió enfado por la tristeza que expresaba su voz. No podía hacer nada por los recuerdos de su infancia, pero sí podía hacer algo por su futura Navidad. Así que empezaría en aquel momento.

—Eso fue entonces. Ahora vamos a establecer nuestras propias tradiciones, empezando por las luces.

Jocelyn sintió ganas de llorar. Deseaba con toda su alma que lo que decía fuera verdad. Que él la amase de verdad, que estuvieran casados y que fueran a establecer sus propias tradiciones.

Al ver que ella no decía nada, lo tomó como que estaba de acuerdo y dijo:

—Lo primero que haremos mañana es volver al pueblo y comprar luces, de paso podemos comprar cualquier cosa que se nos haya olvidado.

—¡Olvidado! —repitió Jocelyn, incrédula—. Tenemos el maletero lleno y el asiento de atrás también. No solo hemos comprado todo lo que necesitábamos, sino un montón de cosas que no necesitamos.

—Si lo dices por los langostinos gigantes...

—¿Por qué piensas eso? —preguntó ella.

—Creo que me gustan los langostinos.

—Será mejor que te gusten, porque a mí no me gustan tanto como para pagar lo que han costado.

—Podemos hacer una barbacoa mañana por la noche, junto con las castañas.

—¿Te das cuenta de qué fue lo que me dijo la enfermera cuando te dieron el alta? ¿Que hicieras una dieta sana?

—Uno puede hacer una dieta sana por un tiempo, pero no en todas las comidas —dijo él, y se sorprendió de sí mismo.

No sabía si lo había dicho porque lo sabía o porque sonaba bien.

—Tal vez, pero me parece que vas a tener que comer comida sana para contrarrestar el efecto de lo que acabas de comprar. No hacen falta cuatro sabores de helado.

—Hablas por ti misma. ¿Qué solemos comprar en el supermercado? —preguntó con curiosidad.

Le extrañaba que no le hubiera venido nada a la memoria en la tienda de alimentación. Tal vez fuera que Jocelyn se ocupaba por completo de eso. ¿Se repartirían las tareas de la casa?

—¿Para comer? —preguntó Jocelyn para que le diera tiempo para pensar en qué contestar.

Había comido muchas veces con él, tanto en restaurantes como en la oficina, cuando se habían quedado trabajando hasta tarde y habían tenido que pedir comida a domicilio. Pero nunca había estado en su apartamento. Era posible que solo comiera comida congelada y la calentase en el microondas, pero no sabía qué.

—Comida rápida.

—Comprendo. Trabajo muchas horas.

—Has dedicado muchas horas al acuerdo con Blefford —le confirmó ella.

¿Sería ese el motivo de que la viera reticente a veces? ¿Se sentiría molesta por que él trabajase tanto en lugar de que dedicase más tiempo a construir la relación entre ellos?

Pero ella era su ayudante, así que debía saber cuánto trabajaba desde antes de casarse. ¿Le habría prometido trabajar menos y él no habría cumplido?

Era difícil de creer. Cualquiera que tuviera la suerte de tener a una mujer como Jocelyn por esposa se alegraría de poder pasar más tiempo con ella. ¿Por qué él no?

No lo sabía. Pero fuera cual fuera su comportamiento en el pasado, ahora sería distinto, decidió. Emplearía el tiempo que pasaran en el refugio para estrechar la relación, para intentar limar las pequeñas asperezas que hubiera.

—¿Qué otras tradiciones de Navidad vamos a empezar a tener? —preguntó él.

—Haremos galletas de Navidad. Un montón de galletas —dijo ella, pensando que más daño del que había hecho no podría hacerle apoyando sus iniciativas.

—Me apunto. Las galletas con trocitos de chocolate son mis favoritas.

—También podemos hacer galletas decoradas con azúcar —agregó Jocelyn.

—Podemos hacer algunas tradicionales de nuestro lugar de origen. ¿De dónde es tu familia?

—Mi madre es de origen polaco. No sé quién es mi padre. Mi madre era muy independiente, y no incluyó a un marido en sus planes.

Aunque quisiera disimular el dolor que le causaba su historia, dejó traslucir un poco de tristeza.

—¿Dónde está ella ahora?

—Murió cuando yo tenía trece años. El alcohol era su droga.

Lucas hubiera querido estrecharla en sus brazos y borrarle la pena que oía en su voz, pero ella estaba conduciendo. Tampoco sabía qué decir para borrarla. Lo mejor sería hacer que su vida presente fuera mejor, para que los buenos recuerdos ganasen sobre los malos.

—Nos irá mejor con nuestros hijos.

La idea de tener hijos con Lucas fue embriagadora. Jocelyn imaginó un niño con sus ojos y tal vez una niña con su hermoso cabello negro.

—¿Cuántos hemos planeado tener?

—¿Cuántos? —la tomó por sorpresa.

—¿No hemos hablado de hijos?

—Nos hemos casado. No hemos negociado un contrato –murmuró ella, preguntándose qué hacer para cambiar de tema.

—¿No quieres tener niños? –insistió Lucas.

—Sí, por supuesto. Me gustaría tenerlos.

—Creo que yo también. Bueno, creo que media docena.

—¡Piénsatelo bien!

—Tú has dicho que quieres niños.

—Sí, y los deseo, pero no quiero un ejército. Quiero una pareja, para poder tener tiempo para hacer cosas con ellos.

—Dos son muy pocos –murmuró Lucas, imaginando mentalmente un puñado de niños con los rasgos de Jocelyn.

—Me parece que dices eso como consecuencia del accidente. Es la primera vez que decides que quieres tener tantos niños.

—Tal vez el accidente me permita expresar mis verdaderos pensamientos.

Era posible, pensó Jocelyn. A ella le estaba permitiendo sentir el profundo deseo de ser la esposa de Lucas.

—Mejor, hablemos de esto cuando recuperes la memoria –le dijo ella.

No quería perder el preciado tiempo juntos hablando de niños que no iban a nacer. Al menos ella no sería la afortunada de tenerlos.

—De acuerdo –dijo Lucas, reacio.

Por algún motivo él sentía el deseo de unirse a ella con todos los lazos afectivos que pudiera.

Tal vez su compulsión fuera el resultado del accidente, pensó Lucas, tratando de serenarse. Tal vez todos sus temores fueran infundados, y solo estuvieran en su cabeza.

–Creo que es por aquí... Sí –murmuró Jocelyn, al reconocer el camino al refugio de Lucas.

–Yo bajaré las cosas del coche. Tú puedes ir guardándolas.

–Pero no sé dónde van las cosas –objetó ella.

–¿Y tú crees que yo sí?

–Es cierto. ¿Qué te parece si descargamos las cosas y las colocamos los dos?

–Esos sacos son pesados –dijo Lucas.

–¡Qué machista! Es posible que yo no sea muy grande, pero soy fuerte. Puedo llevar algunas bolsas de la compra.

No tardaron mucho en descargar el coche. Colocar fue más difícil. Finalmente, Jocelyn simplemente abrió todas las puertas de los armarios de la pequeña cocina y empezó a meter cosas en ellos. Y se prometió ordenarlos al día siguiente, cuando estuviera menos cansada.

–¿Tienes hambre? –preguntó Lucas.

–No –Jocelyn lo miró, alertada por un tono extraño en su voz.

Estaba pálido y sus labios estaban apretados, como si le doliera la cabeza.

–Entonces creo que asaré castañas en el fuego. Al menos, lo haré en cuanto lo reanime –dijo Lucas.

–Te duele la cabeza, ¿no?

–Solo un poquito, nada para preocuparse.

–¿Qué te parece si tomas la medicación para el dolor, y luego asamos juntos las castañas? –sugirió ella.

–No me gusta tomar esas cosas.

–Lo sé, pero si no lo haces, no dormirás bien. Y mañana estarás cansado. Y no solo eso, si no duermes bien, tardarás más en curarte.

–No quisiera perturbar tu sueño –dijo él.

¿Perturbar su sueño?, pensó Jocelyn. ¿Es que pensaba dormir con ella?

Le había dicho que estaban casados. Y las parejas casadas dormían juntas. Y él había aceptado no hacer el amor. ¿Qué había de malo en compartir la cama?, pensó Jocelyn.

Sabía que sería un tormento tenerlo tan cerca y no poder hacer nada, pero eso era mejor que nada.

–Tomaré la medicación –dijo él–. ¿Dónde está?

–La he metido en mi bolso, pero estoy pensando que será mejor que no la tomes hasta después de asar las castañas. No quiero que te entre somnolencia cuando estés manipulando cosas en el fuego.

–Te he dicho que esas cosas no son peligrosas –murmuró él.

–Todos los medicamentos, hasta las aspirinas, son peligrosas si se usan de forma irresponsable –comentó Jocelyn.

Jocelyn recogió la bolsa de castañas y miró la cocina a su alrededor.

–¿Qué buscas? –preguntó Lucas.

–Algo con qué asar castañas. ¿Tienes alguna idea?

Lucas cerró los ojos, e intentó ver si le acudía algo a la memoria. En vano. O no tenía costumbre de asar castañas, o su memoria no quería cooperar.

–Ninguna. ¿No las has asado nunca?

–Nunca estuve en los scouts, y las familias con las que viví no tenían chimenea, ni iban de acampada.

Jocelyn buscó en los armarios, y encontró por fin un tenedor de dos dientes.

–¿Qué te parece esto?

–Como arma, parece formidable. ¿Qué es?

–Un tenedor para trinchar carne. Tiene que ser largo

como para protegernos las manos del fuego. Podemos compartirlo.

—De acuerdo. Pronto estará listo el fuego —dijo Lucas.

Jocelyn agarró las castañas y lo siguió. Las dejó en la parte de arriba de la chimenea y sacó la receta de su bolso. La dejó en la mesa al lado del sofá, para no olvidarse de decirle que tomase los medicamentos. Estaba segura de que si no lo hacía, él no se acordaría a propósito.

Lo observó abanicar el carbón. Estaba decidido a no tomar las medicinas. Admiraba su resolución, pero a veces había que admitir que uno no podía ser omnipotente.

—Mira —le dijo él con satisfacción—. Ya está. Trae las castañas.

Jocelyn abrió la bolsa. Pinchó una con el tenedor y se lo dio.

Lo observó ponerla al fuego. En un momento dado la castaña se cayó a la chimenea.

—Tengo que pincharla más —dijo ella—. Es una suerte que hayamos comprado una bolsa grande de castañas.

Jocelyn pinchó otra y se la dio.

—¿Cómo te gustan? —preguntó Lucas.

—No las he probado. Es algo nuevo, pero no tengo prejuicios.

—¿Siempre te acercas así a las cosas nuevas?

Jocelyn sabía que no estaban hablando solo de castañas.

Estuvo a punto de cambiar de tema. Pero se dio cuenta de que si cada vez que él hablaba de algo que involucraba los sentimientos, ella lo cortaba, él sospecharía. Y eso provocaría la tensión que tenía que evitar.

Tenía que encontrar el equilibrio entre el comportamiento de una persona casada y el comportamiento de alguien que quiere evitar estrés. No era fácil. Y menos para ella, que no tenía mucha experiencia en relaciones profundas.

—¡Maldita sea! –exclamó Lucas.

—¿Qué sucede? –preguntó Jocelyn.

Lucas sopló la castaña encendida.

—¿Quieres probar primero la que está bien?

—Vale –ella extendió la mano para agarrar el tenedor.

—Ten cuidado. Está ardiendo.

Jocelyn la sopló, la peló y luego la probó.

—Me gusta –dijo.

—¿Quieres otra?

—Come una tú.

Lucas asó otra castaña.

—Cuando vayamos a comprar los adornos de Navidad mañana, tendremos que comprar un tenedor más largo.

—Un tenedor más largo... –dijo ella, agregándolo a la lista de su mente.

—Y semillas.

—¿Semillas? –preguntó él.

—Para los pájaros. Había muchos hoy cuando hemos llegado. No sé qué comerán.

—No les des de comer a los pájaros, a no ser que sigas aquí todo el invierno. Se vuelven dependientes, y luego pueden morirse de hambre, si tú no les das de comer –afirmó Lucas.

—¿De verdad?

—No estoy seguro. Solo sé que he abierto la boca y me ha salido eso. No sé si es verdad.

Fuera cierto o no, el hecho de que apareciera información en su mente quería decir que el proceso de recuperación estaba en curso.

Jocelyn sintió miedo. ¿Cuánto tiempo más podría estar con él?

No quería pensar en ello. El preocuparse por ello no evitaría lo inevitable.

–Parece razonable. Tal vez podamos encontrar un libro sobre la alimentación de los pájaros mientras buscamos los adornos. Podemos... –bostezó y se interrumpió.

–Estás cansada. ¿Por qué no me lo has dicho? –le preguntó Lucas.

–No estoy tan cansada –ella bostezó otra vez.

–Debí darme cuenta. Has sido tú la que ha hecho casi todo el trabajo, y yo he sido el que se ha echado las siestas.

–Pero tú eres el que acaba de salir del hospital.

–Es hora de irse a la cama –afirmó Lucas–. Mañana vamos a tener un día ajetreado yendo de compras y decorando la casa.

–Te dejo la ducha a ti primero.

–Gracias.

Jocelyn fue al dormitorio a ponerse el camisón. No tenía bata, recordó de pronto.

Nunca llevaba bata en sus viajes, puesto que no la usaba y le ocupaba espacio en la maleta. Miró su camisón. Lucas tendría que estar muy enamorado de ella para que su camisón de franela le resultase sexy. Y no lo estaba, se recordó con tristeza. Incluso parecía haberle dejado de tener simpatía después de que ella hubiera renunciado a su puesto, recordó.

–No te olvides de tomar la medicina –le gritó desde la habitación.

–No lo olvidaré.

–Bien, no tardaré. ¿Tiene bastante agua caliente este sitio?

Lucas se encogió de hombros.

–Supongo que debo de haber comprado un calentador grande.

–Probablemente –Jocelyn entró en el cuarto de baño.

Quería darse prisa con la ducha, así, cuando Lucas se estuviera duchando, escucharía los mensajes de su apartamento, y vería si Bill había contestado su anterior mensaje. Con suerte, Lucas no la oiría con el ruido del agua de la ducha.

Quince minutos más tarde, salió del baño vestida con su camisón rosa.

Lucas alzó las cejas cuando la vio.

–¿No confías en que te pueda calentar?

–Mmm... No, no es eso. Es que me enfrío con facilidad.

Jocelyn esperó a oír el ruido del agua, y luego agarró el teléfono. Llamó rápidamente a su apartamento. Después de un mensaje de una amiga que la invitaba a ir de compras a Nueva York, había uno de Bill.

Se puso nerviosa al oírlo.

Bill no se había quedado conforme, evidentemente. Quería saber por qué no había encontrado todavía el testamento. Luego agregaba una lista de amenazas, y terminaba exigiendo saber por qué no contestaba el teléfono; que el intentar evitarlo no serviría de nada.

Jocelyn apagó su teléfono y se quedó mirándolo, pensando cómo alargar el tema de Bill para darle tiempo a Lucas a recuperar la memoria.

Bill quería un nuevo testamento. ¿Qué pasaría si ella le daba un testamento falso? Probablemente pensaría que era real y correría a un abogado a hacer lo que tuviera que hacer. Llevaría unos meses averiguar que era falso. Para entonces, Lucas estaría recuperado.

Bill se pondría furioso si se enteraba de que lo había engañado, lo que era un agregado en lo concerniente a ella. Pero Lucas podría estar bastante enfadado también, pensó. Él era un hombre orgulloso, y no querría la publicidad que un segundo testamento le acarrearía. No solo eso; Lucas tendría que gastar mucho dinero en abogados para enfrentar las demandas de Bill.

Además, no sabía de dónde sacar un testamento falso. No podía ir a un abogado para que lo hiciera. Aunque le explicase la situación, ningún abogado se arriesgaría a algo así.

—¡Maldita sea! —exclamó Jocelyn al ver que no veía solución.

Lucas estaba en la puerta de la habitación, en silencio, observándola. Ella estaba mirando el teléfono como si se tratase de una serpiente. ¿A quién había llamado?, se preguntó. ¿Y qué había sucedido que ella había reaccionado así?

Sintió una punzada de rabia al imaginar que alguien la había irritado.

—¿Nos han llamado? —preguntó, disimulando su curiosidad malsana.

—No. Solo estaba escuchando los mensajes de mi contestador. Una amiga me ha invitado a ir a Nueva York de compras el fin de semana que viene, para hacer compras para Navidad.

—¿Quieres ir? —preguntó Lucas.

Una imagen de un gran árbol de Navidad atravesó su mente. ¿Sería de otra vez que hubiera estado allí de compras?

—A mí no me importa.

—Puedo ir en otra ocasión —contestó ella.

Si no quería ir, ¿por qué estaba tan contrariada?, pensó Lucas

¿Habría otro mensaje del que no le había hablado?

De pronto recordó el rostro de Jocelyn con cara de desesperación. ¿Por qué?, se preguntó. ¿Le habría pedido que se separasen?

No podía ser que lo estuviera engañando. Llevaban solo dos meses casados. Estaría contrariada por otra cosa.

Se rascó la cabeza. El dolor otra vez.

—Te duele otra vez, ¿verdad? Has tomado la medicina, ¿no?

—Sí, y sí me duele otra vez. Venga, vamos a la cama.

Jocelyn cerró los ojos al sentir aquel deseo por él...

Había pasado los últimos seis meses soñando con él en la cama. Y ahora, en lugar de ser una experiencia maravillosa, sería una tortura. Porque iba a tener que ocultar lo que sentía en realidad. Esperaba tener la fortaleza suficiente para lograrlo.

CAPÍTULO 6

JOCELYN se despertó con el sol que entraba por la ventana. Era demasiado temprano para levantarse. Al día siguiente cerraría las contraventanas y las cortinas.

Había dormido bien. Caliente y segura, junto al hombre que estaba a su lado.

Saboreó el contacto con su cuerpo duro, tocándola.

Era tan agradable como se lo había imaginado.

Aspiró su fragancia. Era embriagadora. No podía descifrar su composición, pero era terriblemente masculina.

Llevaba la colonia que usaba habitualmente, pero estaba mezclada con el olor a jabón de la ducha.

Aspiró aquella fragancia que no volvería a oler.

Se levantó con cuidado. No quería despertar a Lucas. Tenía que descansar.

Lo miró detenidamente. Sus facciones, su barba de pocos días... Su cuerpo...

Hubiera querido reconocer de memoria su cuerpo...

Pero no quería que él la sorprendiera mirándolo embobada como una adolescente.

A veces tenía la sensación de que por dentro seguía siendo como una niña de seis años. ¡Una niña asustada!

Pero no era momento para psicoanálisis, pensó.

Un poco de ejercicio le vendría bien, se dijo, buscando en la maleta las mallas y la sudadera con la que hacía gimnasia

Iba a pasarse el día subiéndose al techo de la casa y colgando luces de Navidad, así que le haría bien un poco de entrenamiento. No dejaría que lo hiciera Lucas, aunque se enfadara.

Se puso el equipo y fue a ver la calefacción. Como se imaginaba, Lucas la había bajado por la noche. La subió y fue a preparar café. Luego volvió al salón a hacer ejercicio.

Cuando estaba a punto de terminar sus ejercicios de yoga, oyó un ruido. Se dio la dio la vuelta y vio a Lucas en la puerta del dormitorio. Tenía puestos un par de vaqueros que había comprado el día anterior, y una sudadera azul, que realzaba su pelo negro. Estaba muy atractivo. Perfecto. Hubiera deseado tener el derecho a dejar su yoga y hacer otro ejercicio con él, se dijo.

–¿Qué estás haciendo? –preguntó Lucas con curiosidad.

–Yoga.

Lucas miró la pared beige un momento, tratando de buscar en su memoria alguna imagen de Jocelyn haciendo gimnasia en el pasado. Pero no encontró nada.

–¿Por qué? –preguntó por fin.

–El ejercicio es bueno –repitió ella lo que le había dicho el médico.

–¿Suelo hacer ejercicio contigo?

–No, tú vas a correr.

Lucas de pronto se vio corriendo. Parecía estar a un lado de una carretera, y había un viento frío que le enfriaba las orejas. También había un perrillo blanco a su lado. A lo lejos le pareció oír la voz de una mujer llamando al perro. Curioso. Aunque la imagen de Jocelyn haciendo yoga era más atractiva.

–¿Sé yo hacer lo que estás haciendo tú?

–No.

Jocelyn no estaba segura, pero Lucas nunca había mencionado nada más que el esquí y el correr.

–Correr no va a ser fácil con toda esa nieve.

–¡No puedes correr! –exclamó Jocelyn–. Hasta que el médico no te dé permiso, tienes que cuidarte.

–De acuerdo. Entonces, podría hacer lo que haces tú. No parece difícil –la observó cambiar de posición–. Da la impresión de que estás sentada.

–Solo parece. No es tan fácil como crees.

Lucas se acercó a ella. Miró sus mallas y su sudadera larga.

–Estás graciosa con ese atuendo.

Ella no supo si era un piropo o no.

Habría sido más claro si la hubiera comparado con una rosa. Pero ya se lo había dicho una de sus tantas madrastras: ella no era una mujer a la que se le pudiera cantar a la luz de la luna, ni que provocase actitudes románticas. Al parecer, se nacía o no con un atractivo sexual.

–Estoy seguro de que puedo hacer eso –insistió Lucas.

–Te sugiero que empieces con una pose menos arriesgada.

–Tonterías. Esa postura la puede hacer hasta una abuela.

De pronto, Lucas se puso en una postura parecida a la de ella.

–¿Ves? Ya te decía yo que no era tan difícil –dijo Lucas.

–No la has hecho exactamente igual –le dijo ella–. Y realmente no creo que debas...

Lucas se dobló más, decidido a imitarla. Pero después de un momento pegó un grito de dolor y relajó su postura, cayéndose al suelo.

Jocelyn se puso de pie de un salto.

—¿Qué has hecho? —preguntó.

—Pagar el precio de ser cabezón.

—¡Olvídate de tu ego! ¿Qué le has hecho a tu cuerpo?

—¿Quiere decir eso que no me quieres por mi mente?

—Teniendo en cuenta lo que le has hecho a tu cuerpo, no me va a quedar mucha cosa para amar. Dime, ¿qué ha pasado?

—No lo sé. He tenido una sensación de calor que iba desde el cuello a la espalda.

Jocelyn puso gesto de dolor.

—Debiste calentar primero. Debes de haber forzado algún músculo. Eres...

—Estúpido —dijo él.

—Debí advertírtelo —dijo ella.

—¡Pero a mí me parecía fácil! Aún me lo parece. Como si no estuvieras haciendo ejercicio.

—¿No te ha dicho nunca nadie que las apariencias engañan?

No necesitaba que se lo dijera nadie. Había algo extraño en aquel matrimonio «aparentemente normal», pero ella fingía que todo estaba bien, para dar una apariencia de normalidad. Probablemente a causa del accidente. Pero si ese era el caso, prefería no recuperar la memoria con tal de seguir al lado de Jocelyn. Podía vivir sin sus recuerdos. Lo que no estaba seguro era de poder vivir sin ella.

—Intenta mover los hombros —le dijo Jocelyn.

Lucas lo hizo e hizo un gesto de dolor.

—Te has hecho daño en un músculo.

—Ya que lo diagnosticas, ¿tienes también un remedio? —le preguntó él.

—Generalmente, un antiinflamatorio va bien, pero no creo que sea bueno que tomes otra medicina junto con la que te ha dado el doctor para la cabeza. Tienes que ver qué te duele más, si el hombro o la cabeza.

—La cabeza no me duele —dijo Lucas—. Y después de tomar un par de tazas de café de ese que huele tan bien, estaré todavía mejor.

Jocelyn se agachó al lado de él.

—¿Quieres que te dé un masaje donde te duele? —le ofreció Jocelyn.

No sabía si se lo había ofrecido porque quería tocarlo o porque efectivamente le haría bien, pensó ella.

—Sí, puede venirme bien —dijo Lucas, intentando disimular su excitación ante la idea.

No quería ahuyentarla. Aunque el motivo de que ella no lo tocase fuera que no quería excitarlo para que no se enfadase luego al no poder hacer el amor, Jocelyn debería darse cuenta de que no podía echarle la culpa a ella por una prescripción médica. A no ser que él fuera un hombre acostumbrado a hacer siempre lo que quería, y a culpar a los otros.

Aquel pensamiento lo turbó.

¿Sería esa la causa de su actitud? ¿Se habría casado con él y habría descubierto luego que era un egoísta?

No tenía forma de averiguarlo. Porque Jocelyn no se lo diría mientras estuviera convaleciente. Porque podría causar tensiones que perjudicasen su mejoría. Evidentemente, ella era muy protectora con él.

Sintió una puntada en la cabeza. Dejaría de especular. No sacaría nada y encima le dolería la cabeza, se dijo.

Quería pasar un día agradable con Jocelyn, para que ella tuviera un bonito recuerdo de la Navidad.

—Gírate —le dijo ella.

Él obedeció.

–Ahora cierra los ojos y relájate.

Cerró los ojos, pero no pudo relajarse. Todo su cuerpo estaba en tensión con la anticipación de sensaciones placenteras.

Sintió sus manos debajo de su camisa.

–No hace falta que te quites la camisa –comentó Jocelyn–. Solo te haré masajes en círculo.

Lucas gimió al sentir su mano encima de los tensos músculos debajo del cuello. Los dedos de Jocelyn eran pequeños pero fuertes, pensó.

–Lo siento. ¿Te duele? –le preguntó Jocelyn.

Le dolía, sí. Pero no donde ella creía, pensó Lucas con humor.

Apretó los dientes para soportar la sensación de deseo que lo embargaba. Lo único que quería hacer era hacerle el amor.

Finalmente, cuando él ya no aguantaba más, Jocelyn le dijo:

–Intenta mover los hombros ahora.

A Lucas le pareció que su voz parecía agitada. ¿Era así?

Lucas se dio la vuelta y la miró. Jocelyn tenía las mejillas rosadas y sus ojos brillaban con una emoción reprimida.

Tal vez fuera irritación con él por haberse dañado el músculo, pensó.

–Intenta mover los hombros –repitió ella.

Incapaz de resistir un segundo más, Lucas le agarró el brazo y tiró de ella, poniéndola encima de él.

Ella cayó sobre su pecho, y él la envolvió con sus brazos antes de que escapase.

Jocelyn abrió la boca para preguntarle lo que estaba haciendo, pero era evidente.

Iba a besarla. El problema era qué iba a hacer ella.

Sintió los largos dedos de Lucas en su cabello agarrándole la cabeza para besarla.

Ella se estremeció, y miró fijamente sus labios. Deseaba tanto aquello, pero tenía miedo de ceder al deseo, porque no sabía adónde la conduciría.

Solo la llevaría a un beso, se dijo. No iba a suceder nada que ella no quisiera.

Se relajó y Lucas la abrazó fuertemente. Jocelyn sintió que él la deseaba, al menos en aquel momento. Era evidente.

Cuando sintió sus labios, Jocelyn dejó de pensar, y se entregó a las sensaciones de placer, soltando su brida.

Dejó escapar un leve gemido de placer. Entonces sintió que él hacía más fuerte su abrazo, hasta que luego, de repente, la soltó y se dio la vuelta.

Se puso de pie y caminó hasta las puertas del patio, donde se quedó de pie mirando el sol de la mañana.

Jocelyn hizo un esfuerzo por recuperar el control de su cuerpo, que en aquel momento parecía no tener huesos. Tuvo que respirar profundamente varias veces hasta que pudo formar algún pensamiento coherente. Y luego, cuando recuperó el sentido, no supo qué pensar. ¿Por qué la había soltado tan rápidamente como la había tomado en sus brazos?

Jocelyn se quedó mirándolo. Deslizó la mirada por su espalda, por sus caderas y sus fuertes piernas. Parecía tenso. ¿Estaba tenso por el beso o por otro motivo?

No podía saberlo si no se lo preguntaba. Y no iba a hacerlo. ¿Cómo iba a preguntarle a un hombre que supuestamente era su marido, si se había sentido afectado por aquel beso?

Aún turbada, se puso de pie.

–¿Quieres que prepare el desayuno? –preguntó Lucas, por fin.

Jocelyn se alegró de que él no mencionase el beso.

–¿Qué piensas preparar?

–Voy a abrir el frigorífico y veré qué cosas me resultan familiares –contestó Lucas.

–¿Por qué no abres el armario y sacas una caja de cereales, mejor? Me parece más seguro que andar con los fuegos.

Lucas la miró, intentando no detenerse en sus labios hinchados por el beso.

–¿No crees que puedo cocinar algo?

–No –respondió Jocelyn después de pensarlo.

–Estás perdiendo una gran oportunidad en esto.

–¿Por qué?

–Deberías decirme que me encanta cocinar. De ese modo, te librarías de esa tarea.

–No he comprado ningún comprimido para la acidez –comentó Jocelyn–. En la oficina tienes fama de quemar la comida en el microondas. Tiemblo de solo pensar qué podrías hacer con los fuegos de la cocina.

Una imagen de un pollo quemado en una bandeja atravesó su mente.

–Tal vez sea hora de que aprenda –respondió finalmente Lucas–. Ahora no tengo que estar pendiente de otras cosas. ¡Ni siquiera tengo una mente! –exclamó, con un sentimiento de pánico–. ¿Y si nunca recupero la memoria?

–Según el médico, la posibilidad de que eso ocurra es nula.

–Los médicos no lo saben todo –discutió él.

–Saben más de cuestiones médicas que tú. Probablemente estés malhumorado porque tengas hambre. Te sentirás mejor después del desayuno.

No tenía hambre, pensó Lucas. Lo que sentía era frustración sexual. Y la única forma de que se le pasara sería haciendo el amor con ella. Pero Jocelyn no tenía la culpa. De hecho, por el modo en que había reaccionado cuando la había besado, debía de estar tan frustrada como él. Así que no tenía que ser tan gruñón, o empeoraría las cosas.

—Probablemente tengas razón. Sacaré los cereales y el zumo mientras te vistes.

—Dame diez minutos para ducharme y vestirme —sonrió ella.

Se marchó al cuarto de baño con la intención de no tardar mucho. Así no perdería ni un momento de un día placentero.

Siete minutos más tarde volvió a la cocina. Lucas estaba sentado a la mesa, bebiendo café y mirando por la ventana.

—¿Qué estás mirando? —le preguntó.

—No me ha salido bien —hizo un gesto hacia un cuenco con cereales y dos vasos de zumo de naranja, y dos plátanos perfectamente colocados en el medio de la mesa.

—A mí me parece estupendo.

—Gracias —se alegró de su halago—. Pero no es el aspecto lo que me molesta. Es como... la sensación... Como que no es buena.

Jocelyn sintió un estremecimiento.

¿Sabría en su interior que no solía compartir el desayuno con ella?

—¿A qué te refieres?

—Hay algo incompleto.

—Probablemente porque no tienes un periódico. Siempre lees el periódico local y el *Wall Street Journal* en el desayuno –le dijo ella, recordando su costumbre en los viajes de negocios.

–¿Y no te importa?

–No –dijo sinceramente–. Hay mucho tiempo por la mañana. Y a mí también me gusta leer el periódico. Podemos pedir que nos lo envíen quizás. Debe de haber esa posibilidad, porque tenías muchos periódicos viejos en la cabaña, debajo del fregadero.

–Está bien. Ahora que sé por qué me siento raro, no me importa. ¿O es que tú quieres el periódico?

–Renunciar a las noticias no es un suplicio. No hay más que noticias de asesinatos. Y si quieres saber qué sucede en los negocios, puedes llamar a Richard. Él puede decirte lo que quieras.

–Podría hacerlo. El problema es que no sabría ni qué preguntarle, ni qué significarían las respuestas. ¡Eh, podría preguntarle cosas sobre bioingeniería, que para mí sería lo mismo!

–Hoy. Pero no será siempre así. Mañana será otra cosa. Y dentro de un mes, otra. Deja de preocuparte. Te prometo que todo irá bien. Tú eres un hombre saludable. Te pondrás bien.

–Lo siento. Me digo que tengo que tener paciencia, pero se me olvida.

–Eso es porque no eres una persona muy paciente.

–¿Qué quieres decir? –Lucas frunció el ceño.

–Exactamente lo que te he dicho. Que no tienes mucha paciencia. Quieres que las cosas se hagan al momento.

–Debo de ser difícil de aguantar.

–No he dicho que fueras insoportable. Solo que no tienes paciencia.

–Pero, ¿me amas igual? –preguntó Lucas, pensando si su falta de paciencia sería un obstáculo entre ellos.

–Te amo de todos modos.

Lucas sintió que el nudo que llevaba en su corazón se deshacía. Aquellas palabras sonaban sinceras. Y no solo eso. Ella se había puesto un poco colorada, agregando veracidad a su afirmación.

Aunque hubiera algo que no funcionase en su relación con ella, estaba seguro de que lo amaba. Y eso le levantó el ánimo.

–¿Qué te parece si vamos a comprar los adornos de Navidad después del desayuno? Luego podemos pasar la tarde colocándolos. –dijo él.

–Me parece bien.

Jocelyn estaba feliz. El hombre al que amaba era capaz de hacer vida hogareña, y eso la hacía sentir bien. Aquel sería un día muy agradable, pensó.

CAPÍTULO 7

QUIERES que haga una lista? –preguntó Lucas, mientras Jocelyn sacaba el Mercedes marcha atrás de la calle de la cabaña.

–Ya tenemos una lista. Yo soy tu ayudante administrativa. Hacer listas es mi trabajo –repitió ella, ausente, concentrada en la conducción.

–Podrás ser ayudante administrativa en el trabajo, pero fuera de él eres mi esposa, por lo que sé. Y la única tarea de una esposa es amar a su marido.

¡Cuánto deseaba ser su esposa realmente!, pensó Jocelyn.

Lucas sería un esposo perfecto. Amable, inteligente, y un amante fantástico. Jocelyn se ruborizó al pensarlo, porque recordó el beso que habían compartido.

Lucas miró a Jocelyn. Le hubiera gustado saber cómo era su relación con ella antes del accidente. Pero se sintió frustrado. Sintió un leve pinchazo en la sien. Hasta el día anterior su reacción a cualquier emoción fuerte había sido un dolor agudo. Aquel día, en cambio, el dolor se había suavizado un poco.

Realmente estaba mejorando, pensó. Tenía razón Jocelyn. Lo que tenía que hacer era esperar.

Miró a su supuesta esposa, concentrada en la sinuosa carretera. Físicamente, al menos, todo iría bien con ella. Y emocionalmente... No sabía por qué, su presencia lo hacía sentir más seguro, completo. Y cuando ella le sonreía, le daba la impresión de que no le importaba nada más. Como si ninguna tarea le resultase demasiado difícil de acometer.

Tal vez su dependencia emocional de ella se debía a la inseguridad que le había provocado el accidente. Intentó analizar su reacción.

Tal vez su vida fuera más o menos satisfactoria antes de conocerla, pensó. Pero, ¿habría sido feliz? Sintió la terrible premonición de que sin ella no volvería a disfrutar de la vida.

Pero no tenía que ponerse melancólico.

—¿Cuál te parece que es el trabajo de un esposo? —preguntó Lucas.

—¿Qué? —Jocelyn lo miró, sorprendida.

—¿Qué quieres de un marido? —insistió Lucas.

—A ti —dijo sinceramente Jocelyn.

Lucas sintió que su tensión se relajaba al oírla.

—Pero debes de tener ciertas expectativas en relación a un marido...

Jocelyn frunció el ceño, tratando de analizar sus sentimientos.

—No, exactamente. Quiero decir. Nunca he hecho una lista de cosas por las que mido a los hombres.

—Entonces, ¿qué buscabas en un marido? ¿Dinero? —Lucas oyó la pregunta emerger de su boca, sorprendido, preguntándose por qué preguntaba eso.

—Sería hipócrita decir que el dinero no tiene importancia, puesto que yo he tenido que trabajar y que luchar para poder estudiar. Podría decirte que la falta de dinero es un problema realmente. Pero por otra parte, no hacen falta grandes cantidades de dinero para ser feliz. Quiero un marido que tenga un trabajo, o al menos que quiera tenerlo. Algunas veces la persona más motivada puede verse privada de trabajo debido a circunstancias que no tienen nada que ver con ella...

–Es cierto. ¿Quieres trabajar? –preguntó él con cautela.

–Por supuesto que sí –respondió enfáticamente–. He pasado siete años estudiando para ello, y quiero usar mi título.

–Pero, ¿qué me dices de tener hijos? Los niños necesitan a uno de los padres con ellos.

–Yo lo sé mejor que nadie. Pasé la infancia yendo de una familia adoptiva a otra, que volvía a deshacerse de mí. Pero un niño no necesita tener a los padres todo el día encima, las veinticuatro horas. Si los padres, tanto el padre como la madre, quieren, serán capaces de satisfacer las necesidades de los niños, aun trabajando.

–¿Por qué no te adoptaron? –preguntó Lucas con curiosidad.

No lo comprendía. Era una mujer muy atractiva. Debía de haber sido una niña muy guapa. Y era muy inteligente, amable y cariñosa, y todas esas virtudes debían de haber sido atractivas para unos padres adoptivos.

–Porque mi madre no lo permitió. Insistía en que iba a cambiar y a llevarme con ella. Y las asistentes sociales la creían.

Lucas sintió una punzada de rabia al ver la expresión sombría de Jocelyn.

–¿Qué creían que eras, un libro de préstamo de biblioteca, que podía ponerse en un estante hasta que tu madre pudiera recogerte nuevamente?

Jocelyn suspiró.

–A veces me sentía así. No es justo, pero a veces los niños son vistos como propiedades de sus padres. Los asistentes sociales que se ocuparon de mi caso estaban más centrados en transformar a mi madre, que en mí, así que me daban a familias de acogida una y otra vez.

Lucas tuvo una imagen de una mujer rubia de mediana edad, con cara de descontento. Pestañeó y se borró la imagen.

—¿Era rubia tu madre? —preguntó.

—No, tenía el cabello castaño. ¿Por qué?

—Acabo de tener una imagen de una mujer rubia y me preguntaba si sería tu madre.

—No, nunca te he mostrado una foto suya.

—Me pregunto quién era la rubia —comentó él.

—Yo diría que, puesto que estábamos hablando de mujeres egoístas, debía de ser tu madrastra. Por lo que he oído decir, podría haberle dado lecciones a mi madre.

—¿Dónde está mi madrastra ahora? —preguntó Lucas con curiosidad.

—Lo último que se dijo fue que estaba en la costa francesa, viviendo con un conde italiano.

—¿La mantengo yo?

—No, no hace falta. Tu padre dejó toda su fortuna dividida entre tu madrastra y tu hermanastro. Tú heredaste la empresa.

—Y yo estuve satisfecho con la división, ¿no?

—Nunca has dicho lo contrario —respondió Jocelyn.

—¿Conoces a mi hermanastro?

—¡Bill es un desgraciado! —exclamó ella.

—Debo deducir que lo conoces, ¿verdad?

Jocelyn reflexionó brevemente. Aunque no le gustaba el curso que había tomado la conversación, decidió que iba a decirle toda la verdad que pudiera.

—Sí. Lo conocí un año antes que a ti. Fue en una fiesta organizada por tu prima Emmy.

–¿Tengo una prima?

–Por parte de tu padre. Por lo que me ha contado Emmy, es una especie de prima tercera.

–¿Y dices que has conocido a mi hermanastro en una fiesta que dio mi prima?

–Sí, en una fiesta de Navidad. Emmy y yo fuimos compañeras de universidad. Íbamos a algunas clases juntas.

–Entonces, ¿qué pasó?

–Poca cosa. Bill me invitó a salir, y yo acepté. No me llevó demasiado tiempo descubrir que era un egoísta y un narcisista terrible.

Lucas sintió alivio. Daba la impresión de que a ella no le había gustado su hermanastro.

–Quiero... –Lucas se echó hacia atrás, cuando ella frenó repentinamente porque un animal anaranjado se cruzó en la carretera.

–Lucas, ¿estás bien? –preguntó, ansiosa.

–Estoy bien. ¿Y tú?

Jocelyn se relajó.

–Estoy bien, pero estoy preocupada por el animal al que puedo haber golpeado.

–¿Un animal salvaje? –Lucas miró la carretera desierta, y como vio que no había otros coches en la carretera, se quitó el cinturón de seguridad para bajar–. ¿Pueden ser anaranjados los animales salvajes? Porque...

Se interrumpió al ver aparecer un pequeño perro por detrás de la maleza. El animal se metió debajo del coche.

–¿Qué diablos...? –Jocelyn encendió las luces del coche.

–Quédate aquí mientras voy a ver qué pasa –le ordenó Lucas.

–No, he sido yo la que... –se calló al pensar lo que aquel coche grande podría haberle hecho al pequeño animal–. Seré responsable de lo que ha sucedido.

Decidida, Jocelyn se bajó y se agachó para mirar debajo del coche, rogando no encontrar una bola ensangrentada de pelo anaranjado.

Afortunadamente, la bola naranja estaba atemorizada detrás de una de las ruedas de atrás, y parecía estar entera. El pequeño perro estaba al lado del animal, como si estuviera consolándolo.

–Son un perro y un gato –dijo ella.

Lucas se agachó debajo del coche y sacó al gato. Luego alzó al perro.

Jocelyn miró a la pareja. Sintió pena al ver que el perro temblaba convulsivamente.

–¡Pobrecillos! Parecen muertos de hambre –comentó Jocelyn.

–Eso parece –dijo Lucas–. Súbete al coche antes de que venga alguien.

Jocelyn se subió obedientemente, echando una ojeada a la carretera por detrás, mientras Lucas subía con los animales en brazos aún.

–Vámonos –dijo Lucas.

Los animales parecían no tener energía ni para escapar.

–Pero, ¿no deberíamos al menos intentar averiguar de quién son?

–Me gustaría saber quién ha dejado a estos animales en estas condiciones –dijo Lucas, con tono severo, y el perrito empezó a temblar.

–Lo siento, muchacho –lo calmó–. No es nada personal. Me parece que los han abandonado a su suerte. Probablemente, hace unos meses, por el aspecto que tienen.

–¡Pobrecitos! –exclamó ella, pensando qué iba a hacer con ellos–. No podemos llevarlos a un refugio de animales. Así, desnutridos como están, quizás no se los queden. Tal vez decidan... –se le hizo un nudo en la garganta al pensarlo–. No solo eso, además, creo que son amigos, y en el refugio seguramente los separen.

–No los llevaremos al refugio. Hemos pasado por una clínica veterinaria cuando salimos de la tienda de alimentación ayer. Vayamos a que los vea el veterinario.

–Buena idea –dijo Jocelyn, y aumentó la velocidad.

Cuando estaban llegando al pueblo, Lucas le preguntó de pronto:

–¿Tenemos animales domésticos en nuestra casa?

–Solo un pez de colores.

–¿Nos gustan los animales?

–A mí me gustan. ¿Qué te parece si nos los quedamos?

–Me gustan estos muchachos –dijo Lucas con énfasis–. Se merecen un respiro. Además, el perro es muy guardián. ¿Has visto cómo acudió en defensa de su amigo?

Jocelyn miró al perro, que estaba temblando, y sonrió.

–Yo creo que podemos dejarlo en perro alarma... simplemente. No creo que su constitución sirva para algo más físico.

Cuando Lucas recuperase la memoria, ella se los llevaría a su casa, decidió. En su apartamento no había restricciones de animales domésticos, y eran una gran compañía.

–Lo veremos –respondió Lucas, sujetándolos bien.

No quería que los animales se soltasen y sobresaltaran a Jocelyn, causando un accidente.

Encontraron la clínica veterinaria sin problema. Afortunadamente, la veterinaria les dijo que podían dejar a los animales mientras iban a hacer las compras y recogerlos cuando terminasen. Les dijo que les echaría un ojo entre consulta y consulta, y que probablemente habían sido abandonados en verano, por turistas que no habían querido llevárselos de vuelta a sus casas.

—No puedo creer que alguien tenga unos animales todo un verano y se encariñe con ellos, y que luego los abandone —comentó Jocelyn—. Debería haber un sitio especial en el infierno para la gente así.

—Ojalá lo haya —respondió él—. Vayamos a ese gran supermercado en las afueras del pueblo —dijo Lucas—. Allí debe de haber todo lo que nos hace falta para los animales.

—Debe de haber hasta armas para un ejército allí —respondió Jocelyn.

—¿No te gusta? Podemos ir a otro sitio.

—No, no es eso exactamente. Solo que me da pena lo que han hecho las grandes superficies con las tiendas de toda la vida. Preferiría comprarles a las tiendas pequeñas, aunque costase un poco más. Pero como no sé dónde las hay, y tú no te acuerdas, iremos al supermercado.

—¿Yo también prefiero las tiendas pequeñas? —preguntó Lucas mientras ella aparcaba.

—Nunca hemos hecho compras juntos.

Lucas se quedó pensando en sus palabras mientras atravesaban el aparcamiento. Al parecer, había muchas cosas que no habían hecho juntos. ¿Qué habían hecho con su tiempo entonces?

Lucas miró su figura con el rabillo del ojo. Sus mejillas rosadas... Luego bajó la mirada. Ni siquiera la cazadora de esquiar podía disimular la perfección de su figura. Sintió una reacción de excitación en su cuerpo.

¿Se habrían casado solo por su atracción sexual? ¿Habría descubierto ella después que eso no era suficiente para construir una relación sólida? Si era así, él haría todo lo que pudiera en aquel refugio para establecer una relación fundada en otras cosas, se dijo. Al menos, tenían un interés común: su trabajo, además de la atracción sexual.

Lucas aceptó un carrito que le dio una empleada del establecimiento.

—Tal vez tengamos que agarrar un carrito cada uno —dijo Lucas viendo el tamaño.

—Empecemos con uno, y luego vemos... Tenemos un límite por el tamaño del coche. ¿Adornos primero o suministros para los animales domésticos? —preguntó ella.

Lucas miró el plano del supermercado y dijo:

—Los adornos están más cerca, según el plano. Empezaremos por eso.

—Yo te sigo...

—De acuerdo —dijo Lucas, pensando adónde le gustaría que lo siguiera.

En cinco minutos estuvieron en la zona de adornos y motivos de Navidad. Era inmensa.

—Aquí encontraremos todo.

—Todo excepto buen gusto —dijo Jocelyn, mirando un horrible Santa Claus de setenta centímetros de alto cantando *He visto a mamá besando a Santa Claus*.

Lucas empujó el carrito hasta la zona de luces.

—¿Qué tipos de luces ponemos?

—¿Qué te parece aquellas? —Jocelyn señaló un muestrario de luces por encima de sus cabezas.

—¿Azules o blancas?

–Elige tú.

–Las azules, creo –dijo él, agarrando una caja. Las miró y luego puso varias cajas más en el carrito.

Jocelyn se sorprendió, preguntándose dónde pondría tantas luces.

–¡Mira eso! –Lucas señaló una bola grande de colores, colgando al final del pasillo–. Es ideal para colgar afuera.

–¿En un árbol como adorno? –preguntó ella, tratando de imaginarse los resultados.

–Definitivamente –afirmó Lucas, poniendo varias en el carrito.

–¿Hace falta algo más? –preguntó Jocelyn.

–Alargadores de enchufes. Los que se pueden poner fuera. Luego iremos a comprar las cosas de los animales.

Jocelyn observó a Lucas meter alargadores y luego lo siguió a otro departamento.

–Quiero comprar algo en la farmacia –dijo ella–. ¿Qué te parece si nos encontramos en la tienda de animales?

–No quiero más medicinas. Ya no tengo dolor de cabeza.

–No más medicinas... Estaba pensando más bien en antibióticos, ungüentos, vendas para cuando te empieces a quitar eso –le señaló la herida.

–Tienes mucha fe, me parece –dijo él irónicamente.

–Piensa en mí como en la voz de la experiencia –respondió Jocelyn–. Además, si estamos preparados para cortes y heridas, tal vez no ocurra nada. Te espero en la tienda de animales –dijo, dándose prisa hacia la farmacia.

Jocelyn compró una crema, vendas, aspirinas...

Fue a la tienda de animales y se encontró a Lucas

de pie, en medio del departamento, mirando una escultura de un metro noventa más o menos. Una escultura muy mala.

–¿Qué es? –le preguntó Jocelyn al acercarse.

–Es un lugar para que trepen los gatos.

–¿No pueden sentarse en los sillones como todo el mundo?

–Aquí se pueden trepar y afilar las uñas, y si están cansados pueden dormirse en él –dijo Lucas, reproduciendo las palabras del folleto.

–Pero no es un sitio para el perro –apuntó Jocelyn–. Y como me parece que son muy amigos, no creo que el gato quiera subirse allí.

–Es verdad. Y está el problema del transporte, cómo lo llevamos a casa.

Jocelyn se rio pensando en ponerlo en el techo del coche.

–Sería un desafío...

La risa de Jocelyn iluminó el corazón de Lucas. ¿Por qué sería que todo era más divertido cuando ella estaba cerca? Era como si su presencia trajera el arcoiris.

–Tal vez más adelante...

–Tal vez –dijo ella.

Compraron todo lo que les había aconsejado la veterinaria y lo pusieron en el carro.

–¿Qué me dices de los abrigos? –le preguntó Lucas, señalándole unos que había de muestra.

–Me parece bien. No pueden estar al aire libre en este tiempo sin algo abrigado. Podemos comprar varios para el perro. Seguro que se humedecen enseguida.

Lucas puso tres abrigos en el carrito.

–¿Algo más? –preguntó él.

–No creo. La veterinaria dijo que la comida y las cestas podíamos comprarlos allí.

–Entonces vayamos a la caja y marchémonos a casa –dijo Lucas.

«A casa». Aquellas palabras le sonaron muy dulces a Jocelyn.

CAPÍTULO 8

QUÉ TIPO de coches conducimos normalmente? –preguntó Lucas a Jocelyn.

Ella terminó de meter en el maletero las cosas que habían comprado en la veterinaria. Lucas estaba atando las cestas de los animales al asiento de atrás.

–¿Coches?

–Seguramente tienes tu propio coche, ¿no? –Lucas puso el cinturón de seguridad atado a la cesta, para asegurarla al asiento de atrás. Luego se sentó delante.

–Yo conduzco un utilitario. Y tú un Mercedes –respondió Jocelyn.

–Yo conduzco un Mercedes, ¿y tú un utilitario?

–Sucede que me gusta mi coche. Es fácil de conducir, fácil de aparcar, y no gasta mucha gasolina.

–Puede ser, pero estaba pensando que deberíamos comprar uno de esos –gesticuló hacia una camioneta aparcada al lado de ellos.

–¿Por qué?

–Porque aunque lo único que tenemos de momento son dos pequeños animales domésticos, este coche ya está lleno. ¿Qué va a pasar cuando tengamos un niño? Necesitamos más espacio.

Jocelyn se emocionó. Pero no tenía que perder de vista la realidad. Una cosa era que comprasen adornos de Navidad, y otra dejarlo comprar un coche. No habría forma de justificar ese gasto cuando Lucas recuperase la memoria.

–Creo que es mejor que esperemos a que tengamos un niño para preocuparnos por el transporte –dijo finalmente.

Luego quiso cambiar de conversación y dijo:

–¿Qué nombres les pondremos?

–Me gusta Sophia, si es niña, y Robert si es niño. Cuando recupere mi cabeza...

–No has perdido la cabeza, solo has perdido la memoria temporalmente. Y no estaba hablando de nombres de niños. Me refería a nombres para los animales.

Lucas se dio la vuelta y los miró. Se estaban acurrucando en sus cestas.

–¡Pobrecitos! Tal vez debería haberle comprado esa cosa al gato.

–Lo primero es alimentarlos adecuadamente para que se pongan fuertes. Luego ya podrán trepar. Pero tenemos que ponerles un nombre –afirmó Jocelyn.

–Sí. ¿Tienes alguna idea?

–Bueno, el perro parece una mezcla de terrier. Debe pesar más de cinco kilos y la veterinaria ha dicho que cree que es adulto –pensó un momento–. Percy, tiene cara de Percy.

–Percy, entonces –dijo Lucas–. ¿Y el gato?

–Algo más corto. Tal vez... ¿Max? –sugirió ella.

–¿Te he dicho alguna vez que tienes una mente muy rápida?

–Gracias –sonrió ella–. Los procesos mentales rápidos son importantes en los negocios. Nosotros...

Jocelyn se calló al ver un hombre de cabello negro saliendo del restaurante por el que estaban pasando. Intentó verlo mejor sin ponerse en evidencia, pero no pudo. El hombre se había dado la vuelta levemente para ver los titulares en la máquina que vendía periódicos.

Jocelyn tragó saliva. Fue presa del pánico. No era posible que fuera Bill, se dijo. No sabía que estaban en Vermont. ¿O sí lo sabía?

A la única persona que se lo había dicho era a Richard. Y Richard no traicionaría a su jefe.

Pero Lucas tenía aquel refugio desde hacía años. Bill debía de saber de su existencia.

Pero debían ser imaginaciones suyas, porque Bill la tenía obsesionada.

—¿Ocurre algo? —preguntó Lucas—. ¿Estás segura de que no quieres que conduzca?

—Créeme, estoy segura de que no quiero que conduzcas, y no ocurre nada. Solo estaba pensando.

—Bueno, intenta pensar en algo más divertido. Pareces preocupada. Y tan desprotegida como Max y Percy.

Tenía razón, pensó Jocelyn.

Llamaría a Bill cuando volvieran, y vería si estaba en su casa. Y si no estaba en su casa... Bueno, eso no quería decir que fuera él, se dijo. El que no estuviera en su apartamento no era sinónimo de que estuviera en Vermont.

—Es mejor que descanses un poco cuando volvamos —le dijo Lucas.

—No, estoy bien. Además, quiero que coloquemos los adornos esta tarde. Se hace de noche muy temprano.

—Si insistes... ¿Qué te parece si acomodamos a los animales, ponemos los adornos, y luego encendemos un fuego y asamos castañas y perritos calientes?

—No quiero ni pensar lo mal que te va a hacer toda esa comida para tu colesterol.

—¿Tengo problemas de colesterol?

–Que yo sepa, no.

–Entonces, unas cuantas comidas poco sanas no me van a hacer mal –dijo él.

–Es cierto. Pero mañana vamos a hacer una comida de verdad, con proteínas, carbohidratos, vitaminas...

–¿El chocolate no está incluido en esa dieta tan sana?

–Ni lo sueñes...

–Déjame que sueñe un poco.

Cuando Lucas descubriese que ella había tomado otra personalidad no le quedarían más ganas de soñar, pensó. Pero lo estaba haciendo por él, se dijo.

Después de veinticinco minutos de viaje, aparcaron el coche delante de la casa para poder descargar más cómodamente todas las bolsas de las compras.

–Lleva a Percy y a Max dentro, que yo bajaré las cosas del coche –dijo Lucas–. ¿Dónde quieres que las ponga?

–Déjalas en el salón. Luego las colocaremos en su sitio –dijo ella, apagando el motor.

Jocelyn abrió la puerta de atrás y desabrochó las cestas de los animales. El perro la miró con desconfianza y esperanza a la vez.

–Percy, todo va ir bien. Vas a estar bien... Ahora tienes alguien que te cuida... –dijo ella.

Sacó la cesta con cuidado.

–He abierto la puerta –dijo Lucas–. Déjalo en la cesta hasta que encuentre la correa que compramos. Le daré un paseo rápido.

–¿Tendrá razón la veterinaria y serán animales abandonados? –preguntó Jocelyn, siguiendo a Lucas. Ambos entraron a la casa.

–Es posible. Pero si no, podemos enseñarles a convivir con nosotros. Percy parece listo.

–Sí, y valiente, también, para haber ido a rescatar a su compañero debajo del coche. Siéntate aquí, Percy. Voy a buscar a Max –le dijo Jocelyn.

Jocelyn fue a buscar la cesta del gato. La llevó adonde estaba el perro. Percy intentó romper las barras de la jaula para alcanzar a su amigo.

–Un momento, chico –dijo Jocelyn–. Primero darás un paseo... después pondremos la caja de las necesidades de Max, y luego podréis estar sueltos.

–Las he encontrado –dijo Lucas, mostrándole las correas de colores brillantes.

Jocelyn abrió la jaula del perro y lo alzó.

–Tranquilo, bonito –murmuró–. Nadie va a hacerte daño.

Lucas abrochó rápidamente el collar alrededor del cuello de Percy, y le ató luego la correa. Después agarró al animal suavemente, de brazos de Jocelyn.

–Solo un paseo rápido, y volvemos adentro, te lo prometo –le dijo Lucas al perro.

Percy miró a Lucas furtivamente.

–Creo que le gusto –dijo Lucas.

–¿Y cómo no ibas a gustarle? Eres un hombre muy apetecible.

Lucas se inclinó y le dio un beso rápido en la boca.

–Gracias, pero supongo que es normal que lo digas tú. Al fin y al cabo, estamos casados.

–Por lo que veo, el matrimonio no es garantía de que las parejas se gusten –dijo ella.

–Entonces, debemos ser la excepción que prueba la regla –dijo Lucas–. Porque a mí no solo me gustas, sino que te amo. Te deseo y quisiera... –dijo Lucas.

–El mes próximo –lo interrumpió ella, con sentimiento de culpa por mentirle.

–El mes que viene... –rezongó él, agarrando al perro y dirigiéndose a la puerta.

Mientras Lucas sacaba a Percy, Jocelyn colocó la caja para que el gato hiciera sus necesidades. Luego sacó al gato de su jaula y se la mostró. El gato saltó y se colocó en ella para usarla.

–Eres un gato muy listo –le dijo Jocelyn–. ¿Quieres ayudarme a decidir dónde ponerte la cama?

Jocelyn miró dónde poner las cestas de los animales.

–No demasiado cerca del fuego –murmuró a Max–. No quiero que te quemes. Tampoco contra una pared que dé al exterior, porque va a estar muy fría –puso las cestas contra la pared que estaba entre el salón y la cocina.

–Puedes probar tu nueva cesta... –le dijo al gato–. Aunque me parece que no quieres... –dijo, al ver que el gato la miraba, sin hacer nada.

Se dio la vuelta y vio aparecer a Lucas con Percy en brazos.

–¿No hay botas para perros? –preguntó Lucas.

–A lo mejor, sí... ¿Por qué quieres comprarle botas?

–Porque sus patas se mojarán en la nieve. ¿Tienes algo con qué limpiárselas?

Jocelyn fue a buscar una toalla al cuarto de baño y le secó las patas.

–Me parece que va a tener problemas, si nieva otra vez. Es muy pequeño...

–Quitaré la nieve de la entrada con una pala... –dijo Lucas dejando al perro en su cesta.

El perro saltó rápidamente de la cesta y corrió donde estaba el gato. Olió a Max como si quisiera asegurarse de que su amigo estaba bien, y luego ambos se metieron en la cesta de Percy.

–Me parece que están acostumbrados a estar juntos –dijo Lucas.

–Probablemente. Una vez que se sientan más en su casa, Max usará su propia cesta, ya verás –Jocelyn caminó hacia la cocina–. Voy a darles algo de comer –dijo–. ¿Por qué no vas abriendo los paquetes de las luces mientras? –se detuvo a medio camino y se preguntó en voz alta–: ¿Habrá alguna escalera en la casa?

–Si no hay, podemos usar una silla de la cocina. Probablemente, alcance.

–¡Una silla de la cocina! –Jocelyn se escandalizó–. Son sillas de sólido arce.

–¿Y? El arce es una madera fuerte...

–Sí, pero...

–No hay peros... Hoy ponemos las luces, aunque tengamos que usar una silla de la cocina.

–De acuerdo –dijo Jocelyn, recordándose que la silla era de él. Y si no le importaba que se usara como banqueta y como escalera...

–Voy a ir a ver qué hay en el garaje...

–Enseguida voy –le dijo ella, pensando en llamar por teléfono a su apartamento para ver los mensajes.

Lucas recogió las bolsas con las luces y salió por la puerta del frente. Su cara de alegría enterneció a Jocelyn. Esta les dio de comer rápidamente a los animales y luego llamó a su apartamento.

El primer mensaje era de Bill. Jocelyn intentó hacer un esfuerzo por escuchar sus palabras y no hacer caso al tono en que las pronunciaba.

¿De qué diablos estaba hablando? se preguntó ella, apretando el botón para volver a escuchar el mensaje.

–Hola, nena. Has sido muy lista realmente, llevándote a Lucas de la ciudad. Voy a registrar su apartamento para buscar el testamento. Haz todo lo posible por mantenerlo allí hasta las diez de la noche. Es mejor que no me sorprenda en su casa y se dé cuenta de por qué se te ha ocurrido llevártelo a Vermont, ¿quieres?

Bill terminaba el mensaje con una risa que era casi una obscena parodia del buen humor.

El mensaje entre líneas estaba claro: «Coopera conmigo o si no...»

Jocelyn apagó el móvil, lo metió en su bolso y se sentó en el sofá mientras intentaba pensar en algo.

Bill iba a buscar el testamento aquella noche. Pero para ello iba a tener que forzar la cerradura de la puerta, porque Lucas de ninguna manera le habría dado una llave.

Y si Bill iba a entrar por la fuerza en la casa de Lucas, estaría infringiendo la ley. Definitivamente, era ilegal lo que iba a hacer, aunque no supiera qué nombre tenía aquel delito que iba a cometer exactamente.

¿Y si llamaba a la policía y le advertía de que alguien iba a irrumpir en el apartamento de Lucas durante su ausencia? La policía podría atraparlo con las manos en la masa.

Se puso contenta. Pero luego se desinfló cuando pensó lo que pasaría después.

Bill diría que era hermanastro de Lucas y que tenía derecho a estar allí. La policía llamaría a Lucas para verificar el hecho. Y entonces, Lucas no recordaría que tenía un hermanastro. Y aunque Lucas le preguntase qué hacer a ella, y ella le dijera que pusiera cargos contra Bill, su hermanastro no se quedaría de brazos cruzados. No solo le diría a Lucas todo tipo de mentiras sobre la relación entre ellos el pasado año, sino que Lucas descubriría que no estaban casados. Y no sabía de qué manera podría afectarle mentalmente y físicamente aquella revelación.

La idea de ponerse en contra de Bill no era buena.

¿Qué pasaría si no hacía nada? ¿Si lo dejaba registrar el apartamento?

Probablemente, nada, pensó. Puesto que no había testamento alguno que pudiera encontrar Bill. Tampoco podía encontrar alguna otra cosa que pudiera causar problemas. Lucas era escrupulosamente honesto. Estaba segura de que no había hecho nada ilícito, ni profesional ni personalmente, que pudiera comprometerlo como para que Bill pudiera extorsionarlo.

Jocelyn se sintió frustrada. No tenía otra opción. El detenerlo causaría más problemas que el dejar que siguiera adelante.

No obstante, había algo más. El hombre que había visto en el pueblo no era Bill. Podría haber averiguado dónde estaban, pero Bill seguía en Philadelphia.

—¡Eh! —Lucas metió la cabeza por la puerta—. Venga, Jocelyn, he encontrado una escalera en el garaje. Vamos a colgar las luces...

—Ya voy... —Jocelyn se puso de pie.

Se puso la parka y la gorra de lana tapándole las orejas. Los animales la miraron.

—Portaos bien —les dijo—. Si nos necesitáis, gemid un poco, y vendremos enseguida.

Se puso los guantes de piel y salió.

Lucas había puesto la escalera en un extremo de la casa y la estaba esperando con una caja de luces en la mano.

—Yo colgaré las luces. Tú sujeta la escalera —le dijo ella.

—No hay motivo para que no pueda colgar las luces subiéndome al primer escalón de la escalera. Esta casa no es demasiado alta.

–Una caída es una caída –le repitió Jocelyn.

–Y una persona obsesiva es obsesiva... –respondió él.

–No soy lo suficientemente fuerte como para sujetarte, si la escalera se resbalase con la nieve, mientras que tú puedes agarrarme a mí –razonó ella.

–Mmmm... Tal vez... o tal vez, no.

–¿Tal vez qué?

–No te olvides que estoy un poco débil. ¿Lo has tenido en cuenta al pensar que te puedo sujetar?

Lo vio acercarse a ella y pararse delante, a centímetros de su rostro.

–Tendríamos que estar seguros –dijo Lucas.

–Sí, claro –contestó ella, sin tener idea de a qué se estaba refiriendo.

Lucas de pronto la levantó en brazos. Ella exclamó, sorprendida.

–¿Qué estás haciendo? –le preguntó.

–Viendo si realmente puedo rescatarte en caso de que te cayeses –respondió seriamente Lucas. Pero sus ojos brillaban con picardía.

¿Y quién la iba a rescatar de sus brazos? Su sentido común, no, pensó Jocelyn.

–¿Qué opinas? –preguntó Lucas.

–Yo diría...

Lucas la acalló con un beso en los labios. La abrazó fuertemente. Ella se apretó contra él instintivamente, y abrió sus labios.

La lengua de Lucas fue rápida para aceptar su invitación, y empezó una exploración de su boca.

Ella sintió un calor interno, que llegó hasta sus mejillas.

Lucas le dio un último beso en la nariz roja y la bajó al suelo, cubierto de nieve.

Jocelyn sintió que las rodillas no la sujetaban. Era increíble que los besos de Lucas fueran tan distintos de los de otros hombres. La diferencia era que de Lucas estaba enamorada. Y sería terrible cuando ya no lo tuviera.

–¿Por qué estás tan seria? –le preguntó él.

–Tengo frío. Será mejor que terminemos con esto antes de que se haga de noche. O antes de que nos congelemos –comentó ella.

–De acuerdo –Lucas sacó unos cuantos ganchos de plástico de uno de sus bolsillos–. Las instrucciones ponen que hay que sujetar los ganchos al alero y luego colgar las luces de ellos.

–Eso lo puedo hacer yo –dijo ella después de estudiar los ganchos.

Se subió a la escalera, y con ayuda de Lucas terminó la tarea en una hora y media. Luego les llevó otra media hora colgar las bolas grandes de colores en dos árboles del jardín del frente.

–¿Estás lista para la iluminación oficial?

–Sí. Ayúdanos, Edison –dijo ella.

Lucas enchufó los alargadores.

–¡Dios mío! –exclamó Jocelyn, momentáneamente deslumbrada por el brillo de las bolas de colores que colgaban de los árboles–. ¡Son preciosas!

–Es bonito, ¿no? –Lucas miró la casa–. ¿Te parece que pongamos más luces?

–No, además las bolas de colores van a llamar tanto la atención, que la gente apenas va a ver la casa. Encendidas me recuerdan a las luces de discotecas.

Lucas recogió la escalera y dio la vuelta a la casa, hacia el garaje. Jocelyn lo siguió detrás.

–¿Vamos a menudo a las discotecas? –preguntó él, intentando recordar la sensación de bailar apretado con Jocelyn.

–No voy a una discoteca desde los veinte años, y nunca he ido contigo. El ruido y los apretujones de gente pierden pronto el interés.

Jocelyn le abrió la puerta del garaje para que él entrase con la escalera y la colocase donde estaba.

–¿De qué manera nos divertimos? –preguntó Lucas.

Jocelyn pensó, y recordó un par de cosas que habían hecho juntos cuando habían estado en viajes de negocios.

–Las normales... Nos gustan los conciertos, salir a cenar fuera y visitar las tiendas de libros usados. Y a ti te gustan mucho las armaduras medievales.

Lucas recordó un estuche con una armadura.

–¿Sí?

–Me parece que sí. Nos pasamos toda una tarde en una exposición la última vez que estuvimos en Nueva York, mirando colecciones de armaduras.

–Me da la impresión de que no te gustan las armaduras y las armas...

–En realidad, me parecen interesantes. Y me impresionan mucho. ¡No sé cómo esa gente podía aguantar tanto peso en el cuerpo! Me prometiste llevarme a una feria sobre Renacimiento y Edad Media la próxima vez que hubiera una en Philadelphia, para que viera qué más había en la Edad Media, además de torneos.

–Lo haré –le prometió, decidido a convencerla de que los intereses de ella eran importantes para él.

Lucas miró la parte de atrás de la casa y dijo:

–Está un poco desolado esto. Tal vez debiéramos poner luces también aquí, ¿no?

–Sí. Podemos poner más bolas colgadas de ese árbol –le señaló un arce en el jardín–. Se verían desde el salón, por la ventana y la puerta que dan al patio.

–Buena idea –aprobó Lucas–. Compraremos más luces mañana, antes de que se las lleven todas.

Jocelyn se rio.

–Querrás decir antes de que alguien que no seas tú las compre todas.

–Es una cuestión de semántica. Voy a sacar a Percy. Podrías encender el fuego, ¿quieres? Después podemos asar perritos calientes y castañas.

–Trato hecho.

Jocelyn pronto tuvo el fuego hecho. Cerró el cristal de la chimenea y miró a Max, pegado a las puertas del patio, mirando a Percy.

–Vendrá enseguida –le dijo Jocelyn poniéndose de rodillas a su lado–. Ahora estás a salvo, Max. Yo os cuidaré. No os pasará nada estando conmigo –acarició al gato–. ¿Quieres un poco más de comida, chico? La veterinaria dijo que tenías que comer pequeñas cantidades más frecuentemente, hasta que te recuperes de tu desnutrición.

Max no le hizo caso, y siguió mirando a Percy.

Jocelyn fue a la cocina y sirvió comida en dos cuencos. Cuando los animales tomaran más confianza con ellos y con la casa, les dejaría la comida en la cocina.

Fue al salón y puso el cuenco del gato cerca de él. Este no se atrevió a comer sin su compañero.

Cuando volvió el perro, este se abalanzó sobre la comida, y el gato lo siguió.

–Estoy hambriento como Percy –dijo Lucas.

–Vamos a buscar esos tenedores largos que compramos. Traeré la comida. El fuego tira bien.

–De acuerdo –dijo él–. Luego, después de la cena, podemos acurrucarnos y... –miró alrededor, como si estuviera buscando algo.

–¿Qué sucede?

–No hay equipo de música. Ni televisión, ni siquiera radio. Me pregunto por qué.

–Tal vez no te guste que te distraigan del esquí.

–Supongo que una persona que esquía, debe querer salir a esquiar enseguida. Pero un poco de música puede ser relajante por las noches. Mañana, cuando vayamos a comprar más bolas de colores, compraremos un equipo de compact-discs, una radio y una televisión.

Jocelyn pestañeó al pensar en la cantidad de dinero que estaba gastando. Eso no le gustaría mucho cuando recuperase la memoria. Pero iba a estar furioso por tantas cosas entonces, que el dinero sería lo de menos.

Esperaba que al menos no fuera vengativo con ella.

CAPÍTULO 9

UN VAGO ruido detrás de la puerta penetró en el sueño de Lucas, y su mente confusa intentó identificarlo.

Finalmente pensó: «Percy». El perro estaba intentando darse cuenta de dónde estaba. Bueno, Percy podía esperar media hora más para satisfacer su curiosidad, pensó Lucas, soñoliento. Se metió más profundamente en la cama tibia contra el cuerpo que tenía al lado.

Sus ojos se abrieron sorprendidos y se encontró con la cara dormida de Jocelyn. Su cuerpo se tensó ante aquella visión embriagadora. ¡Era tan atractiva!, pensó, mientras la observaba. Tenía los labios un poco entreabiertos. Si se movía un poco, podía rozar sus labios y...

«¿Jocelyn?», pensó sin poder creerlo. Lucas reprimió una exclamación al sentir una sensación de vértigo, una sensación de desconcierto, que le anunciaba que estaba cayendo en la realidad. Se quedó helado al sentir una oleada confusa de desordenados recuerdos, mezclados acontecimientos, emociones y trivialidades. Sintió náuseas. Después de unos segundos la sensación de no tener el control sobre sus pensamientos se le pasó, e intentó darle sentido a lo que había sucedido.

«El accidente», recordó. Ese era el comienzo. Había tenido un accidente. Hizo una mueca de dolor cuando a su mente acudió una imagen de un coche negro derrapando y yéndose encima de él. Lucas frunció el ceño, intentando recordar qué había sucedido inmediatamente después, pero no pudo. Lo único que recordaba era un coche grande como una montaña que iba hacia él. La siguiente imagen que acudió a su mente fue la de Jocelyn con su pálido rostro inclinándose encima de él. Parecía asustada. Pero no sabía por qué. Tampoco podía asegurar que fuera un recuerdo real. Podían ser imaginaciones suyas.

¿No había leído en algún sitio que los golpes traumáticos podían jugar una mala pasada a la memoria?

Cuando Jocelyn se movió, Lucas se puso tenso. No quería despertarla. Quería desesperadamente verlo todo claro antes de que ella se despertase.

Afortunadamente, Jocelyn simplemente se apretó más contra él, se acurrucó y continuó durmiendo.

Decidido a descubrir qué estaba sucediendo, Lucas intentó forzar su mente para ver qué recordaba, volviendo al momento del accidente. Pero en lugar de que lo que recordase aclarase su mente, lo confundía más. Jocelyn debía de haber dicho que era su esposa en el escenario del accidente, puesto que en el hospital lo habían dado por hecho. Pero, ¿por qué lo había hecho? No comprendía. Jocelyn había entregado una carta de renuncia a su puesto de trabajo. Iba a marcharse...

Intentó recordar qué día había sido, pero no pudo. Todo lo que rodeaba el momento del accidente era muy confuso. No era capaz de precisar los días que habían pasado y qué había ocurrido en cada uno de ellos. Pero aun así, el accidente la habría excusado de trabajar los días de aviso previo a la renuncia. Podría haberlo dejado en el hospital y haber vuelto en avión ella sola... Pero Jocelyn no había hecho eso. ¿Por qué no? ¿Qué esperaría ganar fingiendo ser su esposa?

«Mucho», se dijo, cuando una imagen de su madrastra lo asaltó mentalmente. Siendo su esposa, Jocelyn tendría acceso a su cuenta bancaria. Y esta era sustanciosa.

Pero no le había quitado nada, pensó, haciendo un repaso de los días que habían compartido. Lo único que habían comprado eran adornos de Navidad, y esa había sido idea de él.

Jocelyn no era estúpida. Sabía que si quería sacar algo, debía hacerlo rápidamente, puesto que el médico había asegurado que él recuperaría la memoria en cualquier momento.

Y había algo más que no encajaba con la teoría de que hubiera fingido ser su mujer para aprovecharse de él, se dio cuenta. Cuando ella había dicho que era su esposa todavía no se sabía que él había perdido la memoria. Entonces, ¿por qué afirmar que era su mujer?

A no ser que... ¿Sería posible que sintiera algo por él? Algo importante...

Nada de aquello tenía sentido. Especialmente su repentina renuncia a su trabajo, cuando dos semanas antes habían estado haciendo planes para la empresa en primavera...

A no ser que ella hubiera planeado convertirse en ayudante administrativa suya para atraparlo, igual que su madrastra había hecho con su padre... Y luego hubiera renunciado al ver que no conseguiría nada. Debería haber esperado unas semanas más, pensó amargamente. Con un poco más de paciencia, lo habría visto convertirse en un auténtico idiota, declarándosele.

Pero aunque ella hubiera querido aprovecharse económicamente de él, el caso era que no lo había hecho. Y no comprendía por qué.

Jocelyn se acercó a él, y Lucas se puso tenso.

Ahora Lucas tenía que pensar qué haría, y rápidamente.

Básicamente, tenía dos opciones, decidió. Podía decirle que había recuperado la memoria, o podía fingir seguir con amnesia. Si le decía que había recuperado la memoria, habría terminado todo. Nunca sabría por qué había fingido. Se quedaría pensando toda la vida si ella era otra depredadora como su madrastra, que había usado su sensualidad como trampa, o si había otro motivo para que se hiciera pasar por su esposa.

Y quería saberlo. Necesitaba saberlo. Lo único que tenía que hacer era fingir un poco más. Darle un poco más de tiempo para que hiciera un movimiento, y entonces lo sabría. No tendría que suponer o adivinar.

No podía fingir tener amnesia interminablemente porque tenía una empresa de la que ocuparse, pero podía esperar hasta después de Navidad, decidió. Y si no conseguía aclarar el misterio, al menos tendría la oportunidad de tener unos agradables recuerdos de unas vacaciones con la mujer que amaba.

Lucas se puso rígido al darse cuenta de la palabra que había usado. No la «amaba», se dijo, luchando con sus emociones. Amar a Jocelyn sería un desastre. Ella lo abandonaría. De hecho ya estaba planeando dejarlo.

Un ruido interrumpió sus pensamientos. Percy se había dado por vencido de su anterior intento, y había decidido emprender una acción más directa. El pobre debía necesitar salir.

Lucas se levantó con cuidado. Se vistió rápidamente y salió sigilosamente. Percy estaba echado al lado de la puerta. Y Max estaba con él.

El perro lo miró esperanzado, como buscando amistad, pero preparado para recibir un trato hostil.

Lucas se agachó y le rascó detrás de las orejas. Luego acarició a Max también.

–Hola, chicos. Dadme cinco minutos que me ponga los zapatos y encuentre mi abrigo, y te sacaré, Percy.

Max lo ignoró, pero Percy movió la cola.

Lucas se dio prisa y salió por la puerta que daba al patio. Percy lo siguió inmediatamente. Era como si tuviera miedo de que si no se daba prisa, Lucas pudiera dejarlo en la casa.

–¿Y si desayunamos? –le preguntó al perro cuando volvieron.

Percy gimió y Lucas fue a la cocina a darles de comer. Percy comió y miró a Lucas como esperando más.

–Lo siento, chico. Te daré más dentro de una hora.

Percy alzó una oreja, movió la cabeza a un lado y se marchó al salón. Max siguió comiendo despacio, a bocados pequeños.

Lucas fue a ver qué había llamado la atención del perro y se encontró con Jocelyn de pie en el dormitorio, acariciando al perro. Lucas miró su cuerpo con deseo. Llevaba unos vaqueros ajustados a sus piernas y un suéter color crema. Estaba para comérsela, pensó. No podría haber estado mejor, excepto con lencería fina, pensó.

Se pasó la lengua por los labios, que se le habían secado ante la imagen mental de sus pechos, cubiertos de encaje. Le habría...

–¿Te duele la cabeza? –le preguntó ella.

Su pregunta lo sobresaltó.

«Ten cuidado, Forester. No dejes que sospeche o si no, habrá terminado todo», se dijo.

–No. Solo tengo un poco de frío. Percy y yo hemos estado fuera.

Jocelyn miró alrededor del salón.

–¿Ha habido algún accidente?

–No, no hay nada mojado. Nuestro Percy es un perro civilizado. Evidentemente ha tenido dueño alguna vez.

Jocelyn saboreó lo de «nuestro Percy». Lo había dicho como si fueran un equipo. Y de momento, lo eran. Hasta que Lucas recuperase la memoria.

Ella lo miró y se encontró con sus ojos. Conocía esa mirada. La ponía cuando estaba perplejo y quería averiguar algo.

¿Habría recuperado la memoria?, se preguntó Jocelyn. No creía, porque en ese caso le habría estado preguntando qué diablos estaba pasando. Y no había hecho ninguna mención de la situación.

–Les he dado de comer –dijo Lucas–. ¿Qué te parece si planeamos el día mientras desayunamos?

Jocelyn se relajó y lo siguió a la cocina.

–¿Te apetece un poco de harina de avena? –sugirió ella, sacando la caja de cereales del armario.

Lucas miró el paquete.

–De acuerdo. ¿Tenemos donuts para comer mientras esperamos?

–Solo hay que esperar noventa segundos –contestó ella–. Y los donuts son malos para ti. Obstruyen las arterias.

–Los donuts son comida para el alma –dijo Lucas–. ¿No has oído hablar del alimento interior?

–Sí, junto con la tensión alta, y el colesterol alto.

–Es muy temprano para hablar de esas cosas.

–E inútil. Porque no tenemos donuts. Tendrás que conformarte con harina de avena –dijo ella.

Enseguida Jocelyn puso el cuenco humeante en medio de la mesa.

Lucas le agregó leche y empezó a comer con satisfacción. Lo había logrado. Ella no se había dado cuenta de que había recuperado la memoria. Ahora tenía que continuar disimulando. Pero, ¿cómo lo haría?

–No te pongas tan triste –le dijo Jocelyn–. Si de verdad quieres donuts, podemos comprar en el pueblo.

–Pararemos en la panadería –dijo él, ausente.

Jocelyn sintió una cierta incomodidad al oírlo.

–¿Qué panadería? ¿Recuerdas algo?

Lucas se maldijo. Iba a ser difícil aquello.

–No –mintió–. La camarera del restaurante comentó que ahí era donde compraban sus tartas. Me lo dijo cuando tú te marchaste a buscar la receta.

«E hiciste esa llamada telefónica», pensó Lucas.

–¡Oh! –Jocelyn se relajó.

–Entonces, ¿qué vamos a hacer hoy? –preguntó Jocelyn cuando terminaron de comer.

–Vamos a ir al pueblo nuevamente. Buscaremos un lugar donde vendan cosas de electrónica y compraremos un equipo de música, una televisión, y cualquier otra cosa que nos apetezca. ¿Te apetece algo en particular? –Lucas la observó detenidamente, para ver si se aprovechaba de su oferta para que le comprase algo.

Pero para su sorpresa, Jocelyn rechazó su oferta.

–Tal vez debiéramos alquilar esas cosas. Es mucho gasto, y, si hubieras querido tener esos aparatos, te los habrías comprado, ¿no crees?

–¿Tenemos problemas económicos que me estás ocultando?

–Te he dicho que puedes comprarte lo que quieras, pero eso no quiere decir que cuando recuperes la memoria vayas a aprobar el haberte gastado un montón de dinero.

–¿«Yo» puedo comprar lo que quiera? Dime, puesto que no recuerdo la ceremonia de la boda, ¿han cambiado lo que dice el juez o el sacerdote? ¿No dice algo así como que «te doy todo lo que poseo...»? –repitió las palabras que había oído en una boda a la que había asistido hacía poco tiempo.

–¿Cómo sabes eso? –preguntó Jocelyn, preocupada.

–¡Oh! Sé muchas cosas. Lo que me supone un problema es acordarme de cosas personales.

–El juez de paz que nos casó puede haberlo dicho, pero yo estaba muy nerviosa para recordarlo –dijo ella.

–Probablemente lo dijo. Las bodas son todas iguales. No hay jueces de paz originales. Tal vez debiéramos casarnos ahora, así por lo menos recordaría la ceremonia, ¿no crees?

Lucas la miró para ver cómo reaccionaba.

–¡No! –exclamó Jocelyn, sin poder reprimir su reacción ante la añoranza que provocaban sus palabras.

–Podemos casarnos de nuevo cuando recuperes la memoria –dijo ella, para suavizar su rechazo.

Lucas se sorprendió. Claramente no quería casarse con él. Así que, ¿qué quería?

Luego le preguntó:

–Dime una cosa, ya que te preocupa gastar mi dinero, ¿por qué no gastamos la mitad de mi fortuna, que te corresponde por casarte conmigo?

–Pareces un abogado de Philadelphia, no un hombre de negocios.

–No me insultes a estas horas. ¿Recuerdas a qué hora abre la tienda?

–La tienda de comida abre las veinticuatro horas,

como el supermercado grande. Lo demás, debe de estar abierto a las diez. Es una hora normal.

Lucas miró el reloj.

—Bien. Vayamos al hipermercado a comprar más bolas de Navidad de esas, y más alargadores. Luego podemos ir a comprar lo demás.

—De acuerdo —respondió Jocelyn, sintiéndose un poco turbada.

Por un momento, Lucas había hablado como hablaba antes del accidente. Decidido y contundente.

Lo miró. ¿Sería que cada día que pasaba era más él? Tenía lógica, después de todo.

Tal vez pudiera...

Sus pensamientos se interrumpieron al oír su teléfono móvil.

—¡Qué es eso?

—Mi teléfono móvil —Jocelyn se puso de pie rápidamente—. Probablemente sea alguna amiga. O Richard con alguna novedad de la empresa.

Corrió al salón y contestó el teléfono. Pero para su desesperación, era Bill.

—¡El maldito testamento no estaba allí! —exclamó Bill—. He revuelto su apartamento y no estaba allí. Debe de estar en el refugio.

Jocelyn le hubiera dicho un montón de cosas, desde que no la volviese a llamar nunca más a que se perdiera en el infierno, pero no podía hacerlo por varias razones... Entre otras porque Lucas estaba de pie en la puerta del salón. Y habría perdido la memoria, pero no su lucidez.

—¡Contéstame, maldita sea!

—Perdona, no me he dado cuenta de que me estabas haciendo una pregunta —Jocelyn intentó disimular.

—No te hagas la idiota, más de lo que eres... Tiene que estar en el refugio.

—No —insistió ella.

—¿Y cómo lo sabes?

—He mirado.

—Probablemente no has mirado en el lugar adecuado. Manda a Lucas afuera, y yo haré el trabajo ahora mismo. He volado a Vermont ayer por la noche, después de darme cuenta de que debe de tener el testamento allí. Puedo estar en el refugio en media hora.

Jocelyn se sintió hundida. La sola idea de que Bill buscase entre sus cosas le ponía los pelos de punta. Y no solo eso. Lucas se daría cuenta de que alguien había registrado el refugio, y llamaría a la policía. Y entonces, ¡quién sabe qué saldría a la luz si se veían involucrados! De algún modo tenía que darle largas a Bill.

Se le ocurrió una idea al ver a los animales.

—¿Te he contado que Lucas ha adquirido un perro?

—¡Un perro! —repitió Bill, sin poder creerlo—. ¿Para qué diablos quiere un perro?

—Necesitaba un hogar. Es un animal muy bonito. De momento no es muy confiable, pero estoy segura de que una vez que se acostumbre... —lo dejó en suspenso a propósito.

—¿Qué tipo de perro es?

—¡Oh! Un perro, simplemente. La veterinaria cree que tiene algo de pit bull, pero estoy segura de que se equivoca en cuanto a lo de la tendencia agresiva —Jocelyn le sonrió a modo de disculpa a Percy—. Quiero decir, es tranquilo, casi todo el tiempo se queda sentado mirando. Y come con ansia. Creo que estaba muerto de hambre...

—¡Estúpida bruja! ¿No sabes que el matarlos de hambre es una manera de entrenarlos? Esa cosa parece peligrosa...

—Lo dudo —dijo ella, satisfecha.

–Tienes que deshacerte de él –le exigió Bill.

–No es mío. De todos modos, intentaré volver a buscar... –dijo rápidamente, esperando que la promesa fuera suficiente para ahuyentar a Bill un tiempo.

–Espero que lo hagas... –dijo Bill.

–¿Quién era?

Ella se dio la vuelta al oír la voz de Lucas.

–Una amiga...

Era extraño, pensó. No le importaba en absoluto mentir a Bill, pero odiaba mentirle a Lucas.

–¿Qué era eso de que el pobre Percy era una mezcla de pit bull?

–Una broma –improvisó Jocelyn–. Nada de importancia. Si vamos a ir al pueblo, es mejor que sea pronto...

Lucas estaba seguro de que no se trataba de una amiga. Estaba pálida, tensa... Y casi no había dicho nada...

No creía que estuviera saliendo con algún hombre. No había dicho nunca nada. Y además, ¿cuándo podría haberlo conocido si se pasaba la vida trabajando desde el mes de agosto?

Y su gesticulación no había sido la de una mujer hablando con su amante. Más bien, parecía tener miedo...

Además, no solo su prima Emmy la había recomendado, sino que su empresa había investigado su vida antes de contratarla. Y no había tenido tiempo de meterse en problemas.

Se sintió frustrado. No solo no sabía a qué estaba jugando Jocelyn, sino que no conocía a todos los jugadores.

–¿Lucas? –lo llamó ella, preocupada por su gesto de inquietud, como si lo hubiera preocupado la llamada, pensó Jocelyn.

–Lo siento. Estaba imaginando a Percy en el papel de pit bull... Es imposible... Me parece que hasta Max es más agresivo...

Ella se relajó ante aquel comentario y el tono jocoso de su voz.

–Una de mis madrastras decía que hay que desconfiar de las personas calladas y tranquilas, porque son las más peligrosas.

–¡Qué cosas para decirle a una niña! –exclamó Lucas–. ¿Qué quería? ¿Que tuvieras pesadillas?

–No. Solo quería que dijera siempre la verdad.

–¡Qué idiota! ¿Y para eso te mentía?

–No era tan mala –reflexionó Jocelyn–. Solo era una ama de casa que trabajaba mucho para llegar a fin de mes con los niños que acogía.

–¿En cuántos casas estuviste acogida?

–En muchas, más de las que hubiera querido. ¿Podemos irnos? –Jocelyn cambió de tema.

–Parece que no te gusta hablar de ese tema –comentó Lucas.

Jocelyn miró el patio por la ventana.

–No, no es eso exactamente. Es que ya no es relevante. Es como si se tratase de otra vida, la vida de alguien que no soy yo. Una vida que no tiene nada que ver con la mía...

Lucas se reprimió las ganas de estrecharla en sus brazos. La rodeó y apoyó su rostro en su pecho. El perfume de su cabello lo envolvió. ¡Olía tan bien!

–Eso es porque ahora eres una adulta, y ya no dependes de ese sistema –dijo Lucas.

–O una cautiva de él –Jocelyn se relajó en su pecho.

–Además, no cometerás esos errores con nuestros hijos.

El corazón de Jocelyn dio un vuelco al oír sus palabras.

–No, probablemente cometeré otros errores –contestó–. Y ahora, aunque sea agradable estar de cháchara contigo, tenemos que irnos.

–¿De cháchara? ¿Es eso lo que estamos haciendo?

–Es una manera de decirlo –murmuró ella.

–¡Oh, no! Yo podría usar otras palabras mejores.

–¿Sí? –Jocelyn sintió que le costaba respirar al ver el brillo sensual de sus ojos.

–Sí. Veamos –fingió contemplar la idea–. Creo que una de mis favoritas es «besando».

–¿Besando?

–Sí, así –Lucas la besó.

Ella se estremeció. Antes de que pudiera apenas disfrutar de la sensación, Lucas levantó la cabeza y dijo:

–Besar... Y de la familia de «besar» está «acariciar con el hocico...» –bajó la cabeza y exploró con los labios el lugar detrás de su oreja izquierda.

Jocelyn saltó ante la sensación, y él apretó más los brazos que la rodeaban.

–¡Esa es toda una familia! –exclamó ella.

Satisfecho, Lucas bajó los brazos y dio un paso atrás. Estuviese sucediendo lo que estuviese sucediendo, Jocelyn no era indiferente a él físicamente, pensó Lucas. A ella le gustaba que la besara. Estaba seguro.

–Como has dicho, no perdamos el tiempo. Tenemos que ir al pueblo y comprar las luces que nos faltan antes de que se nos adelante alguien.

–Luces de Navidad... –repitió ella, tratando de recuperar la compostura.

Pero no podía volver al papel de la ayudante eficiente... siempre compuesta.

Aquello no iba a durar. En cuanto él recuperase la memoria, ella se iría. Tenía que poner un poco de distancia entre ellos o el dolor sería insoportable.

Pero, ¿cómo iba a hacerlo si él se obstinaba en tocarla?

CAPÍTULO 10

JOCELYN miró los dulces que Lucas había metido en el carrito.

—Da la impresión de que fuesen dulces que quedasen de la semana santa —dijo.

—Los dulces no se estropean. Pueden durar hasta la primavera, incluso —respondió Lucas.

Lucas pensó que ella ya no estaría a su lado para la primavera. Ni siquiera llegaría a la Navidad, si él admitía haber recuperado la memoria. Entonces, ¿por qué diablos no lo admitía de una vez y terminaba con aquella tortura? Porque quería saber el motivo de aquella mentira.

Además, de aquel modo le daba la oportunidad de poder besarla... La miró un momento. Sus labios eran realmente deliciosos...

—Tienen buen aspecto... —Jocelyn movió el bote de dulces para mirarlo.

Lucas miró sus delgados dedos, y deseó que lo estuvieran tocando a él. Que estuvieran acariciando su cuerpo.

De pronto se dio cuenta de una cosa. Sabía que Jocelyn no estaba usando alianza de matrimonio porque no estaba casada con él. Pero se suponía que él no lo sabía. Seguramente un hombre que estaba casado con una mujer se extrañaría de que esta no llevase alianza.

Y tal vez su respuesta le diera una pista de lo que

Jocelyn estuviera planeando. Si aprovechaba la oportunidad de conseguir un anillo valioso...

–No llevas ningún anillo... –comentó él–. ¿Por qué no?

Jocelyn alzó la mirada de los dulces, sorprendida por aquella pregunta. No podía decirle la verdadera razón... Eso la obligaba a volver a mentir. Pero, ¿qué le decía?

¿Le decía que se había quitado la alianza y...? ¿Y qué...? ¿Que lo había perdido? No era un comportamiento propio de una esposa que amase a su marido.

–Nos casamos un poco precipitadamente –improvisó ella–. Y no nos compramos anillos.

–Bueno, es hora de que lo hagamos –Lucas empezó a mover el carrito hacia la caja–. Quiero que todo el mundo sepa que eres mi esposa.

–Podemos pensarlo cuando volvamos a casa –le contestó ella.

–¿No hay joyerías en Vermont?

–Ese no es el asunto.

–Entonces, ¿cuál es? –preguntó Lucas.

Al parecer, cuanto más intentaba convencerlo de que no comprase alianzas, más obstinado se mostraba él.

–Tú no me recuerdas. Realmente, no me recuerdas. Las alianzas de boda se deben comprar cuando uno sabe muy bien lo que está haciendo –dijo ella, intentando que Lucas entrase en razón.

–De acuerdo. Acepto. No habrá alianza hasta que recupere la memoria. Solo compraremos un anillo de compromiso. A no ser que te dé vergüenza decirle al mundo entero que estamos comprometidos...

–¡Oh, no! –exclamó Jocelyn sinceramente.

Lucas notó el tono sincero de su voz. Sus palabras habían sonado como si de verdad él le gustase. Pero si de verdad le gustaba, ¿por qué lo iba a abandonar? Sintió una repentina punzada de pena. Nada de aquello tenía sentido. Y realmente lo estaba irritando. Aunque fuera lo último que hiciera en su vida, aclararía todo aquello hasta el fondo.

–¿Qué sucede? –preguntó Jocelyn cuando lo vio hacer un gesto de dolor.

–Un pequeño pinchazo, nada más –dijo sinceramente Lucas–. Ya se me pasó. Venga, paguemos esto –empezó a sacar las cosas del carrito y a ponerlas en la caja.

Jocelyn lo ayudó, alegrándose de que al menos lo había podido convencer de no comprar alianzas. Le hubiera gustado lograr lo mismo con el anillo de compromiso. Sería muy doloroso usar aquel anillo durante unos días y luego tener que devolvérselo.

Lucas agarró el ticket del supermercado, se lo metió en el bolsillo y llevó el carrito hacia la salida.

Jocelyn lo acompañó afuera. El frío viento le golpeó la cara.

–Seguro que nieva más tarde –Lucas le señaló las nubes grises.

–Eso parece, ¿no? Podemos escuchar el pronóstico del tiempo en la radio que has comprado.

–Espera a que instale la antena para la televisión de cable y la radio –dijo Lucas mientras cargaba el maletero.

–A que «yo» instale la antena –lo corrigió–. Tú no vas a subirte a la escalera.

–¡Ja! Las mujeres no saben nada de esas cosas. Son siempre los hombres los que hacen ese tipo de cosas. ¿No lo sabes?

–Eso es discriminación sexual –Jocelyn le dio los comestibles.

—Es posible que tengas razón, en parte. Pero solo en parte. Hacen falta músculos fuertes para cargar esas cosas.

Y Lucas los tenía, pensó Jocelyn, recordando el roce de esos músculos cuando ella se acurrucaba en la cama. Lucas tenía unos músculos fantásticos.

—¿Sabes algo de aparatos de electrónica? —preguntó él—. ¿Y yo?

—Yo no sé más que cambiar una bombilla, y tú, no sé lo que sabes. Nunca te he visto hacer algo así.

—No creo que tengamos que preocuparnos. El vendedor ha dicho que la podía colocar hasta un niño de ocho años —dijo Lucas.

—Eso no me tranquiliza. La mayoría de los niños de ocho años saben más de electrónica que los adultos. Tengo una amiga que jura que su hija de diez años es la única que sabe manejar su vídeo.

—Venga —Lucas le agarró el brazo y empezó a atravesar el aparcamiento del supermercado en dirección a las tiendas que había en la calle.

—¿Adónde vamos? —preguntó ella.

—Ya te lo he dicho. Vamos a comprarte un anillo de compromiso.

—Sigo pensando que debemos esperar a que volvamos a Filadelfia —intentó convencerlo—. Allí hay tiendas más grandes.

—No. Quiero comprar un anillo ahora.

Jocelyn se calló. No sabía qué más decir. Si seguía insistiendo en no comprarlo, Lucas se preocuparía y se estresaría.

Si seguían así, sería ella quien terminaría con estrés. Y cuando Lucas recuperase la memoria, su estrés llegaría al extremo.

¿Sería mejor que fingiera que se sentía mareada, y

que volvieran a casa? No, mareada no. Porque Lucas querría conducir. Tal vez... pudiera decirle que tenía náuseas, pensó. Le diría que se sentía mal y que comprasen el anillo la próxima vez que fueran al pueblo. Y después tendría que procurar que no hubiera otra vez.

Lucas se detuvo delante de los escaparates para mirar las joyas. Jocelyn intentó decidir si era mejor decirle que se sentía mal en aquel momento o esperar a que entrasen.

Miró alrededor para ver si se le ocurría algo, y se le hizo un nudo en el estómago al ver a un hombre moreno al otro lado de la calle. No podía ser... ¡Pero, sí, era él!, pensó Jocelyn al reconocerlo. ¿Qué estaba haciendo Bill? ¿Por qué los perseguía? Era una pregunta tonta, se dijo. Estaba presionándola más. ¡Como si no la hubiera presionado suficientemente!, se lamentó irónicamente. Pero no podía hacer nada.

No tenía una varita mágica que pudiera convertir a Bill en un ser decente, ni una que pudiera devolverle la memoria a Lucas, para que pudiera manejar la situación con Bill. Y si hubiera podido tenerla, sinceramente, no habría querido usarla, porque quería disfrutar de aquellos días con Lucas. Quería construir una relación profunda con él, aunque solo fuera durante unos días.

Cuando Bill le hizo una seña, ella se puso entre Lucas y su hermanastro, para que Lucas no lo viera.

—Entremos a ver qué hay —le dijo Lucas abriendo la puerta de la joyería.

Jocelyn ahora sí quería entrar. Era una oportunidad de perder de vista a Bill.

—¿Puedo servirles en algo? —el empleado que estaba apoyado en el mostrador, aparentemente aburrido, se irguió y los abordó.

—Sí. Nos gustaría ver algunos anillos de compromiso –dijo Lucas. Miró a Jocelyn y agregó–: Me gustaría uno con algo de color. ¿A ti?

–El circón es bonito y apenas se distingue de las piedras auténticas –dijo Jocelyn, en un último intento de que cambiase de parecer.

Pero lo único que consiguió fue miradas de desaprobación de los dos hombres que tenía frente a ella.

–Las piedras auténticas son una buena inversión –dijo el vendedor.

–Pero, ¿y si pierdo el anillo? –preguntó ella.

–Lo aseguraremos –dijo Lucas.

Jocelyn reprimió un suspiro. Tenía la sensación de que había perdido el control de la situación. Aunque en realidad nunca lo había tenido. Pero por alguna razón, sentía que cada vez lo perdía más, como si lentamente estuviera pasando a manos de Lucas. Tal vez fuera que poco a poco, él estuviera recuperando su personalidad. E indudablemente, Lucas era un hombre decidido, acostumbrado a hacer las cosas como él quería.

Jocelyn miró por encima de su hombro para ver qué hacía Bill. ¿Qué estaba haciendo? ¿Se había vuelto loco? Aunque quisiera presionarla, no tenía sentido que se dejara ver por Lucas. ¡Y el muy desgraciado se había cruzado al escaparate de la tienda!

Pero estaba claro que el sentido común no tenía nada que ver con Bill.

–Espere un momento. Voy a sacar los mejores anillos de la caja fuerte –el vendedor se marchó a la trastienda.

–¿Quieres oro blanco o amarillo? –preguntó Lucas.

–Mmm... –Jocelyn intentó no mirar por detrás de su hombro.

–¡No te preocupes! Puedo permitirme comprar lo

que quiera. Tú me lo has dicho, y quiero comprar a la mujer que amo un anillo de compromiso –dijo Lucas.

Lucas lo dijo sin medir las consecuencias de sus palabras. En todo caso, más adelante podría explicarle que lo había dicho porque creía que era su marido.

–Me gusta el oro amarillo –dijo ella finalmente.

–Aquí tiene –el vendedor volvió con una bandeja de anillos de compromiso.

La puso en el mostrador y se frotó las manos como si fuera un genio a punto de hacer magia.

–¿Algo así? Es realmente hermoso... –el vendedor agarró un anillo con un diamante rosa–. Es bonito y es de oro amarillo.

–¿A no ser que prefieras algo con más color? –le preguntó Lucas.

Jocelyn tragó saliva, viendo el delicado anillo que había elegido Lucas.

–Tiene bastante color, un rosa muy bonito... –comentó ella.

–¿Te gusta? –preguntó Lucas, como si no estuviera seguro.

–Creo que es precioso, pero debe de ser... –Jocelyn miró al empleado.

El hombre no solo se dio cuenta de qué era lo que la hacía dudar, sino que quiso ayudarla.

–Tenemos un diamante rosa similar engarzado de distinta forma, que tal vez le guste más –le mostró un anillo que era mucho más pequeño que el que había elegido Lucas.

–¡No! –exclamó Lucas.

Cuanto más quería ella convencerlo de que no comprase aquel anillo, más se obstinaba él en hacerlo.

–A mí me gusta este. Pruébatelo.

Jocelyn contuvo la respiración al probárselo.

–Es perfecto –dijo Lucas con satisfacción–. Y te queda muy bien.

Jocelyn lo miró con los ojos llenos de lágrimas.

–¿Jocelyn? –Lucas notó sus lágrimas, y se sintió totalmente confuso por su reacción.

Su madrastra habría agarrado el anillo con ambas manos. Pero Jocelyn no solo había intentado convencerlo de que no lo comprase, sino que parecía a punto de llorar después de que él hubiera logrado ponérselo. No comprendía nada de aquello.

–Si realmente no te gusta...

–Me encanta –dijo ella con voz temblorosa, intentando controlar sus emociones–. Es absolutamente perfecto.

Lucas la estrechó en sus brazos y le dio un beso en la boca.

–Entonces, es tuyo –le dijo él.

–Gracias –finalmente, Jocelyn se dio por vencida.

Ya tendría tiempo de devolvérselo cuando recuperase la memoria. De hecho, no tendría otra opción. Que le devolviera el anillo sería lo primero que le pediría Lucas.

–Nos lo llevamos –le dijo Lucas al vendedor.

–Sí, señor... –dijo el hombre con satisfacción.

Debía de estar contento el empleado, pensó Jocelyn. No todos los días vendería un anillo con un diamante de ese tamaño, sin que mirasen el precio. Ella no quería ni saber cuánto podría costar. Pero, como había dicho el hombre, las piedras preciosas eran una buena inversión, se dijo. Cuando Lucas recuperase la memoria, podría venderlo. ¡Siempre que no se lo regalase a otra mujer!

Sintió celos ante aquella idea. Daba igual saber que aquellos sentimientos no eran racionales, que en otras circunstancias Lucas jamás se lo habría regalado. Lo que importaba era que ella lo había aceptado con amor. En cierto modo, era de ella, y siempre lo sería, aunque no volviera a verlo después de que se lo devolviera a Lucas.

Lucas sacó la tarjeta de crédito y se la dio al empleado.

—Enseguida vengo –dijo el hombre.

—Probablemente haya ido a comprobar si la tarjeta tiene saldo suficiente –observó Jocelyn.

—Le hubiera firmado un cheque, pero no sé cuánto hay en mi cuenta de cheques –dijo Lucas.

—Supongo que no tendrás suficiente para pagar esto. Eres un consumidor lo suficientemente listo como para no dejar una cantidad semejante en una cuenta que no te da intereses.

—¿Sí? –preguntó Lucas.

—Sí. Es por eso que te va tan bien en los negocios. Porque sabes cómo colocar el dinero.

Pero no le iba tan bien en su vida personal, pensó Lucas. No solo lo iba a dejar la mujer que amaba, sino que además, no podía confiar en ella. Era una pena que las emociones no pudieran ordenarse tan racionalmente como las cifras... Pero había una cosa de la que cada vez estaba más convencido: o Jocelyn era una muy buena actriz, o sentía algo por él. Su reacción cada vez que la besaba lo convencía de ello. Pero lo que sentía verdaderamente y lo profundos que eran sus sentimientos, era un enigma.

El vendedor salió de la trastienda con la tarjeta de crédito y una sonrisa como de disculpa.

—Si es tan amable de mostrarme su carné de conducir, señor Forester... –dijo–. La compañía de crédito insiste en que compruebe su identidad dos veces, debido al importe de la compra...

–Claro... –Lucas sacó su carné de conducir y se lo dio.

El empleado contrastó la firma del carné con la de la tarjeta. Luego comparó la foto del carné con Lucas.

–Está todo en orden –dijo el hombre, devolviendo el carné a Lucas–. Ha sido un placer hacer una venta con ustedes. Es raro encontrar a alguien que sepa claramente lo que quiere.

Lucas pensó que sí, que sabía bien qué quería. Lo que quería era a Jocelyn. Lo que no sabía era cuánto tendría que pagar para conseguirla... Tal vez le costaría que ella lo usara toda una vida, pensó, recordando a su madrastra.

–Gracias –dijo Jocelyn, al ver que Lucas no contestaba.

–Vuelvan cuando quieran. Tenemos una enorme gama de joyas para los clientes que saben...

–Supongo que se refería a joyería cara, cuando usó ese eufemismo de «clientes que saben» –dijo Jocelyn–. ¿Puedo preguntarte cuánto ha costado este anillo?

–No, no puedes. Es una prueba de mi amor y una esperanza de futuro. No quiero poner precio a algo así.

Jocelyn tragó el nudo de lágrimas que tenía en la garganta. Finalmente estaba escuchando todas las palabras que había querido oír de parte de Lucas, pero él no estaba en su sano juicio. La vida era muy cruel a veces. O era caprichosa. La idea de un mundo tan absurdo la hizo estremecer.

–¿Por qué estás tan seria? –le preguntó Lucas–. ¿Sigues pensándote lo del anillo?

–¡No! –explotó ella.

Lucas se sobresaltó con su reacción. Tenía la sensación de que había algo que se le escapaba, algo vital, pero no podía imaginar qué era. Lucas suspiró.

–¿Qué sucede? –Jocelyn notó su suspiro–. ¿Te duele la cabeza?

–No, ya no me duele tanto. Solo un pinchazo cada tanto. Estaba pensando en la Navidad, simplemente –mintió.

–No es motivo para suspirar. Aunque a mucha gente la Navidad le resulte deprimente –dijo Jocelyn.

–Supongo que habrá gente que se sienta mal viendo a las familias felices, si ellos no pueden disfrutar de lo mismo...

Jocelyn le dio un abrazo rápido al oír la tristeza que había en sus palabras.

–Tú me tienes a mí –le dijo.

Lucas la besó.

–¿Sabes qué nos hace falta para acompañar las galletas de Navidad? –preguntó Lucas mientras caminaban nuevamente al coche.

Ella sonrió.

–¿Dices, además del estéreo, la televisión y la antena nueva, y la radio y el DVD...?

–Esas son simplemente necesidades de la vida moderna. Yo me estaba refiriendo a otra tradición de Navidad. Nos hace falta un árbol de Navidad.

–¿Un árbol? –repitió Jocelyn.

–Uno de verdad, que huela a pino.

–¿Y que ensucie toda la alfombra con las ramas? –se quejó ella.

–Es parte de la Navidad.

–¡Habló el hombre que no ha agarrado una escoba en su vida!

Lucas le sonrió.

–Eso es una calumnia. Y te lo probaría, si pudiera recordar mi pasado. Pero como no puedo, tendrás que creer en mi palabra.

–¡Olvídate de las palabras! ¡Quiero hechos!

–¡Oh! –Lucas le sonrió sensualmente–. Tú eras la que ponía una moratoria a nuestra vida sexual.

Aunque el médico hubiera dicho que no tenía que practicar el sexo, cosa que dudaba, habría tenido pocas posibilidades de hacerse daño haciéndolo. Algo que tampoco tenía sentido. Era absurdo que ella no hubiera querido tener relaciones con él, si lo que quería era aprovecharse de su dinero. Porque de haber quedado embarazada, podría haberle sacado dinero durante, al menos, dieciocho años, amparándose tanto en una cuestión legal como moral. Pero no lo había hecho. ¿Por qué?

–Lo que yo te estaba proponiendo era que tú barrieses las agujas de pino que se cayesen –dijo ella.

–Trato hecho –dijo Lucas–. Pararemos en ese lugar de cosas de jardín en las afueras del pueblo y compraremos un árbol y todo lo que haga falta para adornarlo.

–Será mejor que pidas que te lleven el árbol –dijo ella–. Los adornos podemos meterlos en el coche.

–No sé si los entregan a domicilio, y además, no quiero esperar tanto –dijo Lucas–. Lo ataremos al techo del coche. Deberías haberme dejado comprar una camioneta grande.

–A la velocidad que compras cosas, un camión te vendría mejor –contestó Jocelyn.

–De acuerdo –Lucas se dio por vencido–. De momento tendremos que arreglarnos con el Mercedes –puso la llave en la cerradura del coche y abrió la puerta de Jocelyn.

–¿Arreglarnos? –repitió ella, mirando el lujo del interior del coche.

Poca gente podría permitirse algo así. A veces no comprendía a Lucas. Con todo el dinero que tenía y con todo el dinero que hacía, a veces le daba la impresión de que le daba igual. Que habría sido el mismo hombre sin un céntimo. La parte esencial de Lucas Forester no estaba ligada a su dinero.

El sol hizo brillar su anillo. Jocelyn se estremeció al ver su belleza.

—¿Qué ocurre? —preguntó él, cuando se sentó a su lado.

—El anillo... es fantástico, ¿no crees?

—Sí —respondió él, mirando su mano. Sus manos eran competentes, capaces y hermosas. Era su mente lo que no comprendía.

Jocelyn lo miró y notó su mirada de confusión. Incapaz de reprimir el impulso, se inclinó y le dio un beso rápido. Luego volvió a su sitio rápidamente, como si acabase de darse cuenta de lo que había hecho.

—Gracias, esposa —sonrió él.

Ella se sintió como si acabase de ganar la lotería.

—A la tienda de cosas para el jardín —dijo él.

—Allí vamos. Pero quiero que firmes un papel por el daño que puedas causarle al techo del coche. Te lo mostraré si los de la agencia de alquiler del coche quieren hacerte pagar la pintura —dijo ella y puso en marcha el coche.

—Tus deseos son órdenes para mí —respondió, relajado.

Sabía que era ilógico, porque todavía no sabía qué diablos estaba pasando, pero se sentía feliz, de todos modos. Estaba con Jocelyn, y cuando hubieran terminado con las compras, se marcharían a casa. Allí estarían Percy y Max. Antes, el refugio solo había sido un sitio donde estar mientras esquiaba. Algo cómodo, mejor que un hotel. Pero la presencia de Jocelyn lo había cambiado todo. Ahora era un lugar para resguardarse del mundo. Un lugar cálido y agradable.

Lucas compró un árbol de Navidad muy alto, luces y guirnaldas. Tuvo incluso que llevar las luces en el regazo de vuelta a la casa, porque ya no cabía nada más en el maletero.

Jocelyn detuvo el coche frente al refugio.

—Menos mal que hemos llegado. Tenía miedo de que el árbol pudiera caerse en el capó al frenar, y que pudiera causar un accidente...

—Lo he atado muy bien —dijo él.

Ella sonrió.

Lucas agarró los adornos antes de salir del coche.

Jocelyn recogió un par de bolsas del asiento de atrás.

—¡Déjamelo a mí! ¡Ya verás como compro un árbol artificial! —dijo Jocelyn.

—¡Cómo eres! ¿Sabes? Hasta que no pones un árbol de ese tamaño en el coche no te das cuenta de lo grande que es...

Jocelyn miró hacia el árbol. Tenía razón. Era enorme.

—Tenemos que desatarlo y llevarlo dentro, todavía —dijo ella.

—Podemos arrastrarlo dentro. Levantarlo no será problema. Lo dice el folleto.

—¿Y tú te crees todo lo que dicen las propagandas? Podrían venderte hasta un puente... —ella agarró las bolsas que llevaba él para que Lucas abriese la puerta.

—Puedes venderme lo que quieras —dijo él sonriendo.

–Lo recordaré –ella se puso colorada al ver el brillo pícaro de sus ojos–. ¿Dónde están los animales?

–Donde los hemos dejado –Lucas le señaló al perro en la cesta. Estaban los dos echados en ella.

–¡Pobrecitos! –Jocelyn fue hacia ellos–. Nos miran con temor...

–Si tenemos en cuenta lo que hizo su último dueño, no es de extrañarse –dijo Lucas. Siguió a Jocelyn y se agachó al lado de ella, frente a los animales–. Me parece que va a llevar tiempo que confíen en nosotros.

Lucas le rascó detrás de la oreja a Percy, mientras Jocelyn acariciaba a Max y murmuraba algo para tranquilizarlo.

–¿Qué te parece si saco a pasear a Percy antes de descargar el coche? –sugirió Lucas.

–¡Mira cómo ha levantado las orejas cuando has dicho «pasear»! –Jocelyn palmeó al perrillo animándolo–. Ha reconocido la palabra.

–Es un perro muy listo. Vamos, chico –Lucas se puso de pie y Percy salió de su cesta.

–Yo... –Jocelyn se interrumpió al oír su teléfono móvil.

Su corazón empezó a acelerarse. Sería Bill probablemente. Era extraño que la hubiera visto en el pueblo y no la hubiera llamado pidiéndole más cosas.

No quería contestar, pero el no hacerlo podría hacer sospechar a Lucas.

–Toma –le dijo Lucas, extendiendo la mano y dándole el teléfono.

Jocelyn lo agarró.

–¿Sí? –contestó.

CAPÍTULO **11**

JOCELYN sintió alivio al contestar el teléfono y oír la voz del vicepresidente de la empresa de Lucas.

–Richard, ¿qué puedo hacer por ti? –le preguntó.

Lucas frunció el ceño, preguntándose qué querría Richard. La empresa debería funcionar casi automáticamente teniendo las fiestas tan cerca. Pensó en intentar oír el final de la conversación de Jocelyn, y luego decidió que no le interesaba tanto. Había otras cosas que le urgían más. Tenía que terminar de bajar las cosas del coche, instalar el equipo de música, poner el árbol de Navidad y decorarlo...

Sintió satisfacción. El día se perfilaba como lo había planeado.

Había llevado el árbol al salón, dejando un rastro de agujas de pino en toda la moqueta, había entrado el equipo de música y estaba a punto de vaciar el maletero cuando Jocelyn apareció y lo ayudó a terminar.

–Era Richard –le dijo Jocelyn recogiendo una bolsa de comestibles.

–¿Sí? –Lucas agarró la última bolsa, cerró el maletero con un golpe y la siguió a la casa–. ¿Quería algo en particular o solo quería saber cómo iba todo?

–Quería algo en particular. Me ha dicho que el dueño de Metron lo llamó esta mañana.

–¿Metron? –repitió Lucas, ausente, mientras colocaba la mantequilla en el frigorífico. Seguía pensando que tendrían que haber comprado más mantequilla. No iba a alcanzar para hacer las galletas.

Suponiendo que su tono distraído tenía que ver con que no recordaba el nombre de Metron, Jocelyn le explicó:

–Hacen los circuitos electrónicos para algunas de las cosas que fabricas. El año pasado quisiste comprar su empresa, y David Wilson, el dueño, no quiso venderla. Según Richard, el señor Wilson ha llamado esta mañana y ha dicho que su esposa ha decidido vender la empresa y retirarse ahora que son jóvenes aún para disfrutar de la vida.

Jocelyn continuó:

–Así que te la ofrece a ti, en primer lugar. Pero Richard no sabe qué hacer. Sabe que tú la quieres, pero cree que no puede venderla si tú no firmas un acuerdo. No está seguro de cuánto estás dispuesto a ofrecer por ella.

Lucas sintió un momento de placer, al darse cuenta de que finalmente podría comprar Metron. Pero el placer se le acabó cuando pensó que si la compraba, iba a tener que dirigirla. Tendría que lidiar con los problemas del día a día, que aparecerían inevitablemente. No se adueñaría de Metron, sino que Metron se adueñaría de él. O mejor dicho, Metron le quitaría un montón de tiempo.

Lentamente, Lucas colocó las golosinas en los armarios. Realmente no quería invertir un montón de tiempo en otra empresa, reflexionó, sorprendiéndose a sí mismo por ello. No quería hacerse cargo de nada más que pudiera quitarle tiempo libre. Prefería pasar ese tiempo con Jocelyn. Porque la amaba; ya no podía negar sus sentimientos. Estaba enamorado de una mujer cuyos motivos para estar con él eran un auténtico misterio.

—Richard ha llamado para preguntarme qué pensaba —continuó Jocelyn.

Lucas hizo un esfuerzo tremendo para hablar como si el tema no le interesara demasiado. No era momento de que ella sospechase. El hecho de que tuviera esos sentimientos por ella, no cambiaba nada, se dijo. Si su relación tenía alguna posibilidad de transformarse en algo que valiera la pena, tenía que averiguar por qué estaba fingiendo ser su esposa y por qué había renunciado a su puesto de trabajo tan repentinamente. Él no sería como su padre, pensó amargamente. No dejaría que una mujer avariciosa usara su amor para controlarlo.

—¿Qué le has dicho?

—Le he dicho a Richard que hablaría contigo.

—No siento ningún deseo imperioso de comprar ninguna empresa llamada Metron.

—Pero tú no sientes ningún deseo imperioso de momento.

—Yo no diría eso —dijo él.

La voz grave de Lucas la hizo estremecer.

—Mi deseo de hacer el amor contigo es más que imperioso.

Jocelyn se puso colorada, deseando con toda su alma que fuera cierto. Que no se sintiera condicionado por el hecho de saber que estaban casados.

—No bromees. Estamos hablando de negocios.

—Un asunto muy aburrido, comparado con la idea de hacerte el amor —dijo él.

—¿Qué le digo a Richard sobre Metron? —dijo ella, más bien hablando consigo misma que con él.

—Dile que no estoy interesado en comprar Metron

–respondió colocando en el armario el resto de los ingredientes para hacer galletas.

–Hoy no estás interesado. Quién sabe mañana. Podrías recuperar la memoria en cualquier momento, ¿y entonces, qué?

–No creo que sea ninguna tragedia no haberla comprado.

Y era cierto, pensó. Daba igual lo que sucediera con Jocelyn. Si había una cosa que su accidente le había enseñado era que había algo más en la vida que el trabajo.

Jocelyn lo miró detenidamente. Lucas había hablado muy enfáticamente. Muy normal. El problema era que mientras que su tono era el del Lucas de siempre, lo que decía no lo era. Desde que lo conocía, el centro de su vida había sido expandir la empresa. Hacerla crecer. No tenía sentido que una pérdida momentánea de la memoria reorientase sus prioridades. Y ahora, ¿cuáles eran sus prioridades?, se preguntó. En aquel momento parecía ser que tuvieran unos bonitos recuerdos de unas vacaciones de Navidad.

Jocelyn sonrió. Lucas había puesto tanta energía en adornar la casa para las fiestas como en los negocios. ¿Haría el amor con la misma intensidad?

Se le secó la garganta.

–No sé qué hacer –dijo finalmente.

Lucas la tomó en sus brazos, y la apretó contra su pecho.

–Lo que puedes hacer es dejar de preocuparte –le dijo.

Apoyó su cabeza contra el cabello de ella. Olió su fragancia, a melocotones en verano... Movió suavemente la nariz para oler detrás de su oreja.

–De todos modos, ni tú ni Richard tenéis autoridad

para hacer nada –dijo Lucas, con la intención de terminar con el tema de Metron de una vez por todas.

Lucas sintió que Jocelyn se ponía tensa.

–¿Cómo lo sabes?

«Cuidado», se dijo Lucas.

–Me has dicho que yo soy el dueño de la empresa. Así que debo de ser el único que puedo tomar ese tipo de decisiones. Y, como no pensaba tener ese accidente, no debo de haber preparado un traspaso de poderes.

–No, supongo que no –dijo Jocelyn lentamente.

Tenía la sensación de que había algo que se le escapaba, algo importante.

Pero en aquel momento los labios de Lucas se deslizaron por su mejilla y luego encontraron su boca. Y ella dejó de pensar. Solo sintió.

Su corazón empezó a acelerarse, y oyó un timbre en su cabeza.

«¿Timbre?», se dijo. Eso era su teléfono móvil.

–¡Maldita sea! –exclamó Lucas, expresando también los sentimientos de Jocelyn.

–Será mejor que conteste –dijo ella, reacia–. Probablemente sea Richard para saber qué has dicho.

–Dile que no la quiero –Lucas la soltó de mala gana, y la siguió al salón, con la idea de continuar con el beso cuando dejara de hablar.

–¿Y si le digo que lo haga esperar, mejor? Que hable con ellos, pero que no se comprometa a nada. Luego, cuando recuperes la memoria, puedes tomar la decisión.

–De acuerdo. Date prisa. Tenemos mucho que hacer.

Jocelyn sonrió. Lo que tenían que hacer eran cosas sencillas, pero eran muy importantes si se hacían con la persona que se amaba. Lo único que podía ser mejor que aquello era estar realmente casada con Lucas, y poder hacer el amor frente al fuego cuando terminasen con la decoración navideña de la cabaña.

Jocelyn contestó el teléfono, esperando oír la voz de Richard. Fue un shock oír la voz de Bill.

—He descubierto qué tramas —dijo Bill.

Jocelyn miró a Lucas. Afortunadamente, estaba sacando el pie del árbol de Navidad de la caja.

—¿Y de qué se trata?

—No juegues conmigo, nena. Estás aprovechando la situación para sacarle todo lo que puedas. La única diferencia entre tú y yo es que yo voy a lo grande.

Jocelyn tragó saliva nerviosamente. Parecía que Bill supiese que Lucas había perdido la memoria, pero, ¿cómo era posible?

Intentó no dejarse llevar por el pánico. No tenía que escapársele ninguna información, se dijo. Bill podría estar adivinando, esperando sorprenderla y hacer que confesara algo.

—Reúnete conmigo en el pueblo dentro de media hora y te diré lo que tienes que hacer —le ordenó Bill.

—No estoy segura...

—Yo sí lo estoy. Estaré en el restaurante frente a la farmacia, en la calle principal. No hagas que me tome la molestia de ir tras de ti —colgó.

Jocelyn miró la moqueta beige mientras pensaba qué hacer. Bill parecía satisfecho... Estaba muy seguro de sí mismo, pero, ¿por qué? ¿Realmente sabía que Lucas había perdido la memoria o se había referido a otra cosa?

¡Maldita sea!, pensó, frustrada.

Miró a Lucas con el rabillo del ojo. ¿Qué excusa le daría para volver al pueblo cuando habían pasado toda la mañana allí?

Empezaba a dolerle la cabeza.

–Tengo que ir al pueblo otra vez. Se me ha olvidado una cosa en la tienda.

Lucas la miró achicando los ojos mientras desenvolvía los adornos.

–¿Quieres ir otra vez al pueblo? –repitió, preguntándose quién la habría llamado por teléfono.

No podía haber sido Richard otra vez. Se notaba que Jocelyn estaba tensa. Lucas la miró. Jocelyn tenía miedo de algo o de alguien.

Sintió rabia, pero intentó disimularla. Quería aplastar a quien estuviera provocando todo aquello.

Pero antes tenía que averiguar quién era y qué poder tenía sobre ella. Y no podía averiguarlo si se quedaba en el refugio. Tenía que estar en el lugar de la escena para juzgar la situación por sí mismo.

–De acuerdo. Iré contigo.

–Pero acabas de estar en el pueblo... –Jocelyn intentó disuadirlo.

–Quiero comprar unos cuantos adornos más para el árbol –fue la primera excusa que se le ocurrió–. No teníamos sitio suficiente en el coche para meter todo lo que quería comprar. Puedo hacerlo mientras tú vas a la farmacia.

Jocelyn vio su gesto decidido, y supo que no iba a conseguir nada. No solo no funcionaría seguir insistiendo en que no fuese, sino que terminaría despertando sospechas. Y tal vez solo fueran más adornos lo que quería. Había querido comprar un Santa Claus para el jardín, y ella lo había convencido de que no lo hiciera. Tal vez quisiera eso.

–De acuerdo –dijo ella. No tenía opción.

Fueron callados en el coche. Aquel silencio pareció vaticinarle un desastre seguro a ella. Sintió un nudo en el estómago.

Al llegar al pueblo sintió un cierto alivio. No veía la hora de acabar con Bill. Darle largas unos días más, para que Lucas tuviera un poco más de tiempo para curarse.

El pánico se apoderó de ella, y se empezó a sentir mareada. Si no lograba hacerlo, el bienestar de Lucas estaría en peligro.

–¿Te sientes bien? –le preguntó Lucas–. Estás pálida.

–Tengo frío, eso es todo –contestó Jocelyn–. Hoy hace frío, realmente.

Lucas no se molestó en decirle que dentro del coche hacía calor.

Maldijo no saber qué diablos estaba pasando. De haberlo sabido habría sido capaz de ayudarla, pero ella no confiaba en él. Entre otras cosas porque creía que seguía con amnesia. Y si le decía que no era así, se verían envueltos en otros tipos de problemas.

No le gustaba la idea de espiarla. Pero tenía que averiguar qué sucedía. Tenía que saber si Jocelyn era realmente otra mujer como su madrastra.

–¿Qué te parece si te dejo en la tienda especializada en jardines? –le dijo Jocelyn.

–Deja el coche en el aparcamiento de la farmacia, simplemente. Caminaré hasta allí. Puedes recogerme allí cuando termines.

–De acuerdo –Jocelyn aparcó en el aparcamiento de la farmacia y salió del coche–. Iré a recogerte dentro de un rato.

–Tómate tu tiempo –dijo Lucas–. Quiero mirar tranquilamente los adornos para el jardín.

Jocelyn sonrió débilmente antes de entrar en la farmacia.

Se quedó mirando un expositor de medicinas para

el catarro, a la derecha de la puerta de entrada, para observar a Lucas por el escaparate.

Afortunadamente, enseguida caminó por la calle, en dirección a la tienda de artículos de jardín.

Jocelyn dejó escapar un suspiro de alivio. Aparentemente, lo único que quería era comprar un par de adornos monstruosos que había visto por la mañana. El problema de tener secretos, era obsesionarse con que los demás también ocultaban algo.

Contó hasta cincuenta antes de salir de la farmacia. Y cruzar al restaurante.

Se detuvo al entrar, echando una mirada al casi desierto bar. Bill estaba sentado en una mesa al fondo del local.

Reacia, caminó hacia él.

—Era hora de que vinieras.

—Buenas tardes, si no te importa —respondió ella, tratando de disimular su preocupación.

—No me gusta que me hagan esperar, y será mejor que no lo olvides en el futuro. Ahora, cállate y siéntate.

Jocelyn se reprimió las ganas de tirarle con algo en la cabeza y se sentó.

No podía permitirse el lujo de decirle lo que pensaba de él.

Lucas, apostado en la entrada de una tienda, observó a Jocelyn marcharse de la farmacia y entrar en el restaurante. Fue detrás de ella y se acercó al cristal del restaurante para espiarla, intentando ver qué estaba haciendo. La vio ir hacia la única mesa ocupada que había, en el fondo del local.

Sintió una tensión en el estómago cuando se dio cuenta de quién era el hombre que estaba sentado allí. ¡Jocelyn iba a encontrarse con Bill!

Un ataque de furia le nubló momentáneamente la

visión. La mujer que amaba tenía algo con su hermanastro. La mujer que amaba estaba...

De pronto se dio cuenta de que la rabia lo había cegado, y que en lugar de pensar, había sacado conclusiones precipitadas.

Se quitó del cristal del restaurante y se quedó mirando, ausente, el escaparate de la tienda de al lado, tratando de pensar.

De pronto recordó algo que ella le había dicho cuando aún estaba con amnesia. Jocelyn conocía a Bill. Le había dicho que lo había conocido en una fiesta que había dado Emmy. Y también había dicho que había salido con él. Aquel pensamiento le dejó un sabor amargo en la boca. Pero también le había dicho que había roto con él. Entonces, si eso era cierto, ¿por qué estaba con Bill en aquel momento?

Volvió a mirar disimuladamente por el cristal del restaurante. Estaba sentada frente a su hermanastro. Pero aun desde lejos, se notaba que estaba tensa. Apretó los dientes, de rabia. ¿Qué diablos sucedía? Si ella no quería estar con Bill, y eso era lo que indicaban sus gestos, ¿por qué había ido corriendo a verlo cuando había llamado?

No lo sabía. Pero iba a averiguarlo. Y en aquel mismo momento. Se había terminado el tiempo de los juegos. Se dirigió a la puerta del restaurante.

Dentro, Bill agarró la mano de Jocelyn y le dijo:

—Bonito anillo le has sacado, nena.

Jocelyn quitó la mano.

—Os he visto entrar en la joyería. Os espié por el escaparate. Debo admitir, que nunca me imaginé que tendrías tanta picardía... Pero, dime, nena, ¿cómo vas a lograr que se case contigo antes de que recuerde que eres solo su ayudante administrativa?

Jocelyn respiró profundamente, pensando si sabría realmente lo de la amnesia, o si solo estaba adivinando y esperando a ver cómo reaccionaba ella. Era posible. Bill era muy retorcido.

–¿De qué estás hablando?

–Del accidente de coche en Buffalo. De que le has dicho a todo el mundo que eres su esposa. Fuiste realmente rápida para ver las ventajas de la situación.

La admiración que expresaba su voz, la enfureció, pero no tenía sentido explicarle por qué lo había hecho. Bill no le hubiera creído. Porque para él no había altruismo posible.

–¿Cómo te enteraste del accidente? –preguntó Jocelyn.

–Me lo ha dicho la secretaria de Richard cuando la he llamado anoche –respondió Bill–. Es increíble las cosas que me ha contado, y todo por el precio de una cena y unas vagas promesas. Y cuando me enteré del accidente fue fácil imaginar el resto.

Jocelyn sintió una mezcla de pena y de odio por aquella mujer que había traicionado la confianza de su jefe.

–Lo que haremos será lo siguiente, nena. Voy a mudarme al refugio contigo y con Lucas y a buscar el testamento. Tiene que estar allí porque no está en ningún otro sitio.

–A estas alturas, un hombre con sentido común ya se habría dado cuenta de que no hay ningún testamento –dijo ella, cansada de aquello.

–Lo hay, te digo. Mi padre jamás le habría dejado la empresa a Lucas. Yo era su hijo favorito... Bueno, de todos modos, tú lo convencerás de que me firme un cheque por cien mil dólares –continuó Bill.

–No –dijo Jocelyn tomando aliento.

Bill no le hizo caso y continuó:

–Y una vez que encuentre el testamento, volveré a Filadelfia y usaré el cheque para aplacar a los acreedores que más me presionan.

–No. No lo haré –dijo Jocelyn.

–Escucha, nena, hay mucho dinero para nosotros...

–No –repitió ella.

–Oye, zorra...

Lucas se sintió casi mareado con el alivio que le produjo poder acercarse por detrás y escuchar la conversación. Jocelyn no estaba conspirando con Bill contra él. Ella estaba tratando de protegerlo de la avaricia de Bill. Pero el no ser cómplice de su hermanastro no quería decir que lo amase. Aquel pensamiento fue como un cubo de agua fría para él.

Primero, se desharía de Bill definitivamente, y luego investigaría por qué ella había renunciado a su puesto.

–¡Estás aquí, Jocelyn! –exclamó Lucas.

La voz grave penetró en la mente de Jocelyn provocando emociones contradictorias: miedo de que la confrontación con Bill pudiera dañar su recuperación y alivio de que Lucas estuviera allí.

–¡Lucas! –exclamó Bill con una sonrisa a su hermanastro. Su mirada no coincidía con aquella alegría que expresaban sus palabras–. En cuanto me he enterado de tu accidente he venido a verte. Hay una transacción de negocios que no puede esperar, y necesito que me extiendas un cheque por cien mil dólares para un depósito para una adquisición. Justamente estaba discutiendo el problema con Jocelyn. ¿No es cierto? –Bill le dedicó una mirada de advertencia.

Jocelyn decidió no seguir el juego de Bill. Por más que quisiera pasar más tiempo con Lucas, no pensaba confabularse con Bill para hacerlo. Sería una traición a todo lo que sentía por Lucas.

Se reprimió las lágrimas que habían formado un nudo en su garganta. Siempre había sabido que el tiempo que pasaría con Lucas sería limitado. Pero nunca se había imaginado que Lucas descubriría en un lugar público lo que había hecho ella.

–No tienes negocios con Bill –le dijo Jocelyn a Lucas–. Está intentando aprovecharse de tu amnesia para robarte.

–Lucas, escúchame, soy tu hermano –la interrumpió Bill–. Yo velo por ti y por tus intereses. ¿Por qué crees que he venido, si no, cuando me he enterado de que tu ayudante administrativa estaba fingiendo ser tu esposa?

Jocelyn tembló al ver la expresión en la cara de Lucas.

Sus facciones parecían haber sido talladas en piedra.

–¿Y cómo te has enterado de mi accidente? –preguntó Lucas.

–Al parecer, la secretaria de Richard cree que está enamorada de Bill y lo mantiene informado de lo que sucede –dijo Jocelyn al ver que Bill no decía nada.

–He tenido que venir a rescatarte, hermano –dijo Bill–. ¡Maldigo la hora en que te has visto envuelto en una relación con Jocelyn! Cuando ella se dio cuenta de que nuestra aventura no terminaría en una proposición de matrimonio...

Las palabras de Bill fueron acalladas por la mano de Lucas, que le agarró la pechera de la camisa en un puño, y le cortó el paso de aire en la garganta.

–Me parece que estás un poco confundido, hermanito... –dijo Lucas.

Jocelyn tembló al oír el tono helado de Lucas.

—En primer lugar, no sufro amnesia.

Jocelyn miró a Lucas, preguntándose si decía la verdad, y por qué no había reaccionado al oír que Bill afirmaba que eran amantes.

A no ser que Lucas estuviera esperando agarrarla a solas para hablar con ella. Se estremeció al imaginarse la confrontación que la esperaba.

—Pero ella dijo... —dijo Bill, confundido—. Tienes que tener amnesia. Si no, ¿por qué ibas a comprarle ese enorme anillo de diamantes? ¿Y por qué ibas a estar aquí, en lugar de volar a Filadelfia y negociar la compra de Metron?

—La secretaria de Richard ha estado ocupada pasándote información, ¿no? —le dijo Lucas.

Jocelyn sintió un poco de pena por la mujer. A Lucas no le gustaba que burlasen su confianza.

—Y en segundo lugar, te equivocas también en cuanto al testamento de papá —continuó Lucas—. Aunque no dudo de que te hubiera dejado la empresa a ti, si hubiera podido, no podía ser él quien lo dispusiera. El dejármelo a mí fue una manera de ocultar que no era suya. Por qué le importaba que la gente lo supiera, no lo sé. Pero tampoco sé qué pudo ver en ti.

—¡La empresa también era suya! —insistió Bill—. Tu madre le dejó todo a él. Mamá se puso al tanto antes de aceptar casarse con él.

—Si la mercenaria de tu madre hubiera investigado más profundamente, habría sabido que mi madre jamás fue la dueña de la empresa. Mi abuelo me la dejó a mí en fideicomiso cuando murió. Papá podía ocuparse de ella mientras viviera, pero en cuanto se muriese pasaba a mis manos.

—No te creo —susurró Bill. Estaba pálido—. No puede ser cierto.

–¡Me da igual que me creas o no! –exclamó Lucas–. Y voy a decirte una cosa, una vez, y solo una vez: Si vuelves a acercarte a mí o a mi empresa, te haré pedazos.

–Vamos –Lucas agarró el brazo de Jocelyn y la obligó a ponerse de pie.

Jocelyn obedeció, aunque su instinto le decía que corriese en la dirección contraria. Porque los ojos de Lucas la miraban inexorablemente. Y tendría que darle una explicación.

Pero ella nunca había rehuido sus responsabilidades, y sabía que en la vida se tomaban decisiones y se pagaba su precio. Le hubiera gustado que la factura por aquella decisión no fuese tan cara.

–Oye, Lucas –Bill se inclinó hacia adelante, desesperado por convencerlo–. No sabes lo que estás haciendo.

Lucas miró intensamente a Jocelyn y luego a su hermanastro.

–Sabes que siempre te he odiado, pero de pronto siento que ni siquiera merece la pena odiarte. ¡Eres una patética parodia de un ser humano!

Sin decir una palabra más, Lucas se dio la vuelta y agarrando aún el brazo de Jocelyn se marchó del restaurante.

Jocelyn tenía la impresión de ser una delincuente escoltada por un guardia.

Pero había algo bueno en aquella situación, se dijo Jocelyn mientras trataba de ir al paso largo de Lucas: Ya no tendría que pensar qué hacer. La iniciativa se la habían quitado de las manos. Lucas tenía todas las cartas. Lo que había que ver era cómo las jugaba.

Lucas abrió la puerta del Mercedes, la hizo sentar rápidamente y luego se sentó frente al volante, como casi temiendo que pudiera escaparse.

Una vez dentro, no hizo ningún esfuerzo por encender el motor. Solo apoyó las manos en el volante y miró por la luna del coche.

Jocelyn miró detenidamente sus dedos temblorosos y se estremeció al notar lo enfadado que estaba.

—¿Realmente has recuperado la memoria?

—Sí —dijo Lucas.

—¿Cuánto hace?

—Desde ayer por la mañana.

¿Por qué no había dicho nada?, se preguntó. ¿Por qué la había dejado pensar que seguía con amnesia?

—Quiero una explicación —dijo él finalmente.

Jocelyn tragó saliva, pensando por dónde empezar. Empezó por aclarar lo que más le había molestado de lo que había dicho Bill.

—No he sido amante de Bill. Cuando empecé a salir con él... parecía... —trató de pensar cómo explicar lo que había sentido—. Encantador y... No sé exactamente.

—¿Te sentías atraída por él? —le preguntó Lucas en aquel tono que le daba escalofríos a ella.

—Estaba... —admitió—. Salimos un par de meses, pero cuanto más estaba con él... Más me daba cuenta de que no había nada debajo de su fachada encantadora. Rompimos porque él quiso acostarse conmigo, y yo no quise.

Jocelyn deseó que él la creyera.

—¿Por qué? —preguntó Lucas.

—Porque el sexo no es un juego. Es un acto que puede tener consecuencias —se rio afectadamente—. Yo soy la consecuencia de uno de los encuentros casuales de mi madre. Jamás me arriesgaré a traer un hijo al mundo si tanto el padre como la madre no estamos de acuerdo.

—Comprendo.

Lucas sintió que se relajaba un poco su tensión. Lo que acababa de decir coincidía con la mujer que conocía desde hacía seis meses.

–Bill me estaba esperando en el aparcamiento el día antes de que tú volvieras de tu último viaje de negocios –continuó Jocelyn–. Me dijo que se había gastado el dinero que tu padre le había dejado, y empezó a hablar de un testamento que faltaba. Me exigió que lo ayudara a encontrarlo, y me amenazó con decirte que habíamos sido amantes, si no lo hacía.

–¿Y es por ello que renunciaste a tu puesto de trabajo? ¡Maldita sea, Jocelyn! –exclamó él, dando rienda suelta a su frustración–. ¿No podías haberme dicho lo que pasaba?

–¿Cómo querías que lo hiciera? Cuando Emmy me habló del trabajo de ayudante administrativa, también me dijo que no querías tener ninguna relación personal con alguien con quien trabajases. Y todo el mundo en la oficina sabía cuánto odiabas a Bill. Si te contaba que me estaba amenazando, tú hubieras descubierto que lo odiaba y que en cierto sentido habíamos pasado la noche juntos y que él tenía un recibo de la habitación del complejo turístico al que habíamos ido para probarlo. Me hizo caer en una trampa. Me insistió para que fuera a esquiar con él. Pero dormí en el sofá de la sala de la suite, y él durmió en el dormitorio –Jocelyn intentó no dejar escapar las lágrimas que amenazaban por salir.

–¿Por qué has fingido ser mi esposa? –preguntó Lucas, cambiando rápidamente de tema.

–Porque tuve miedo de que tardasen en aplicarte el tratamiento que tenían que hacerte hasta que localizaran a un familiar que pudiera firmar la autorización de la operación. Y no estaba segura de que tu madrastra o

Bill fueran adecuados, porque sabía que no te iban a ayudar.

—Eso explica que te hicieras pasar por mi esposa en el hospital, pero, ¿por qué no me dijiste la verdad cuando ya estaba a salvo en el refugio? Podrías haber hablado con Richard para que él manejase la situación. Richard hubiera estado de acuerdo en no decirle nada a Bill.

—El médico...

Jocelyn maldijo al médico por advertirle de que no era bueno que Lucas se estresara. Pero no era justo. No había sido solo eso. Ya le había dicho tantas mentiras... Era el momento de la verdad, aunque fuera embarazosa.

—No te lo dije porque... porque te amo, y no podía desaprovechar la oportunidad de fingir ser tu esposa durante los días que estuviéramos juntos... —terminó rápidamente y se miró las manos, incapaz de mirarlo a los ojos. No quería ver el reproche, ni la conmiseración en su mirada.

—¿Me amas? —preguntó él, incrédulo—. ¡Y renunciaste!

—Era lo único que podía hacer. Todo el mundo sabe lo que sientes ante la idea de tener una relación con una mujer que trabaja contigo, y nada de lo que hayas dicho alguna vez me hacía pensar que habías cambiado de parecer. En realidad esa era una de las razones por las que quise el trabajo. Porque pensé que no intentarías acosarme.

Lucas se pasó los dedos por el pelo.

—Eso es producto de la historia de mi madrastra. Pero creo que mi corazón ha sabido desde el principio que tú no eras como ella. Mi cabeza tardó un poco más en confirmarlo. Pero luego, renunciaste, y no supe qué pensar. Si vuelves a hacer algo así...

–¿Quieres decir que puedo recuperar mi trabajo? –dijo Jocelyn, sin saber si era una buena idea.

No sabía cómo iba a hacer para tratarlo como jefe otra vez, después de haberlo tratado como esposo durante las últimas dos semanas. Como a su amado esposo.

–Con ciertas modificaciones –dijo Lucas lentamente, con miedo de poner en palabras sus deseos. Tomó aliento y agregó–: Te quiero como socia.

–¿Socia? –repitió ella, sin poder creerlo.

–Pero tienes que casarte conmigo primero –agregó Lucas.

–¡Casarme contigo! –no podía creerlo, y no quería ilusionarse–. ¿Por qué?

–¿Por qué? Porque te amo, por supuesto –dijo él.

Jocelyn oyó aquellas palabras como en un sueño de felicidad. Se quedó momentáneamente sin habla.

–Jocelyn, quiero hacer tu mundo perfecto. Quiero tener una familia contigo. Quiero que tu cara sea lo primero que vea por la mañana y lo último todas las noches. Quiero que tu sonrisa me acompañe hasta el final de mis días.

–Tú haces mi mundo perfecto simplemente estando en él –dijo ella–. Y me encantaría ser tu esposa.

Lucas extendió la mano para tomar la suya, y en el movimiento se golpeó con el volante. Jocelyn se rio.

El sonido de su risa pareció iluminar todo el cuerpo de Lucas. Sentía que iba a explotar de felicidad. Y que no podía esperar a besarla. A probarla. A hacerla suya en todo sentido.

–Vayamos a casa –dijo él con impaciencia.

–¿A casa?

–Sí, a casa –Lucas la miró con deseo–. Así podré demostrarte exactamente lo que siento por ti. Yo creo firmemente en que los actos son más elocuentes que las palabras. Pienso besar cada centímetro de tu cuerpo... De distintas maneras... –el brillo de sus ojos hablaba por sí solo–. Y te aclaro que soy muy creativo –agregó Lucas.

–Me muero de ganas de que me lo demuestres... –Jocelyn se acurrucó en el Mercedes mientras él encendía el motor y salía con el coche.

Seguramente no habría mayor placer que amar y ser amada, pensó ella. Y poder expresarlo con libertad.

JAZMÍN.

REBECCA WINTERS
EL HÉROE
DE SUS SUEÑOS

CAPÍTULO 1

TÍO PAYNE...

Payne Sterling, de treinta y tres años de edad, levantó la mirada de la pantalla del ordenador portátil y vio que Catherine, su sobrina favorita, entraba volando en el despacho. Parecía que sus pies no tocaban el suelo. Su prometida la seguía a paso algo más lento, en su silla de ruedas. Las dos parecían aterrorizadas por alguna cosa.

—¡Tienes que ver esto!

Catherine, que parecía frenética, le puso delante un libro de bolsillo.

—Tranquilízate, cariño.

Desconcertado, Payne tomó el libro, lo miró atentamente y descubrió con sorpresa que se trataba nada menos que de una novela romántica titulada *Fusión en Manhattan*, de Bonnie Wrigley. Bajo el título había una ilustración en la que se veía a un hombre que sostenía a una mujer en brazos. Estaban ambos de pie en el despacho de un rascacielos de Nueva York, porque al fondo se adivinaba el perfil de Manhattan. Al echarle un segundo vistazo al dibujo, Payne cayó en la cuenta de que aquel no era un despacho cualquiera.

Ni aquel hombre un hombre cualquiera.

Aunque no se tratara de una fotografía, al mirar aquella ilustración le pareció estar viéndose en un espejo. Se quedó mirándola un minuto entero, asombrado e incrédulo.

—Prométeme que no le dirás a mi madre que leo estas cosas, tío Payne. El caso es que desde hace un año he notado que muchos de los hombres de las portadas se parecen a ti. Pero es que éste eres tú –a Catherine le tembló la voz–. Hasta tiene el mismo corte del pelo.

Payne ya lo había notado.

–Tiene razón, Payne –exclamó Diane ansiosamente–. Ese hombre tiene tu misma complexión y el mismo pelo castaño oscuro. Es de tu misma altura. Es igual que tú. Hasta tiene el mismo tono azul de tus ojos. Por eso le he dicho a Catherine que tenía que enseñarte esa novela.

Las dos habían palidecido.

–Hasta lleva el mismo tipo de traje y de camisa que tú sueles llevar a trabajar, tío Payne. Y las ventanas y la vista son idénticas a las de tu despacho. La persona que ha hecho esta portada tiene que saber muchísimas cosas sobre ti. ¡Mira! –dijo Catherine, señalando el dibujo–. ¿Ves ese cuadro del barco pasando por delante de un faro? ¡Tú tienes uno igual en tu despacho! ¿Y qué me dices de ese cuadrito del bulldog que hay encima de la mesa?

Payne se había fijado en aquellos detalles de inmediato, pero no había querido decir nada para no alarmarlas más. El hecho de que hubiera contratado un arquitecto para transformar el viejo faro de Crag's Head en la casa en la que llevaba viviendo varios años hizo que se dispararan sus sospechas. Miró fijamente a su sobrina de quince años, cuyo cabello rubio pálido era igual que el de su hermana.

–¿Has leído ya esta novela?

–No. En cuanto se la enseñé a Diane, decidimos mostrártela inmediatamente.

–Has hecho bien.

En alguna parte había oído que todo el mundo tiene un doble. Posiblemente, más de uno. Tal vez aquello fuera una fantástica coincidencia, pero no podía arriesgarse. Sobre todo, teniendo en cuenta lo que había sucedido en Navidad.

–¿De dónde sacas estos libros, Catherine?

–Una de las doncellas los lee primero y luego me da unos cuantos. Cuando acabo, se los devuelvo.

—¿Qué doncella?

—Nyla.

—Catherine no debería leer esos libros, Payne —declaró Diane—. La persona que te ha puesto en las portadas, sea quien sea, seguramente leyó un montón de novelas basura en su juventud y ya no distingue la realidad de la fantasía.

—No son basura —se apresuró a decir Catherine—. Son historias muy emocionantes sobre gente que se enamora. Se aprenden muchas cosas y se conocen muchos sitios. A mí me parecen maravillosas. Si mi madre y tú os tomarais la molestia de leer alguna, también quedaríais enganchadas —Diane miró a Payne con indignación—. Oye, tío Payne, no te enfades con Nyla. No quiero que se meta en un lío por mi culpa. Fue ella la que me dijo que debía comentártelo. Si se lo dices a papá o a mamá, harán que me quede con los abuelos la próxima vez que se vayan de viaje. Y Nyla podría perder su trabajo.

Él sacudió la cabeza.

—No voy a poner en peligro el empleo de Nyla. Por el contrario, debería darle las gracias por fomentar tu pasión por la lectura. Esto ha sacado a la luz algo que hay que aclarar de inmediato.

Diane se estremeció.

—Puede que sea otra loca que te esté siguiendo sin que tú lo sepas. No hay duda de que ha estado en tu despacho, Payne. Tengo miedo por ti.

Su prometida tenía razones para estar atemorizada. Menos de seis meses antes, Diane Wylie había recibido un balazo destinado a él y disparado por una acosadora, y ahora se encontraba condenada a una silla de ruedas, tal vez para siempre.

Consumido por la culpa, Payne rodeó la mesa y se agachó a su lado. Le agarró la mano y dijo:

—Ahora mismo no sé qué pensar, pero voy a averiguar si se trata de otra perturbada. Vosotras quedaos aquí. Enseguida vuelvo.

Se levantó, acarició la mejilla pálida de su sobrina y,

tomando la novela, salió con calma del despacho de su cuñado. Unos minutos después encontró a Nyla en la cocina disfrutando del té de la tarde con otros miembros del personal doméstico. El semblante de la doncella adquirió una expresión seria cuando Payne le mostró la novela y le preguntó dónde la había comprado.

—Yo las consigo a través de un club de libros, pero se pueden comprar ejemplares usados en una tienda de libros de segunda mano del pueblo. Se llama Libros Luz de Vela. Tienen de todo.

—Gracias, Nyla.

—De nada. Le aviso que he visto su cara en otras portadas, aunque el pelo y los ojos eran distintos. Hasta que recibí este libro, pensé que se trataba sólo de una extraña coincidencia. Le sugerí a Catherine que se lo comentara. El parecido es asombroso. Y el de la historia también.

¿El de la historia también?

Sin perder más tiempo, Payne sacó su teléfono móvil, llamó a seguridad y ordenó que se encontraran con él en la parte de atrás de la casa de su hermana. Desde los diecisiete años, Payne había sido víctima de media docena de incidentes provocados por fanáticas que lo acosaban, incidentes a los que la intervención de la policía había puesto fin. Pero el pasado diciembre, entre Navidad y Año Nuevo, una psicótica había logrado introducirse en el complejo Sterling, situado en el South Fork de Long Island. Nadie sabía si había llegado por mar o había logrado burlar a los guardas de la puerta. En aquel momento, los Sterling estaban dando una cena en honor de los Wylie, quienes ese mismo día los habían invitado a almorzar. Los Wylie vivían en la parte norte de Long Island y desde hacía muchos años el intercambio de invitaciones entre ellos se había convertido en una tradición.

Antes de las vacaciones navideñas Payne había estado una larga temporada en el extranjero, por lo que se había pasado casi todas las fiestas solo en su despacho, poniendo al día el papeleo. Mientras estaba enfrascado en su trabajo, su madre lo llamó enojada porque se hubiera perdido el almuerzo con los Wylie. ¿Podía al menos contar con él para la cena? Y, por favor, ¿podía llevar a Diane, que estaba de compras en la ciudad? De ese modo, nadie llegaría tarde.

Sabiendo lo mucho que se preocupaba su madre por aquellas cosas, Payne convino en ir a buscar a Diane y llevarla con él. Acababan de salir del coche y se dirigían al pórtico delantero de la casa de los padres de Payne cuando aquella perturbada salió de entre los arbustos. Aquella mujer, que parecía tener unos treinta años, decía estar enamorada de él. Si ella no podía tenerlo, tampoco lo tendría ninguna otra mujer.

Al ver un destello metálico, Payne tuvo tiempo de apartar a Diane antes de que disparara el arma, pero la agresora tenía escasa puntería. Para horror de Payne, la bala se incrustó en la parte inferior de la espalda de Diane antes de que él tirara al suelo a la intrusa. Aquella espantosa experiencia había cambiado la vida de todos.

Durante todo el trayecto hacia el hospital, Diane se había aferrado a él con todas sus fuerzas. Creyéndose al borde de la muerte, le había confesado cuánto lo necesitaba y lo mucho que lo había amado siempre. Payne ignoraba entonces que ella albergara sentimientos tan profundos por él. Nunca se había interesado por ella de ese modo, pero en aquel instante no importaba, pues no hubiera podido abandonarla en el estado en que se encontraba.

Varios meses después, ella aún no podía caminar, aunque conservaba parte de la sensibilidad en las piernas. Los médicos decían haber hecho todo lo posible y recomendaban que acudiera a una clínica de Suiza famosa por sus logros en lesiones medulares como la suya. Temiendo el fracaso, Diane se había negado en redondo a considerar aquella sugerencia y a permitir que nadie la ayudara. Para entonces, Payne había hecho inventario de su vida y había llegado a la conclusión de que, si le pedía que se casara con él, Diane tal vez se mostrara más inclinada a recibir el tratamiento que necesitaba.

Pero, tras el anuncio de su compromiso, ella parecía haberse replegado más aún en sí misma y hasta se negaba a hablar del viaje a Suiza. Y, lo que era peor aún, había desarrollado un miedo casi irracional a que volvieran a dispararles.

Para tranquilizarla, Payne había hecho aumentar las medidas de seguridad en torno a ella y a los Wylie, así como alrededor de cuantos habitaban en la finca de los Sterling. Su prometida estaba protegida veinticuatro horas al día. En cuanto a Payne, cuatro guardaespaldas lo acompañaban siempre que salía a atender sus negocios. Un helicóptero lo llevaba de casa a su oficina en Manhattan. Si tenía que viajar al extranjero, usaba su avión privado. Cuando tenía que desplazarse en coche a algún punto de Long Island, uno de sus guardaespaldas conducía su limusina blindada y de cristales ahumados.

De camino a la librería de Oyster Bay, le entregó la novela a Mac, un antiguo buzo del ejército que desde hacía tres años era su guardaespaldas.

–¿Qué te parece esto?

Mac echó un vistazo al libro y dejó escapar un silbido. Sus ojos grises se clavaron en Payne con desconcierto antes de que le devolviera el libro.

–¿Cómo es que sales en la portada?

–Eso es lo que intento averiguar.

Mientras el conductor buscaba la librería Luz de Vela, Payne abrió la novela buscando el copyright. *Red Rose Romance Publishers, Inc., Segunda Avenida, Nueva York.* Sus ojos se achicaron. Nunca había oído mencionar aquel nombre, pero la dirección quedaba al este de Central Park, junto al Turtle Bay Grill, donde a menudo quedaba para comer con sus clientes extranjeros.

Al parecer, el libro había sido publicado dos meses antes. Eso significaba que quien estuviera detrás de todo aquello, lo conocía mucho antes de la fecha de publicación. La mayoría de las editoriales preparaban la edición de los libros con tres o más años de adelanto.

Había una advertencia: «Ningún personaje, nombre o incidente contenido en este libro existe fuera de la imaginación del autor». ¡Y un cuerno!

Una mueca crispó el rostro de Payne. Le dio la vuelta al libro para leer la contraportada. Para cuando leyó la segunda frase, ya había empezado a sudar frío.

¿Secretos?

El poderoso y apuesto multimillonario neoyorquino Logan Townsend oculta a su prometida y a toda su familia un doloroso secreto.

–Dios mío –musitó.

Cuando se ve envuelto en un accidente en el desierto del oeste americano, la doctora Maggie Osborn descubre cuál es ese secreto. Sin que él lo sepa, Maggie pone en peligro su vida para salvar a Logan.

Pero los secretos siempre salen a la luz.

Logan no descubre hasta su regreso a Nueva York que Maggie le está ocultando algo. A punto de sellar la fusión más importante de su vida, se debate entre el deseo y el deber.

Tras leer la última línea, Payne sintió como si alguien pasase sobre su tumba. Convencido de que nada de cuanto contenía aquel libro era accidental, estrujó con fuerza el volumen. De buena gana hubiera ensuciado la isla arrancando una a una sus páginas para librarse de él. Pero por varias razones obvias no podía hacerlo y se veía forzado a quedarse allí sentado mientras intentaba contener su ira.

Sam, el guardaespaldas que iba al volante, se desvió por un callejón y detuvo el coche frente a la entrada posterior de la librería en cuestión. John y Andy, dos de los guardias de seguridad, saltaron fuera del coche y se apresuraron a entrar en la tienda antes que Payne.

Era casi la hora de cerrar, un martes de junio por la tarde. La ocasión no podía haber sido más propicia para no llamar la atención.

Cuando le dieron el visto bueno, Payne salió de la limusina con Mac a sus espaldas y entró en el claustrofóbico establecimiento, un laberinto de recovecos y estrechos pasillos. Había novelas del suelo al techo allí donde se mirara. No había duda, pues, de que aquello era el verdadero paraíso de los amantes del libro de bolsillo.

Los ojos de la dependienta, una mujer de cierta edad que esperaba tras el mostrador, se iluminaron al ver a Payne.

—¡Buenas noches, señor Sterling! Soy Alice Perry. Me honra usted con su visita —le tendió la mano y él se la estrechó.

—Encantado de conocerla, señora Perry —respondió Payne.

—¿En qué puedo ayudarlo?

Él le entregó la novela combada. Ella le echó un vistazo y alzó la mirada hacia él con excitación.

—¡Sabía que era usted! —exclamó—. Todas las lectoras de novelas románticas me lo dicen últimamente.

Payne dejó escapar un bufido.

—Según mi sobrina, hay otras novelas aparte de esta en cuya portada aparecen dibujados hombres que se me parecen.

—¡Oh, sí! —dijo ella—. Pero no tanto como en ésta.

De modo que ni Catherine ni Nyla habían exagerado lo más mínimo. Las cosas iban de mal en peor.

—En este momento, no hay disponible ni un solo ejemplar de *Fusión en Manhattan* en toda la costa atlántica. El teléfono no deja de sonar. Me llaman libreros de todas partes pidiéndome ejemplares. La gente que tuvo la suerte de comprarla cuando salió por primera vez, se agarra a ella como si fuera un salvavidas. Yo me he quedado con ejemplares para mí y para mi hija, que me ayuda a llevar la tienda. Tal vez, antes de marcharse, pueda firmárnoslos. Nos encantaría que lo hiciera.

—Lo haría encantado, si hubiera dado mi permiso para aparecer en esas portadas.

La sonrisa de la señora Perry se desvaneció.

—No comprendo.

—Yo tampoco, señora Perry. Por eso he venido, para intentar resolver este misterio.

—¿Quiere decir que han utilizado su imagen así, por las buenas?

—No lo sé, pero pienso averiguarlo —Payne intentó calmar su ira—. ¿Puedo ver esos libros, si es tan amable?

—Sólo me quedan cuatro. Los tengo guardados bajo llave en la trastienda hasta que el viernes llegue un librero de Connecticut. Es un coleccionista y me va a pagar cinco mil dólares por cada ejemplar. Espere un momento, ahora mismo los saco.

—¿Sólo cinco mil? —susurró Mac con sorna cuando la mujer desapareció de su vista.

Payne ignoró su comentario y se acercó a la estantería más cercana, en la que figuraba el cartel: «Misterio». Estaba atiborrada de títulos de diversos autores, ordenados alfabéticamente. Payne sacó un volumen con intención de ver qué clase de portada tenía. La fotografía mostraba una populosa escena callejera de alguna parte de Londres. En la página del copyright figuraba el nombre de una editorial británica.

Payne se acercó a otra sección titulada «Comedia Romántica publicada en Los Ángeles». En las portadas figuraban caricaturas pintadas.

—Aquí están.

Payne volvió a guardar el libro y se acercó a la mujer, que acababa de poner cuatro libros sobre el mostrador, ante él. Al primer vistazo quedó horrorizado.

Aquella era su cara.

En uno de los libros aparecía caracterizado como un normando de larga y rubia cabellera, ojos castaños, muslos abultados y bíceps el doble de grandes que los suyos. El libro se titulaba *La novia de Roald*. En otro, titulado *El príncipe de los sueños*, aparecía como un príncipe castellano, ataviado con ropajes ceremoniales, con el pelo y los ojos negrísimos. En el tercero, *Amor encubierto*, Payne era un miembro de la Policía Montada del Canadá, de ojos grises, con su uniforme rojo de gala y el sombrero cubriéndole el cabello. El último se titulaba *El pastor de estrellas*. En él Payne aparecía como un hombre del futuro, con el pelo rojizo y los ojos marrones.

En todas aquellas portadas, rodeaba con los brazos a una bella mujer. Las ilustraciones parecían ser obra de una misma persona.

–Menuda vida te pegas –susurró Mac con sorna.

Payne no respondió y observó los lomos de los libros. Los cuatro pertenecían a la editorial Red Rose Romance Publishers y habían sido publicados ese año.

–¿Cuántas editoriales publican novelas románticas en formato de bolsillo, aparte de Red Rose?

–Muchísimas en todo el mundo, pero las de mis estanterías proceden casi todas de Estados Unidos, Inglaterra y Canadá. Red Rose es la que más publica al año con diferencia.

–¿Ha visto usted mi cara en alguna portada, aparte de las de Red Rose?

–No.

Aquella era, de momento, la única buena noticia del día. Confiaba en que Red Rose fuera una editorial pequeña que apenas tuviera distribución.

–¿Los libros están ordenados por editoriales?

–Sí.

–¿Le importaría enseñarme la sección de novela romántica?

Ella se echó a reír.

–Es prácticamente toda la tienda, a excepción de la estantería dedicada a la literatura de misterio y de ciencia ficción, que está ahí enfrente.

Él intentó no mostrarse sorprendido.

–Podríamos ver primero la sección dedicada a Red Rose.

–Sígame, señor Sterling –ella lo condujo casi hasta la puerta–. Empieza aquí y va hasta el fondo de la tienda.

Él abrió mucho los ojos, incrédulo.

–¿Todas esas novelas son de Red Rose?

–Sí. La editorial tiene nueve colecciones diferentes, dependiendo de la clase de novela que esté buscando. Como es natural, aquí están únicamente las versiones en inglés. Pero sus libros se publican en más de cien idiomas –¡más de cien! Eso significaba que...–. Nosotros tenemos algunos ejemplares en italiano y ruso, para algún visitante ocasional –añadió ella.

Payne se preguntó cuántas veces habría estado Catherine allí sin que su madre lo supiera. Quería a su hermana Phyllis, pero, al igual que la madre de ambos, esta era un tanto intransigente. Conociendo su refinado gusto por las bellas artes, la música y la literatura, Payne dudaba de que Phyllis se hubiera molestado nunca en leer una novela romántica de bolsillo. Se preguntaba si Diane también las despreciaba por principio. O tal vez hubiera leído unas cuantas siendo una adolescente y ahora se negaba a admitirlo. Payne sentía curiosidad por saberlo. A sus ojos, Diane se habría convertido en una persona más real si se hubiera opuesto a los deseos de su madre como hacía Catherine.

–¿Hasta qué fecha se remontan estos libros?

–Red Rose lleva publicando al menos cuarenta años, que yo sepa.

¿Cuarenta años?

Payne observó aquella enorme cantidad de material de lectura. Evidentemente, a parte de Nyla y Catherine, miles de personas llevaban comprando aquellos libros al menos cuatro décadas. Eso era mucho tiempo. Demasiado para que aquella no fuera una compañía respetable.

–Si quiere ver la lista de los libros que publican, la encontrará en los carteles que cuelgan del techo sobre cada sección. Hay para todos los gustos.

–Ya lo veo –masculló Payne.

Un toque de romance, Un toque de pasión, Un toque de espionaje, Un toque de historia, Un toque maternal,

Un toque de realeza, Un toque de ciencia ficción, Un toque del Salvaje Oeste, Un toque de humor.

–Puede usted mirar cuanto quiera.

–Gracias.

Dado que la librera había sacado ya de los estantes todos los ejemplares en que aparecía su retrato, no tenía sentido rebuscar entre aquellas montañas de libros. La sola idea desafiaba su imaginación. Sin embargo, sacó un libro de cada sección para examinar las portadas. En la mayoría figuraban ilustraciones, en vez de fotografías. Los llevó al mostrador.

–Me llevo estos nueve. Esos otros cuatros, quisiera que me los prestara usted veinticuatro horas –sacó una tarjeta de crédito de su cartera–. Añada veinte mil dólares a su cuenta. Cuando le devuelva los libros, puedo recuperarlos.

Ella sacudió la cabeza.

–Confío en que me los devolverá, señor Sterling. No voy a cobrarle nada.

–Gracias –Payne guardó la tarjeta de crédito y sacó un billete de cien dólares–. Me ha sido usted de gran ayuda –dijo, deslizándolo hacia ella. Ella fue a darle el cambio, pero él le dijo que no se molestara.

–Pero esto es demasiado...

–Acéptelo, por favor –dijo él con una sonrisa.

–Si insiste. Después de todos estos años, es tan emocionante conocer en persona al miembro más legendario de la familia Sterling...

Payne había oído muchas veces aquel comentario a lo largo de su vida. Sin embargo, no tenía sentido recordarle a aquella mujer que su sitio en el mundo se debía al mero azar de su nacimiento. El lugar que ocupaba ella había sido decidido del mismo modo.

Además, él se levantaba por las mañanas, trabajaba con ahínco y sufría antes de irse a la cama cada noche, como ella y como todo el mundo.

Ella escudriñó su mirada.

—Confío en que esto resulte ser solamente un error sin mayores consecuencias.

—Yo también lo espero.

De lo contrario, acabaría de empezar otra pesadilla.

Ella guardó los libros en una bolsa y se la entregó a Payne. Este añadió *Fusión en Manhattan* a la bolsa.

—Prometo devolvérselos. Gracias de nuevo, señora Perry.

—No hay de qué.

—Vámonos –le murmuró Payne a Mac.

Una vez acomodados en la limusina, telefoneó a Drew Wallace, su abogado, y le explicó lo sucedido. Quedaron en verse en Crag's Head tan pronto como Drew se librara de un importante compromiso para cenar.

Satisfecho porque Drew pudiera acudir a cualquier hora y sin previo aviso, Payne le dijo que mandaría el helicóptero a recogerlo. El encuentro tenía que celebrarse sin falta esa noche, en la más estricta intimidad.

Cuando regresó a la casa de su hermana, encontró a Diane en el jardín trasero, mirando revistas de bodas. Catherine estaba intentando enseñar algunos trucos al golden retriever de la familia utilizando galletas para perro.

Aunque Payne quería a todas sus sobrinas y sobrinos, siempre había sentido debilidad por Catherine. El corazón de la chiquilla se derretía por los infortunados de este mundo, ya fueran animales o personas. De todos los hijos de su hermana, Catherine era la que peor se había tomado la muerte de su hermano Trevor, enfermo de leucemia. Payne estaba convencido de que, cuando la recibiera, Catherine dedicaría toda su herencia a la investigación contra la enfermedad.

Desde el tiroteo, su sobrina estaba muy unida a Diane y parecía empeñada en que su prometida volviera a caminar algún día. Aquel empeño había hecho aumentar el afecto que Payne sentía por ella como ninguna otra cosa.

Mientras Phyllis y Trent estaban de viaje con sus tres hijos mayores, la sobrina de Payne, que había preferido quedarse, estaba ayudando a Diane y a la madre de ésta a organizar la boda, prevista para el primero de agosto.

Sin que Diane lo supiera, Payne había despejado su agenda para poder llevársela a Suiza el mes entero. Pasarían su luna de miel en un hospital célebre por obrar milagros en pacientes con dolencias semejantes a la de Diane. Payne pensaba llevarla costara lo que costase.

Tras salir de la limusina, le dio a Mac la bolsa y se acercó a su prometida. Ella sonrió al verlo, a pesar de que sus ojos aún parecían atemorizados. Payne le dio un rápido beso en los labios, sabiendo que lo que iba a contarle la desilusionaría inevitablemente.

—Hay que ocuparse de ese problema con las portadas. Me temo que tendremos que dejar para otro día la cena en Nueva York.

—No sé por qué, pero sabía que dirías eso.

—Drew vendrá en cuanto pueda.

—Me alegro.

—Te llamaré en cuanto acabemos de hablar. Mientras tanto, Sam te llevará a casa.

Payne empujó la silla de ruedas hasta la limusina y, tomando a Diane en brazos, la sentó en el asiento de atrás. Catherine y el perro corrieron a despedirse de ella mientras el chófer plegaba la silla y la guardaba en el maletero.

—Prométeme que me llamarás luego para decirme qué ha pasado.

Payne no podía mirarla sin pensar en sus piernas casi inermes. Aunque no había apretado el gatillo, él había sido el desencadenante de lo sucedido.

—Sabes que lo haré —le apretó la mano y cerró la puerta de la limusina.

—Adiós, Diane —dijo Catherine.

Mientras el coche se alejaba, Payne rodeó a su sobrina con el brazo y la llevó hacia la casa. Necesitaba su ordenador.

—Quiero darte las gracias por ser tan buena con Diane.

—Quiero que se ponga mejor.

—Yo también.

—Está convencida de que nunca más podrá caminar, pero yo le he dicho que eso es una tontería, porque todavía tiene sensibilidad en las piernas. No permitiré que se dé por vencida. Aunque no quiera ir a esa clínica de Suiza, tienes que llevarla, tío Payne.

Él sostuvo la puerta abierta para que entraran Catherine y el perro. Una vez dentro de la casa, dijo:

—Eso pienso hacer.

—Mientras estaba en el pueblo, Diane empezó a llorar y dijo que no quería pasar por otra operación que no le sirviera de nada.

Payne apretó los dientes.

—Me temo que verme en esa portada le ha hecho recordar el horror de lo que le pasó en Navidad.

—Razón de más para que luche con todas sus fuerzas para recuperarse –dijo Catherine encendidamente–. Por lo menos, el médico no ha dicho que no hubiera remedio. No como le pasó a Trevor –su voz tembló.

—Tienes razón –Payne la besó en la frente–. Te quiero por preocuparte tanto por todos. Cuando tu madre me pidió que te cuidara mientras estaban en México, me alegré mucho. ¿Sabes qué?, intentaré sacar tiempo mañana por la tarde para llevaros a Diane y a ti a navegar.

—A ella no le gusta navegar.

Payne pensó de repente que había ocurrido algo desagradable entre Catherine y Diane.

—¿Qué ocurre, cielo?

—Nada –dijo ella con voz apagada.

—A mí me lo puedes contar.

Su sobrina lo miró con sus ojos azules y profundos.

—Diane me ha regañado por leer esas novelas. Dice que son una pérdida de tiempo y que no reflejan la vida real.

Hasta que tuviera tiempo de leer *Fusión en Manhattan*, Payne prefería reservarse su opinión.

—No te tomes tan a pecho lo que te ha dicho. Últimamente está un poco desanimada.

—Sí, ya. Lleva así desde que os comprometisteis.

Él frunció el ceño.

—Así ¿cómo?

—Digamos que le cuesta aguantarme cuando tú no estás.

—Eso no es cierto, Catherine. Te tiene tanto cariño que quiere que la ayudes a organizar la boda.

—Sólo me lo pidió porque tú insinuaste que tal vez fuera una buena idea ahora que mis padres están de viaje. Nunca te lo he dicho, pero hace dos años, en la fiesta del cuatro de julio en el yate, Linda y yo nos imaginamos que Diane estaba enamorada de ti porque nos dijo que nos fuéramos y os dejáramos a solas.

Tras lo que acababa de decirle, Payne comprendió que su intuitiva sobrina comprendía mucho mejor a su novia de lo que él creía. En aquella época, Payne tenía tantas cosas en la cabeza que había permanecido ajeno al interés que Diane sentía por él. Si no hubiera salido de su despacho aquella noche... Pero nada en el mundo podía ya hacer desaparecer lo que despedazó vidas y sueños.

Payne encontró su ordenador portátil en el estudio y dijo:

—¿Por qué no le dices a Linda que venga a navegar con nosotros mañana, con Diane o sin Diane?

—¿Lo dices en serio? —Catherine esbozó una luminosa sonrisa—. Gracias, tío Payne. ¡Eres el mejor! —se puso de puntillas y le dio un beso en la mejilla—. Se lo diré luego, cuando la vea.

—Hazlo. Luego nos vemos.

—De acuerdo. Vamos, Lady.

Antes de salir para reunirse con Mac, Payne vio al perro seguir a su sobrina escaleras arriba. A los Sterling les encantaban los animales. Él no era una excepción, pero tras la muerte de su bulldog, Bruno, había decidido no volver a tener perro. Desde que se había mudado a su nueva casa, pasaba mucho tiempo fuera. No sería justo tener una mascota en esas condiciones. Los animales necesitaban afecto y atenciones constantes.

Al reunirse con Mac en la limusina, le confesó:

—Hace unos días, le dije a Diane que echaba de menos tener perro y que pensaba comprarle uno como regalo de boda para que le hiciese compañía cuando yo estuviera de viaje. Pero al parecer no le apetece nada, aunque le hice notar que también serviría como perro de guarda.

—No es de extrañar, teniendo en cuenta que su madre es alérgica a los perros —murmuró Mac—. Tu novia no tuvo animales de pequeña.

Payne se frotó el puente de la nariz.

—Diane asegura que lleva años enamorada de mí, pero desde nuestro compromiso ha empezado a darse cuenta de lo poco que tenemos en común. Me temo que no soy el hombre perfecto que ella creía.

Mac lo miró con franqueza.

—No te ofendas, pero alguien debió recordarle el viejo dicho: «ten cuidado con lo que deseas, no vaya a ser que se cumpla.»

—A veces me das miedo, Mac.

—¿Y eso?

—Porque me quitas las palabras de la boca. Anoche, Diane se derrumbó y reconoció que mi casa no le gusta —Mac hizo una mueca—. Me dijo que si, en vez de un perro, no prefería que como regalo de boda construyéramos una mansión al estilo inglés, parecida a la de sus padres. Yo le recordé que era hija única y que algún día heredaría la casa de su familia y que podría pasar tanto tiempo como quisiera con sus padres cuando estuviésemos casados.

Mac no dijo nada. Ni Payne tampoco.

Tras abandonar la enorme casa de su hermana, cuyo estilo de Nueva Inglaterra recordaba tanto la casa de los Hamptons, Payne sintió un fuerte deseo de hallarse en su nido de águilas de Crag's Head.

El dinero podía comprar cosas que él nunca había querido, además de haberle acarreado más sufrimiento del que nunca hubiera imaginado. Pero una cosa podía agradecerle: le había permitido convertir el viejo faro que se levantaba en los terrenos de su familia en un santuario de primitiva belleza y soledad.

Payne era ingeniero, no arquitecto, pero había sabido lo que quería en cuanto vio por primera vez la capilla de Nôtre Dame du Haut de Ronchamps diseñada por Le Corbusier. Utilizando un estilo escultural más que rectilíneo, el célebre arquitecto francés había creado dos muros curvados de tosca mampostería encalada que se juntaban bajo una negra techumbre. Incorporando esos mismos elementos en el faro, la casa de Payne se alzaba como una escultura en la punta de tierra que miraba al Atlántico. Las ventanas dispersas al azar y proyectadas hacia fuera le proporcionaban la intimidad y las vistas que siempre había querido.

Le gustaba poder pasear por allí mientras pensaba dónde colocar enormes cables de fibra óptica en el laberíntico subsuelo de Nueva York. Las redes de fibra óptica eran uno de los últimos avances en telecomunicaciones. Payne siempre había considerado aquél un mercado de vasto potencial. Satisfecho por haber desplegado ya cinco millones de kilómetros en el subsuelo de la ciudad, ahora se dedicaba a vender sus derechos de explotación. Empresas de todo el mundo acudían cada día a él en busca de más.

Al construirse la casa, no había conocido aún a la mujer con la que deseaba casarse. Si alguna vez había pensado en ello, se había imaginado que, cuando apareciera la mujer adecuada, a ella le gustaría la casa tanto como a él.

La noche anterior, le había prometido a Diane hacer algunos cambios en la decoración del segundo piso para que éste resultara menos austero y semejante a una fortaleza.

En cuanto al faro, había sido transformado en un espacio abierto dedicado al trabajo. En aquel santuario interior de gruesos y redondeados muros, Payne extendía los enormes mapas de los túneles que discurrían bajo la superficie de las principales ciudades de América y Europa.

Teniendo en cuenta que estaba en negociaciones para conseguir los derechos de comercialización en cincuenta nuevos países, no había modo de calcular adónde llevaría todo aquello en los años venideros. Pero sin duda nunca le faltarían problemas que resolver. Y eso era lo que le apasionaba.

Por eso iba a llevarse a Diane a Suiza, aunque fuera a rastras. Y si aquellos médicos no podían curarla, él había oído hablar de otro que dirigía en Noruega una clínica especializada en lesiones medulares. Si había logrado descubrir cómo desenterrar asombrosos tesoros que yacían en el barro bajo las calles de Nueva York, París y Roma, sin duda podría encontrar un modo de que Diane volviera a caminar.

–¿Betty? –dijo llamando a la señora Myers. Ésta y su marido eran los guardeses de la casa y hacían las faenas domésticas más ligeras–. Esta noche espero a Drew Wallace. Cuando llegue, por favor hazlo pasar a mi despacho.

–Desde luego. ¿Quiere comer algo antes de que llegue el señor Wallace?

–Un sándwich, tal vez.

–Enseguida.

Para aprovechar el tiempo, Payne se recostó en su silla reclinable, ajustó la lámpara de pie y comenzó a leer *Fusión en Manhattan*. La primera línea lo dejó sin aliento.

Logan Townsend no estaba enamorado de su prometida.

Desde ese momento, leer fue como atravesar caminando el campo de minas de su propia psique, en el que sus pensamientos y sentimientos más profundos aparecían expuestos a cada paso. Cuando llegó a la última página y cerró el libro, le temblaban las manos.

Recordó algo que Catherine le había dicho antes de que saliera hacia Crag's Head.

«Diane me ha regañado por leer novelas románticas. Dice que son una pérdida de tiempo y que no reflejan la vida real».

¡Qué equivocada estaba Diane!

Si de algo podía dar gracias, era de que Catherine no hubiera leído aún aquella historia que sólo podía reportarle más dolor.

De nuevo le llamó la atención la ilustración de la portada y pensó horrorizado que aquel libro con su retrato estaba en circulación.

—¿Payne?

Al oír la voz familiar de Drew, Payne se levantó de la silla. Solo entonces se dio cuenta de que había estado tan enfrascado en la lectura que ni siquiera se había percatado de que un rato antes Betty le había llevado una bandeja con comida. Por desgracia, había perdido el apetito.

—Me alegro de que estés aquí.

—Cielo santo, cualquiera diría que has visto un fantasma.

—Ojalá fuera eso —masculló él, entregándole el libro—. Acabo de leerlo. Nadie, absolutamente nadie, podría haber escudriñado mi alma para extraer de ella ciertas cosas como lo ha hecho esta autora. Y me refiero a ideas y sentimientos muy íntimos.

Su abogado tomó el libro y observó la portada.

—No hay duda. La persona que hizo esta ilustración usó una fotografía tuya. Veamos los otros libros —Payne vació la bolsa sobre su escritorio. Drew examinó las portadas. Cuando al fin alzó la mirada, dijo—. Tu fotografía aparece todos los días en los periódicos y las revistas. Todo el mundo tiene acceso a ella. Eso significa que siempre serás objeto de una atención que no deseas. Pero encontrar un retrato tuyo en la portada de un libro sin tu expresa autorización es un delito, aunque la persona que lo haya dibujado no sea un acosador.

–Entonces, ¿no crees que pueda ser una coincidencia?

Drew frunció los labios.

–Tú posees un aura que va allá donde tú vayas. Quienquiera que haya dibujado esto ha captado tu esencia con tanta precisión como tu apariencia externa. Tengo la corazonada de que esta persona te ha conocido, posiblemente en la oficina.

Payne asintió, todavía impresionado por la historia.

–Dudo de que el ilustrador y la autora de la novela sean la misma persona, pero supongo que es posible –aventuró–. En cualquier caso, hay que hacer algo inmediatamente. Mi sobrina y mi novia están aterrorizadas.

–Y con razón –respondió su abogado–. Reconozco que a mí tampoco me gusta este asunto –frunció las cejas oscuras–. Descuida, me ocuparé de ello personalmente a primera hora de la mañana y te informaré. Me llevo estos libros –recogió los volúmenes y los guardó en la bolsa.

–Le prometí a la mujer de la librería que le devolvería los cuatro que llevan mi retrato el jueves a más tardar.

–No hay problema.

Payne lo acompañó a la puerta norte, que daba a la explanada donde aguardaba el helicóptero.

–Gracias por venir esta noche.

–Ha sido un placer. Cuanto antes averigüemos si hay que llamar al FBI, mejor que mejor.

Mientras cerraba la puerta, Payne pensó que tal vez no pudiera hacerse nada humanamente posible. No, teniendo en cuenta que la autora sabía cosas de él que nadie sabía, más que Dios.

CAPÍTULO 2

LORRAINE Bennett, más conocida como Rainey, acababa de disponerlo todo para empezar a pintar cuando sonó el teléfono. Eran sólo las ocho y veinte de la mañana.

Como pagaba un plus en su factura telefónica para no recibir llamadas de televenta, se imaginó que sería Barbara Landers, una de las secretarias que trabajaban para el señor Goldberg, su jefe en Global Greeting Cards.

Barb tenía la misma edad que Rainey y era soltera. Habían congeniado desde el día en que las presentaron. Desde entonces, comían o cenaban juntas a menudo.

Barbara, que era oriunda de Nueva York, le había presentado a muchos de sus amigos en las fiestas que se celebraban los fines de semana, y un par de chicos la habían invitado a su vez a otras fiestas o a ir al cine.

Ken Granger, un tipo que vivía en su mismo edificio y trabajaba como pasante en un despacho de abogados, la había llevado además, a cenar varias veces. La madre de Rainey no tenía pues que preocuparse, por que su hija no tuviera vida social.

Apartándose del caballete, Rainey se acercó al escritorio y descolgó el teléfono.

—Estudio de bellas artes de Rainey Bennett.

—¿Rainey? Soy Don Felt otra vez.

—Ah. Hola, Don.

Don era el director del departamento de arte de Red Rose Romance Publishers. El día anterior la había telefoneado para hablarle de un nuevo proyecto y ya le había mandado por fax las pruebas que necesitaba para empezar a trabajar.

Entre los encargos de Global Greeting Cards y los de Red Rose, le sobraba trabajo. Pero, naturalmente, ella nunca decía que no a un nuevo proyecto. Aquél era su medio de vida.

—Lamento molestarte tan temprano.

—No es tan temprano. Ya he salido a correr por el parque. ¿Qué puedo hacer por ti?

—¿Podrías darme el nombre y el teléfono de la agencia de Colorado que utilizaste para el modelo masculino de la portada de *Fusión en Manhattan*?

Rainey miró la pared en la que tenía colgadas las ilustraciones al óleo. Se sentía halagada porque cinco de las ocho que había hecho con él como héroe ya se hubieran vendido. La novena estaba todavía en fase preliminar.

Tenía que admitir, aunque fuera sólo para sus adentros, que aquellas ilustraciones eran fantásticas. Sin embargo, era el hombre que aparecía en ellas el que las hacía tan atrayentes.

—No lo encontré a través de una agencia de modelos, Don.

El espíritu artístico de Rainey se había sentido arrastrado por el rostro y el cuerpo de un desconocido cuya sobria belleza masculina le había impulsado a retratarlo en todas las portadas que hacía para Red Rose Romance.

Al parecer, las ventas de los libros se habían disparado. La compañía le había enviados varios ramos de rosas rojas felicitándola por su excelente trabajo. Y lo que era aún mejor: le habían subido el sueldo hasta el punto de que por fin había podido mudarse a Nueva York y vivir de las ilustraciones que hacía para la editorial y para la empresa de tarjetas de felicitación.

—Entonces, ese adonis que hace palpitar el corazón de cientos de miles de mujeres en todo el mundo, ¿es un producto de tu imaginación?

—No —ella respiró hondo—. Me temo que ni siquiera mi imaginación podría haber inventado un hombre tan guapo.

—Entonces será un novio al que has mantenido en secreto.

Ella se echó a reír.

—Qué más quisiera yo. Para serte sincera, no tengo ni idea de quién es.

Tras una breve pausa, Don preguntó:

—Entonces, ¿cómo conseguiste permiso para pintarlo?

—No lo conseguí. Hace cosa de dos años vi a ese tipo en una foto. Me pareció tan guapo que sin saber por qué empecé a retratarlo cada vez que me acercaba a la mesa de dibujo.

—¿De quién era esa foto? —preguntó él sin preámbulos.

—De mi hermano.

—¿Todavía la tienes?

—Nunca la he tenido. Sólo la vi por casualidad un día que estaba ayudando a mi madre a limpiar la habitación de mi hermano antes de que él volviera de la universidad. Tú me conoces y sabes cómo trabajo. A menudo extraigo ideas de gente que veo en la calle o en una foto, o cosas así. Luego, si un rostro me inspira especialmente, acabo dibujándolo de memoria. Eso fue lo que ocurrió en este caso. Un tercio de las portadas que he hecho para Red Rose las he pintado sin modelo.

—Lo sé, y nunca había habido ningún problema. Pero puede que ahora lo haya.

Ella apretó con más fuerza el teléfono.

—¿Qué ocurre, Don?

—Tal vez nada. El departamento jurídico me ha mandado un comunicado pidiéndome información.

Ella parpadeó.

—¿El departamento jurídico? ¿Sabes de qué se trata?

—Aún no. Pero dado que reconoces que viste esa cara en una foto, hazme el favor de hablar con tu hermano.

—Es que verás... El tipo de esa foto era sólo un miembro de un grupo de veraneantes. Mi hermano

Craig es monitor de piragüismo. Todos los veranos hace el descenso en piragua por el Colorado con un montón de grupos, y siempre les hace una foto cuando desembarcan. Este es el sexto año que lo hace. Debe de haber fotos de cien grupos metidas en una caja que guarda en el armario de su habitación. No tengo ni idea de cuándo se hizo esa foto.

—¿Están fechadas?

—Seguramente. En aquel momento no me fijé. Mi hermano quiere abrir una tienda de deportes y piensa usarlas para decorar las paredes, junto con sus trofeos de pesca y las cornamentas de ciervos que ha cazado. Puede que recuerde alguna cosa en especial de cada viaje, pero dudo mucho de que se acuerde de un nombre.

—¿Puedes preguntárselo de todos modos y llamarme en cuanto puedas?

—Estamos a fines de junio, Don. Mi hermano lleva tres semanas haciendo piragüismo. Lo único que puedo hacer es dejarle un mensaje en la oficina de Horsehead, la empresa para la que trabaja. Ellos le dirán que me llame, pero puede que tarde varios días o incluso una semana en tener noticias suyas.

Hubo otro silencio que aumentó el nerviosismo de Rainey.

—¿Sabes qué te digo? —murmuró Don al fin—. Voy a ponerme en contacto con el departamento jurídico, a ver si me entero de por qué quieren saberlo. Luego te llamo. ¿Vas a estar ahí?

—Sí. Estoy acabando la ilustración para la portada de *El secreto de la novia*. Pensaba mandártela por mensajero pasado mañana.

—Estupendo. Estoy deseando verla. En cuanto pueda, te llamo.

Cuando colgaron, Rainey se volvió hacia la pintura fijada al caballete. Pero, por desgracia, la llamada de Don la había amargado la mañana. En vez de tomar el pincel para colorear el último pedazo de encaje del vestido nupcial, se acercó a la ilustración que había hecho para *Fusión en Manhattan*.

Allí estaba él. La encarnación de sus sueños hecha realidad en un trozo de lienzo: pelo castaño oscuro; nórdicos ojos azules que parecían ver cosas que nadie más podía imaginar; ásperos rasgos faciales que denotaban una vida de arduo trabajo, sacrificio y triunfos; y la complexión y el porte de un conquistador bajo su traje de hombre de negocios. Un hombre que aún no había sido transformado por el amor de una mujer...

Tal vez porque su aspecto la había cautivado, Rainey había logrado insuflarle vida a aquella imagen. Tanta vida que, según acababan de comunicarle, aquella portada había obtenido el primer premio entre las portadas de todas las novelas románticas que se habían publicado en Estados Unidos durante el año anterior. La industria de la novela romántica iba a otorgarle el premio en agosto. Bonnie Wrigley, la autora, también recibiría un galardón por *Fusión en Manhattan*, elegida como la mejor novela romántica de la colección *Un toque de romance*.

Aunque Rainey se sentía muy honrada por aquel premio, aquella pintura en particular le gustaba tanto que no deseaba separarse de ella. Cuando Bonnie Wrigley se había puesto en contacto con ella a través del departamento de arte para comprarla, Rainey le había dicho a Don que no estaba en venta. Pero le había pedido que le dijera a la señora Wrigley que, si por casualidad volvían a elegirla para ilustrar la portada de otro de sus libros, le cedería la pintura original por un módico precio.

El teléfono sonó de nuevo. Rainey se apresuró a contestar.

—¿Don?

—No, soy Grace Carlow, la directora del departamento jurídico de Red Rose Publishing. Acabo de hablar con Don y he decidido llamarla yo misma.

Aunque el aire acondicionado funcionaba bien. Rainey sintió que empezaba a sudarle la frente.

–Gracias por llamarme tan rápido. He de reconocer que estoy un poco nerviosa.

–Tras hablar con Don, creo que no va a haber ningún problema. ¿Dónde está en este momento?

–Junto a la calle Ochenta y Seis con Lexington.

–Bien. ¿Podría estar en mi despacho a las diez?

Rainey abrió mucho sus ojos verdes.

–¿Se refiere a hoy?

–Por supuesto. Cuanto antes aclaremos esto, mejor –aquello no tenía buena pinta–. Se lo explicaré cuando llegue. Suba al segundo piso. Es a la izquierda. Mi despacho está al final del pasillo.

La línea quedó muerta.

Rainey se duchó con el corazón acelerado y se vistió con una falda de color paja que se enrollaba alrededor del cuerpo y una camiseta azul pálido. Se cepilló el pelo dorado, cortado a capas, se puso las sandalias y salió volando de su apartamento amueblado.

No había ascensor, pero las escaleras estaban enmoquetadas. Bajó corriendo los tres tramos de escalones hasta la entrada del edificio, que databa de antes de la II Guerra Mundial, y saludó a varios vecinos. Era una suerte haber encontrado piso tan cerca del Metropolitan Museum. El alquiler era espantoso y el casero no le permitía tener animales, por lo que había tenido que dejar a su perro en casa de sus padres. Pero aun así era una oportunidad única.

Si las cosas no salían bien y dejaba de recibir encargos, volvería a Colorado. Pero no creía que eso pudiera suceder de inmediato. De momento, su conversación con la abogada era la única nota disonante desde que se había mudado a Nueva York cuatro meses atrás. Después de vivir toda su vida en un pueblo, se sentía diminuta caminando entre rascacielos. Vivir en Nueva York era como estar en un universo diferente en el que estaban representadas todas las razas y tipos humanos. Le encantaba aquella explosión de vida entre los célebres monumentos arquitectónicos. Le entusiasmaban los olores y los sonidos de la ciudad. Amaba Manhattan. Allí latía un corazón. Y ahora ella formaba parte de todo aquello y cada día resultaba emocionante.

Hasta ese día.

Desde que había recibido la llamada de Don, tenía un nudo en el estómago. ¿Y si había hecho algo tan terrible que su felicidad se desmoronaba?

El miedo la hizo andar más aprisa. Entró en Red Rose Publishers y subió por las escaleras hasta el segundo piso. Al llegar al fondo del pasillo entró en el departamento jurídico y se acercó a la mesa de la entrada.

—Soy Lorraine Bennett. Grace Carlow me está esperando.

La joven recepcionista le dijo que entrara por la primera puerta a la izquierda. Rainey hizo lo que le decía.

—Estupendo, llegas justo a tiempo —la abogada le indicó que pasara. Era una mujer alta y corpulenta, de algo más de sesenta años. Vestía un traje pantalón blanco con una blusa de espiguilla blanquinegra. Se bajó las gafas de la corona de pelo rubio y observó a Rainey un momento—. ¿Cuántos años tienes?

—Veintisiete.

—No parece que tengas más de veintiuno. Qué suerte. Llámame Grace —sonrió y le estrechó la mano—. Siéntate.

Rainey se sentó en la silla que había frente a la mesa.

—Supongo que he pintado a una celebridad sin darme cuenta.

La mujer lanzó un bufido divertido.

—¿Alguna vez has oído hablar del Banco Sterling?

Rainey se mordió el labio.

—¿Y quién no?

—¿Y de la Compañía Naviera Sterling? —Rainey empezó a sentir que el cuerpo le pesaba cada vez más. Asintió—. ¿Has oído hablar alguna vez del juez Richard Sterling, del Tribunal Supremo?

—Sí —musitó Rainey.

—¿Y de la senadora Phyllis Sterling-Boyce y del embajador Lloyd Sterling y del almirante Daniel Sterling?

Rainey cerró los ojos con fuerza un momento.

—Por supuesto que sí.

Grace le pasó un número reciente de la revista *World Fortune*.

—Pues ni todos ellos juntos pueden compararse con este Sterling en particular.

Rainey echó un vistazo al hombre que aparecía en la portada y se quedó boquiabierta.

Payne Sterling, el rey de la fibra de vidrio de Nueva York, el multimillonario a punto de convertirse en billonario, descubre un antiguo cementerio mientras juguetea con sus cables en su reino subterráneo cerca de Wall Street.

Rainey leyó dos veces el titular antes de observar al hombre que, ataviado con un sombrero de fieltro y unos vaqueros, se apoyaba contra un enorme cable. De pronto, como si de una revelación se tratara, comprendió por qué se había sentido atraída por él hasta el punto de plasmar su rostro y su cuerpo sobre lienzo.

—Oh, cielos —dijo con voz temblorosa antes de devolverle la revista a Grace.

La abogada la miró con simpatía.

—Sí, oh cielos. Es uno de los descendientes del conde de Sterling, que dejó Inglaterra y vino a América para construir su propio imperio —golpeó con un dedo la revista—. Éste huye de la publicidad como de la peste, pero es tan increíblemente atractivo que no consigue librarse de ella, por más que lo intente. Cynthia Taft, la abogada que se incorporó más recientemente a nuestra plantilla, se ocupó de *Fusión en Manhattan* mientras yo estaba de baja. Cynthia es de Los Ángeles y seguramente no se dio cuenta del parecido porque Payne Sterling es una celebridad en círculos muy diferentes a los de Hollywood. Cuando regresé, advertí enseguida el parecido y se lo hice notar a Claud. Sin embargo, él contestó que no había de qué preocuparse, puesto que no había habido ningún problema con las otras portadas. Lo hecho, hecho estaba y, además, no era la primera vez que un ilustrador retrataba inadvertidamente a alguien en una portada.

–Pero yo pinté la cara de ese hombre de memoria –admitió Rainey.

–Según Don, lo haces muy a menudo.

–Sí.

–Como te dije por teléfono, creo que no habrá ningún problema, pero tendremos que pasarnos el resto del día preparando el caso.

A Rainey se le aceleró el corazón.

–¿El caso?

–El abogado del señor Sterling ya ha presentado una denuncia en el juzgado. Mañana a las dos habrá una vista oral ante un magistrado, así que tenemos trabajo que hacer.

–¿Qué? –exclamó Rainey, espantada–. ¿Me estás diciendo que me ha demandado?

–A ti, a Bonnie Wrigley y a Red Rose Publishers.

–Cielo santo.

Grace alzó las cejas.

–No olvides que se trata de un Sterling. Ese nombre mueve montañas. Pero no te preocupes. No va a ganar. Por cierto, ¿con quién tenemos que hablar en Global Greeting Cards para que nos proporcionen una declaración jurada garantizando que no has retratado al señor Sterling en ninguna de sus tarjetas?

Eso era fácil.

–Con Saul Goldberg.

Ella asintió.

–Conozco a Saul. Es un buen hombre. Está bien, lo primero es lo primero. Tenemos que intentar traer a tu hermano y a tu madre en menos de veinticuatro horas. Red Rose correrá con todos los gastos.

–Mi madre puede venir, pero no sé si será posible localizar a mi hermano a tiempo.

Grace la miró fijamente.

–Inténtalo. Drew Wallace, el abogado del señor Sterling, es el mejor, ¿entiendes? Ha montado todo esto para pillarnos desprevenidos, pero le daremos una lección.

A Rainey le admiró la resolución de aquella mujer. Aunque no sabía nada sobre ella, le daba la impresión de que Grace Carlow disfrutaba con todo aquello.

—Tengo que telefonear a la empresa para la que trabaja Craig y ver si pueden localizarlo. Mi madre sabe el número.

—Ya que vas a llamarla, dile que traiga esa fotografía. Y una cosa más. Don dice que haces bocetos preliminares antes de empezar las ilustraciones. ¿Dónde están los del señor Sterling?

Rainey le lanzó una mirada compungida.

—Los primeros están guardados en casa de mis padres.

—¿No tienes copias en formato informático?

—No, sólo las tengo de las ilustraciones acabadas. Están en mi apartamento.

—Comprendo. Dile a tu madre que traiga también los bocetos. Y, cuando llegues a tu apartamento, quema los nuevos —dijo con determinación.

Rainey pensó con tristeza en los bocetos que había hecho tres días antes, en los que aparecía aquel hombre vestido de cowboy. Bocetos que ya nunca aparecerán en una portada.

—Utiliza mi teléfono mientras le pregunto a Cynthia quién está intentando localizar a Bonnie Wrigley. Volveré enseguida para tomarte declaración.

En cuanto Grace salió de la habitación, Rainey rodeó la mesa para llamar a casa de sus padres. En Grand Junction eran sólo las ocho y cuarto. Su padre era dentista y seguramente ya se habría ido a la consulta. Tendría que pedirle a su socio que lo reemplazara para poder llevar a la madre de Rainey al aeropuerto de Denver.

Sus padres tenían pensado volar a Nueva York cuando pasara el verano. Iban a pasar una temporada visitando la ciudad y luego alquilarían un coche y se llevarían a Rainey a recorrer Nueva Inglaterra para ver el cambio de las hojas en otoño.

Pero, al parecer, su madre y seguramente su hermano iban a ver Nueva York antes de lo previsto y desde el interior de un juzgado.

—Tengo buenas noticias —anunció Grace diez minutos después—. Bonnie Wrigley estará aquí mañana por la mañana. ¿Qué tal te ha ido a ti?

—Mi madre llegará en avión esta noche con las cosas que necesitamos. La empresa en la que trabaja Craig sabe dónde está y se mantendrá en contacto con mi padre. Él nos llamará para decirnos qué pasa.

—Excelente. ¿Qué quieres comer? En la cafetería de ahí abajo hacen un goulasch y una tarta de queso de chuparse los dedos.

—Pues eso mismo, entonces.

—¿Tú bebes café?

—No. Agua o zumo, si puede ser.

Grace asintió y llamó a su secretaria.

—Bueno —Grace se sentó inclinada hacia delante, con los dedos entrelazados sobre la mesa—. El señor Wallace intentará demostrar que Red Rose Publishers ha infringido conscientemente la ley al utilizar la imagen de su cliente en las portadas con el fin de lucrarse sin obtener previamente su permiso. Nos ha pedido que llevemos las cifras de ventas de esos libros para demostrar que los beneficios de la editorial crecieron cuando su cliente empezó a aparecer en las portadas.

—Todo esto es culpa mía —musitó Rainey, sintiéndose cada vez peor—. Debería demandarme a mí, no a la empresa.

—Aquí, en Red Rose, somos una familia. Defendemos a los nuestros, y demostraremos que fue simplemente una equivocación. Lo peor que puede pasar es que se nos prohíba volver a utilizar la imagen del señor Sterling en las portadas. Lo cual es una pena, la verdad —añadió—. Porque, aunque el señor Sterling ha desarrollado una nueva red de infraestructuras de telecomunicación que se extiende por el mundo entero, el noventa y nueve por ciento de nuestras lectoras no tiene ni idea de quién es. Ellas sólo saben que el hombre de esas portadas está como un tren.

Rainey desvió la mirada.

—Y lo está.

—Y tú eres la admirable artista que le ha dado vida. *Fusión en Manhattan* está entre las diez novelas más vendidas de Red Rose en toda su historia. Lo cual dice mucho de tu trabajo y del de Bonnie Wrigley, la autora de la historia. Red Rose tiene suerte de contar con vosotras.

—Gracias. Espero que sigas pensando lo mismo cuando acabe la vista.

—Yo no estoy preocupada. La verdad nos hará libres, querida mía. ¿Por qué no empiezas hablándome del proceso que seguiste desde que Don te llamó para encargarte la portada de *Fusión en Manhattan*, hasta que enviaste la ilustración a Nueva York? No te preocupes por las fechas. Don ya me ha proporcionado todo cuanto necesitaba en ese sentido.

Rainey comenzó a relatarle sin preámbulos cómo preparaba un proyecto. Grace intercalaba una pregunta de vez en cuando. La hora de la comida llegó y se fue. Siguieron hablando. A las tres, el teléfono sonó de nuevo.

Era el padre de Rainey, que llamaba para decirles que la empresa de Craig había mandado a éste a Las Vegas en helicóptero y que llegaría al aeropuerto JFK antes de medianoche.

Los ojos de Grace se iluminaron al oír la noticia.

—Tu hermano será uno de los testigos clave en tu defensa. Me alegro mucho de que vaya a venir. Esto va mejor de lo que esperaba.

—Si tú lo dices —murmuró Rainey.

—Pues claro que sí. Mañana por la mañana nos reuniremos a las ocho y media en la sala de reuniones de este mismo pasillo. Os explicaré lo que va a ocurrir y prepararé a tu madre y a tu hermano para las preguntas que les hará probablemente el señor Wallace durante la vista. Tú tendrás que hacer una actuación estelar delante del señor Wallace.

Rainey frunció el ceño.

—¿Qué quieres decir?

—Tengo el presentimiento de que te enseñará una foto de un hombre o de una mujer desconocidos y te pedirá que la dibujes de memoria. Seguramente te proporcionará un cuaderno de dibujo y unos lápices.

—Eso no será ningún problema.

—Por supuesto que no.

—¿Qué debo ponerme?

—Lo que llevas está bien.

Rainey se levantó de la silla.

—Muchísimas gracias por tu ayuda. No sé cómo agradecértelo.

—Esto forma parte de mi trabajo.

—Aun así, te estoy muy agradecida. Nos veremos por la mañana.

De camino a su apartamento, Rainey se detuvo a comprar algo de comida y unas flores, y, luego corrió a casa para limpiar y prepararlo todo para la llegada de su familia. Su madre llegó en taxi a las siete de la tarde y su hermano a las once. Craig llevaba su mochila y su saco de dormir, lo cual resultó una suerte. Su madre dormiría en la cama y Rainey, en el sofá.

Rainey habría dado cualquier cosa porque aquella reunión se celebrara bajo otras circunstancias. La idea de que un potentado neoyorquino la demandara era una auténtica pesadilla.

Antes de que se fueran todos a la cama, Rainey rebuscó entre las fotografías para ver si encontraba la que la había metido en aquel lío. Cuando al fin dio con ella y se la enseñó a su hermano, Craig recordó enseguida a aquel hombre cuyo nombre había olvidado.

—¿Cómo era, Craig?

—Estaba en un grupo de unas veinte personas. Recuerdo que era agradable, que parecía fascinado por todo y que daba la impresión de sentirse en el agua como en su casa.

–¿Nada más?

–Sí, hay una cosa destacable –murmuró su hermano–. Cuando salgo de excursión con un grupo, elijo mentalmente a uno de sus miembros con el que pueda contar en caso de emergencia. Él fue el que elegí de su grupo. A la mayoría de la gente le entra el pánico en un momento u otro al descender por el río, pero a él no, nunca.

Tras oír las palabras de Craig, a Rainey le costaba trabajo identificar al hombre que había retratado con la persona que podía arruinar económicamente tantas vidas. Grace había intentado tranquilizarla, pero a Rainey le costaba creer que las cosas pudieran salir bien. Durante la noche, rompió a llorar. Y lo mismo, al parecer, le sucedió a Bonnie Wrigley, que a la mañana siguiente apareció en la sala de reuniones con el rostro desencajado y los ojos hinchados.

Era la primera vez que se veían, y enseguida salieron al pasillo a darse ánimo en privado. Para entonces, la culpabilidad de Rainey se había multiplicado por cien. De no haber sido por la portada, nadie les habría demandado. Ahora la pobre Bonnie iba a tener que explicar cómo había creado *Fusión en Manhattan* y de dónde había extraído sus ideas.

Cuando llevaban un rato hablando, Grace las hizo pasar de nuevo a la sala de reuniones. La mañana pasó volando mientras la abogada les daba instrucciones a todos y cada uno de ellos. Después de comer, las veinte personas que formaban su séquito salieron en taxi hacia el juzgado, situado en Broadway.

Cuando Rainey llegó con su familia, le pareció que había una extraordinaria cantidad de guardias de seguridad apostados frente al edificio. Para su sorpresa, dentro había aún más.

Varios guardias la escoltaron a ella y a su familia a la

sala donde iba a celebrarse la vista. Allí Rainey distinguió la presencia de más guardias. Aunque no llevaba esposas, ni cadenas en los pies, se sintió como una criminal. Cuando al fin se sentaron en la fila delantera, en la parte derecha de la sala, creyó que vomitaría el almuerzo allí mismo.

Grace entró con Cynthia Taft, la otra abogada. Ambas parecían muy tranquilas al ocupar sus asientos en la mesa, frente a Rainey. Sin embargo, ésta no logró calmarse. Al mirar a Bonnie, ésta sacudió la cabeza como queriendo decirle que no podía creer que aquello estuviera sucediendo. Rainey tampoco podía creerlo. Toda aquella situación parecía irreal.

El día anterior, se había levantado inspirada y feliz. Luego había recibido una llamada de teléfono y su vida entera había cambiado en un instante.

Enfrascada en sus cavilaciones, Rainey no advirtió la llegada de la parte contraria hasta que Craig le susurró algo. Ella giró la cabeza y vio que dos hombres vestidos con traje oscuro avanzaban por el pasillo izquierdo en dirección a la mesa. Su mirada se posó dócilmente sobre el hombre de la fotografía. El hombre cuyo aspecto y vitalidad había atrapado su ojo de artista como ningún otro.

Era alto y fornido, como ella lo recordaba de la fotografía. Sin embargo, se movía con una especie de gracia viril y descuidada. Aquello parecía ser un rasgo de nacimiento.

La combinación de genes que había dado forma a aquel hombre bellísimo llamado Payne Sterling era indudablemente notable. Su cuerpo, combinado con el espíritu que vivía dentro de él, irradiaba un dinamismo que lo hacía mucho más atractivo en persona.

Temiendo que la sorprendiera mirándolo, Rainey apartó los ojos. Le asombraba tener aquella clase de pensamientos cuando aquel hombre era la razón de que en ese momento estuvieran en un tribunal.

—En pie.

Impresionada por la voz del alguacil, Rainey alzó la cabeza y vio que el juez entraba en la sala y tomaba asiento.

—Se abre la sesión del tribunal del condado de Nueva York, estado de Nueva York. Preside el Honorable James E. Faulkner, juez decano de la ciudad de Nueva York.

¿Juez decano de la ciudad de Nueva York? A Rainey empezaron a temblarle las piernas.

—Pueden sentarse.

CAPÍTULO 3

EL JUEZ se ajustó las gafas.

—El caso de Sterling contra Red Rose Publishers y otros ha sido presentado ante este tribunal con carácter de urgencia. Todos aquellos que testifiquen lo harán bajo juramento. El señor Drew Wallace, abogado del demandante, expondrá sus argumentos en primer lugar. La señora Grace Carlow, abogada del demandado, lo hará a continuación.

Payne había aprendido tiempo atrás un truco para mantener la concentración: no mirar nunca al adversario dentro de la sala del tribunal, pero mirarlo fijamente fuera de ella hasta que apartara la vista. Aquella táctica le había servido muchas veces en sus asuntos de negocios. Mejor aún podría servirle en aquella circunstancia.

La posibilidad de que hubiera una acosadora dentro de los muros de aquella sala no se le iba de la cabeza. Tras lo sucedido con Diane, no sentía deseos de mirar a la cara a otra lunática peligrosa. Todo aquello había sucedido en el momento más inoportuno para él y su familia.

Intercambió una mirada con Drew antes de que este se levantara.

—Señoría, señora Carlow, mi cliente no habría solicitado una vista de urgencia sin buenas razones para ello. Hace seis meses, su prometida y él se disponían a entrar en casa de los padres del señor Sterling cuando una desequilibrada disparó contra ellos. Su prometida se encuentra actualmente en silla de ruedas y es posible que nunca pueda volver a andar. Aparte de este trágico acontecimiento, mi cliente ha sufrido media docena de agresiones protagonizadas por mujeres desequilibradas en las que tuvo que intervenir la policía y tras las cuales se produjeron las detenciones y las investigaciones pertinentes. Todo ello es una cuestión de dominio público que someto a la consideración de este tribunal. Hace dos días, mi cliente descubrió que su retrato figuraba en la portada de un libro publicado por la editorial Red Rose y titulado *Fusión en Manhattan*, que presento aquí como prueba número uno. La ilustración fue realizada sin su conocimiento ni su aprobación –le entregó al ujier el libro y éste lo tomó y se lo llevó al juez–. Al parecer, existen ocho portadas en las que aparece el retrato de mi cliente, todas ellas realizadas sin su consentimiento. Como podrá ver por el título de esta novela en particular, la historia se desarrolla en la ciudad de Nueva York. Si lee el texto de la contraportada, verá que menciona a un multimillonario neoyorquino que sufre un accidente en la zona de los cañones del oeste americano. Al leer la novela, mi cliente se sintió alarmado por la cantidad de semejanzas entre su vida y la del protagonista. Yo nunca he sido víctima de un acosador, pero mi cliente y sus seres queridos han pagado ya un enorme precio por culpa de la conducta de ciertos elementos desequilibrados de nuestra sociedad. Mi cliente ha solicitado esta vista a fin de determinar si nos hallamos ante un caso en el que el arte imita a la vida hasta un grado inaudito, o si hay algo más siniestro detrás de tantas increíbles coincidencias. Si la vista de hoy demostrara esto último, mi cliente solicita que se ponga remedio a esta situación antes de que alguien resulte herido. Dicho lo cual, le cedo la palabra a la señora Carlow.

Satisfecho, Payne le dedicó a Drew una leve inclinación de cabeza.

–Señoría, hablo por mí misma y por todos los presentes al decir que lamentamos profundamente el sufrimiento del señor Sterling. El departamento jurídico de Red Rose Romance Publishers debía haberse percatado del problema cuando se recibió en nuestras oficinas la primera ilustración para *El pastor de estrellas*. Yo advertí ya entonces el parecido con la estructura facial y corporal del señor Sterling, pero el héroe de dicha novela procedía del futuro. Tenía el pelo rojo y los ojos marrones. Supuse que era una coincidencia. No habría sido la primera vez que el héroe o la heroína de una de nuestras portadas se parecía por casualidad a una persona real. Cuando llegó la segunda ilustración, la de *El príncipe de sus sueños*, noté de nuevo ciertas similitudes, aunque el protagonista tenía los ojos y el pelo negros. Sin embargo, seguí sin preocuparme y no dije nada. No fue hasta que la señorita Bennett hubo pintado la ilustración de *Fusión en Manhattan*, cuando noté que, en efecto, el héroe era el vivo retrato del señor Payne Sterling. Pensé que se debía a que la autora había ambientado la historia en la Nueva York de nuestros días y había representado al protagonista con el atuendo clásico que llevaría un hombre de su posición en su oficina. En aquel momento, hablé con el consejero delegado de la editorial. El señor Finauer me dijo que no me preocupara, puesto que no había habido ningún problema con las otras portadas. Aunque comprendo perfectamente la inquietud del señor Sterling, como abogada de Red Rose Romance Publishers, puedo asegurar ante este tribunal y ante el señor Sterling que no hay en esta sala ningún desequilibrado, como demostrarán las declaraciones de los testigos. Para ahorrarle tiempo al tribunal, le he hecho entrega ya de la lista de los testigos conforme irán apareciendo en esta sala. Le he proporcionado la misma lista al señor Wallace, indicando las señas, números de teléfono y la profesión de los testigos.

El juez asintió.

—Siendo así, el tribunal procederá a continuación. Señora Farr, por favor, ocupe el estrado de los testigos.

Mientras el ujier tomaba juramento a la primera testigo, Payne notó que la otra parte había reunido a un nutrido grupo de personas. La abogada de Red Rose se había preparado bien. Eso, al menos, había que reconocerlo.

–Señora Farr –comenzó la señora Carlow–, díganos su nombre completo y descríbanos brevemente a qué se dedica.

–Me llamo Margaret Farr. Soy directora editorial de la colección *Un toque de romance*, de Red Rose Publishers.

–¿Cuánto tiempo lleva en Red Rose?

–Quince años.

–Háblenos de su relación con Bonnie Wrigley, la autora de *Fusión en Manhattan*. Dele al tribunal una idea de cómo se desarrolla el proceso de la edición.

–El primer manuscrito de Bonnie llegó a nuestras manos hace diez años, entre otros muchos. Era un libro maravilloso y yo misma me encargué de telefonearla par decirle que íbamos a publicarlo. Desde entonces ha escrito veintisiete novelas para nosotros. *Fusión en Manhattan* fue la vigésimo cuarta. Formaba parte de una promoción llamada *Magnates urbanos*.

¿*Magnates urbanos*?

–¿Podría explicar a qué se refiere a hablar de «promoción»?

–Cada mes sacamos seis libros de la colección *Un toque de romance*. De ellos, uno o dos suelen formar parte de una promoción o de una serie que posee especial interés para los lectores de todo el mundo. Fui yo quien le propuso a Bonnie que escribiera para la serie *Magnates Urbanos*. Y ella nos presentó *Fusión en Manhattan*.

–Gracias, señora Farr. Puede bajar del estrado. Me gustaría llamar a declarar a Bonnie Wrigley.

Para sorpresa de Payne, la siguiente testigo parecía tener cincuenta y tantos años. No lograba imaginársela en el papel de acosadora, pero suponía que, si una persona era mentalmente inestable, su edad no contaba.

–Señora Wrigley, dígale a este tribunal dónde vive.

–En Spokane, Washington.

–¿Se dedica usted únicamente a escribir?

–No. Soy profesora de español y escribo por afición.

–¿Cuánto años lleva en la docencia?

–Veintiséis.

–¿Desde cuándo escribe usted?

–Desde que tenía doce años, pero no publiqué hasta hace diez.

–Dígale a este tribunal de dónde sacó la idea para escribir *Fusión en Manhattan*.

–Cuando Margaret me preguntó si me gustaría escribir un libro acerca de un gran potentado, decidí que tendría que ser un hombre extraordinariamente rico, pues los simples multimillonarios abundan mucho en nuestros días. Como ya había escrito varias historias acerca de millonarios europeos de origen noble, decidí que el protagonista fuera un americano emparentado con la aristocracia inglesa. Alguien cuya familia hubiera amasado una fortuna en bienes raíces y empresas navieras en la Costa Este y hubiera fundado un banco que operara en todo el mundo. Decidí que debía sentirse acuciado por un problema que sus millones no pudieran resolver. Pensé ¿y si a este supermillonario le diagnostican leucemia? ¿Y si decide tomarse unas vacaciones de dos semanas lejos de su prometida y de su familia para aclarar sus ideas antes de decirles lo que había descubierto durante una chequeo rutinario? Ellos creen que se ha ido a un viaje de negocios. Como dice la contraportada, nuestro héroe sufre un accidente en la zona de los cañones y es trasladado a un hospital de Las Vegas donde la doctora que lo atiende descubre su secreto y se enamora perdidamente de él. A ella me la imaginé como una joven infatigable y entregada a su trabajo que hasta ese instante no había tenido tiempo para pensar en los hombres. Al darse cuenta de que el héroe necesita un trasplante de médula, les pide a todos los miembros del personal del hospital que se hagan análisis para encontrarle un donante. Cuando descubre que ella puede actuar como donante, el trasplante tiene lugar. Sin embargo, él no descubre que ha sido ella quien le ha salvado la vida hasta que regresa a Nueva York. Cuando él va en su busca, ella le dice que lo ha hecho porque lo ama, aunque nunca quiso que se enterara porque él estaba comprometido con otra. Él le confiesa que ya estaba enamorado de ella antes del trasplante. En cuanto regresa a Nueva York, él rompe su compromiso y pide matrimonio a la joven doctora. Ella no puede rechazar aquella fusión, sabiendo que están unidos en cuerpo y alma.

–Gracias, señora Wrigley. Puede regresar a su sitio. Señor Felt, por favor, ocupe el estrado.

Mientras el tercer testigo prestaba juramento, Payne se inclinó hacia Drew.

–Cuando interrogues a la autora, pregúntale por qué decidió que su protagonista tuviera vínculos con la aristocracia inglesa y por qué se le ocurrió introducir la parte de los yacimientos arqueológicos. Y por qué eligió la leucemia.

Drew ya había estado tomando notas y asintió.

–Señor Felt, ¿desde cuándo dirige usted el departamento de arte de Red Rose Publishers?

–Desde hace doce años.

–Díganos qué hace exactamente. Descríbanos cuál es el proceso que se sigue para la ilustración de un libro.

–En cuanto se decide la publicación de un libro, el departamento de arte le pide al autor que rellene un cuestionario acerca del tema de la obra, la descripción de los personajes protagonistas, una breve sinopsis y un resumen de varias escenas que puedan quedar bien en la portada. Cuando nos devuelven el cuestionario, llamamos a alguno de los ilustradores autónomos que realizan pinturas al óleo expresamente para las portadas de la editorial. Le informamos de que vamos a enviarle información para que haga una ilustración que venda libros y complazca al autor. También le enviamos una copia del manuscrito para que lo lea. El manuscrito de *Fusión en Manhattan* siguió el proceso habitual. Llamé a Lorraine Bennett, una de nuestras ilustradoras, y le hablé del proyecto. Ella estaba libre y aceptó el encargo.

Nuestro departamento le envió el cuestionario relleno y la copia del libro. Ella hizo la ilustración. Cuando acabó, la envió por mensajero a nuestras oficinas.

–Gracias, señor Felt. Puede volver a su sitio. Señor Goldberg, ¿puede ocupar el estrado?

De momento, Payne no había escuchado nada especialmente interesante. Era a la ilustradora a la que deseaba destrozar con sus propias manos. Ella declararía después del siguiente testigo, que en ese momento estaba prestando juramento.

–Señor Goldberg –comenzó la señora Carlow–, dígale a este tribunal dónde trabaja y qué hace.

–Soy vicepresidente de la empresa Global Greeting Cards, de Nueva York.

–¿Cuánto tiempo lleva en la compañía?

–Nueve años.

–¿Todos sus colaboradores trabajan en la sede de la empresa?

–No. Contratamos a escritores e ilustradores autónomos y son ellos quienes se encargan de realizar la mayor parte de nuestro inventario.

–Entre esos ilustradores, ¿se encuentra Lorraine Bennett?

–Sí.

–Díganos cuál es exactamente el cometido de la señorita Bennett.

–Nosotros le enviamos el texto y ella hace la ilustración.

–¿Pinta retratos de personas?

–No. Su trabajo se reduce a escenas de la naturaleza, flores, bosques, arroyos y puentes, gatos y perros, esa clase de cosas.

–¿Cuánto tiempo hace que trabaja para ustedes?

–Tres años.

–Gracias, señor Goldberg. Eso es todo. Señorita Bennett, ¿puede subir al estrado?

Payne contestó algunas preguntas que Drew le había pasado anotadas en una hoja y luego alzó la cabeza. Al ver a aquella mujer rubia tomando juramento, sintió una descarga de adrenalina.

–¡Yo he visto antes esa cara, Drew!

–¿Dónde?

Él sacudió la cabeza.

–No lo sé.

Era una cara fresca. Armoniosa. Atractiva. Igual que el resto de ella. Mientras la miraba, se estrujó el cerebro intentando recordar.

–Señorita Bennett, por favor, dígale a este tribunal dónde vive.

–En Manhattan.

–¿Ha vivido siempre en Nueva York?

–No. Nací y me crié en Grand Junction, Colorado. Me mudé aquí hace solo cuatro meses.

Colorado...

Payne había ido a esquiar allí una vez, pero de eso hacía ya algunos años. Si aquella mujer sólo llevaba en Nueva York desde febrero, había hecho todas aquellas portadas mientras aún vivía en Grand Junction. Entonces, ¿cómo demonios sabía cómo era su despacho? Payne estaba seguro de que la señorita Bennett no había estado allí en su presencia, o lo habría recordado.

–¿Había visitado usted Nueva York alguna vez antes de trasladarse aquí?

–No.

–¿Cuánto tiempo lleva trabajando para Red Rose Romance?

–Cuatro años.

–Sabemos que también trabaja usted para Global Greeting Cards. ¿A qué se dedicaba usted antes de empezar a trabajar como ilustradora? Háblenos de su pasado.

–Me gradué en Educación Artística en la Universidad Estatal de Fort Collins, Colorado. Durante mis estudios recibí una beca para estudiar en Castiglion Fiorentino, Italia. Después de graduarme, trabajé como profesora de Bellas Artes en un instituto de Grand Junction.

–¿Cuánto tiempo se dedicó a la docencia?

–Seis años.

La señorita Bennett no parecía lo bastante mayor como para haberle dado clase tanto tiempo a un atajo de adolescentes desquiciados. A esas edades, los chavales se dejaban arrastrar por sus hormonas. Payne se imaginaba los dibujos que les inspiraría una profesora tan atractiva. Dibujos de los que ella nunca habría tenido noticia.

–¿Puede decirle a este tribunal qué proceso sigue para realizar la portada de un libro?

–En cuanto recibo la información necesaria del departamento de arte, la leo cuidadosamente, fijándome sobre todo en el tema. Ahí es donde se centra toda la emoción. Después leo la novela y espero unos cuantos días para que los elementos de la historia se solidifiquen en mi imaginación. Durante ese periodo de reflexión, investigo acerca de los detalles del trasfondo de las escenas sugeridas. Lentamente, los personajes van cobrando vida. A veces me los imagino. Cuando eso ocurre, empiezo a dibujar como una loca. Otras veces, veo fotografías de modelos de alguna agencia hasta que encuentro uno que encarna mi imagen del personaje en cuestión. En ese momento les cito para que vayan a posar para mí. Todos los días veo caras hermosas, interesantes y cautivadoras entre la multitud, o en una fotografía. De vez en cuando, aparece una cara que no puedo quitarme de la cabeza. Cierta estructura ósea, una piel suavemente aceitunada, las leves arrugas de la experiencia alrededor de una boca tentadora, unos penetrantes ojos negros, la forma de una ceja negra como el ala de cuervo... Y me sorprendo dibujando esa cara semanas o incluso meses después. A veces, acaba en un lienzo.

–Díganos qué ocurrió cuando pintó la portada de *Fusión en Manhattan*.

Payne tenía la mirada fija en los rasgos clásicos de

su rostro. Se produjo un cambio sutil, una leve tensión en su porte en cuanto la abogada mencionó el título de la novela.

–En cuanto leí el libro, supe quién iba a ser el modelo masculino de la portada. Había utilizado su imagen en otras sietes portadas, pero nunca caracterizado como un hombre de negocios americano de nuestros días. Era como si Bonnie Wrigley hubiera escrito aquella novela pensando en él. Como el zapato de cristal que solo encaja en el pie de Cenicienta, la mezcla de las palabras adecuadas y la pintura puede ser una experiencia espiritual. Eso fue lo que ocurrió con *Fusión en Manhattan*.

–¿Usó usted algún modelo?

–No. Había visto al hombre en cuestión en una fotografía mientras ayudaba a mi madre a limpiar la habitación de mi hermano.

–¿Sabía quién era?

–No. Pero parecía tener el espíritu de un hombre del Renacimiento, capaz de todo. Eso era lo que necesitaba para que la portada de esta historia cobrara vida y palpitara. Imagínense: la lectora se enamoraba de aquel hombre fuera de lo corriente y adelantado a su tiempo, dotado de tan extraordinarios atributos viriles, solo para descubrir que se estaba muriendo de una enfermedad que no puede hacer nada por detener.

Sobre la sala cayó un silencio que a Payne le pareció casi palpable.

–Gracias, señorita Bennett. Puede volver a su asiento. Señora Ellen Bennett, por favor, venga aquí.

Drew volvió la cabeza y miró a Payne con expresión enigmática. Su abogado no era el único desconcertado. Payne tampoco sabía qué pensar.

–Señora Bennett, por favor, dígale a este tribunal quién es y dónde vive.

–Soy la madre de Rainey. Mi marido y yo vivimos en Grand Junction, Colorado.

–¿Trabaja usted?

–Soy ama de casa, el trabajo más duro que conozco.

Payne se tapó la boca para disimular la risa.

—¿A qué se dedica su marido?

—Es dentista.

—¿Tienen algún hijo más?

—Sí, un varón. Craig.

—¿Cuántos años tiene?

—Veinticinco.

—¿Y su hija?

—Veintisiete.

Veintisiete... Payne no podía creerlo.

—Ha oído declarar a su hija que vio en una fotografía al hombre que ha acabado en la portada de ocho novelas. ¿Podría explicar a este tribunal qué ocurrió ese día?

—Sí. Rainey había venido a casa desde su apartamento para ayudarme a hacer la limpieza de primavera de la habitación de Craig. Mi hijo es un auténtico desastre. Cuando estábamos limpiando debajo de la cama y ordenando el armario, encontramos las cajas donde guarda sus recuerdos. Francamente, estaban hechas un lío. Decidimos separar sus pertenencias en distintos montones y ponerlas en cajas separadas para apilarlas. Rainey encontró las fotografías de las excursiones en piragua que Craig llevaba años coleccionando —el río Colorado... ¿Era allí donde Payne había visto aquella cara?— Mientras las estaba colocando en una caja, exclamó: «¡Mamá, mira qué hombre tan increíble hay en esta foto!» Yo miré la foto y tuve que admitir que, en efecto, era muy guapo. Pero, conociendo a mi hija, me di cuenta de que no era sólo su apariencia lo que había llamado su atención. Eso es precisamente lo que hace de ella una artista notable. Rainey observó la fotografía un poco más y luego la dejó con las demás. Nunca volví a oír hablar de ese hombre. Que yo sepa, Rainey no volvió a acercarse al armario de Craig. En realidad, yo también prefiero no acercarme.

A pesar de la gravedad de la situación, Payne se echó a reír. Miró a Drew. Su abogado esbozó una sonrisa.

—Gracias, señora Bennett. Puede regresar a su sitio.

Tenemos un testigo más, señoría. Señor Bennett, por favor, suba al estrado.

El joven rubio que lo había guiado en el descenso por el río Colorado dos veranos antes era la última persona a la que Payne esperaba ver en aquella sala. Pero allí estaba, tan alto como siempre, alcanzando el estrado de los testigos en un par de atléticos pasos. Cuando se dio la vuelta, Payne se encontró mirando la versión masculina de la señorita Rainey Bennett. Ahora ya sabía la respuesta. Payne no podía imaginar dos hermanos más guapos.

Por desgracia, a Craig Bennett le faltaba su atractiva y blanca sonrisa. Vestido con un traje, en lugar de sus habituales pantalones cortos y su camiseta, parecía mayor y menos accesible mientras prestaba juramento y se sentaba.

–Señor Bennett, por favor, dígale a este tribunal dónde vive y a qué se dedica.

–Cuando estoy en Grand Junction vivo con mis padres. En verano, vivo en Las Vegas o en el río Colorado, donde trabajo como monitor para la empresa de deportes de aventura Horsehead.

–Háblenos de su trabajo.

–Hago de guía para aquellas personas que desean descender el río Colorado en piragua.

–¿Cuántos descensos realiza cada verano?

–Muchos.

–¿Lo acompañan personas individuales o grupos?

–Llevo a un mínimo de cuatro personas y a un máximo de veinte en cada grupo.

–¿Ve a alguien en esta sala que le haya acompañado en un descenso por el río Colorado?

–Sí. A mi madre, a mi hermana y al hombre allí sentado –señaló a Payne con la cabeza.

–¿Conoce su nombre?

–Ahora sí. En aquel momento utilizaba otro nombre que no recuerdo. Algo parecido a Vince o Vance.

–Vince –le susurró Payne a Drew.

—¿Recuerda haberle sacado una fotografía?

—Siempre le hago una foto a cada grupo cuando acabamos el descenso.

—Señoría —dijo la señora Carlow—, tengo en mi poder esa fotografía y quisiera presentarla como prueba número dos —Payne vio que el ujier le entregaba la fotografía al juez. Este la observó un momento—. Señor Bennett —continuó la abogada de la defensa—, ¿habló alguna vez de este hombre con su hermana?

—Nunca.

—¿Alguna vez se lo mencionó ella?

—No.

—¿Sabía usted que su hermana lo estaba retratando de memoria?

—No.

—¿Ha leído alguna de las novelas para las que su hermana ha realizado la portada?

—Jamás leería una novela romántica y punto.

—Gracias, señor Bennett. Puede bajar del estrado. Eso es todo por el momento, señoría.

El juez fijó su mirada en Drew.

—Señor Wallace, ¿desea interrogar a los testigos?

—Sí, señoría.

—Les recuerdo a los testigos que aún se encuentran bajo juramento. Proceda, señor Wallace.

—Por favor, señora Wrigley, acérquese otra vez —en cuanto la mujer tomó asiento, el abogado continuó—. ¿Cuántas veces ha visitado usted la ciudad de Nueva York?

—Esta es la primera vez.

—Mi cliente desearía saber por qué eligió usted la aristocracia inglesa, la Costa Este y la banca.

—Soy genealogista. He seguido la pista de la mayoría de mis antepasados, quienes procedían de Inglaterra. Todos ellos eran pobres como ratones de iglesia. Sin embargo, cuando se escarba en esos antiguos linajes ingleses, se topa uno con información fascinante acerca de familias que descendían de reyes, lores, condes y semejantes y que edificaron nuevas fortunas aquí, en América. Siempre que me cruzo con esa clase de datos, los anoto en un archivo especial que utilizo para mis escritos. Muchos de los emigrantes enriquecidos tenían intereses en la banca y la marina. Tras alcanzar nuestras costas, era común que compraran grandes latifundios en la Costa Este.

–Comprendo –murmuró Drew–. Cuando rellenó el cuestionario del departamento de arte, ¿le sugirió usted a la señorita Bennett que pusiera un cuadro de un barco y un faro en la pared del despacho del protagonista?

–No.

–¿Y la fotografía del perro?

–Tampoco.

–¿Podría explicarnos por qué insertó en su libro una escena en la que el protagonista descubre una antigua zona de enterramiento y consigue que la declaren de interés arqueológico?

–Sí. Cuando Frontenac arribó a las costas orientales en un viaje de exploración auspiciado por el rey de Francia, descubrió que esta región estaba llena de osarios, de restos de cientos de miles de hombres, mujeres y niños que habían muerto en grandes batallas mucho antes de que llegara el hombre blanco. El estado de Nueva York es en realidad un inmenso campo de enterramiento. A menudo, un granjero está cavando en un campo y encuentra restos de cuerpos amontonados sin orden ni concierto, con las puntas de las armas de guerra todavía clavadas en los huesos. En *Fusión en Manhattan*, el protagonista dirige una empresa promotora, pero es al mismo tiempo un hombre que siente un profundo respeto por los primeros habitantes de estas tierras. Por eso hice que dirigiera una fundación para la conservación de toda clase de lugares antiguos, túmulos, camposantos y restos de poblados hallados en Nueva York.

–¿Conocía usted el nombre de Payne Sterling cuando escribió la novela?

–No tuve conocimiento de su nombre ni de su existencia hasta ayer, cuando recibí la llamada de la señora Carlow, la abogada de la editorial.

–Una pregunta más. ¿Por qué la leucemia?

–Hace años, mi hija murió de leucemia. Ni mi marido ni yo pudimos hacer nada por evitarlo. Fue la primera cosa que se me ocurrió cuando pensé en qué clase de enfermedad tendría mi héroe.

–Gracias, señora Wrigley. Puede volver a su sitio. Señorita Bennett, haga el favor de ocupar el estrado.

Mientras Payne rumiaba las respuestas de la señora Wrigley, la bellísima ilustradora cuya figura transformaba la falda y la blusa que llevaba, se acercó al estrado y tomó asiento.

–Señorita Bennett, ha hecho usted siete portadas con la imagen de este hombre. ¿Por qué razón?

–Red Rose Romance tiene nueve colecciones distintas. Cada una de ellas está destinada a un tipo de lectora. Como es natural, hay solapamientos, es decir, que hay gente que lee más de una colección. Si cierta cara tiene éxito entre el público, se usa más de una vez porque vende más libros. Cada vez que la cara de este hombre aparecía en una portada, las ventas se disparaban, de modo que se me pidió que siguiera retratándolo. Según tengo entendido, *Fusión en Manhattan* es actualmente el mayor éxito de ventas.

–¿Por qué pintó usted un barco en la pared del despacho del protagonista?

–Me pareció lógico que un hombre cuyos ancestros cruzaron el océano y fundaron un imperio naval, tuviera un cuadro que le recordara su procedencia y su amor por el mar.

–¿Por qué pintó usted ese barco en particular?

–Me informé sobre qué clase de navíos se utilizaban en la época de la que habla la señora Wrigley en su libro.

–¿Y por qué pintó también un faro?

–Uno de mis artistas vivos favoritos es Thomas McKnight, autor de un cuadro surrealista en el que aparece un faro de Nantucket. Me encanta ese cuadro –a

Payne también le encantaba aquel cuadro–. Cuando estaba trabajando en la portada de *Fusión en Manhattan*, mientras pintaba el barco, sencillamente se me ocurrió pintar también un faro.

–Explique por qué razón pintó usted un perro en la fotografía que aparece encima de la mesa.

–En la novela de la señora Wrigley, hay un pasaje en el que el protagonista acaba de descubrir que se está muriendo de leucemia y los recuerdos de su vida pasada surgen en su cabeza como fogonazos. Uno de ellos es una carrera por la playa con su perro cuando era niño. El protagonista es por naturaleza un solitario. Evidentemente, su perro significaba mucho para él. Por eso lo pinté.

–¿Mencionaba la señora Wrigley la raza?

–No.

–Entonces, ¿por qué eligió un bulldog?

–Tengo desde hace años un bulldog inglés llamado Winston, por Winston Churchill, mi personaje histórico preferido. Actualmente el perro vive con mis padres, hasta que yo encuentre una casa en la que admitan animales. Mientras hacía la ilustración para *Fusión en Manhattan*, Winston se sentaba en una de las sillas de la cocina y me observaba. Me gustaba tanto que puse su retrato en la ilustración sin pensármelo dos veces.

Increíble. Absolutamente increíble. Payne sacudió la cabeza.

–Señorita Bennett, ha declarado usted que nunca había visitado Nueva York hasta que se mudó aquí. Asimismo ha declarado que estudió usted en Italia. ¿No hizo usted escala en Nueva York cuando viajó a Europa?

–No. Tomé un vuelo sin escalas de Denver a Frankfurt, Alemania, e hice el itinerario contrario cuando acabó el curso. Puede ponerse en contacto con el departamento de Bellas Artes de la Universidad de Colorado si desea verificarlo.

–Gracias. ¿Podría decirle a este tribunal dónde se encuentran las ocho pinturas en las que aparece el retrato de mi cliente?

–Cinco de las autoras me han comprado los originales. Los otros tres siguen en mi poder. Uno de ellos es *Fusión en Manhattan*. Están colgados en mi apartamento.

–Según el testimonio que hemos oído, sólo vio usted a mi cliente en fotografía unos minutos y luego lo pintó de memoria.

–Sí.

–Si su señoría lo permite, quisiera pedir al ujier que le diera este cuaderno de dibujo y estos lápices a la testigo –el juez asintió–. Ahora, ¿podría ayudarme su señoría a elegir otra persona de la fotografía de la prueba número dos? Enséñesela a la testigo. Deje que la estudie un momento y pídale que dibuje a esa misma persona de memoria.

Payne le susurró a Drew en un aparte:

–Si la señorita Bennett puede hacer ese dibujo, no estaremos ante un caso de acoso, gracias a Dios.

–Amén –masculló Drew.

Pasaron diez minutos mientras la sala permanecía en un silencio congelado, esperando a que Rainey concluyera su dibujo. Payne observó que su cara cambiaba de expresión varias veces. Su concentración era casi tan cautivadora como su feminidad.

Por fin ella miró al juez y le pasó el cuaderno de dibujo. El magistrado lo observó comparándolo con la fotografía.

–No sólo tiene usted memoria fotográfica, señorita Bennett. También posee usted grandes dotes artísticas.

–Gracias.

–Puede volver a su sitio.

El juez le indicó al ujier que le llevara el cuaderno y la fotografía a Drew. Payne esperó con impaciencia hasta que pudo examinar con sus propios ojos ambas cosas.

–Cielo santo –musitó cuando Drew se apartó–. Es Mac. Le ha hecho un retrato perfecto.

–Posee un talento notable –Drew se volvió hacia el juez–. No tengo más preguntas para los testigos, señoría.

–Señora Carlow, ¿desea proceder con sus conclusiones?

–Sí, señoría. Tengo el convencimiento de que los hechos hablan por sí solos. En el futuro, Red Rose Publishing exigirá a todos sus ilustradores que utilicen a modelos para las portadas, con su debido consentimiento. Huelga decir que el retrato del señor Sterling no volverá a aparecer en otra portada de Red Rose Romance. Le he pedido a la señorita Bennett que trajera a esta sala todos los bocetos y disquetes con el retrato del señor Sterling. Pueden serle entregados al señor Sterling, o bien Red Rose se encargará de destruirlos. Como decida el tribunal. Merece la pena destacar que la portada de *Fusión en Manhattan* ha ganado el primer premio de ilustración de entre todas las novelas románticas publicadas en los Estados Unidos durante los últimos doce meses. La señora Wrigley también fue galardonada con el premio a la mejor novela *Un toque de romance* por *Fusión en Manhattan*. Ambas iban a recibir sus galardones en una fiesta el próximo otoño. Dadas las circunstancias, han decidido renunciar a dichos premios para evitar al señor Sterling una publicidad innecesaria y cualquier injerencia en su privacidad. Nuestra compañía notificará a la Convención de Escritores y Editores de Novela Romántica de los Estados Unidos que ha de elegir a otros dos ganadores. En cuanto a los libros ya impresos y distribuidos por suscripción, resulta imposible juzgar cuántos lectores saben que el hombre de la portada es Payne Sterling. Señoría –añadió tras beber un sorbo de agua–, ¿sería posible preguntarle al señor Sterling cómo averiguó que su retrato aparecía en la portada de *Fusión en Manhattan*?

El juez miró a Drew.

–¿Señor Wallace? –inquirió.

Payne asintió cuando Drew se volvió hacia él para solicitarle permiso.

–La hija de su hermana lee novelas románticas. Fue ella quien advirtió el parecido. Al igual que la doncella, que también es aficionada a dichas novelas.

La señora Carlow sonrió.

—Gracias, señoría.

—¿Alguna cosa más, letrada?

—No.

—Muy bien —el juez miró a Drew—. Señor Wallace, ¿está preparado para exponer sus conclusiones?

—Sí, señoría. La notable cantidad de testimonios ofrecidos por la defensa ha disipado las sospechas de acoso que constituían la principal inquietud de mi cliente. El señor Sterling desearía que los libros publicados con su retrato no estuvieran a disposición del público. Sin embargo, en vista de que la señora Carlow asegura que el retrato de mi cliente no aparecerá en el futuro en ninguna portada de Red Rose Romance, ese temor también ha quedado disipado. Así pues, mi cliente y yo desearíamos agradecer a este tribunal que haya escuchado el caso con tanta prontitud. También quisiera felicitar a la letrada de la parte contraria por preparar una defensa tan sobresaliente con tan poco tiempo.

Después de que Drew se sentara, el juez se quitó las gafas.

—Yo también deseo felicitar a ambas partes por conducirse de una manera tan profesional. Es poco corriente que un caso así se presente ante un tribunal.

Payne oyó de pronto que una voz se alzaba desde el otro lado de la sala.

—¿Señoría?

—¿Sí, señorita Bennett?

—¿Puedo decir algo?

—Adelante.

—De haber sido el señor Sterling, yo también habría llevado este caso a los tribunales con la esperanza de evitar otra tragedia. Pero Red Rose Publishing no tiene responsabilidad alguna. Ni tampoco Bonnie Wrigley. Yo... yo soy quien lo pintó sin su consentimiento y quien, sin saberlo, le ha causado una inquietud innecesaria —le tembló la voz—. La ignorancia no es excusa. Yo soy la culpable. Me siento tan mal que no sé cómo subsanar mi error.

Si ha de haber algún tipo de indemnización económica, que se me imponga a mí, no a nadie más.

–Gracias, señorita Bennett. Creo que ha aprendido usted una lección importante y necesaria en los primeros pasos de su brillante carrera. Nunca se sabe quién puede ser el extraño entre la multitud o en una fotografía. Como habrá comprendido, en el futuro tendrá usted que utilizar con más cuidado ese don inapreciable que posee. Ya fuera por culpa del destino o del azar, pintó usted a un hombre cuyo extraordinario éxito le ha hecho vulnerable a los elementos más indeseables de nuestra sociedad. La tragedia que se cebó con su prometida no debió ocurrir. Ha sido también desafortunado que nadie en Red Rose Publishers advirtiera el problema a tiempo de rectificarlo. Sin embargo, la señora Carlow ha asegurado a este tribunal que la compañía les exigirá a sus ilustradores que utilicen a modelos con su debido consentimiento de aquí en adelante. Una decisión muy oportuna que evitará que hechos desafortunados como éste vuelvan a suceder. En cuanto a la novela de ficción de la señora Wrigley, que guarda un notable parecido con la vida del señor Sterling, su declaración ha demostrado que se trata de una sorprendente serie de coincidencias. El letrado del demandante lo expresó mejor: el arte imitando a la vida. En conclusión, tras escuchar la declaración de los testigos, este tribunal no encuentra evidencias de premeditación por parte de la señorita Bennett, la señora Wrigley o Red Rose Romance Publishers. Los letrados pueden reunirse para decidir la suerte de los bocetos, pinturas y libros ya impresos que aún no hayan sido distribuidos, de los que aún no hayan sido traducidos para los mercados extranjeros, etcétera, etcétera –el juez dio un golpe con su maza–. Caso sobreseído.

CAPÍTULO 4

EN CUANTO el juez abandonó la sala, Rainey se sintió tan aliviada que saltó de la silla para abrazarse a Grace Carlow. La abogada la estrechó con fuerza.

–Todo ha salido como esperaba, querida.

–Gracias a ti –dijo Rainey casi sollozando.

–Rainey tiene razón –intervino Bonnie, dándoles a ambas un abrazo–. Si no te hubieras mostrado tan confiada, a mí me habría dado un infarto antes de colgar el teléfono.

Grace sonrió.

–Bueno, ya se ha acabado, y la lección que hemos aprendido será muy instructiva para la compañía –Rainey asintió–. Y también hemos aprendido otra cosa, chicas –dijo, levantando expresivamente una ceja.

–¿Qué? –Rainey y Bonnie se enjugaron los ojos al mismo tiempo.

–El señor Sterling solo tiene una hermana. Eso significa que la hija de la senadora Sterling–Boyce y su doncella leen nuestras novelas. Esa es la clase de información de primera mano que sin duda le alegra el día al señor Finauer.

Rainey nunca había conocido al consejero delegado de la editorial, pero había oído decir que, cuando entraba en erupción, la onda expansiva alcanzaba a todo el mundo. Si el caso hubiera salido mal...

–Bien está lo que bien acaba, cariño.

–Oh, mamá... –Rainey se volvió para abrazar a su madre y a su hermano–. Gracias por venir a rescatarme con tan poco tiempo y traerlo todo. El resultado habría sido muy distinto sin vosotros dos.

Craig le dio un abrazo.

–Felicidades por el premio, aunque no puedas aceptarlo.

–Gracias.

–Sólo a mi hermanita podía ocurrírsele escoger la cara del multimillonario entre un montón de gente –bromeó él.

Ella dejó escapar un bufido. Todavía se sentía temblorosa por los nervios que había padecido durante las últimas veinticuatro horas.

Su hermano sonrió.

–Creo que voy a tener que leer *Fusión en Manhattan* para enterarme de por qué Míster Dólar se ha sentido tan agredido en su intimidad.

–Nunca sabremos qué es lo que tanto le ha molestado en la novela de Bonnie. Pero no te vendrá mal leer un libro fantástico acerca de las relaciones amorosas y con poderoso tirón emocional –dijo Rainey–. Tal vez aprendas algo sobre tu poco satisfactoria vida amorosa.

–Y tú, ¿cómo es que no has aprendido nada? –murmuró él.

–¡Sí que he aprendido! Leer novelas románticas me ha enseñado a esperar al hombre perfecto. Pero, sencillamente, aún no ha aparecido.

–¿Señorita Bennett? –una voz profunda y desconocida sonó tras ella.

Rainey se dio la vuelta, pero al pararse se sintió como si aún siguiera girando sobre sí misma. El hombre al que había retratado y con el que tanto había fantaseado estaba de pie ante ella, tan cerca que de pronto sintió que le faltaba la respiración. Sintiendo que ya había vivido antes aquella situación, recorrió con la mirada sus hermosos, viriles y sobrios rasgos. Tenía leves arrugas de tensión junto a los ojos y la boca que dos años antes no estaban allí. Arrugas que sin duda había puesto en su cara la desequilibrada que había dejado inválida a su novia. Indudablemente, aquellas arrugas se habían hecho más profundas al descubrir que su rostro aparecía en la portada de *Fusión en Manhattan*, libro que al parecer se asemejaba extrañamente a su vida y que no sólo le había hecho sentirse agredido en su intimidad, sino también amenazado.

—Daría cualquier cosa por deshacer el dolor y la inquietud que haya podido causarles a usted y a su prometida —balbuceó ella. En sus ojos verdes y neblinosos brillaron las lágrimas que temblaban en la punta de sus pestañas negras y aterciopeladas—. Por favor, dígale a su prometida que lamento profundamente haber convertido su vida de nuevo en una pesadilla. Ni siquiera puedo imaginar lo terrible que ha debido de ser todo esto para ustedes y sus familias.

—Sí, en efecto. No voy a mentirle al respecto.

Su sinceridad resultaba tan devastadora como su oscura mirada azul, que vagaba sobre el rostro de Rainey con una intensidad que la hacía temblar. Ella desvió los ojos.

—Se siente uno impotente sabiendo que ha hecho algo que no puede remediar. Es como intentar recuperar el aire de un globo. Si pudiera volver atrás en el tiempo, sabiendo lo que sé ahora... —dijo compungida.

—Amén —masculló él con un inconfundible eco de dolor—. Mi abogado se pondrá en contacto con la señora Carlow para hablar de los dibujos que aún siguen en su poder.

Ella asintió.

—Como es natural, querrá usted asegurarse de que se destruyen todos.

—Disculpe, señorita Bennett —dijo el señor Wallace, interrumpiéndolos—. Tengo que hablar con mi cliente.

—Claro —ella alzó los ojos hacia Payne Sterling una vez más—. Gracias por no presentar cargos contra los demás... ni contra mí. Le estaré siempre agradecida —su voz palpitó—. Que Dios le bendiga a usted y a su prometida.

Dio media vuelta y se alejó de él, sintiéndose mucho peor que antes porque aquel hombre no era ya simplemente un recuerdo sacado de una fotografía. Su presencia física y el dolor que emanaba de él habían llenado de nuevo el corazón de Rainey de remordimientos.

–¿Te ha dicho algo que te ha molestado? –le susurró Craig mientras salían con su madre de la sala.

–No, nada. Es que me siento fatal por haberle causado a él y a su familia más preocupaciones.

–No ha sido intencionado y él lo sabe –le aseguró su madre–. Hay que alegrarse de que todo esto se haya acabado. Como Craig y yo volvemos a casa mañana por la mañana, ¿qué os parece si vamos a celebrarlo tomando un ferry hasta Staten Island, si no es muy tarde? Siempre he querido hacerlo.

–Es una idea estupenda, mamá –cualquier cosa por olvidarse un rato de Payne Sterling–. Tomaremos un taxi en la puerta del juzgado para ir a la terminal. Si no recuerdo mal, los transbordadores salen muy a menudo en hora punta.

–Cuando volvamos, os invito a cenar –dijo su hermano–. ¿A dónde queréis ir?

–Hay un sitio en Bond Street donde hacen un sushi fantástico –dijo Rainey para burlarse de Craig. Todo el mundo conocía su debilidad por la ternera. Cuando su madre y su hermano fruncieron el ceño, Rainey se echó a reír–. Sólo era una broma. Os llevaré a Del Frisco's. Es el mejor asador de Manhattan.

–Eso ya me gusta más.

Salieron del edificio para tomar un taxi.

–Me alegro de que te desenvuelvas tan bien en la ciudad, Rainey –dijo su madre–. Te gusta mucho, ¿verdad?

–En general, sí. Pero a veces tanta gente resulta agobiante. Vivir aquí supone mucho dinero si uno busca silencio y privacidad.

–Afortunadamente, eso en Grand Junction es gratis –dijo Craig antes de soltar un silbido ensordecedor. El truco dio resultado. Uno de los taxis que pasaban por la calle se detuvo rápidamente.

Rainey subió detrás de su madre. Luego montó Craig y cerró la puerta tras él. Rainey se inclinó hacia delante para darle la dirección al taxista.

—A la terminal de Whitehall, por favor.

Mientras el taxi arrancaba de nuevo, Rainey vio que Payne Sterling y su abogado, ambos con gafas de sol, salían del juzgado rodeados por un grupo de hombres vestidos de traje. Se montaron en una limusina con los cristales tintados.

Rainey supuso que, tras el accidente que había dejado paralítica a su novia, aquel hombre iba siempre bien guardado. Qué terrible sentirse amenazado en todas partes. Rainey se estremeció.

Su hermano la miró con preocupación.

—¿Estás bien?

—Me alegro mucho de que no haya presentado cargos, pero sigo sintiéndome fatal por lo que he hecho.

—Como ha dicho el juez, no ha habido premeditación. Considéralo otra de tus emocionantes experiencias en la Gran Manzana. Algún día te reirás al recordarlo.

—Eso espero.

—Craig tiene razón, cielo. Estoy segura de que el señor Sterling se siente tan aliviado porque ni tú ni Bonnie Wrigley seáis unas desequilibradas, que ya lo habrá olvidado todo.

—Aunque eso sea cierto, ese hombre tiene que vivir cada momento de su vida sabiendo que su prometida está en una silla de ruedas por culpa de una demente que se creía enamorada de él.

—Eso es lo malo de llamarse Sterling y tener una cuenta corriente que daría para vivir eternamente a todos los sin techo de esta ciudad.

Rainey agachó la cabeza.

—Grace me ha dicho que ya lo hace.

—¿El qué? —preguntó su hermano.

—Que es un filántropo. Según ella, ha fundado muchas organizaciones asistenciales, incluyendo una fundación dedicada a los sin techo. Sé que lo hace por los beneficios fiscales, pero estoy segura de que Grace me lo contó para convencerme de que también es un hombre compasivo.

–A mí me pareció un buen hombre cuando coincidimos en aquel descenso por el río. No me extraña que usara el nombre de Vince. Es el único modo de mantener el anonimato.

Ella escondió la cara entre las manos.

–Todavía no puedo creer que lo escogiera a él para esos retratos.

–Yo sí –dijo su madre tranquilamente–. Y lo mismo podrían decir los millones de mujeres que se lamentarán cuando no vuelva a aparecer en las portadas.

–Mamá... –rió Craig–. No puedo creer que digas eso.

–Tendrías que ser mujer para entenderlo.

–¿Está papá al corriente de tus fantasías secretas? –bromeó él.

–Hay ciertas cosas que es mejor que tu padre ignore.

–¿No me digas que tú también lees esas novelas?

–Rainey y yo las leemos desde hace años. Tú estabas demasiado ocupado leyendo tus revistas de caza y pesca para enterarte.

Rainey se echó a reír. Los comentarios de su madre habían conseguido animarla.

–Parece que hemos llegado –masculló Craig, molesto por las palabras de su madre.

Rainey había notado que, en general, los hombres parecían sentirse incómodos al pensar en las novelas románticas y sus héroes, lo cual era muy extraño, teniendo en cuenta que las estadísticas demostraban que los hombres fantaseaban a diario con mujeres.

Rainey alzó la cabeza y vio que su hermano estaba pagando al taxista. Salieron del taxi y se internaron entre la horda de gente que entraba y salía del trasbordador John F. Kennedy. Craig sacó su cámara de bolsillo y tomó una fotografía; luego las condujo hacia la terminal para sacar los billetes.

Estar con su familia hasta que se fueron al aeropuerto a la mañana siguiente, impidió que Rainey se parara a pensar en aquel perturbador incidente con el señor Sterling. Su larga charla con Craig esa noche acerca de los planes de éste para abrir un negocio logró mantener a raya el recuerdo inquietante de aquel hombre. Pero en cuanto se despidió de su madre y de su hermano, quienes tomaron un taxi rumbo al aeropuerto, su imagen volvió a inundarla con la fuerza de una venganza.

Para contener la marea, ordenó el apartamento, puso una lavadora y limpió el baño de arriba abajo. Cuando todo estuvo limpio y ordenado, se duchó y se puso unos pantalones cortos y una camiseta. Tras bajar a recoger su correo, se dispuso a pintar.

Una hora después, había terminado el encaje del vestido de novia. La portada para *El secreto de la novia* estaba acabada. Llamó al servicio de mensajería para que fueran a recogerla el lunes por la mañana. Ahora ya podía empezar con su siguiente encargo para Global Greeting Cards, que acababa de llegarle por correo.

Acababa de colgar el teléfono cuando éste volvió a sonar. Pensó que sería Ken, que la había invitado a ir a un concierto de jazz en Greenwich Village esa noche y seguramente querría quedar a una hora.

—Estudio de Arte de Rainey Bennett.

—Hola, Rainey.

—Grace... —agarró el teléfono con más fuerza, temiendo que la abogada fuera a darle malas noticias.

—Relájate, cielo. Todo va bien. Claud Finauer está encantado con el resultado —aliviada, Rainey dejó escapar el aire que había estado conteniendo—. Quería decirte que hace unos minutos recibí una llamada del señor Wallace. Si te viene bien, alguien se pasará por tu apartamento dentro de una hora para recoger los retratos del señor Sterling. Quería asegurarme de que ibas a estar en casa.

—Sí, voy a estar aquí. Diles que llamen al portero automático del portal. Estoy en el tercer piso.

–De acuerdo. Te llamaré la semana que viene. Iremos a comer.

–Será un placer.

–Para mí también. Hasta pronto.

En cuanto colgaron, Rainey se acercó a las pinturas y las quitó de la pared. Tras desempolvar los marcos, las colocó junto a la puerta. Era una lástima tener que desprenderse de la de *Fusión en Manhattan*. Naturalmente, podía volver a retratar al señor Sterling de memoria. Pero ya no le saldría igual, porque lo había visto en persona. Si volvía a hacer algún boceto de él, dibujaría a un hombre abrazando a su prometida, condenada a una silla de ruedas. Sus ojos y sus sobrios rasgos revelarían un intenso sufrimiento.

Mientras esperaba a que llegara un ordenanza del bufete de abogados del señor Wallace, Rainey abrió el sobre marrón que acababa de recibir de Global Greeting Cards. Al parecer, tenía que dibujar una serie de tarjetas que decían «¡Hasta pronto! ¡Disfruta del viaje!» en diversos idiomas.

Como había vivido en Italia, tomó su cuaderno de dibujo y comenzó a jugar con diversas ideas que al instante le vinieron a la cabeza. Pronto la ladera de una colina en Toscana comenzó a cobrar vida como las piezas de un *quilt* hecho de retales. Dibujó una de aquellas encantadoras granjas con la techumbre de tejas. El interior no se veía, pero ella se permitió soñar que la habitaba un hombre y una mujer locamente enamorados, que permanecían de pie junto a unas de las ventanas, contemplando aquel pedazo de paraíso.

Mientras miraba hacia el infinito, Rainey cayó en la cuenta de que había estado imaginándose a sí misma en brazos de Payne Sterling. No era la primera vez que le ocurría. Y temía que no fuera la última.

Turbada por aquellos pensamientos a los que no tenía derecho, dejó el lápiz y se levantó de la mesa. Era una suerte que, dentro de unos minutos, fuera a desaparecer de su vista cualquier evidencia física del señor Sterling. Sin embargo, su recuerdo no desaparecería.

De pronto sintió una acuciante necesidad de mirarlo una vez más, se acercó a la puerta del apartamento y tomó su pintura favorita. Cuanto más la observaba, más se daba cuenta de que la persona que había descendido por el río Colorado con su hermano buscando la aventura apenas se parecía al hombre al que ella había visto en la sala del tribunal. Finalmente, dejó la pintura al lado de las otras.

Qué trágico pensar que la mujer a la que aquel hombre amaba ya no podía correr a arrojarse en sus brazos. Eso sí que era cruel.

Rainey intentó imaginarse a sí misma en el lugar de su prometida. Qué difícil tenía que ser para ella estar dispuesta a hacer cualquier cosa por él, a compartirlo todo con él cuando no podía...

El portero automático sonó, interrumpiendo sus sombríos pensamientos. Habló por el intercomunicador. Tras asegurarse de que era el ordenanza, le dijo que subiera.

Medio minuto después, oyó que llamaban a la puerta. La abrió esperando ver a un chico en edad de ir a la universidad. Se le heló el saludo en la garganta al ver que el hombre fornido que bloqueaba la puerta tenía casi cuarenta años y llevaba ropa informal.

—¿Señorita Bennett?

—¿Sí?

Él miró más allá de ella, hacia el interior del apartamento, como si buscara algo. Alarmada, Rainey estaba a punto de cerrar la puerta cuando otro hombre, vestido con un traje, surgió de detrás del primero.

—Ya me ocupo yo, John.

En cuanto Rainey vio quién era, se quedó sin aliento. Tal vez estuviera sufriendo una alucinación.

Los ojos penetrantes y azules de Payne Sterling parecieron observar cada detalle de su cara y de su cuerpo antes de que sus miradas se encontraran.

–He venido por las ilustraciones, señorita Bennett, pero antes quisiera hablar con usted –su voz masculina y refinada traspasó los huesos de Rainey–. ¿Me permite pasar?

Rainey apenas podía creer que aquello estuviera ocurriendo. Afortunadamente, había limpiado la casa esa misma mañana.

–Sí, claro.

En cuanto entró y cerró la puerta, él pareció apoderarse del diminuto estudio.

–¿Quiere sentarse? –dijo ella casi sin aliento.

Él miró el boceto del cuaderno de dibujo.

–Veo que la he interrumpido, pero no voy a quedarme mucho tiempo. He venido a pedirle un favor.

Rainey tragó saliva.

–Si le preocupan las otras ilustraciones, puedo llamar a las autoras que me las compraron. Cuando sepan de qué se trata, me las mandarán sin problemas.

Él sacudió la cabeza.

–Olvídese de eso. Lo que me preocupa es la tranquilidad de mi sobrina y de mi prometida. Ellas se alarmaron mucho al ver mi retrato en la portada de ese libro –se puso las manos sobre las caderas, subrayando su atrayente masculinidad–. Me gustaría que conocieran a la artista. Confío en que, entre usted y yo, podamos disipar su temor de que sea usted una amenaza para mí o para cualquiera.

Ella se quedó atónita. En primer lugar, porque no esperaba volver a verlo. Y, en segundo lugar, porque de pronto comprendió que sin quererlo había aterrorizado a dos personas inocentes que amaban a aquel hombre y necesitaban que las tranquilizaran.

Sin embargo, y fuera cual fuese el motivo por el que él le pedía aquel favor, Rainey sabía intuitivamente que debía decirle que no por su propio bien. ¿Qué era lo que se decía sobre el ciclo de la tentación? Primero, una dejaba que un pensamiento penetrara en su mente. Luego, empezaba a fantasear con él. Más tarde, empezaba a hacer planes. Y finalmente se encontraba actuando conforme a esos planes.

El hombre al que ahora conocía como Payne Sterling llevaba dos años ocupando sus pensamientos. Desde aquel día en el tribunal, Rainey había jugueteado con ciertas íntimas fantasías que lo concernían. Si accedía a su petición, cruzaría la precaria línea que llevaba a la fase de los planes.

Pero lo que de verdad la asombraba era cuánto deseaba hacer planes con él, aunque ello significara tener que conocer a su prometida. ¿Era acaso una especie de masoquista?

Aferrándose a una última hebra de sentido común, dijo:

—Pueden venir cuando quieran a mi estudio.

—Sería más fácil para mi prometida que yo la llevara a usted a verlas —claro. Su edificio no tenía ascensor. ¿En qué estaba pensando?–. Quiero darles una sorpresa y anunciarles la buena noticia —continuó él–. Será la mejor medicina de todas.

«Pero no para mí», gritó el corazón de Rainey. Socorro... ¿Qué podía hacer?

—¿Cuándo ha pensado que nos conozcamos? —dijo ella, intentando que no le temblara la voz.

—Lo antes posible. Tal vez esta tarde, después del trabajo.

¿Esa tarde? Rainey sintió un estremecimiento de excitación.

—Comprendo —se mordió el labio recordando que era viernes y tenía una cita con Ken.

—Por sus titubeos supongo que no está usted libre.

Él le sostuvo la mirada. Rainey notó su ansiedad y su desilusión.

—Yo... cambiaré mis planes —balbuceó–. Después de las molestias que les he causado, es lo menos que puedo hacer.

Ken la perdonaría cuando supiera que se trataba de un asunto jurídico. Él lo entendería mejor que nadie.

La única que no se sentía bien respecto a aquella situación era la propia Rainey. La atracción que sentía por aquel hombre era demasiado intensa.

–Gracias, señorita Bennett. ¿Ha volado alguna vez en helicóptero?

A ella se le aceleró el pulso.

–Sí. Un amigo de mi hermano tiene un servicio de helicópteros en Las Vegas. Me ha llevado a sobrevolar el Gran Cañón varias veces.

–Bien. Mandaré la limusina a buscarla a las cuatro en punto. Saldremos desde mi oficina en cuanto llegue. ¿Tiene planes para mañana?

–Iba a trabajar... –contestó ella–. Voy un poco retrasada porque...

–Porque la obligué a acudir a los tribunales –concluyó él–. Traiga lo que necesite para pasar la noche, incluyendo un traje de baño.

Oh, no.

Rainey desvió la mirada. Le daba pánico que él notara la emoción que le producía la idea de ir con él a cualquier parte.

«Con él y con su prometida», dijo una vocecilla insidiosa. «No lo olvides, Rainey Bennett».

Cuando se sintió con fuerzas para volver a mirarlo a los ojos, descubrió que él estaba observando su preciada serigrafía del faro de Nantucket pintado por Thomas McKnight. El cuadro colgaba junto a los originales de sus ilustraciones, los pocos que aún no habían comprado los autores de aquellos libros.

Él se volvió de pronto hacia ella y la sorprendió mirándolo. Rainey no apartó la mirada, pero sintió que se sonrojaba.

–¿Puede traer la fotografía de su perro cuando venga?

A ella no le sorprendió que hubiera visto la pequeña fotografía enmarcada que había sobre su escritorio. Aquel hombre parecía fijarse en todo. Lo que la intrigaba era el motivo de su petición.

–De acuerdo.

Sus ojos se encontraron un instante.

–Nos veremos luego.

Él recogió elegantemente las pinturas y salió. Ella se quedó mirándolo hasta que desapareció de su vista junto con aquel guardaespaldas llamado John. Tras cerrar la puerta, se apoyó contra ella y se preguntó si estaría soñando. Pero seis horas después comprendió que todo era real cuando John y otro guardia de seguridad se presentaron en su puerta y la ayudaron a bajar las maletas a la limusina.

Rainey disfrutó tras los cristales tintados del paseo en coche por el Distrito Financiero, a pesar de que era hora punta. Cuando llegaron al aparcamiento subterráneo del edificio Sterling, fue conducida al ascensor privado que llevaba al ático. Cuando las puertas se abrieron a la suite que formaba el despacho del señor Sterling, Rainey no pudo impedir que un gemido de sorpresa escapara de su garganta. Fue como entrar en su propia ilustración.

El protagonista, de cabello negro, alzó la mirada de su maciza mesa de roble y dijo:

–Desde que vi la portada de *Fusión en Manhattan*, reacciono igual que usted cada vez que entro en mi despacho.

Rainey se había quedado sin habla. Su mirada se desplazó desde la pequeña fotografía enmarcada colocada sobre la mesa al cuadro con el barco y el faro.

–No puede ser –musitó, incrédula.

El cuadro colgaba de la única pared que no era de cristal, igual que en su pintura. Y allí estaba el guapo millonario en persona. El caro traje azul que llevaba puesto, podía haber sido el mismo con que ella lo había vestido en la pintura. Detrás de él se elevaba amenazadora la silueta de los rascacielos de Manhattan, asombrosamente parecida a la que ella había dibujado para la portada del libro.

Asombrada aún, Rainey lo vio levantarse de su silla giratoria y acercarle la pequeña fotografía de su mesa.

–Me da miedo mirar –confesó ella con voz temblorosa mientras él se acercaba, tendiéndole la fotografía. Ella echó un vistazo y volvió a mirarlo–. Este perro... su cara... ¡se parece a Winston!

Él asintió.

–Le presento a Bruno, mi leal bulldog.

–No puedo creerlo –murmuró ella, que empezaba a sentirse mareada. La fotografía cayó al suelo enmoquetado. De pronto, Rainey sintió que un fuerte brazo la rodeaba. Él la llevó hacia el sillón más cercano.

Sus caras casi se tocaban. Ella advirtió una mirada de alarma en aquellos inolvidables ojos azules y notó su aliento en la mejilla.

–Se ha puesto muy pálida. Le traeré un poco de agua.

Regresó un instante después y le acercó un vaso a los labios. Rainey se bebió hasta la última gota confiando en que él se apartara de ella, pero para su consternación él se agachó a su lado cuando acabó de beber. Estaba tan cerca... Y olía tan bien... Rainey no podía pensar, ni apenas respirar...

–¿Se siente mejor?

–Yo... sí, gracias –se levantó bruscamente en un esfuerzo por separarse de él.

La fotografía aún estaba en el suelo. Rainey se acercó y la recogió. Vio aliviada que el cristal no se había roto. Al menos ya sabía por qué le había pedido que llevara la foto de Winston. Dejó la fotografía de Bruno encima de la mesa y se volvió hacia él.

–Señor Sterling...

–Creo que deberíamos dejar esas formalidades –la interrumpió él. «¡No! ¡No podemos! ¡No debemos!», pensó ella–. Me llamo Payne.

«Lo sé. Pero no me atrevo a llamarte así».

Ella estaba temblando.

–Juro que nunca he estado en este despacho.

Él frunció el ceño.

–¿Crees que no lo sé, después de tu declaración en el

tribunal y de que has estado a punto de desmayarte hace un momento?

Ella se llevó una mano a la garganta.

—No sé cómo pude pintarlo todo tan parecido a como es en realidad. Sé que existen las coincidencias. Pero esto es increíble.

—Lo mismo siento yo.

Rainey sacudió la cabeza.

—No creo que haya visitado tu oficina en una experiencia extracorporal.

—Yo tampoco.

Ella lo miró fijamente una vez más.

—Estoy asustada. ¿Cómo explicas todo esto?

Él se frotó la nuca y la miró con los párpados entrecerrados.

—El juez lo dijo. Algunas cosas no tienen explicación. Simplemente, hay que aceptarlas.

—Pero seguramente tu prometida pensará que he estado acosándote. ¡Yo lo creería! —dijo, sofocándose.

Él adquirió una expresión solemne.

—Por eso quiero que estés conmigo cuando le diga a ella y a Catherine la verdad.

—¿Catherine es tu sobrina?

—Sí.

—¿Cuántos años tiene?

—Quince.

—¿Estáis muy unidos?

—Mucho —musitó él—. No debería tener favoritos, pero cuando la conozcas entenderás mis razones.

Rainey dejó escapar un leve gemido.

—Supongo que las dos habrán estado en este despacho.

Él asintió.

—Catherine, muchas veces.

—Debieron quedarse de piedra al ver la portada. Lo siento muchísimo —balbuceó Rainey.

—¿No crees que ya te has fustigado bastante? —había un filo en su voz que la hizo callar—. Digamos que esta ha sido una semana infernal para todos y salgamos de aquí.

Él se había acercado al ascensor y la esperaba allí. Rainey notó que se le aceleraba el corazón hasta casi sentirse enferma. Desde que había entrado en su despacho y él la había tocado, se sentía más unida a él que nunca.

Aquello era un error. Sin embargo, Rainey dio un paso y luego otro hacia él. Su conciencia le gritaba que se excusara con cualquier pretexto antes de que fuera demasiado tarde. Pero siguió avanzando. Las puertas se cerraron, dejándola encerrada en el interior del ascensor con él. Subieron a la azotea donde esperaba el helicóptero.

Rainey debía parar aquella locura antes de que las cosas fueran más lejos. Pero la tentación de ir donde él la llevara era mucho más fuerte que cualquier energía que ella hubiera sentido nunca.

Payne se acercó con ella al helicóptero y la ayudó a subir. Uno de los guardaespaldas que estaban en la sala del tribunal entró tras ellos. Tras abrocharse el cinturón de seguridad, Rainey se dio cuenta de que estaba participando ansiosamente en un plan que podía conducirla a la destrucción. Sin embargo, al ver a Payne Sterling sentado en el asiento del copiloto, tan activo y vital, se dio cuenta de que ningún poder sobre la tierra podría apartarla de allí.

El rugido de las hélices ahogó los últimos gemidos de su conciencia. Despegaron.

Rainey estaba siendo arrastrada al punto de no retorno.

CAPÍTULO 5

DESPUÉS de la vista en el juzgado, Payne había decidido pasar la noche en el ático, trabajando. Había llamado a Catherine y a Diane para decirles que no se preocuparan. Se lo explicaría todo cuando llegara a casa de Phyllis el viernes por la noche.

Lo había dispuesto todo para que fueran a recoger a Diane y la llevaran a casa de su hermana, donde cenarían. Ni su prometida ni su sobrina sabían que iba a llevar una invitada.

Catherine estaría encantada. Diane se sentiría desilusionada al descubrir que no estarían los dos solos. Pero sin duda el alivio de conocer a la artista y descubrir que no era ninguna desequilibrada compensaría aquel sinsabor.

Más pendiente de la mujer sentada tras el piloto de lo que hubiera deseado, Payne dejó que Mac hiciera los honores y orientara a Rainey durante el vuelo. Pero ya se estaban acercando a Crag's Head.

Payne volvió la cabeza hacia ella.

—Vamos a descender. Desde allí, hay un corto trayecto en coche hasta la casa de mi hermana.

Rainey asintió con la cabeza, cuyo pelo rubio relucía con un brillo plateado a la luz de los últimos rayos de sol. Payne notó que estaba disfrutando de cada instante del viaje. Sus ojos parecían absorberlo todo.

Y los de él también. Parecía no cansarse de mirar su hermoso perfil o el atractivo cuerpo, cubierto con un precioso vestido amarillo y una chaqueta de manga corta blanca.

Dejándose llevar por un impulso, le dijo al piloto que trazara un círculo alrededor de Crag's Head antes de aterrizar. El fulgor blanco del faro remodelado contra el vívido azul del océano nunca dejaba de emocionarlo. Se preguntó cómo captaría la mirada de artista de Rainey aquella vista.

La reacción de esta no tardó en llegar. Cuando el helicóptero comenzó a descender hacia la casa, ella dejó escapar un leve grito de sorpresa y giró la cabeza para no perder de vista el edificio. El piloto lo rodeó por completo, ofreciéndole una vista completa.

–Oh... –exclamó ella de nuevo, cautivada–. Se parece a la capilla de Ronchamps de Le Corbusier que una vez visité. Pero también es un faro. La combinación es absolutamente genial. Es la cosa más fantástica que he visto nunca –sus ojos verdes brillaron–. ¿Es un museo? ¿Se puede entrar?

Su entusiasmo complació a Payne intensamente.

–Creo que podría arreglarse.

El piloto sonrió y siguió descendiendo hacia la pista de aterrizaje.

–¿Quieres decir que vamos a entrar ahora? –ella parecía desconcertada y tan excitada que Payne notaba su exaltación en cada átomo del cuerpo.

Cuando tocaron tierra, Payne se desabrochó el cinturón de seguridad y la ayudó a bajar del helicóptero. Cuando el brazo de ella le rozó accidentalmente el pecho, sintió una especie de llamarada. Al mismo tiempo, aspiró el delicioso olor a flores primaverales que flotaba alrededor de ella y que ya había notado en su despacho.

Sam y Andy los esperaban junto a la limusina. Payne agarró a Rainey por el codo mientras daba instrucciones.

–Voy a enseñarle esto a la señorita Bennett. Luego iremos a casa de mi hermana.

Payne advirtió la mirada inquisitiva que le lanzaba Mac antes de que los hombres comenzaran a trasladar las bolsas y pinturas del helicóptero a la limusina.

Mac tenía motivos para mostrarse sorprendido. Payne preservaba su intimidad con uñas y dientes. No permitía el paso a ningún extraño. Sólo a su familia, a la familia de Diane, a la gente de seguridad, a los Myers y a Drew Wallace. Para el resto del mundo, Crag's Head era terreno prohibido. Al llevar allí a Rainey, Payne había roto sus propias normas, otro error que no admitía un escrutinio más minucioso.

Ella siguió observando el exterior del edificio mientras caminaban hacia la entrada norte.

—Esta es tu casa —dijo en voz baja—. Debí darme cuenta al ver el faro.

—Sí.

—¿Cómo soportas dejarla?

Él respiró hondo.

—Esa misma pregunta me hago yo todas las mañanas cuando me subo al helicóptero.

Ella se detuvo delante de la puerta y lo observó con una franqueza que a Payne le produjo una oleada de exaltación.

—Ahora comprendo de dónde saca el rey de la fibra de vidrio su inspiración. Tu despacho es sólo el lugar donde te encuentras con los demás para llevar adelante tus proyectos.

¿Cómo sabía tantas cosas de él?

Payne ladeó la cabeza.

—¿Lees el *World Fortune*?

—No. Grace Carlow me enseñó el artículo de la revista para que tuviera una idea del hombre al que iba a enfrentarme en el tribunal.

Su boca se curvó de pronto en una cautivadora sonrisa que parecía decir que comprendía las fuerzas que lo impulsaban. Aquella mujer era extraordinariamente intuitiva. Sus cuadros lo demostraban.

—¿Entramos?

—Lo estoy deseando.

Payne esbozó una sonrisa mientras utilizaba el control remoto de bolsillo para abrir la puerta. La señora Myers salió a recibirlos al vestíbulo y procuró disimular su sorpresa al verlo con una mujer que no era Diane.

—Betty, esta es Rainey Bennett, una artista de Grand Junction, Colorado, que ahora vive en Nueva York. En cuanto me duche y me cambie, nos iremos a casa de mi sobrina a cenar.

–¿Le apetece beber algo mientras espera, señorita Bennett?

–No, gracias.

–¿Y a usted, señor Sterling?

–No, a mí tampoco.

–Si desean algo, avísenme.

–Gracias, Betty.

Cuando la mujer desapareció, Payne se volvió hacia su invitada.

–Ponte cómoda mientras me arreglo. No tardaré.

Quince minutos después, bajó sabiendo exactamente dónde la encontraría. Como cabía esperar, Rainey se había sentado en un taburete frente al mapa del subsuelo de Los Ángeles. Estaba tan concentrada que no oyó sus pasos cuando Payne entró. Hizo falta que sonara su teléfono móvil para que ella girara la cabeza y se levantara del taburete.

–¿Cuánto tiempo llevas ahí?

–Unos minutos –él miró la pantalla del teléfono. Era Diane. Volvió a guardarse el teléfono en el bolsillo–. Me parece que esos mapas te fascinan tanto como a mí.

–No sólo me fascinan. Excavar túneles bajo una ciudad sin saber exactamente qué vas a encontrar debe de ser tan emocionante como ser explorador o astronauta.

–Es un mundo de basura y ratas –masculló él.

–Y de restos arqueológicos –añadió ella–. Entre Frontenac y tú, ¡las cosas que podríais contar!

Él sonrió al recordar el testimonio de Bonnie Wrigley.

–Debo admitir que cuando encontramos algo es muy emocionante.

–Uf, me encantaría estar contigo la próxima vez que te topes con un antiguo túmulo.

Su extraño entusiasmo pareció contagiar de nuevo a Payne.

–Lo recordaré.

Ella esbozó una sonrisa malévola.

—A mí no me engañas. Tú no eres un ingeniero cualquiera. Está claro que te encantan esos laberintos. Cuando estudiaba arte en la universidad, tuve algunas asignaturas sobre arquitectura e ingeniería mecánica. Me atraían mucho, pero al final decidí licenciarme en Bellas Artes. En realidad, estuve a punto de cambiarme a ingeniería. La rama a la que te dedicas es seguramente la más atractiva de todas. Ahí, bajo las calles, hay otro mundo. Me fascina el modo en que lo has ideado todo y luego lo has plasmado sobre el papel. Tú ves lo que nadie más ve y sabes cómo llevarlo a cabo. Es algo milagroso. Lo que daría por trabajar contigo y aprender de ti —sus ojos vivaces se posaron sobre él—. Saber qué puede conectar con qué y cómo hacer que funcione significa que nunca te faltarán desafíos. Eres un hombre con suerte. ¿Sabes cuánta gente mataría por amar su trabajo como tú el tuyo?

—¿Como tú amas el tuyo, quieres decir? —Payne se acercó a ella. Hacía años que no disfrutaba tanto de una conversación.

—Yo disfruto con lo que hago —dijo ella—. Pero no me levanto cada mañana rodeada por este mar y este cielo. No puedo encontrar las palabras, pero tú ya las sabes porque fuiste tú quien ideó todo esto. Las formas de ese faro son tan bellas que me dan ganas de llorar —las lágrimas empañaron sus exquisitos ojos verdes—. Si me conocieras mejor, sabrías que soy muy llorona —confesó, riéndose de sí misma—. Así es como me afecta la belleza —Payne sentía lo mismo. En ese momento, estaba mirando a una persona increíblemente bella por dentro y por fuera—. Mientras el piloto rodeaba tu casa, mi imaginación comenzó a hacer bocetos. Y ahora que he entrado, ya no parará. Prometo no poner ninguno sobre papel, pero si notas síntomas de que flaqueo durante las próximas doce horas, compadécete de mí.

Payne rompió a reír a carcajadas. No recordaba cuándo había sido la última vez que aquello le había ocurrido. No recordaba haber disfrutado nunca tanto con una mujer. Ellos dos parecían entenderse a un nivel que no precisaba de palabras. Payne se sentía bien. Rainey le hacía sentirse bien. Demasiado, tal vez.

Se sentía... vivo.

—¿Señor Sterling?

La voz de la señora Myers lo sacó con sobresalto de sus cavilaciones, cuyas implicaciones resultaban al mismo tiempo jubilosas y alarmantes.

—¿Sí, Betty?

—Su sobrina está al teléfono. Quiere saber dónde está.

Él ni siquiera había oído sonar el teléfono.

—Dígale que estaré allí dentro de diez minutos.

—Sí, señor.

—Será mejor que nos vayamos para no hacerlas esperar más —murmuró Rainey.

Ella tenía razón. Pero Payne no quería irse. Quería... No. «No lo digas, Sterling. Ni lo pienses».

—¿Tienes hambre? —preguntó mientras se dirigían hacia el pasillo.

—Empiezo a tenerla.

Payne había empezado a sentir hambre desde el momento en que había visto a Rainey en la sala del tribunal. Reconocía todos los síntomas de un apetito que empezaba a escapar a su control.

Debía haber mandado a Mac por las pinturas, pero, en lugar de hacerlo, una fuerza irresistible lo había llevado a la puerta de Rainey. La misma fuerza que lo había obligado a inventar una excusa para volver a verla.

Pero, después de aquella noche, ¿qué? La respuesta era sencilla. No podía haber un después. Al día siguiente, el piloto la llevaría de vuelta a la ciudad en helicóptero. Andy se ocuparía de llevarla en coche hasta su apartamento. Payne destruiría toda prueba de la breve aparición de la señorita Bennett en su existencia.

Tras la marcha de ella, la vida que Payne se había fabricado tras el tiroteo retomaría su consabida rutina. Pero al tiempo que repasaba aquellos pensamientos, su mano entró en contacto con la piel sedosa de Rainey.

Sin saber cómo, se le había subido el vestido al entrar en la limusina. Ambos se estremecieron al sentir el contacto. Ella se sentó precipitadamente en un lado del asiento. El cuerpo de Payne se tensó. Ella estaba tan turbada como él.

—¿Tu sobrina también siente inclinación por la política, como su madre?

Aquella inocua pregunta surgió después de que abandonaran la zona de aparcamiento del lado norte de la casa. Con Mac y John en el coche, Rainey no habría podido elegir mejor tema de conversación.

—No. Algún día será una gran filántropa.

—Parece que sale a su tío.

—No, nada de eso. Catherine es compasiva de nacimiento.

—Qué extraña y maravillosa cualidad es ésa. Estoy deseando conocerla.

Payne miró por la ventanilla sin ver nada. Catherine gravitaría hacia Rainey como el agua de una cascada gravitaba hacia la poza que esperaba allá abajo. Al igual que él, no podría evitarlo.

—Háblame de tu prometida. ¿A qué se dedica?

Él se preguntó cómo se comportaría Diane con Rainey.

—Estudió literatura inglesa. Hasta el accidente, trabajaba en una revista que edita el Blakely College, el colegio universitario donde estudió.

—Estoy impresionada. El Blakely es un colegio femenino muy prestigioso.

Él asintió.

La casa de Phyllis apareció ante su vista. El trayecto acabó enseguida. Ahora, él tendría que compartir a Rainey, desprenderse de ella. Y ella se llevaría consigo la luz del sol.

Aunque Rainey aún no se había ido, Payne ya se sentía desolado. Y aquello lo sacudió hasta los cimientos.

—¡Tío Payne! —su sobrina cruzó corriendo la pradera de césped, con Lady tras ella—. Pensábamos que no llegarías nunca.

La muchacha abrió la puerta de la limusina para abrazarlo. Luego su mirada tropezó con la sorpresa que él le había preparado.

–Catherine Boyce, te presento a Rainey Bennett.

–Hola. Encantada de conocerte –dijo Catherine con una amable sonrisa.

Rainey sonrió.

–Estaba deseando conocerte, Catherine. Tu tío está loco por ti.

–Yo también lo quiero mucho.

–Cariño, Rainey es la artista que pintó las portadas de esas novelas románticas, incluyendo la de *Fusión en Manhattan*. Como fuiste tú quien me enseñó ese libro, he pensado que te gustaría conocerla. Pasará la noche aquí, como nuestra invitada.

–Bromeas –sus ojos azules lo miraron fijamente–. No, no bromeas –su mirada voló de nuevo hacia Rainey–. ¿Tú pintaste al tío Payne?

Mac se había acercado a abrirle la puerta a Rainey mientras los demás hombres llevaban las bolsas de viaje y las pinturas a la casa. La invitada de Payne permaneció en su asiento.

–Me confieso culpable de todos los cargos.

–Eres una artista impresionante.

–No es verdad, pero gracias.

–Nyla no se lo va a creer.

–¿Quién es Nyla?

–Lleva años con nuestra familia. Cuando acaba de leer su envío mensual de novelas románticas, me las da a mí. La portada de *Fusión en Manhattan* le preocupó tanto que me lo dijo. Yo apenas podía creer que el hombre de la ilustración se pareciera tanto al tío Payne, así que se la enseñé a él.

Una sombra oscureció el expresivo semblante de Rainey.

–Lamento haberos asustado tanto a todos. No sabes lo mal que me siento.

—Ya pasó —declaró Payne—. Ya le he dicho a Catherine que no hay nada que temer. ¿Por qué no entramos y nos comemos la cena antes de que se eche a perder?

Unos segundos después, habían salido de la limusina y echaban a andar hacia la puerta trasera de la casa. Payne se detuvo un momento porque Lady, tras saludar a Rainey, se había parado para rascarse las orejas. Por el modo en que agitaba el rabo, parecía que la señorita Bennett acababa de hacer otra conquista.

—He hecho hamburguesas y ensalada de patatas, tío Payne. Debiste decirme que ibas a traer invitados. Habría preparado algo especial.

Rainey se puso a su paso.

—En mi casa siempre nos han gustado mucho las hamburguesas —dijo en voz alta—. De hecho, mi hermano no come otra cosa. Si intentas darle algo como pollo al *cordon bleu*, se lo da a escondidas al perro.

Catherine se echó a reír.

—¿De qué raza es tu perro?

—Es un bulldog inglés.

—Ay, qué bonito. El tío Payne también tenía uno.

—Lo sé. He visto la foto en su mesa. Se parecía mucho al mío.

—¿Cómo se llama el tuyo?

—Winston.

—Ah, claro. Por Winston Churchill. Qué gracia.

—Sí —Rainey sonrió—. Hay momentos en que mi perro es igual que él. Una vez, Craig compró un puro y se lo puso en la boca a Winston, y yo le saqué una foto.

Se echaron a reír.

—¡Me encantaría verla! —exclamó Catherine.

Rainey miró a Payne un momento.

—La llevo en el bolso.

—¿Me la enseñas?

—Claro —Rainey abrió su bolso de mano y le dio la fotografía enmarcada en la que aparecía Winston con su puro.

Catherine rompió a reír.

–Cómo mola. ¡Es precioso!

–A mí también me lo parece. Es el perro que puse en la portada. Con solo ver a Lady, me entra nostalgia de él.

Catherine le lanzó a Payne una mirada aliviada antes de devolverle la foto a Rainey.

–Lady es una de las razones por las que no he ido a México con mi familia.

Payne le rodeó los hombros con el brazo.

–¿Y cuál es la otra? –sabía que tenía que haber alguna.

–Seguramente tiene algo que ver con un chico –dijo Rainey–. Recuerdo que yo me perdí unos cuantos viajes para poder estar cerca de mi hermano y sus amigos.

Catherine sonrió sin decir nada, lo cual equivalía a una confirmación, y abrió para que entraran todos.

Era evidente que su temperamento artístico convertía a Rainey en una juez excelente de la naturaleza humana. Estar a su lado había sacudido a Payne hasta tal punto que ya no se reconocía a sí mismo.

Payne respiró hondo, intentando tranquilizarse.

–¿Dónde está Diane?

–La dejé en el patio oeste. Vamos a cenar allí.

–Bien. ¿Por qué no le enseñas a Rainey dónde puede asearse mientras yo voy a buscarla?

–Lo haré encantada. Ven por aquí, Rainey.

–Tienes una casa fantástica. Es como entrar en una página de una revista de decoración. ¡Y qué grande! Mi apartamento podría caber sólo en esta habitación.

–¿Dónde vives?

Sus voces se fueron apagando mientras Payne se dirigía al patio. Le habría encantado espiar su conversación, pero Diane estaba esperando.

–¡Al fin! –exclamó ella al verlo aparecer en la puerta–. He intentado localizarte en el móvil –«lo sé». Sentada en la silla de ruedas, ella rodeó la mesa y le tendió los brazos–. Parecen dos años, en vez de dos días.

Él deseó poder decir lo mismo, pero no le era posible. No le salía. Lo único que podía hacer era darle un rápido beso y un abrazo.

Como afirmaba la primera línea de *Fusión en Manhattan*, Logan Townsend no estaba enamorado de su prometida. Y él tampoco. Nunca sería capaz de decirle las palabras que ella deseaba oír.

La culpa y el deseo de encontrar una cura para ella lo habían impulsado a pedir su mano. Le había dicho que cuidaría de ella y la protegería. Se lo debía.

Su plan consistía en ayudarla a volver a caminar. Desde su compromiso, Payne había trabajado sin descanso para lograr ese objetivo con un empeño que nada, ni siquiera la actitud derrotista de Diane, podía ensombrecer. Pero no había contado con que Rainey Bennett se cruzara en su vida.

—¿Seguro que todo va bien? —preguntó Diane cuando él se incorporó.

Payne acercó de nuevo la silla de ruedas a la mesa, se sentó junto a ella y le dio la mano.

—Como te dije anoche por teléfono, no tienes de qué preocuparte. Para demostrártelo, he invitado a cenar a alguien que disipará todos vuestros temores.

Ella arrugó el ceño.

—¿Has traído visita?

—Sí. Catherine vendrá enseguida con ella. Se llama Lorraine Bennett, es de Grand Junction, Colorado, y se dedica a pintar tarjetas de felicitación y a hacer ilustraciones para las portadas de Red Rose Romance. Es la que me retrató.

—¿Lo confesó ante el juez?

—Sí. Pero cuando oigas toda la historia, comprenderás que fue un error sin mala intención.

Los ojos de ella brillaron con rabia.

—¿Cómo puede ser un error sin mala intención si lo hizo sin tu permiso?

—Es complicado de explicar. Debes confiar en mí.

Diane le apretó la mano.

—Ojalá me hubieras preguntado antes de invitarla a venir.

—No lo hice porque sabía que reaccionarías así —explicó él con calma–. Cuando empezó la vista, yo me sentía exactamente igual que tú. Estaba convencido de que acabarían arrestando a alguien. Pero, gracias a Dios, no ha sido así.

Ella apretó los labios.

–Por una vez, creo que te has equivocado al traerla aquí.

Payne estaba de acuerdo con ella, pero no por las mismas razones.

–Hay otro motivo por el que la he invitado, aparte de esperar que conocerla os ayude a Catherine y a ti a olvidar este incidente.

–¿Qué motivo?

–La señorita Bennett se siente muy mal por lo ocurrido. Tal vez se sienta mejor si ve que no le guardamos rencor.

–Debería sentirse fatal.

Payne sabía que era la impotencia lo que la hacía menos benévola de lo que hubiera sido de otro modo.

–Intenta ponerte en su lugar, Diane. Durante la vista se sintió muy mal porque no sólo estaba implicada ella, sino también la escritora y la editorial.

Ella le soltó la mano.

–¿Por qué no vas a ver por qué tardan tanto? Cuanto antes cenemos, antes se irá y podremos estar solos. Tengo que hablar contigo sobre la luna de miel. He decidido dónde quiero ir, y no es a Suiza.

–Lo discutiremos más tarde.

–Será una pérdida de tiempo, Payne.

Él hizo una mueca.

–Hasta que hayamos hecho todo lo humanamente posible por ayudarte, no tienes derecho a decir eso. Enseguida vuelvo –salió del patio en un par de rápidos pasos.

–Payne...

Él la oyó llamarlo, pero por una vez se negó a ceder ante sus lágrimas.

CAPÍTULO 6

CUANDO Rainey vio a Payne en la puerta de la cocina, advirtió que su expresión había sufrido una completa transformación. Alguna poderosa y sombría emoción que apenas podía refrenar lo atenazaba.

El cambio era tan notable, que Rainey estuvo a punto de dejar caer los platos de fruta recién cortada y verduras que sostenía entre las manos.

–¿Qué estáis haciendo?

Catherine pareció notar su transformación, pero sólo dijo:

–Estamos sacando la comida, tío Payne. Acabo de presentarle a Rainey a Nyla. Nyla va a comer con nosotros para que oiga todo lo que pasó en el juzgado.

–A sus órdenes, capitán.

El comentario de Payne hizo que su sobrina, que llevaba una fuente llena de hamburguesas, se echara a reír al salir de la cocina. Sin embargo, Rainey notaba que Catherine no se había dejado engañar por la repentina broma de su tío. Ni ella tampoco.

Rainey los siguió al patio. Nyla iba detrás, con la ensalada que había sacado del frigorífico. Si no hubiera estado ya en casa de Payne, Rainey habría pensado que la casa de los Boyce, con sus vistas al océano, era el lugar más hermoso que había visto nunca. Todo era perfecto a la luz del crepúsculo, como un cuadro.

Payne ocupó su lugar detrás de su prometida. Para Rainey, aquel mero gesto trazó de forma definitiva los límites que no debía traspasar. Todo lo que había sucedido hasta ese momento era historia. Lo que ocurriera de allí en adelante, pertenecía al porvenir de otras personas. Rainey era una simple espectadora pasajera.

–Rainey Bennett, te presento a mi prometida, Diane Wylie.

–¿Cómo está, señorita Bennett?

Diane le tendió la mano. Rainey rodeó la mesa para estrechársela. Diane y ella eran probablemente de la misma edad. Aquella atractiva morena tenía el aspecto de la chica de al lado. A ojos de Rainey, parecía el tipo de chica con la que saldría su hermano y no...

Rainey se obligó a atajar aquellos pensamientos. Payne Sterling no significaba nada para ella. Aquello no podía ser.

–Agradezco muchísimo tener la ocasión de conocerla, señorita Wylie. No sabe cuánto lamento haberles causado a todos tantas preocupaciones.

La prometida de Payne observó a Rainey con sus inteligentes ojos marrones antes de soltarle la mano.

–Payne me ha dicho que todo se ha debido a un error sin mala intención, de modo que es preferible olvidarlo. Me temo que su preocupación por mi bienestar lo ha impulsado a abusar de su tiempo.

–¡Oh, nada de eso! –exclamó Rainey–. Acabamos de llegar de su oficina. Casi me dio un ataque cuando vi cuánto se parecía a mi pintura. Cualquiera hubiera sospechado. Después de lo que ha sufrido, deseaba conocerla en persona para asegurarle que no albergo malas intenciones. Espero que, con el tiempo, puedo olvidar este incidente.

–Rainey, ¿vienes a sentarte aquí, entre Nyla y yo?

A Rainey le dieron ganas de abrazar a Catherine por sacarla de aquel atolladero. Ocupó su lugar, decidida a evitar la mirada de su anfitriona. No podía seguir pensando en él.

–Esto tiene una pinta excelente, cielo –dijo Payne cuando todos se hubieron sentado a la mesa.

–Gracias. Hay más en la cocina.

–Está todo delicioso –declaró Rainey. Al conocer a

Diane Wylie había perdido el apetito, pero se obligó a comer para no herir los sentimientos de Catherine —la perra se frotó contra su pierna—. ¿Va contra las normas que le dé un pedacito a Lady? Me está mirando con ojitos de cordero.

La muchacha sonrió.

—Puedes darle unas fresas.

—Está bien —Rainey dejó caer una. La perra la atrapó antes de que tocara el suelo. Rainey dejó caer un par más—. A Winston también le gustan las fresas, pero odia las uvas.

—A Lady le gusta la lima.

—No me sorprende nada —dijo ella, echándose a reír.

—¿Por qué no nos cuenta cómo fue que retrató a mi prometido?

Rainey estaba esperando la pregunta. Antes de que pudiera decir nada, Payne se puso en pie.

—Espera un momento, Rainey —dijo, dirigiéndose a la puerta—. Primero quiero traer la fotografía de tu hermano y tu trabajo —unos segundos después regresó y dejó las pinturas sobre una silla.

Nyla y Catherine se levantaron para mirarlas.

—No sabía que se hacían cuadros tan grandes para las portadas —exclamó la doncella—. Deben de llevarle mucho tiempo.

—Sí, son muy trabajosos porque primero tengo que hacer bocetos hasta que doy exactamente con lo que quiero.

Nyla se volvió para mirar a Rainey con expresión vivaz.

—Es muy emocionante tenerla aquí. Y pensar que ha hecho usted estas pinturas tan bonitas... Es usted una pintora fabulosa.

—¡Es verdad! —exclamó Catherine.

—Gracias.

—Nyla, ¿puedes acercarme la de Payne en su despacho, por favor?

—Aquí la tiene —la doncella apartó los platos y colocó el cuadro delante de Diane.

Esta lo examinó un minuto y luego alzó la cabeza para escudriñar a Rainey.

—¿Tenía permiso para pintar a esta mujer?

Rainey esperaba que su adversario fuera el abogado de Payne, no su prometida. Claro que el señor Wallace no estaba condenado a una silla de ruedas, ni locamente enamorado de su cliente.

Rainey respiró hondo.

—Sí. Es una modelo profesional a la que he utilizado en otras portadas. Pero a veces pinto de memoria. Así fue como pinté al señor Sterling.

Durante los diez minutos siguientes y sin que mediaran preámbulos, Rainey les contó la misma historia que había relatado ante el juez. Payne, a su vez, ofreció algunas explicaciones respecto al testimonio de Bonnie Wrigley, y entre los dos contaron lo esencial de la historia.

Rainey les mostró la foto de Winston. Entre ésta, la fotografía de su hermano y la aseveración de Payne de que en su apartamento tenía una serigrafía del faro de Nantucket, Rainey confiaba en que Catherine y Diane se dieran por satisfechas.

—A raíz de este incidente, el juez ha ordenado que todos los ilustradores de Red Rose Romance trabajen con modelos profesionales de aquí en adelante.

—Como cabía esperar —masculló Diane.

—Estoy segura de que, de todos modos, ya lo hacen.

—¿Y usted por qué no?

—Porque a veces no encuentro el modelo adecuado para lo que quiero plasmar. Como ya he explicado, en ciertas ocasiones me asalta una cara entre la multitud o en una fotografía. Ni siquiera sé cómo ocurre.

—Eso fue lo que le ocurrió en el caso de mi prometido.

—Sí —contestó Rainey honestamente.

Los antiguos temores se habían disipado. Pero habían surgido otros nuevos. Diane creía que Rainey estaba interesada en Payne. ¿Qué mejor modo de dejar en evidencia a Rainey que obligarla a una confrontación que la avergonzara delante de Payne y de su sobrina? Poco sospechaba Diane que no tenía nada que temer de ella. Era el momento de demostrárselo.

–Dado que me dedico al arte, no puedo evitar mirar cada cara de un modo un poco distinto al de la mayoría de la gente. El señor Sterling tiene un rostro hermoso, en un sentido un tanto áspero y duro, pero lo mismo puede decirse de muchos hombres. Algunos de esos modelos, en cambio, son impresionantes.

Nyla asintió.

–Ni que lo diga.

«Bendita seas, Nyla».

–Es lo que interpreto en la cara de una persona lo que la hace memorable. El señor Sterling emana carácter, seguridad, determinación, brío, fortaleza y pasión por la vida. Todas esas cualidades combinadas hacen que destaque como una figura heroica, artísticamente hablando.

–¡Vaya, tío Payne! –exclamó Catherine, sonriendo–. ¿Has oído eso?

–Sí –dijo él con voz rasposa.

Ignorándolo, Rainey puso de nuevo la fotografía de Craig ante Diane.

–Échele otro vistazo a su prometido –Rainey estaba forzando a la novia de Payne a cooperar, a pesar de que eso era lo último que deseaba Diane–. ¿Ve cómo mira las formaciones rocosas por encima del río? Sus ojos parecen mirar más allá de ellas, hacia algo que ninguno de nosotros puede ver. Se diría que su mente está fija en una visión interior. Eso es lo que hace su figura tan atrayente. Por eso semanas después de ver esta foto me sorprendí dibujándolo. Parecía perfecto para ciertas novelas que me habían encargado. Cuando recibí *Fusión en Manhattan*, fue casi un encuentro místico entre el hombre y la historia.

Diane frunció el ceño.

–Siendo una pintora tan excelente, ¿cómo es que se

toma tantas molestias por una absurda novela romántica?

Rainey esperaba que aflorara un comentario semejante. Era lógico en una mujer como Diane. Ella nunca
había leído una novela romántica y sin embargo las
consideraba bagatelas.

—Millones de mujeres podrían decirle que las encuentran irresistibles. Así pues, es muy importante para
la editorial que sus numerosísimas lectoras sigan pi-
diéndoselas. Para las autoras significa mucho que el héroe y la heroína que aparecen en la portada hagan justi-
cia a su obra. En eso consiste mi trabajo. Si lo hago
bien, la lectora se introduce de manera más intensa en la
historia.

—Es verdad —intervino Nyla—. Yo leo las novelas
aunque las portadas sean malas, pero si son buenas me
gustan mucho más.

—Como esa novela en la que aparecía el tío Payne
vestido de vikingo. La historia me gustó tanto que saqué de la biblioteca varios libros sobre los vikingos.

Rainey asintió.

—Esa novela la escribió un autor al que le apasiona la
historia escandinava. Yo hice lo mismo que tú, Catherine: fui a la biblioteca antes de ponerme a pintar. No
sabes cuánto me divertí con esa portada gracias a que el
autor había creado a Roald basándose en una personaje
histórico. La ropa que le puse la saqué de una exposición de un museo de Noruega.

—Esa estaba muy bien —dijo Nyla—, pero a mí la que
más me gusta es la de *El bebé del pediatra*.

—Ay, sí, tío Payne, el bebé que sostenías era tan
guapo...

—Tienes razón —dijo él en voz baja.

Rainey olvidó su promesa de no mirarlo. Sus ojos se
encontraron. Rainey se sintió sofocada y, apartando la
mirada apresuradamente, la fijó en Catherine.

—Era Matt, el hijo de mi mejor amiga.

—Daban ganas de estrujarlo —dijo Nyla con un suspiro–. Todavía veo esos hoyuelos y esos preciosos ojos azules.

–Algún día quiero tener un niño así.

–Esperemos que sea por lo menos dentro de diez años, cielo.

–Tío Payne...

Todos se echaron a reír, salvo Diane, cuya mirada seguía fija en Rainey.

–¿Cómo es que acabó nada menos que pintando portadas para novelas románticas?

–Un día, mientras estaba en la mediateca del instituto donde enseñaba arte, me topé con un libro titulado *El mundo editorial en Estados Unidos*. Empecé a buscar entre sus cientos de páginas las editoriales que utilizaban ilustraciones. Dejándome llevar por un impulso, mandé mi currículum. De algunas me contestaron. De otras, no. En algunos casos me pidieron muestras de mi trabajo. Para mi satisfacción, Red Rose Romance se interesó por mi obra. Les mandé un disquete y me contrataron. En Global Greeting Cards me contrataron del mismo modo.

–Tiene usted mucho talento.

Diane parecía cansada. No sólo del tema, sino también físicamente agotada.

–Gracias, señorita Wylie. Quisiera disculparme de nuevo por las molestias que sin saberlo les he ocasionado. Espero que pueda olvidarlo.

–Ya está olvidado –masculló ella–. Es evidente que no tenía usted malas intenciones. Le deseo mucha suerte en sus futuros proyectos.

–Lo mismo le deseo a usted. ¿Han fijado ya la fecha de la boda?

–Sí. Será el primero de agosto.

Aquellas palabras traspasaron el corazón de Rainey como un cuchillo.

–No falta mucho.

–No, no falta mucho –dijo Payne–. Y Diane y yo aún tenemos una cuestión importante que discutir. Si nos perdonáis, vamos a retirarnos –se puso en pie–. Hasta mañana, cielo. La cena estaba buenísima –le dio un beso a Catherine en la mejilla–. Buenas noches, señorita Bennett.

–Buenas noches –musitó Rainey.

–Nyla –él le dio una palmada en el hombro a la doncella–, no cambies nunca.

En cuanto Payne entró en la casa empujando la silla de ruedas de Diane, Catherine se volvió hacia a Rainey.

–Si te traigo lápiz y papel, ¿le harás un retrato a Lady?

A Rainey le dieron ganas de abrazarla por pedirle aquello. El anuncio del inminente matrimonio de Payne Sterling la había afectado mucho más de lo que esperaba. Cuando se sentía triste, siempre buscaba solaz en su cuaderno de dibujo. Y, en ese momento, estaba destrozada.

–Será un placer. La verdad es que, mientras cenábamos, lo estaba dibujando de cabeza.

–¿Lo dices en serio? –Catherine parecía asombrada.

–Sí. Hasta le he puesto un título al dibujo.

–¿Cuál?

Nyla parecía igual de intrigada. Rainey guiñó un ojo.

–Ya lo veréis.

Las dos sonrieron.

–¡Voy a buscar lápiz y papel! –exclamó Catherine.

–No hace falta. En el maletín que está junto a mi bolsa de viaje llevo todo lo necesario.

–¡Voy por él!

Lady echó a correr tras ella.

–Es una chica encantadora –murmuró Rainey cuando la sobrina de Payne desapareció en la casa.

La doncella asintió.

–Hacía muchísimo tiempo que no la veía tan feliz.

–¿Por qué dice eso?

–Su hermano pequeño, Trevor, murió de leucemia el año pasado. Catherine se lo tomó pero que los ot...

–Leucemia...

—Ay, pensaba que lo sabía usted. Aunque no me sorprende que el señor Sterling no se lo haya dicho. Demasiadas coincidencias entre ese libro y su vida.

—Cielo santo, Nyla...

—Este ha sido un año muy difícil para él. Primero la muerte de su sobrino; después, el terrible accidente de la señorita Wylie. El señor Sterling está empeñado en que ella vuelva a andar, pero la señorita Wylie se resiste. Me temo que el señor Sterling tendrá que tener muc...

—Aquí estoy.

Catherine reapareció tan rápidamente que Nyla no pudo concluir la frase. Rainey estaba tan asombrada ante la noticia de aquella otra tragedia que se había cebado con la familia Sterling, que se sintió enferma.

Bonnie Wrigley no iba a creérselo cuando la llamara para decirle que el sobrino de Payne había muerto de leucemia. ¿Cuántas coincidencias más habría en el libro de las que ella todavía no sabía nada? Rainey sintió un escalofrío. Abrió el maletín con manos temblorosas y sacó lo que necesitaba.

—¿Quieres que Lady pose para ti? Puedo hacer que se siente unos minutos.

—Gracias, Catherine, pero no será necesario.

—¿Te importa que me ponga detrás de ti y te mire?

—Claro que no.

Lady se tumbó junto a ellas. Parecía saber lo que estaba ocurriendo. La retriever tenía una hermosa cabeza.

El dibujo no tardó en cobrar vida. Muy pronto, Nyla, que había ido a llevar los platos sucios a la cocina, regresó y se unió a Catherine.

—Madre mía...

—No sé cómo lo haces.

—Créeme, Catherine, yo tampoco.

—Es un don —afirmó Nyla.

—Un don que me ha metido en un buen lío —la voz de Rainey vaciló.

—El tío Payne te ha perdonado. Si no, no te habría traído a casa.

–Bueno, ahora que me he disculpado con la señorita Wylie, hay que destruir esas pinturas para que nunca vuelva a acordarse de ellas.

–¿Destruirlas? –exclamaron las dos al mismo tiempo.

–Sí, eso fue lo que ordenó el juez. Si tú te deshicieras de ellas, Nyla, le ahorrarías la molestia al señor Sterling.

–Tiene razón. Si se trata de un asunto legal, supongo que lo mejor será ocuparse de ellas cuanto antes.

–Gracias, Nyla.

Mientras la doncella recogía los cuadros y se los llevaba a la casa, Rainey acabó el dibujo. En la esquina superior izquierda, escribió: «Para Catherine». En la inferior derecha puso el título y a continuación escribió la fecha y sus iniciales.

–Ya está –arrancó cuidadosamente la hoja y se la dio a Catherine.

La chica la agarró con las dos manos.

–*La pedigüeña* –leyó, y rompió a reír–. ¡Es perfecto! ¡Me encanta! Voy a enmarcarlo y a colgarlo encima de mi cama. Perdona un momento, voy a enseñárselo a Nyla. Luego lo subiré a mi cuarto para que no se estropee.

Rainey se quedó sola un momento y miró su reloj. Eran las once menos cuarto. Llevaban largo rato en el patio. Se levantó y guardó todas las cosas en su maletín, incluyendo la fotografía de su hermano. Volvió a meter el retrato de Winston en su bolso. Cuando entraba en la casa, se encontró con Nyla.

–¿Dónde voy a dormir?

–Arriba, en la habitación de invitados, al lado de la de Catherine. Voy a recoger su maleta y la acompaño.

–Se lo agradezco, pero antes de que subamos, quería pedirle un favor.

–¿De qué se trata?

–¿Podría traerme una fotografía de Trevor sin que Catherine se enterara?

La doncella la miró con expresión sagaz.

–Claro que sí. Catherine siempre lleva una en la cartera. Es su preferida. Yo se la traeré.

Quince minutos después, todos se habían dicho buenas noches. Rainey se disponía a meterse en la cama cuando Nyla llegó con la fotografía.

Aliviada por tener un proyecto importante que la ayudara a olvidarse de Payne y de su novia, Rainey comenzó a trabajar en el retrato. En lugar de usar el lápiz, decidió hacerlo al pastel. Quería que su regalo fuera perfecto.

En aquella instantánea, Trevor parecía tener nueve o diez años y se parecía enormemente a su hermana. Varias veces durante la noche corrieron lágrimas por las mejillas de Rainey al pensar que aquel pequeño había tenido que morir tan prematuramente.

A las cinco de la mañana se dio al fin por satisfecha con su trabajo. Había pintado a Trevor y a Catherine sentados en la explanada de césped del jardín. Lady yacía a sus pies y Catherine rodeaba con el brazo los hombros de su hermano.

Guardó los pasteles y se tumbó en la cama, exhausta. Sin embargo, dos horas después aún seguía sin conciliar el sueño. Había empapado la almohada y no soportaba quedarse en la cama ni un minuto más.

Conocer a Payne Sterling la había cambiado de tal modo que le daba miedo pensarlo. Su prometida no era una persona muy cordial, pero después de lo que le había pasado Rainey no podía reprochárselo. Diane tenía agallas para seguir adelante con su vida y casarse con el hombre de sus sueños.

¿Para qué iba a torturarse Rainey quedándose unas pocas horas más sólo por estar junto a Payne cuando la devoción que éste sentía por su novia era incuestionable? Cielo santo, si iban a casarse dentro de un mes...

Si no lograba controlarse inmediatamente, no habría mucha diferencia entre ella y la desequilibrada que había condenado a Diane Wylie a una silla de ruedas.

Haciendo acopio de entereza, Rainey hizo la cama, se vistió y corrió escaleras abajo en busca de sus maletas. Un hombre al que no había visto nunca estaba sentado en una silla en el vestíbulo, leyendo una revista deportiva. Alzó la cabeza.

—Buenos días, señorita Bennett. Me llamo Stan.

—Buenos días –¿cómo había podido olvidar que en la vida de los Sterling nada ocurría sin la presencia de los guardaespaldas?–. ¿Hay alguien que pueda llevarme a la ciudad? El señor Sterling iba a hacer que me llevaran en helicóptero a Nueva York esta tarde, pero acabo de recibir una llamada y me he visto obligada a cambiar de planes. Tengo que irme inmediatamente.

—Por supuesto. Haré que el coche vaya a buscarla a la puerta trasera.

—Gracias. Sé que tiene que informar al señor Sterling, pero ¿me haría el favor de esperar un poco? Sé que está con su prometida y es sábado por la mañana. Lamentaría que lo molestaran por algo de tan poca importancia como mi marcha. Anoche parecía muy cansado.

El guardaespaldas vaciló un momento y luego asintió. Mientras hablaba por su teléfono móvil, Rainey atravesó la casa hasta el vestíbulo posterior y salió. Para su sorpresa, soplaba un fuerte viento procedente del mar. El aire parecía cargado de sal y de humedad. A juzgar por lo gris que estaba el cielo, el sol no haría acto de aparición ese día.

Rainey deseó hallarse en Crag's Head, disfrutando de la furia de los elementos. Pero aquel magnífico lugar y el hombre que lo habitaba le estaban vedados.

«Tienes que alejarte de la tentación y volar muy lejos, Rainey. Mucho más lejos que a tu apartamento».

Para cuando apareció la limusina, ya había decidido volver a Grand Junction. Irse a vivir a Nueva York había sido el mayor error de su vida.

CAPÍTULO 7

PAYNE entró por la puerta trasera de la casa de su hermana a las ocho y cinco, listo para darse un chapuzón matutino en el océano con Rainey y Catherine.

Le pareció extraño que Lady no apareciera corriendo por el pasillo a recibirlo. Seguramente su sobrina se había quedado levantada hasta tarde hablando con Rainey y todavía dormía. Tal vez Rainey también estuviera aún en la cama, aunque Payne intuía que le gustaba levantarse temprano. Se la imaginó en alguna parte de la casa, enfrascada en algún nuevo proyecto.

Con la esperanza de que estuviera en el patio en el que habían cenado, Payne se dirigió hacia allí. Al ver que todo estaba recogido y que no había rastro de Rainey, experimentó una aguda sensación de desilusión.

Tal vez estuviera en la cocina, desayunando con el servicio. Sin embargo, Payne desechó aquella idea en cuanto vio que Stan, uno de los empleados de seguridad de su hermana, estaba solo, bebiéndose una taza de café. Al verlo, el hombre bajó la taza.

—Iba a llamarlo dentro de un rato.

No hizo falta que dijera nada más. Payne comprendió que había sucedido algo que no iba a gustarle. Como, por ejemplo, que Rainey ya no estuviera en la casa.

—¿Cuándo se fue la señorita Bennett?

—Hace cosa de una hora. Jed la ha llevado a la ciudad. Me pidió que no lo molestara porque sabía que estaba usted con la señorita Wylie.

—Tú estás para molestarme. Eso forma parte de tu

trabajo —le espetó Payne en una rara muestra de rabia. Rainey era tan encantadora que hasta había logrado embaucar a un profesional como Stan.

A Payne no debía importarle. Debía darle igual que ella se hubiera ido sin decirle nada. Pero le importaba. Mucho más de lo que había imaginado.

—Tío Payne...

Al oír la voz amortiguada de su sobrina, se dio la vuelta. Nyla y Catherine estaban en la puerta, con Lady.

—Me temo que es culpa mía que la señorita Bennett se fuera tan deprisa esta mañana —murmuró Nyla.

—Ven a ver —le dijo Catherine con voz apremiante.

Payne las siguió con lentitud hasta el comedor principal, en cuya mesa había extendida una lámina de papel.

Nyla se puso a su lado.

—Anoche le hablé a la señorita Bennett de la enfermedad de Trevor porque creí que ya se lo habían contado. Como el protagonista de esa novela tenía leucemia... Cuando se enteró, me pareció muy afligida. Antes de irse a la cama, me pidió que le llevara una fotografía del niño. Y este es el resultado.

Catherine le puso una mano sobre el brazo.

—Me lo he encontrado en la habitación de invitados esta mañana.

Payne se acercó para ver la pintura de Rainey. Nada más verla, sintió un nudo en la garganta. Ella lo había captado todo con asombrosa precisión. El amor, el tierno y dulce vínculo que unía a los hermanos.

—Es tan precioso que duele —musitó Catherine.

Era precioso, en efecto. Y dolía porque todo cuanto Rainey pintaba o dibujaba procedía de emociones auténticas.

Su sobrina empezó a sollozar contra su hombro.

—¿Cómo sabía ella que Trev y yo solíamos jugar con Lady en el césped?

—Supongo que eso forma parte de su inmenso talento.

No parecía haber otra explicación.

A Nyla le brillaban extrañamente los ojos.

—Se sentía tan mal por haber inquietado a su familia, que ha querido marcharse dejándoles un regalo que les hiciera felices a todos. Qué persona tan maravillosa. Nunca he conocido a nadie como ella.

«Yo tampoco».

—Hizo otro dibujo para mí, tío Payne. Voy a traerlo.

Mientras Payne miraba a Catherine salir apresuradamente de la habitación, Nyla dijo:

—No me extraña que la señorita Bennett se haya ido tan pronto. Estoy segura de que está deseando olvidar este feo asunto y seguir adelante con su vida.

Payne no podía argüir nada al respecto. Después de haber forzado a Rainey a pasar por un tribunal, la había obligado a enfrentarse a Diane, quien durante toda la noche le había dispensado un trato condescendiente. Él no tenía derecho a enfadarse con Stan porque Rainey hubiera llegado al extremo de no poder soportar ni un minuto más en aquella casa.

—Este te va a encantar —Catherine entró en el comedor con otro dibujo en la mano. Payne lo tomó.

—*La pedigüeña* —leyó en voz alta. Por extraño que pareciera, Rainey había logrado captar la expresión suplicante de los ojos de Lady cuando la perra aguardaba con exagerada paciencia y docilidad que le dieran algo de comer—. Te ha dejado dos auténticos tesoros —murmuró Payne. Dejó el dibujo sobre la mesa, junto a la pintura al pastel y miró a su alrededor—. ¿Dónde están los cuadros?

—Rainey me pidió que me deshiciera de ellos.

Él le lanzó a Nyla una mirada penetrante.

—¿Qué?

—Descuide, no lo hice. Están en mi cuarto.

—Menos mal que siempre puedo contar contigo. Guárdamelos. Luego iré a recogerlos.

—Claro.

Payne sintió una descarga de adrenalina. Si no desfogaba pronto su exceso de energía, estallaría.

–Catherine, ponte el bañador, vamos a darnos un baño.

–Lo llevo puesto.

–Entonces, vámonos.

–Tendré el desayuno preparado cuando vuelvan.

–Yo no quiero nada, Nyla –dijo él–. Pero gracias.

Cuarenta y cinco minutos después, Payne y Catherine salieron del mar y se turnaron para lanzar palos a Lady para que la perra fuera a buscarlos. Por desgracia, el baño no había mejorado el humor de Payne, tan tormentoso como los elementos.

Su sobrina parecía enfrascada en sus pensamientos. Apenas hablaron hasta que emprendieron el camino de regreso a casa.

–No sabía que el protagonista de *Fusión en Manhattan* tuviera leucemia, ni que la autora hubiera perdido una hija por culpa de la enfermedad. ¿Todavía tienes el libro?

–Sí.

–Quiero leerlo.

–¿Estás segura?

–Más que nunca. No entiendo por qué Diane dice que las novelas románticas no reflejan la realidad.

–Cambiaría de opinión si leyera alguna.

Leer la novela de la señora Wrigley había sido una revelación para él.

–Pero ese es el problema. Creo que nunca lo hará.

–Pues ella se lo pierde.

Tenía que encontrar algún modo de romper la resistencia de Diane y llevarla a Suiza. No podía pensar más allá de eso.

–¿Vas a pasar el día con ella?

–No. Tengo trabajo en la oficina. Su madre y ella van a ir a ver cómo van los trajes de las damas de honor. ¿Tú qué vas a hacer?

–Linda y yo vamos a ir a jugar al tenis con unos amigos. Creo que luego iremos al cine.

–Asegúrate de que te llevas el móvil para que nos mantengamos en contacto.

—Lo haré —ella alzó la mirada hacia él–. Tío Payne... –ya habían llegado a la pradera del jardín.

Payne advirtió su vacilación.

—¿Qué ocurre?

—Cuando vuelvan mis padres, me gustaría invitar a Rainey a cenar para que la conozca la familia. ¿Te parece bien?

Su corazón empezó a palpitar como un martillo hidráulico.

—Claro. ¿Por qué lo preguntas?

—Porque a Diane no le gusto, y creo que Rainey tampoco le gusta.

«Dime algo que no sepa».

—No te preocupes por eso.

—Espero que sigas viniendo a menudo cuando os caséis.

—Nadie me separará nunca de ti, cielo.

Payne le dio un abrazo antes de subir a la limusina. Mac subió tras él y cerró la puerta.

—Llévanos a casa, Andy.

En el corto trayecto hasta Crag's Head, Payne telefoneó a su piloto para decirle que tuviera preparado el helicóptero. Saldrían para la ciudad dentro de veinte minutos.

Durante su conversación con Catherine al regresar de la playa, una extraña sensación se había apoderado de él. Algo que no podía explicar y que, sin embargo, tenía que ver con Rainey y con su precipitada partida de la casa de los Sterling. De pronto, sentía la imperiosa necesidad de hablar con ella.

Era casi mediodía cuando salió de la limusina y entró en el edificio de apartamentos de Rainey. Apretó el botón del portero automático y esperó respuesta. Si no estaba en casa, esperaría en la limusina hasta que ella apareciera. Se disponía a llamar otra vez cuando oyó un zumbido y una voz de hombre que decía:

—¿Sí?

Payne se quedó helado.

—¿Es el estudio de Lorraine Bennett?

–Sí.

Payne intentó refrenarse.

–¿Puedo hablar con ella?

–¿Quién es?

Las ganas de darle un puñetazo a aquel tipo crecían con cada segundo que pasaba.

–Si ella no contesta dentro de cinco segundos, voy a subir a averiguar por qué –tronó.

–Estoy aquí, señor Sterling –contestó Rainey casi sin aliento.

Él frunció el ceño. ¿Qué demonios hacía ella con un hombre en su apartamento tan temprano, a no ser que...?

–Tenemos que hablar. ¿Cuándo estará libre?

–Pensaba que su novia y usted estaban... Bueno, da igual, no importa. Espere un momento, por favor.

Al parecer, ella se había ido de casa de Phyllis para encontrarse con su amante. A pesar de que había imaginado muchas razones para que ella desapareciera sin avisar, no se le había ocurrido que fuera por un hombre. Entonces recordó que ella tenía otros planes la noche anterior y los había cancelado para acompañar a Payne. ¿Cuánto tiempo duraba aquella relación?

–Ya está. Puede subir cuando quiera.

En cuanto oyó el chasquido de la puerta, Payne la abrió y subió las escaleras de tres en tres hasta el piso de Rainey. La encontró esperándolo en el descansillo, con la puerta del apartamento cerrada, intentando en vano aparentar tranquilidad. Parecía tan fresca e inocente con su camiseta blanca y sus vaqueros marrones que Payne la deseó con todas sus fuerzas. El corazón le martilleaba contra las costillas.

–¿No va a presentarme a su amigo?

–Ha vuelto a su apartamento.

Qué oportuno.

–Si es mal momento, ¿por qué no me lo ha dicho? Habría venido más tarde.

–Usted es un hombre muy ocupado, señor Sterling.

Ya que se ha tomado la molestia de venir hasta aquí, no quería que tuviera que volver otra vez.

Le estaba ocultando algo.

—Habría sido agradable que hubiera tenido la consideración de quedarse en casa de mi hermana hasta que la trajeran a casa.

Ella no movió un músculo, pero su bello rostro se sonrojó.

—A mí me enseñaron que no había que abusar de la hospitalidad de la gente. Anoche hice cuanto pude por despejar los temores de su prometida y de su sobrina. Esta mañana, cuando me desperté, no vi razón para prolongar mi visita.

—Yo puedo darle una.

Ella se frotó las caderas inconscientemente. Ya no parecía tan segura de sí misma.

—¿O...ocurre algo más?

—Me temo que el descansillo de un edificio de apartamentos no es lugar para mantener esta conversación —ella volvió a sonrojarse—. ¿No preferiría bajar y sentarse en la limusina mientras hablamos?

—No... —exclamó ella suavemente, llevándose con nerviosismo la mano a la garganta.

—Puedo irme a la oficina y volver más tarde, si le viene mejor.

—Por favor, no lo haga —parecía aterrorizada.

—Entonces, ¿qué propone? Si piensa pasarse el día en casa con ese hombre, dígalo. Podemos hablar mañana.

—No —musitó ella—. Puede pasar un minuto.

¿Un minuto?

Rainey entró y le dejó la puerta abierta. Payne traspasó el umbral y procuró no dar un portazo al cerrar la puerta. Al darse la vuelta y ver la mesa y las paredes desnudas, se quedó helado.

—Parece que piensa mudarse —dijo con voz áspera.

—Sí —había varias cajas llenas encima del sofá. Rainey las puso apresuradamente en el suelo—. Ya está. Ahora puede sentarse.

Él se quedó donde estaba.

—¿Se va a vivir con él?

Ella se mordió el labio inferior.

—No quisiera ser grosera, pero me temo que eso no le concierne a nadie, más que a mí.

—Mi sobrina se llevará una desilusión cuando intente invitarla a cenar en familia el lunes, tras el regreso de sus padres, y no pueda localizarla.

Ella echó hacia atrás la cabeza rubia. Sus ojos verdes habían adquirido de nuevo un tono neblinoso y parecían atemorizados.

—No permita que lo haga.

Él contuvo el aliento.

—Después de regalarle ese magnífico retrato de su hermano que guardará como un tesoro toda su vida, ¿cree de veras que no hará cuanto pueda por darle las gracias?

—Me alegro de que le haya gustado, pero...

—Pero ¿qué? —preguntó él con aspereza.

—La semana que viene ya no estaré aquí —cielo santo. Payne comprendió lo que pasaba antes de que se lo dijera—. Mañana... mañana me voy a Grand Junction.

Payne se sintió como si una bala le atravesara el corazón.

—¿Iba a marcharse sin despedirse?

—Nos despedimos anoche.

—La oí claramente decirme solo buenas noches —dijo él.

Ella apartó la mirada.

—Sé que cree que estoy huyendo para lamer mis heridas por lo que ocurrió en la vista, pero se equivoca —le tembló la voz—. En realidad, fue una suerte que se celebrara la vista, porque así mi hermano vino a Nueva York —cuanto más rápido hablaba, más dejaba entrever su nerviosismo—. Ya no pasamos juntos tanto tiempo como antes. Cuando estuvo aquí, nos pasamos toda la noche hablando. A partir de la semana que viene dejará de trabajar como monitor de piragüismo. Va a abrir su propia empresa de artículos deportivos. Es lo que ha soñado siempre. El banco le ha dado un préstamo y él ha encontrado un local bien situado. Aunque ya tiene quien lo ayude, no le vendrá mal que le echen una mano.

Payne cerró los puños.

—¿Y usted ha decidido ofrecerle su ayuda de repente?

—Tengo algo de dinero ahorrado —continuó ella—. Y puedo permitirme dejar de trabajar una temporada. Quiero ayudarlo a establecerse.

—¡Usted es una artista! ¡Una artista fabulosa! Vino a vivir a Nueva York para cumplir su sueño.

—Nunca pensé vivir aquí para siempre. Esto no era más que un experimento. Sólo eso.

—¿Sabe su hermano lo que está a punto de sacrificar por él?

—A...aún no. Voy a darle una sorpresa.

—No la creo.

—¿Qué quiere decir? —parecía enfadada, pero su rabia enmascaraba el miedo.

—No se va por su hermano. Se va porque está huyendo de algo, admítalo.

Ella se había acercado a la ventana y miraba hacia el exterior, procurando ostensiblemente no mirarlo a él.

—Por favor, váyase, señor Sterling. Cuando vea a su sobrina, despídame de ella y dígale que me alegro mucho de que le gustara la pintura.

—Le encantan las dos. La familia entera estará encantada cuando vea *La pedigüeña*. Crear esas obras de arte debió de tenerla despierta toda la noche —Payne tampoco había podido dormir. Ella siguió sin decir nada. Él cambió de postura—. No pienso marcharme hasta que me diga por qué planeaba marcharse sin dejar rastro.

Pasó un momento antes de que ella dijera en voz baja:

—Va a obligarme a decirlo, ¿verdad?

Payne sintió otra descarga de adrenalina.

—¿A decir qué? —insistió.

Rainey giró la cabeza hacia él con expresión solemne.

—Su prometida sabe que ha estado usted en mi apartamento —comenzó con voz palpitante—. Sabe que yo he estado en su despacho, que he montado en su helicóptero. Sabe que he visitado Crag's Head. Después de anoche, sabe que he dormido en casa de su hermana. Si yo fuera ella, podría soportar todas esas cosas si supiera que son el resultado de la vista. Pero un solo contacto más, una leve insinuación al respecto y me sentiría... amenazada.

Él dio un paso adelante.

—Si piensa que volviendo a Colorado va a hacer desaparecer esa amenaza, está muy equivocada. Podría irse al último confín de la tierra y daría lo mismo.

—Entonces es que no ha conseguido usted que Diane se sienta segura de su afecto —replicó ella.

Incapaz de responder a aquella acusación sin incriminarse, él dijo:

—Diane nunca se sentirá segura de nada hasta que pueda andar otra vez. Hay una clínica en Suiza que tal vez pueda ayudarla, pero se niega a que la lleve.

Rainey se apoyó contra el filo de la mesa y bajó la cabeza.

—Entiendo el porqué. Sería muy duro ir con un hilo de esperanza y descubrir que ni siquiera esos doctores pueden ayudarla.

—Diane todavía tiene sensibilidad en las piernas, Rainey. Hay posibilidades de que vuelva a andar otra vez. Si no, los médicos no seguirían insistiendo en que vaya a esa clínica —asumiendo un riesgo calculado, añadió—. Esta mañana, mientras Catherine y yo nadábamos en el mar, se me ocurrió una idea que tal vez haga cambiar a Diane de opinión. Usted me hizo decidirme hace un momento, cuando dijo que Diane se siente amenazada —Rainey alzó la cabeza, sorprendida—. En vez de dejar colgada su carrera para ayudar a su hermano, que ni siquiera sabe lo que planea hacer, ¿qué le parecería hacer algo que tal vez ayude a Diane a levantarse de esa maldita silla?

El semblante de Rainey adquirió una expresión de perplejidad.

—Si hay algo que yo pueda hacer, lo haré, naturalmente, pero no creo que sea posible.

—Anoche me dijo que daría cualquier cosa por trabajar conmigo.

Ella sacudió la cabeza.

—Me dejé llevar por el entusiasmo. Usted lo sabe.

—Lo dijo en serio, Rainey. Lo que le propongo es que se mude a mi casa en Crag's Head y despliegue su talento artístico encargándose de mis mapas. Será una asociación económicamente beneficiosa para ambos —los ojos verdes de ella brillaron—. Nunca le había confiado mis mapas a nadie, hasta que la conocí a usted. Con su ayuda, seré libre para viajar sin preocuparme de los detalles técnicos del proyecto. En este negocio hay que abrir nuevos mercados antes de que lo haga la competencia. A cambio, tal vez Diane se sienta tan amenazada por su presencia en mi vida que al fin acepte ir a Suiza y aprender a caminar de nuevo, aunque sólo sea por enfrentarse a usted de igual a igual.

—¡No puede hablar en serio! —ella parecía atónita.

—Yo siempre hablo en serio. Ha de saber algo sobre mi prometida. Nadie tiene más orgullo en la Costa Norte que la señorita Diane Wylie. Su estado la ha traumatizado hasta tal punto que ha abandonado a sus amigos y su trabajo en la revista. Ella colaboró en la última campaña de mi hermana al Senado. Antes tenía ambiciones, quería entrar en política. Pero todo eso se ha desvanecido. Ya no es la misma persona.

En los ojos de Rainey brillaron las lágrimas.

—Es tan trágico...

—Sí, lo es —murmuró Payne—. Nadie merece sufrir así. Anoche sentí su dolor porque ella solía ser alegre y vital como usted. Si creo que es posible que vuelva a ser como antes, moveré cielo y tierra para conseguirlo.

—Estoy segura de ello —musitó Rainey.

—Desde la muerte de Trevor, Catherine se ha volcado en Diane. Con su ternura ha intentado recordarle que su hermano estaba desahuciado, pero que ella no lo está. Sin embargo, mi prometida no ha respondido. Anoche, mientras usted nos encandilaba a todos, fue la primera vez que vi en ella signos de que aún le queda voluntad de luchar. Catherine parecía transformada gracias a usted, y Diane lo sabe. Con su ayuda, Diane se pondrá tan furiosa que acabará suplicándome que la lleve a Suiza. Es una competidora nata. Por eso creo que esto funcionará. Podría haber recorrido el mundo entero sin dar con un oponente tan valioso como usted —tras una pausa, añadió—. Si su respuesta es no, me iré de aquí y nunca volveré a verme. Si es sí, tendrá la satisfacción de saber que intentó ayudar a otro ser humano a recuperar su vida —Rainey no podía parecer más asombrada—. Sé que es mucho pedirle y que no tengo derecho a hacerlo. Hago muchas cosas a las que no tengo derecho, pero ése es mi modo de ser.

El silencio se prolongó.

Haciendo acopio de voluntad, Payne salió del apartamento con la visión de Rainey allí de pie, atormentada, grabada indeleblemente en su retina. Sin embargo, ella no estaba lo bastante atormentada como para pedirle que volviera. Dolorosamente consciente de ello, Payne enfiló hacia la escalera.

La idea de vivir sin Rainey Bennett le produjo una desesperación tan negra que bajó sin darse cuenta los tres tramos de escaleras que llevaban al portal. Mac y John esperaban por allí cerca, aguardando a que se subiera en la limusina. Se abrieron y se cerraron puertas. Todo era un borrón informe.

—Payne.

—¿Qué pasa, Andy?

—La señorita Bennett está en la acera, haciéndote señas para que bajes la ventanilla.

Payne se sintió como si su cuerpo se hubiera desplomado en caída libre desde mil metros de altura y de pronto se hubiera abierto su paracaídas.

Se bajó del coche como una centella, intentando todavía recobrar el aliento. Decenas de personas iban y venían de un lado a otro, pero para Payne, Rainey y él estaban solos. Ella intentó evitar su mirada, pero no lo consiguió.

—No estarías aquí si la respuesta fuera no. ¿Hablamos en la limusina o arriba?

Ella se humedeció nerviosamente los labios.

—¿Cuándo quieres que empiece?

—Ahora mismo.

—¿Tan pront...?

—Me voy a París el martes por la mañana, así que me gustaría que revisáramos los mapas este fin de semana para enseñarte cómo trabajo.

—Pero mi apartamen...

—Yo te ayudaré a bajar las cosas que necesites para el fin de semana. El lunes organizaremos la mudanza. Puedes llevar lo que no necesites a un guardamuebles mientras vivas conmigo.

—Pero tengo que estar aquí porque va a venir un mensajero a recoger un encargo.

—Está bien, esperaremos juntos y yo me ocuparé de tu alquiler.

—No, ya he llegado a un acuerdo con el casero para pagarle a plazos —Payne decidió ceder por el momento—. No... no necesito que me ayudes con las bolsas. Espérame aquí. Bajaré en cuanto esté lista.

—Tómate todo el tiempo que quieras.

«No pienso ir a ninguna parte sin ti».

Payne pensó que ella deseaba despedirse a solas del hombre que había estado en su apartamento. Aquel pobre diablo ignoraba que ella quedaría fuera de la circulación en cuanto despegara el helicóptero.

Mientras esperaba, Payne telefoneó a su sobrina.

—¡Hola, tío Payne!

—¿Qué tal estás?

–¡Genial! –hacía mucho tiempo que no notaba a Catherine tan contenta–. He invitado a mis amigos para que vean los dibujos de Rainey y ahora todos quieren que les haga retratos con sus mascotas para regalárselos a sus padres por Navidad. ¿Crees que querrá hacerlo si la pagan?

Él sonrió.

–Conociendo a Rainey, no aceptará el dinero.

–Seguro que tienes razón, pero es mucho pedirle, teniendo dos trabajos.

–¿Sabes qué te digo?, mañana puedes preguntárselo tú misma.

–¿La has invitado a venir a casa otra vez?

–No. Le he pedido que acepte trabajar a tiempo completo conmigo. Ha dicho que sí y va a mudarse a Crag's Head para trabajar en mis mapas.

Hubo un prolongado silencio.

–Tío Payne... ¿lo sabe Diane?

–Aún no. Se lo diré esta noche.

–Va a dolerle mucho.

–Espero que se ponga furiosa.

Notó que su sobrina empezaba a cavilar.

–Quieres que se ponga celosa.

–Quiero que vuelva a andar. Tal vez si se enfada mucho, considere la posibilidad de ir a esa clínica en Suiza.

Otra pausa.

–¿Sabe Rainey por qué le has pedido que trabaje contigo?

–Sí. Ella también quiere ayudar a Diane.

–Igual que yo.

–Tú ya lo has hecho. Eres un cielo. Estoy seguro de que Rainey va a disfrutar mucho de tu compañía, sobre todo cuando yo esté de viaje. Puedes enseñarle los alrededores y decirle dónde puede nadar con tranquilidad.

–¿Crees que le gusta navegar?

–Creo que pronto vamos a averiguarlo. Pásate por casa mañana por la mañana para desayunar con nosotros.

—¿Diane también va a ir?

—Voy a invitarla. Esperemos que quiera ir. Que te diviertas esta tarde. Nos veremos por la mañana.

Tras finalizar la llamada, Payne telefoneó a su piloto para avisarle de que pronto volarían de vuelta a Crag's Head. Dos horas después, experimentó la sensación de haber vivido aquel mismo instante cuando Rainey y él se encontraron con el ama de llaves en el vestíbulo de su casa.

—Señora Myers, la señorita Bennett ha aceptado venir a trabajar conmigo. De momento vivirá aquí. Acomódela en el dormitorio con vistas a Punta Fantasma.

Rainey esbozó una sonrisa.

—Eso suena muy misterioso.

—Lo es. A veces se ve y a veces no. ¿Quiere que suba ya sus maletas, señorita Bennett?

—Por favor, llámeme Rainey. Yo las subiré.

—Como verá usted, mi nueva ayudante es una mujer muy independiente –murmuró Payne.

—Me parece muy bien, siempre y cuando ella acepte llamarme Betty.

A su ama de llaves le gustaba mantener las formalidades. Que transigiera en tutearla, significaba que Rainey ya se había cobrado su afecto.

—Trato hecho.

—Vamos a ponernos a trabajar en mi estudio, Betty. Cuando tenga un momento, ¿podría llevarnos algo de comer?

—Enseguida.

Payne estaba ansioso por sentarse con Rainey y explicarle cómo confeccionaba sus planos a partir de toscos esbozos. Tras considerarlo un momento, sacó un tubo que contenía los bocetos de París en los que ya había empezado a trabajar. Mientras los desplegaba sobre la amplia mesa de trabajo, sonó su teléfono móvil. Al mirar el visor comprobó que era Diane.

Sus ojos volaron hacia Rainey.

—Tengo que atender esta llamada. Adelante, a ver qué puedes hacer.

Aquello era como un gigantesco rompecabezas. Payne sentía curiosidad por saber cuánto tiempo tardaría ella en encajar todas las piezas.

Se alejó unos metros para contestar al teléfono. Ahora que tenía a Rainey bajo su techo, era hora de proceder con el resto del plan.

CAPÍTULO 8

RAINEY durmió espasmódicamente. Al amanecer se levantó de la enorme cama, se recostó en el asiento de la ventana y contempló desde lo alto el vasto Atlántico. Mientras rompía la mañana entre los chillidos de las gaviotas, recordó algo que Craig le había dicho para reconfortarla.

«Considera lo sucedido con Payne Sterling como parte de tus aventuras en la Gran Manzana».

Aunque en aquel momento él no lo supiera, Craig le había dado el mejor consejo de todos. Ese era exactamente el modo en que iba a considerar su situación de allí en adelante.

Como una maravillosa aventura, de esas que tanto disfrutaba viviendo a través de las heroínas de las novelas románticas hasta que pasaba la última página del libro.

Con Payne, habría sin duda una última página. Pero hasta que llegara ese momento, ¿qué probabilidades había de conocer a un multimillonario neoyorquino a punto de convertirse en billonario? ¿Y de convertirse temporalmente en su ayudante y vivir en aquel tesoro arquitectónico que era su casa? ¿Tal vez una entre un trillón?

Se asomó a la ventana para aspirar el penetrante olor del aire marino y disfrutar de la brisa del océano. La humedad rizaba las puntas de su pelo. Su piel, tan acostumbrada al clima seco de las Rocosas de Colorado, le parecía suave y tersa.

Payne y ella se habían encontrado por un capricho del destino. Aquello no duraría, así ¿qué sentido tenía atormentarse? ¿Por qué no actuar como el acicate que disipara el miedo que debilitaba a Diane para que esta pudiera recorrer el camino hacia el altar donde él la esperaba? ¿Qué probabilidades había de que Rainey volviera a desempeñar un papel principal en la recuperación de otra persona? Ninguna.

—¡Buenos días, señorita Bennett!

Rainey bajó la vista y vio que su anfitrión subía por la playa en pantalones cortos y camiseta, como el héroe de Jane Austen contemporáneo.

—¡Ya lo creo que son buenos, señor Darcy!

Él puso los brazos en jarras y se echó a reír. Ella también rompió a reír casi sin darse cuenta.

«Ten cuidado, Rainey. No permitas que se dé cuenta de que te derrites solo con verlo. Disimula».

—Si vuestra intención era sobresaltar a las jóvenes damas, habéis cumplido vuestro propósito, señor.

—Mi querida señorita Bennett, si os he sobresaltado ha sido porque esperabais que apareciera en este preciso instante y os sorprendiera, digámoslo así, en flagrante delito, para fingiros sobresaltada.

—Cielos, señor Darcy. Los rumores acerca de vuestro inmenso ego y vuestra insuperable arrogancia se han quedado cortos. Es una suerte que estéis enamorado de vuestra propia persona, dado que es improbable que cualquier otra persona sea capaz de amaros tanto como os amáis vos mismo.

Él rompió a reír de nuevo a carcajadas. De pronto, Rainey oyó aplausos.

—Muy bien los dos. Jane Austen está vivita y coleando en Crag's Head.

Rainey miró a la derecha y vio a Diane.

—Ella escribió una de las más grandes novelas, ¿no le parece, señorita Wylie?

—Escribió varias. En mi opinión, *Persuasión* es una de las más admirables.

La mención de aquel libro en particular sonó críptica y confirió a la mañana un espíritu distinto. Rainey advirtió que Payne también acusaba el cambio de ánimo.

«Persuasión» era lo que hacía falta para llevar a Diane a aquella clínica.

—Tengo entendido que íbamos a desayunar todos juntos. Enseguida bajo.

Se apartó de la ventana para no ver cómo recibía Payne a su prometida. El día anterior, él se había pasado toda la tarde trabajando con ella en los mapas. La compenetración que existía entre ellos resultaba extrañamente inquietante. Rainey apenas podía creer que las cosas hubieran salido tan bien y que él fuera tan buen maestro.

Estando con él, había perdido la noción del tiempo. Se había sentido morir cuando dieron las siete y media y Payne se disculpó para ir a recoger a Diane para ir a cenar. Rainey sabía que, en algún momento de la velada, él le diría a su novia que la había contratado para trabajar con él. Dado que no había vuelto a verlo hasta hacía un instante, cuando apareció en la playa, no sabía aún cómo había reaccionado Diane ante la noticia.

A juzgar por la inesperada aparición de ella, el plan de Payne parecía estar funcionando hasta cierto punto. Diane había aparecido en escena para afianzar su posición ante ella.

La prometida de Payne tenía muchos demonios con los que luchar, aparte de su miedo a que otra mujer se interesara por su futuro esposo. Rainey no deseaba hacerle daño. Lo único que podía hacer era seguir las indicaciones de Payne y confiar en que su presencia provocara la reacción que haría superar a Diane su bloqueo psicológico.

Rainey sacó ropa del armario y los cajones. La temperatura había bajado, de modo que se puso un pantalón blanco de pinzas y un jersey de algodón amarillo.

Se cepilló enérgicamente el pelo, se aplicó brillo en los labios y salió de la habitación sin saber qué debía esperar, a pesar de que era consciente de que Diane la estaba aguardando.

El comedor, situado junto al estudio, tenía espléndidas vistas sobre el océano. Payne y Diane ya habían empezado a comer. Él miró a Rainey. A ella se le aceleró el corazón.

—Sírvete lo que quieras del bufé.

—Gracias.

Parecía que el ama de llaves había puesto particular cuidado en el desayuno. Rainey se sirvió zumo de naranja, salchichas y huevos, su desayuno preferido.

—Venga y siéntese.

«Le dijo la araña a la mosca».

La sonrisa de Diane parecía bastante benévola. Sin embargo, Rainey la obedeció con la insidiosa certeza de que Diane se había pertrechado para el combate desde que Payne había dejado caer su bomba.

—¿Qué tal ha dormido, señorita Bennett?

Payne cubrió la mano de Diane.

—Dado que a partir de ahora nos vamos a ver muy a menudo, será mejor que nos tuteemos todos.

Temiendo atragantarse con el zumo, Rainey bajó el vaso.

—A decir verdad, estaba tan emocionada por estar tan cerca del mar, que me he pasado despierta casi toda la noche. Este lugar es paradisíaco.

—Ninguna mujer había dormido hasta ahora en Crag's Head, aparte de la señora Myers.

Payne acababa de disparar la primera salva de artillería.

—Debe de ser muy emocionante para ti saber que, desde el primero de agosto, ésta será tu casa, Diane. El diseño lo transporta a uno a otro mundo y, sin embargo, se encuentra firmemente plantado en esta lengua de tierra, con todo el océano a sus pies. En mi opinión eres la mujer más afortunada del mundo por tener todo esto ante ti.

—Cuando Payne instale un ascensor, será más cómodo para mí.

—Si nos vamos a Suiza inmediatamente, es posible que no tengas que utilizar nunca más un ascensor.

—Eso es imposible, Payne. Pero, ya que lo mencionas, creo que es hora de decir lo que pienso —Diane clavó su mirada en Rainey. Ésta se preguntó qué iba a pasar y dejó de masticar—. Sé por qué te ha contratado —su encendida declaración reveló el fuego al que Payne se había referido al pedirle a Rainey que fuera su cómplice—. El problema es que no estoy segura de que tú lo sepas.

Rainey no tenía más remedio que hacerse la tonta.

—Creo que no te entiendo.

—Esos mapas son sagrados para Payne. Nadie, ni siquiera los gerifaltes de la compañía, pueden entrar en Crag's Head para verlos. Payne no deja que nadie los toque. Son su creación, la clave de su éxito. ¿Y ahora, de repente, decide que una retratista que pinta portadas para Red Rose Romance se mude a su fortaleza y lo ayude con unos dibujos tan complicados que nadie, salvo el propio Payne, puede entenderlos? —dejó escapar una risa aguda—. No me lo creo. Tal vez no pueda caminar, pero no me trago ese cuento, Rainey. Las dos sabemos que te ha traído aquí para hacerme reaccionar, porque quiere que vaya a Suiza a operarme —Rainey le sostuvo la mirada, a pesar de que el esfuerzo que le suponía hacía que se le tensaran todos los músculos del cuerpo—. Le he dicho que no voy a ir. Naturalmente, él no entiende el significado de la palabra «no». Lo que ha hecho ha sido maquinar una de sus astutas artimañas para hacerme capitular trayendo a una mujer hermosa a su casa con el pretexto de que trabaja para él. Él sabe que esto levantará rumores entre nuestras familias y amigos. Qué mejor modo de hacerme cambiar de idea que amenazar con humillarme —Rainey sintió que su corazón se hundía como una piedra. Aunque Diane hablaba sin emoción, por dentro tenía que estar muriéndose de dolor—. Payne se niega a aceptar que no hay ninguna cura milagrosa esperando al final del camino. Supongo que lo que trato de decir es que el próximo movimiento depende de ti —hizo una pausa para beber un sorbo de café. Cuando dejó la taza otra vez, añadió–. Si de veras creías que te estaba ofreciendo un empleo de buena fe y sin embargo decides permanecer bajo este techo sabiendo lo que acabo de decirte, quedará claro ante todos los que quieren a Payne que tenéis una aventura.

Un gemido estuvo a punto de escapar de los labios de Rainey.

Diane acababa de destapar el engaño de su prometido. El miedo a que una operación no cambiara nada iba a mantenerla pegada a una silla de ruedas. Rainey lloraría amargamente por ambos, porque aquel miedo también mantenía prisionero a Payne. Se sentía impulsada a contraatacar diciendo algo que, siendo verdad, no pusiera en peligro su ya precaria situación.

–Soy consciente de las esperanzas que alberga Payne respecto a tu situación –comenzó con calma–. Es natural, queriéndote tanto, pero me temo que la culpa de que me ofreciera este empleo es sólo mía.

Diane alzó una ceja con gesto condescendiente.

–¿Es que tu atracción por él te ha convertido en la arcilla proverbial en sus manos?

–Me siento atraída por él, sí –replicó Rainey–. Si te refieres a atracción física, estaría mintiendo si no lo admitiera, dado que ya le he hecho ocho retratos. Es un hombre extraordinariamente apuesto –la sonrisa burlona de Diane comenzó a disiparse–. Si te refieres a atracción intelectual, también he de admitirla. Deja que te diga por qué. Tú no sabes mucho de mí. ¿Cómo ibas a saberlo? Yo crecí en una ciudad pequeña. A mi hermano le encanta aquel lugar. Desde muy temprana edad supo que quería vivir allí para siempre y regentar una tienda de deportes. En otoño, al fin podrá cumplir su sueño. Yo era distinta. Soñaba con mudarme a una gran ciudad y ver cómo era. El dinero que ganaba enseñando arte en una escuela pública era un medio de sobrevivir, pero fueron las ilustraciones que hacía por libre las que me permitieron trasladarme aquí. Hablando con toda sinceridad, vine a Nueva York confiando en tropezarme con algo que llenara mi vida. ¿Sabes de qué estoy hablando?

Diane se apartó el pelo de la frente.

–Todo los días llega a Nueva York gente que busca lo mismo que tú. La diferencia es que ninguno de ellos acaba en la sala de un tribunal con mi prometido.

Rainey sintió que un temblor sacudía su cuerpo.

–Eso es verdad. El juez lo expresó más acertadamente mientras me reprendía. «Sea cosa del destino o del azar, ha retratado usted a un hombre cuyo extraordinario éxito en la vida le ha hecho vulnerable a los elementos más indeseables de nuestra sociedad». Parece que el destino, o el azar, como prefieras llamarlo, me ha traído a esta casa. Mientras tu prometido estaba arriba cambiándose antes de llevarme a casa de los Boyce para conocerte, estuve curioseando en su estudio. Entonces fue cuando ocurrió algo asombroso. Vi sus mapas desplegados sobre las paredes del faro. Eran tan fantásticos que quedé cautivada. Recuerdo haberme sentido igual cuando, siendo una cría, me tropecé por primera vez con el mapa de la Tierra Media de Tolkien. Cuando el señor Sterling bajó, listo para que nos marcháramos, me encontró tan emocionada que sin duda no supo cómo reaccionar. Prácticamente le supliqué que me diera la oportunidad de trabajar con él –los ojos de Diane llamearon con sorpresa. Rainey se dio por satisfecha con aquella reacción. Por lo menos la estaba escuchando–. Sí, soy culpable por haber aprovechado la ocasión de trabajar con alguien como él, porque el destino nunca más me ofrecerá una oportunidad semejante. Pero si te refieres a atracción emocional, eso es otra cosa, y creo que él ya ha respondido. Te ha pedido a ti que te cases con él. Si lo hubieras visto en la sala del tribunal, sabrías que sólo estaba allí por una razón: para protegerte, para asegurarse de que nadie volviera a hacerte daño. Era un adversario temible cuando pensaba que yo era una amenaza para vosotros dos. Cuando acabó la vista, pensé que eras muy afortunada por tener un novio que demostraba esa devoción por ti. Un hombre dispuesto a hacer cualquier cosa por ti. Payne daría la vida porque volvieras a andar –dijo con voz palpitante. Inesperadamente, Diane apartó la mirada–. Descubrí la fuerza de su amor cuando me pidió que vinieras a conocerte para demostrarte que no representaba ninguna amenaza para vuestra seguridad. Payne es un héroe en el pleno sentido de la palabra, Diane. Tu héroe. De esos sobre los que se lee en las novelas románticas cuyas portadas yo pinto –tenía una cosa más que decir. Esta vez, se volvió hacia Payne, que la miraba fijamente, con los ojos entrecerrados. Él le había pedido ayuda. Ella había aceptado y seguiría cumpliendo su parte del trato durante algún tiempo más. Pero tenía que trazar una línea en alguna parte, porque su vida dependía de ello–. ¿Le has dicho a Diane que sólo me quedaré en Nueva York hasta que mi hermano me pida que vuelva?

–¿Tío Payne?

–Estamos en el comedor, cielo –le respondió Payne a su sobrina sin responder a Rainey.

–He traído a Linda. Quiere conocer a Rainey.

–Hola, Linda –dijo él lentamente–. Venid a desayunar con nosotros.

–Gracias, señor Sterling.

Enseguida entraron atropelladamente en la habitación, vestidas con pantalón corto y camiseta. Linda era una chica alta de hermosos rasgos y pelo castaño, recogido en una trenza que le caía hasta la mitad de la espalda. La muchacha se acercó a Diane.

–¡Hola, señorita Wylie! ¿Cómo está?

–Bien, gracias –pero Diane no parecía estar bien en absoluto. Su voz temblaba claramente.

–Seguro que está muy emocionada por la boda.

–Sí –murmuró ella.

–Rainey –dijo Catherine, acercándose a ella–, quiero que conozcas a mi mejor amiga, Linda Miles. Linda, esta es Rainey Bennett.

–Hola, Linda –la muchacha se acercó–. Qué pelo tan bonito tienes.

Catherine y Linda intercambiaron sonrisas.

–Gracias. He visto los dibujos que le hizo a Catherine. Son muy buenos.

–Lo que intenta decirte es si podrías hacerle un dibujo alguna vez.

–No quiero que lo haga gratis. Si tiene tiempo, claro.

–Lo sacaré de alguna parte y no te cobraré nada –le aseguró Rainey.

Payne se levantó para servirse una taza de café.

–¿Por qué no coméis algo, chicas?

–Gracias. Estamos muertas de hambre. Ah, antes de que se me olvide, ¿dónde has puesto *Fusión en Manhattan*, tío Payne?

–En mi estudio. En el cajón de la izquierda de mi mesa.

–¿Puedo ir por él antes de que se me olvide?

–Adelante.

–¿A ti te gustan las novelas románticas, Linda? –preguntó Diane cuando Catherine salió del comedor.

Tras su conversación previa, Rainey reconoció que Diane tenía mucha entereza por ser capaz de mantener el tipo. Payne le había dicho que su prometida era en el fondo muy competitiva. Rainey empezaba a creerlo.

–Me encantan –dijo Linda–. Son muy divertidas.

–¿En qué sentido?

La amiga de Catherine acabó de servirse la comida y se sentó.

–Es divertido ver cómo se encuentran dos personas completamente distintas y los problemas que tienen que superar.

–¿No sabes que ése es uno de los grandes problemas de la novela romántica? Nuestra revista publicó un artículo extenso sobre el género hace algún tiempo. No te vendría mal leerlo. Esas historias sólo muestran la parte excitante de una relación, pero nunca se enfrentan con lo que viene después.

—Por lo menos las parejas de las que yo he leído se casan, señorita Wylie. En la vida real, muchas parejas viven juntas primero, y las estadísticas demuestran que muchas rompen más tarde, o se matan el uno al otro y cosas así.

—¿A tu madre le parece bien que las leas?

—A ella no le importa. Está harta de toda la violencia y el sexo que sale en la tele.

—No me dirás que no hay mucho de eso en esos libros.

—Algunas son explícitas y otras no. Lo que me gusta es que los protagonistas están realmente enamorados y son fieles. No hay nada de violencia. Mi abuela dice que todos los hombres deberían leer una para enterarse de cómo hay que tratar a una mujer.

Rainey apuró el resto de su zumo para no sonreír.

—¿Tu abuela las lee? —Diane parecía incrédula.

—Sí. El año pasado, cuando me quitaron las amígdalas, vino a verme y me leyó una. Así fue como me enganché.

Payne se echó a reír.

—Jamás ganarás esta discusión, Diane.

—Déjame ver esa novela, Catherine —dijo ella cuando la sobrina de Payne regresó al comedor. Él miró entonces a Rainey. Algo le estaba sucediendo. Diane se negaba a dejar pasar el asunto.

Catherine le dio la novela y corrió a servirse el desayuno.

—¿Quién quiere ir a navegar cuando acabemos de desayunar?

—¡Nosotras! —gritaron las chicas al mismo tiempo, entusiasmadas.

—¿Y tú, Diane? Hoy el mar está en calma.

—Creo que iré con vosotros.

—¡Estupendo! —exclamó Catherine—. Nos pondremos todos morenos.

—Dadme cinco minutos para prepararme —Diane apartó la silla de ruedas de la mesa y se dirigió al pasillo.

–Somos tres de cuatro. Rainey, ¿te apetece la idea?

En otras circunstancias, no se le habría ocurrido nada más excitante que salir al mar con Payne, pero en ese momento, la cosa era distinta.

Mientras Diane aún podía oírla, dijo:

–Si vamos a ponernos a trabajar esta tarde, conviene que acabe la tarjeta de felicitación en la que estoy trabajando mientras estáis fuera. Se acerca el plazo de entrega.

La sobrina de Payne se volvió hacia ella con expresión inquisitiva.

–¿En qué estás trabajando?

–Ahora mismo, en una tarjeta de buen viaje con una preciosa gata siamesa con un collar de diamantes alrededor del cuello y unos guantes de raso rojos hasta los hombros. Está tumbada en el tejado de una mansarda de un elegante barrio de París, diciéndole adiós con la cola a un perro con pinta de golfillo.

–¡Qué mono! –exclamó Catherine.

–El perro lleva un palo sobre el hombro de cuyo extremo cuelga un hatillo –Rainey cerró los ojos y sacudió la cabeza–. Están enamorados.

Las chicas rompieron a reír. Y Payne también.

–¿Podemos verlo? –Linda parecía tan emocionada como Catherine.

–Claro. Cuando volváis de navegar, subid a mi habitación. Que os divirtáis.

Rainey salió del comedor sin mirar a Payne, confiando en que no pareciera que intentaba huir de él. Durante las siguientes tres horas trabajó con ahínco en sus bocetos, pero varias veces rompió a sudar al pensar en el momento en que tuviera que reunirse con Payne en su estudio. Abajo, con su prometida, había pasado momentos terribles. Diane prácticamente los había acusado de ser amantes.

Sus ojos se llenaron de lágrimas. La pobre Diane había intentado sobrellevar con dignidad su dolor y su rabia. Había sido una experiencia espantosa. Rainey se negaba a volver a poner a Diane en aquel brete.

Desde aquel momento, Payne tendría que enfrentarse solo a su prometida. Rainey permanecería en segundo plano un poco más para trabajar en los mapas antes de marcharse a Colorado. Sí, eso haría.

Al fin oyó pasos en el corredor. Payne había vuelto con las niñas. Rainey los invitó a pasar para echarles un vistazo a sus dibujos. Antes de que las chicas se marcharan a casa de Catherine en bicicleta, Rainey le dijo a Linda que se pasara por allí el martes por la mañana, cuando Payne se hubiera ido a París. Haría un boceto de Linda y de su perro, Aníbal, jugando en la playa.

Las tres bajaron juntas. Rainey las acompañó hasta la puerta. Al volver a entrar en la casa, Betty le dijo que Payne había ido a llevar a su prometida a casa y volvería a la una para empezar a trabajar.

Rainey miró su reloj. Le quedaba una hora. Era buen momento para llamar a casa con cargo a su tarjeta de crédito y decirle a sus padres lo que estaba pasando. Al día siguiente se compraría un teléfono móvil. Luego llamaría a sus amigos y les daría su número sin decirles su nueva dirección. Avisaría en la oficina de correos para que le guardaran su correo.

Por razones de seguridad y personales, no quería que nadie se enterara de que estaba viviendo temporalmente en Crag's Head.

CAPÍTULO 9

DE VERAS te lo has pasado bien o estabas fingiendo delante de las niñas?

La limusina se detendría pronto frente a la mansión de los Wylie. Diane le lanzó una mirada penetrante.

—¿Por qué te molestas en hacerme esa clase de preguntas si sabes que odio navegar?

Payne se frotó la frente.

—Entonces, ¿por qué has venido?

—Para complacerte. Para estar un rato contigo.

—Sé que últimamente no hemos pasado mucho tiempo juntos, pero le prometí a Phyllis que cuidaría de Catherine mientras estuvieran de viaje. Vuelven mañana por la noche. La semana que viene, cuando vuelva de París, estaré a tu entera disposición. Haremos juntos los últimos preparativos de la boda.

—¿Qué te parecería que me fuera a París contigo?

Payne se quedó atónito. Su prometida no había querido ir a ninguna parte desde el tiroteo. Aunque nadie lo decía, tanto la familia de Payne como la de ella temían que se convirtiera en una ermitaña.

Sólo podía haber una razón que explicara aquel cambio repentino. Una persona cuyas palabras habían conmovido profundamente a Payne.

—¿Quieres venir conmigo por complacerme o porque te apetece, Diane?

—Por ambas cosas —respondió ella honestamente.

—Entonces, nada me complacería más.

Era cierto. Si aquello era el principio de una metamorfosis, nada podía hacerlo más feliz. Y todo gracias a

Rainey. Le dio a Diane un beso en la sien. Ella apoyó la cabeza contra su hombro.

—Sé que tienes que atender tus negocios, pero ¿crees que podrías sacar tiempo para ir de compras conmigo? El vestido de novia que he elegido no acaba de gustarme. Como todavía no hay nada decidido, tal vez vea algo que me guste más.

—Iremos de compras. ¿Quieres llevar a alguien que te haga compañía mientras yo estoy ocupado?

—No. Quiero ver qué tal me desenvuelvo sola.

Él le apretó la mano.

—Así se habla.

Su júbilo era excesivo. Debía tener cuidado. Ella no había mencionado a Rainey. Fuera lo que fuera lo que se estaba reservando, saldría a la luz en algún momento, pero él no sacaría a relucir el tema ahora que acababan de entrar en un nuevo territorio. Aquello era como abrir túneles en el subsuelo: un asunto peliagudo. Nunca se sabía cuándo iba a desplomarse la tierra, sepultándote en la negrura.

Cuando llegaron a casa de los Wylie, Payne la ayudó a entrar.

—Mañana estaré en la oficina. Te llamaré para organizar el viaje. ¿Quieres que vayamos a ver una obra en la Comédie Française? Llamaré para reservar entradas.

—No sé. ¿Por qué no decidimos qué hacer cuando estemos allí?

—Como quieras.

El trayecto de regreso a Crag's Head duró tanto que, cuando volvió a entrar en su casa en busca de Rainey, su júbilo se había disipado. Ese día, Diane había recibido un desafío y se había defendido. El hecho de que estuviera dispuesta a salir de viaje constituía una especie de milagro. Pero París no era Suiza. ¿Era posible que Diane estuviera jugando con él para devolverle el golpe por haber inmiscuido a Rainey en su vida privada? ¿Estaría tal vez fingiendo dar un paso adelante cuando en realidad no tenía ninguna intención de transigir en lo realmente importante?

Payne no quería ponerse en lo peor, pero todo era posible.

—Supongo que no tengo que preguntarte cómo te ha ido con Diane.

Rainey. Payne giró la cabeza hacia la derecha y la vio de pie frente a uno de sus mapas. Cada vez que la veía, le parecía que era la primera vez. Algo dentro de él empezaba a arder. Sentía que se le aceleraba el pulso en la garganta. Era una respuesta involuntaria y no podía hacer nada al respecto.

—Tu prometida es demasiado lista, Payne. Se ha dado cuenta de todo.

—Aun así, el martes se va conmigo a París.

—¿De veras? —exclamó ella, sonriendo—. Entonces, ¿por qué no estás más contento?

Él se frotó la nuca.

—No sé. Algo no va bien. He leído que hay niños que no gatean. Sencillamente un buen día se levantan y echan a andar. Pero es muy extraño. Eso es lo que ha hecho hoy Diane. De ermitaña a turista trasatlántica en el espacio de una mañana.

Ella se acercó.

—Le has hecho daño al contratarme. Supongo que cabe la posibilidad de que esté jugando contigo. Pero, aunque sea así, tu plan la ha obligado a reaccionar. Deberías estar contento.

Y lo había estado. Durante cosa de diez minutos se había permitido ese lujo.

—¿Y si no es más que un espejismo?

—Entonces intentarás otra cosa, porque así es Payne Sterling.

—Rainey... —murmuró él con voz áspera.

La adorable boca de ella era tan tentadora que Payne apenas podía concentrarse. El deseo de tomarla en sus brazos era tan intenso que tuvo que obligarse a separarse de ella.

—¿Quieres saber cuál es mi teoría? —continuó ella, ajena a los poderosos estremecimientos que sacudían a Payne.

–¿Cuál es? –preguntó él dándole la espalda, intentando controlarse.

–La conversación acerca de las novelas románticas la ha hecho reaccionar.

–Ella nunca ha leído una.

–Oh, claro que sí. Tal vez no una de Red Rose Romance, pero con su formación ha tenido que leer los clásicos. El caso es que, desde el tiroteo, ha estado sumida en una depresión y no se ha permitido escapar de la realidad de la situación. Pero la vista en el tribunal la ha forzado a escuchar a Catherine y a Linda, e incluso a Nyla, hablando de sus libros preferidos. Creo que esas conversaciones le han recordado cómo era vuestra relación antes del tiroteo... cuando... cuando se sentía completa y sabía que lo era todo para ti –balbuceó–. ¿Recuerdas lo que dijo Linda? «Es divertido ver cómo se encuentran dos personas completamente distintas y los problemas que tienen que superar». Tal vez Diane no esté lista aún para someterse a una operación, pero ha decidido ir a París contigo para demostrar que está intentando superar sus temores y volver a ser la mujer llena de vida de la que tú te enamoraste.

A Payne estuvo a punto de fallarle el corazón.

–Te equivocas, Rainey.

Hubo una breve pausa.

–Como te decía, era sólo una teoría –dijo ella con voz débil.

Payne se dio la vuelta, consciente de que respiraba agitadamente.

–¿A dónde vas?

Ella se detuvo. Giró la cabeza hacia él y dijo:

–Es evidente que estás molesto por algo. Yo sólo he empeorado las cosas.

–Tienes razón, estoy molesto, pero no es culpa tuya. Por favor, quédate. Necesito hablar contigo.

Ella lo observó con ternura.

–Háblame de Diane. ¿Cómo os conocisteis? ¿Cuánto

tiempo hace? He querido saber la respuesta a esas preguntas desde la vista, pero no era asunto mío.

Payne respiró hondo.

—Diane creció en Long Island, igual que yo. Nuestros padres siempre han sido buenos amigos. Se movían en los mismos círculos y durante años organizaron fiestas para sus hijos por lo menos seis veces al año.

—Eso explica muchas cosas —su voz tembló—. Diane y tú erais...

—No, no estamos enamorados desde pequeños —la atajó él. No podía sostener aquella mentira ni un minuto más—. Yo no estoy enamorado de Diane. No lo he estado nunca. Y ella sólo cree estar enamorada de mí —Rainey se quedó sin habla—. Durante los últimos diez años, he estado tan ocupado edificando mi compañía, que probablemente puedo contar con los dedos de una mano las veces que he visto a Diane. La Navidad pasada, su familia invitó a la mía a comer. Mis padres les pidieron a los suyos que fueran a cenar a casa. Es una costumbre que tienen. Yo lo había olvidado porque dejé de asistir a esas reuniones cuando me fui a la universidad. La noche del tiroteo, yo estaba solo trabajando en mi despacho cuando recibí una llamada de mi madre. Me dijo que Diane Wylie iba de camino a mi oficina. Al parecer, había estado de compras y había perdido la noción del tiempo. Mi madre me pidió que la llevara a casa para la cena anual cuando volviera en el helicóptero. Yo ni siquiera sabía que mi madre celebraba una cena. No me apetecía nada la idea, pero Diane estaba ya en el vestíbulo, esperando que la hiciera subir, y no vi el modo de librarme del compromiso. Así que acepté —Rainey se había quedado de una pieza y se apoyaba con fuerza en el respaldo de una silla, como si necesitara apoyo—. Durante el vuelo a Crag's Head, charlamos de esto y de aquello, como dos simples conocidos. Ella acababa de volver de San Francisco, a donde había ido a hacer una entrevista para un puesto de editora en una revista. Sin embargo, había decidido no aceptar el empleo. Yo en broma le dije que seguramente habría conocido aquí a algún hombre y no quería abandonarlo. Ella contestó con buen humor que tal vez tuviera razón. En ese momento aterrizó el helicóptero. Mac tenía la gripe y estaba hecho polvo. Le dije que se fuera a la cama. Me dijo que no, pero le recordé que estábamos en la finca de la familia y que no había nada que temer. No iba a pasar nada –advirtió que, a medida que hablaba, Rainey iba palideciendo–. Decidí conducir yo mismo el coche para variar. Nos fuimos directamente a casa de mis padres, que no está muy lejos. Ayudé a Diane a salir del coche. Acabábamos de llegar a la escalinata de la casa cuando alguien gritó mi nombre. Al darme la vuelta, vi a una mujer de aspecto extraño de pie junto a los arbustos, empuñando una pistola. A mí me habían acosado por lo menos seis veces desde que me fui a la universidad, pero ninguna de aquellas mujeres había levantado un arma contra mí. Fue uno de esos momentos que parecen irreales, Rainey. Sabes que aquello te está pasando, pero tu cerebro tarda en reaccionar. Empujé a Diane para apartarla y me abalancé hacia la mujer. Sonó un disparo una décima de segundo antes de que la derribara. Oí al fondo que Diane gritaba que le había dado. De pronto, nos rodeó todo el mundo. La familia, los amigos, la seguridad, la policía, los médicos... Aquel disparo hizo añicos la vida de Diane y también la mía.

–Oh, Payne... –gimió Rainey.

–Diane no quería que nadie la tocara, excepto yo. Costó mucho que aceptara que los médicos se hicieran cargo de ella. Como es natural, se encontraba en estado de shock. Se aferraba a mí como una chiquilla asustada y me suplicaba que fuera en la ambulancia con ella. Yo pensaba que preferiría que la acompañaran sus padres, pero hice lo que me pedía porque yo también estaba conmocionado y temía por su vida.

–Naturalmente. Qué momento más espantoso para todos vosotros.

–Tú lo has dicho, Rainey. De camino al hospital, ella

no paraba de decir que le daba miedo morir. De pronto me confesó que siempre me había querido y que esperaba casarse conmigo algún día –Rainey agachó la cabeza–. Admitió que había ido a la ciudad a propósito para verme. Había utilizado a mi madre para que me llamara fingiendo que necesitaba que la llevara a casa. El truco funcionó –continuó con aspereza–. Diane consiguió su objetivo, pero acabó pagando un precio que nadie debería haber pagado.

–Sí.

–Esa bala iba dirigida a mí, Rainey. Si no le hubiera dado la noche libre a Mac, él se habría encargado tan rápidamente de la situación que esa desequilibrada no habría tenido tiempo ni de reaccionar. Para eso le pago. Tuve que darle permiso precisamente esa noche...

–¡Deja de mortificarte!

–No puedo. Las agresiones que había sufrido antes deberían haberme enseñado que no puedo bajar la guardia ni un momento.

–Recuerda que Dios no dijo «bienaventurados los ricos y famosos». Eso es porque Él sabía que ser rico y famoso comporta un altísimo precio.

–Es cierto. A fin de cuentas, yo soy el motivo de que Diane no pueda andar. Los dos primeros meses fueron un infierno para ella y para mí. Todos los días iba del despacho al hospital y del hospital al despacho. Cada vez que entraba en su habitación, rezaba porque me dijeran que había hecho algún progreso, aunque fuera pequeño. Una noche, su médico me llamó aparte y me dijo que no podían hacer nada más por ella. Pero que, dado que aún tenía sensibilidad en las piernas, nos recomendaba que la lleváramos a una clínica de Zúrich famosa por practicar una operación muy novedosa que daba buenos resultados. Esa era la noticia que yo había estado esperando. Cuando le pregunté al doctor si se lo había dicho a Diane, me dijo que sí, pero que ella se resistía a la idea. Yo no lo entendía, sabiendo que había posibilidades de que volviera a andar. Diane y yo discutimos hasta que ella se echó a llorar y se quedó dormida. Cuando regresé a casa, me devané los sesos intentando imaginar un modo de convencerla.

—Así que le pediste que se casara contigo —murmuró Rainey.

Sus ojos se encontraron un momento.

—Sí. Pensaba que mi proposición obraría el milagro. Le dije que me tomaría un mes de vacaciones. Combinaríamos su estancia en el hospital con la luna de miel. Desde que nos comprometimos, ha dicho que sí a la idea y se ha echado para atrás cien veces. Todavía lo estábamos discutiendo el día que Catherine y ella entraron en el despacho de mi cuñado para enseñarme la portada de *Fusión en Manhattan*.

—Eso fue culpa mía —dijo Rainey, angustiada—. Jamás debí arriesgarme a pintar tu rostro, ni el de nadie de memoria.

—¿Quién se mortifica ahora?

—Tienes razón —dijo ella—. Payne... yo... tengo una idea.

—Menos mal, porque a mí se me están agotando.

—Dentro de unos minutos haré las maletas y me iré para siempre.

Rainey, Rainey.

—¿Crees que no sabía que ibas a decir eso?

—Escúchame, por favor.

Rainey estaba muy seria. Él cruzó los brazos para no tenderlos hacia ella y abrazarla.

—Contempla a tu público extasiado.

Ella retrocedió un poco, alejándose de él.

—En cuanto me haya ido en el helicóptero, ve a casa de Diane y dale una sorpresa. Dile que tenía razón, que me contrataste para ponerla celosa y que los dos nos hemos dado cuenta de que la argucia ha fracasado miserablemente. Dile que he vuelto a Colorado, que es exactamente lo que voy a hacer cuando me marche de aquí. Luego pídele que se vaya contigo a París mañana en vez del martes. Dile que sólo te importa su felicidad y que jamás volverás a hablar de Suiza. Creo sinceramente que, si lo haces, ella encontrará fuerzas para ir a esa clínica. He visto señales de ese orgullo de los Wylie del que me has hablado. Eso significa que, en el fondo, lo último que quiere Diane es que la protejas y le des tu nombre sólo porque está en una silla de ruedas y te sientes culpable. Como cualquier mujer, desea que la quieras libremente. Sabe que el único modo que tiene de conquistar tu amor es luchar por él después de haber hecho todo lo posible por volver a levantarse. Por eso estoy convencida de que acabará haciendo lo mejor para ella y para ti. Y ahora voy a marcharme porque es lo mejor para mí –se dirigió hacia la puerta–. ¿Puedes decirle al piloto que esté listo para despegar dentro de diez minutos?

Payne la dejó marchar. Tenía que hacerlo. Estaba comprometido con Diane. Rainey respetaba ese compromiso. Era una mujer honrada. De hecho, era tan maravillosa que Payne no se atrevía a enumerar sus cualidades por miedo a no acabar.

Menos de diez minutos después, ella bajó de nuevo con sus bolsas. Salieron juntos de la casa sin decir nada. Payne metió sus cosas en el helicóptero y se volvió hacia ella para ayudarla a subir. La luminosa sonrisa de Rainey habría engañado a cualquiera, menos a él.

–No hace falta que te tropieces con algo que llene tu vida, Rainey Bennett. Llevas la vida dentro y se la contagias a todos los que te conocen.

Los ojos de ella se empañaron.

–Ese es el cumplido más bonito que me han hecho nunca. Quiero que sepas que lo que le dije a Diane es cierto. Eres un héroe en el pleno sentido de la palabra. La próxima vez que lea una novela romántica, pensaré en ti, pero prometo refrenar las ganas de pintarte –las hélices comenzaron a agitar el aire. Había llegado la hora–. Que seas feliz –musitó ella. Su beso fue como el roce del ala de una mariposa sobre la mejilla de Payne.

Él cerró la puerta y se apartó del helicóptero. El

ruido que hizo éste al elevarse cubrió el bramido que surgió de los más profundos confines del alma de Payne.

Cuando el helicóptero se perdió de vista, Payne echó a correr en dirección a la playa. Tras media hora de ejercicio, volvió a casa para ducharse y hacer la maleta. Abajo encontró al ama de llaves en la cocina.

—Betty, ha habido un cambio de planes. Rainey ha decidido regresar a su casa en Colorado. Yo me voy ahora y no volveré de París con Diane hasta el sábado. Llámame si hay algún problema.

Telefoneó a Andy para que sacara la limusina. John y Mac se reunieron con ellos para ir a casa de la hermana de Payne. Éste quería despedirse en persona de su sobrina.

Nyla salió a recibirlo al vestíbulo y le dijo que Catherine se había ido a casa de sus abuelos para la cena del domingo.

—¿Quiere que le diga algo?

—No, no importa. La llamaré allí. Pero, ya que estoy aquí, ¿podría traerme los dibujos de Rainey?

—Claro que sí. Un momento.

Mientras esperaba, Payne llamó a Catherine con su móvil.

—¡Hola, tío Payne!

—Hola, cielo. Me alegro de encontrarte.

—Yo también. Creo que me dejé la novela en tu casa, pero he llamado a Betty y me ha dicho que no la ha visto. ¿Tú sabes dónde puede estar?

Él frunció el ceño.

—Recuerdo que Diane te pidió que se la enseñaras. Tal vez la tenga todavía. Si es así, le diré que te la devuelva.

—Gracias. ¿Qué tal va todo? —susurró ella.

Él tragó saliva.

—Mejor de lo que esperaba.

—¿De veras?

—Sí. Mañana me voy a París con Diane.

—¿Se va en el avión contigo?

—Sí.

—Tal vez eso signifique que...

—Sea lo que sea, es un avance —dijo él—. Por eso Rainey ha decidido no trabajar para mí después de todo. Se ha ido a Colorado hace un par de horas.

Un largo silencio siguió a sus palabras.

—El martes iba a hacerle el retrato a Linda.

Payne no lo sabía.

—Dile a Linda que se lo habría hecho, si hubiera podido.

—Sí, se lo diré —dijo ella con voz débil—. Tío Payne, ¿estás bien?

«No me preguntes eso, cariño».

—Mejor que nunca. Si Diane está dispuesta a dar este paso, ¿quién sabe a dónde llegaremos?

—Tendré los dedos cruzados. Te quiero. Gracias por cuidar tan bien de mí.

—Yo también te quiero. ¿Qué quieres de París?

—Que seas feliz.

Alguien que también lo quería le había dicho lo mismo dos horas antes.

—Lo mismo digo, cariño. Dales recuerdos a todos. Dile a tus padres que nos veremos el fin de semana que viene.

—Lo haré.

—Aquí tiene —dijo Nyla mientras él se guardaba el teléfono en el bolsillo.

Payne tomó los dibujos.

—Gracias por todo. Mi hermana tiene mucha suerte por contar con usted —le dio un abrazo antes de salir de la casa con su preciado tesoro.

Cuando llegara a su despacho, le dejaría una nota a su secretaria para que le enviara los dibujos a Rainey. Eran creación suya. Ella era la única que tenía derecho a ellos. Si decidía librarse de ellos, Payne prefería no saberlo.

—Andy, llévame a casa de los Wylie.

Payne pensaba seguir el consejo de Rainey al pie de la letra. Había perdido la fe en su propio instinto, pero creía en el de ella. Era ella quien tenía el don de la clarividencia. Tal vez supiera algo que él ignoraba.

Dos días después, concluyó temprano una reunión con algunos de sus ingenieros y regresó a su apartamento junto a la Place Vendôme. Gracias a los progresos que Rainey había hecho en el mapa de París, había podido adelantar trabajo y poner a sus hombres en marcha antes de lo previsto.

—Diane, ya he vuelto y estoy listo para llevarte a comprar tu vestido de novia.

—Prefiero que nos quedemos para que podamos hablar.

Payne frunció el ceño. Desde el domingo, cuando le había dado una sorpresa adelantando el viaje, Diane estaba muy animada. Payne no creía que pudiera soportar que le dijera que quería regresar a casa. Ello significaría que había vuelto a caer en la depresión que la mantenía paralizada.

Payne dejó en el suelo su maletín.

—Parece que no te encuentras muy bien.

Al entrar en el dormitorio, la encontró sentada en la silla de ruedas, vestida con un traje rosa de dos tonos.

—Me gusta tu ropa. Estás muy guapa.

—Creo que eres sincero. Gracias.

—Yo nunca te he mentido sobre tu aspecto —dijo él, sentándose en una silla junto a ella—. Eras una adolescente muy guapa y te has convertido en una mujer preciosa.

Ella lo miró fijamente.

—Soy consciente de que nunca me has mentido. Me temo que, en ese aspecto, soy yo quien se lleva la palma —él se quedó atónito—. Cuando te dije que quería venir a París contigo, intenté convencerme de que era porque quería demostrar interés por tu trabajo. Me he dicho muchas mentiras, pero eso ya se acabó.

—Pero ¿qué te pasa, Diane?

—Esto —dijo ella, levantando *Fusión en Manhattan*.

Sorprendido, Payne dijo:

—Catherine lo estaba buscando. Me pidió que te preguntara si sabías dónde estaba.

—Lo guardé en mi bolso cuando ella no miraba porque quería leerlo.

—¿Y has podido aguantarlo?

—No bromees con esto, Payne —las lágrimas empañaron sus ojos.

Él la tomó de la mano.

—No lo hago. Es que sé que prefieres lecturas más enjundiosas.

—Sí, pero sentía curiosidad. Qué poco sabía entonces que el contenido de este libro me obligaría a verme tal y como soy. Ha sido una experiencia espantosa —dijo en un susurro atormentado—. ¿Podrás perdonarme?

—¿Por qué? —Payne estaba desconcertado.

—Por haber aceptado tu proposición. Por haberte puesto entre la espada y la pared. Desde que leí la última página de este libro, he estado esperando a que volvieras para poder hacer esto —se quitó el anillo de diamantes que Payne le había regalado y, poniéndolo en la palma de él, le cerró la mano—. Te he robado seis meses de tu vida. Y, lo que es peor, eres tan bueno que estabas dispuesto a sacrificar el resto de tu vida por una mujer a la que nunca has amado y a la que nunca podrás amar. No del modo en que yo quiero que me amen. Mientras leía esta novela, no dejaba de comparar su argumento con nuestras vidas, Payne. Con la tuya, con la mía y con la de Rainey —él agachó la cabeza—. La mirada de tus ojos cuando me la presentaste... Y luego, el domingo por la mañana, cuando el amor que ella siente por ti manaba a borbotones... Os he visto a los dos en esta historia, deseándoos el uno al otro y sin embargo negándoos esos deseos porque Logan Townsend estaba prometido y era un hombre honorable. La única diferencia entre esta novela y nuestras vidas es que yo he recuperado el sentido común a tiempo y puedo liberarte de un compromiso que nunca debí aceptar. Sé por qué lo hiciste. La culpa es mía por mentirme pensando que al final todo saldría bien.

–Diane...

–Antes de que digas nada, debes saber que he llamado a mis padres y les he dicho que la boda no va a celebrarse. Mi madre ha dicho que se sentía aliviada, lo cual no debería sorprenderme. Mañana llegan a París para llevarme a esa clínica de Zúrich. Este libro ha hecho que me dé cuenta de que, independientemente de que vuelva a caminar o no, quiero a un hombre que se enamore de mí como tú te has enamorado de Rainey. Como Logan Townsend se enamora de la doctora que le salva la vida. Si no hubiera tratado de obligarte a hacer algo que no querías, nunca me hubieran disparado. Mi obsesión por ti era enfermiza y malsana. Al final, nos ha costado un sufrimiento innecesario a ambos. Resulta humillante tener que admitirlo, pero mereces saber que soy consciente de lo que he hecho. Rainey reconoció inmediatamente al héroe al ver esa fotografía. Dijo que el juez había dicho que era cosa del destino. Yo creo firmemente que así es. ¿Y si no te hubiera pintado, Payne? Esa vista ha desencadenado una serie de acontecimientos que nos han liberado a ti y a mí de la vida que supuestamente íbamos a vivir. Dile que me alegro mucho de que haya sido así.

Por primera vez desde el tiroteo, Payne la envolvió en sus brazos porque deseaba hacerlo.

–Sé que vas a volver a andar, Diane.

–Yo también tengo que creerlo. No puedo creer en otra cosa –ella lo abrazó con fuerza y luego se apartó–. ¿Qué haces ahí parado? –sonrió–. Haz las maletas. Voy a echarte a patadas de tu propio apartamento porque da la casualidad de que sé que hay una mujer en Colorado que se muere de amor por ti. Ve a buscarla enseguida. Y por favor, por favor, sed muy felices.

CAPÍTULO 10

RAINEY...
—¿Sí?
Ella oyó que la cremallera de su tienda de dos plazas se abría.
—¿Estás dormida?
—Ya no —masculló ella mientras Craig entraba agachado.
—Mentirosa. Te he oído llorar.
—Entonces supongo que me habrá oído todo el mundo —se lamentó ella.
—No te preocupes por eso.
Él cerró la cremallera y se sentó con las piernas cruzadas en el suelo, en la penumbra, junto al saco de dormir de su hermana. Ahora que se había ocultado el sol, empezaba a refrescar rápidamente. Por la mañana haría frío.
—La gente sigue llegando. Y los que ya están aquí están tan emocionados por el descenso de mañana que no quieren irse a la cama. Además, he puesto a propósito tu tienda lejos de las de los demás para que tengas un poco de intimidad. ¿Aún no estás lista para hablar de Míster Dólar?
—Por favor, no lo llames así.
—Lo digo con cariño —bromeó él.
—Él no es esa clase de persona.
—Háblame de él.
—Ahora mismo está en París, con su novia. Van a casarse el primero de agosto. Me... me confesó que no estaba enamorado de ella —de pronto, todo surgió en un torrente de palabras. Todo.

Craig dejó escapar un suave silbido. Puso una mano sobre el brazo de su hermana.

—Eso es muy duro.

Ella se enjugó las lágrimas.

—Después de la vista, tú me dijiste que algún día me acordaría de mi gran aventura y me reiría de todo esto. Esa esperanza es lo único que me mantiene en pie.

—Pero ahora mismo no alivia tu tristeza. Sin embargo, me alegra saber que te he servido de algo.

—Me sirves para muchas cosas —ella se sorbió los mocos—. ¿Por qué crees que estoy aquí, si no? Aunque me temo que vas a arrepentirte de que haya venido a tu último descenso por el río.

—¿Bromeas? Estoy ansioso por contarte las cosas que se me han ocurrido para la tienda. Creo que oigo el helicóptero que trae al último grupo de turistas. Si aún estás despierta cuando los haya acomodado, charlaremos un rato.

—No te preocupes. No creo que pueda volver a dormir nunca más.

—Claro que sí. Después de pasar un día en el río, dormirás como un bebé.

—Espero que tengas razón.

—¿Te mentiría yo?

—Nunca lo has hecho.

—Pues ya lo sabes. ¿Quieres que te encienda la lámpara?

—No, déjalo. Tengo la linterna, si la necesito.

—De acuerdo.

Cuando Craig salió de la tienda, Rainey volvió a tumbarse. En aquella zona protegida del cañón, el ruido de las hélices del helicóptero reverberaba más atronadoramente que de costumbre contra las rocas. Nunca volvería a oír un helicóptero sin pensar en Payne. El recuerdo de su imagen cada vez más pequeña a medida que el piloto se alejaba de Crag's Head, la llenaba de un dolor tan intenso que le parecía insoportable. Sollozando, escondió la cara en la almohada.

Los espasmos que sacudían su cuerpo eran peores que nunca. Su alma no tenía consuelo.

Mientras yacía allí tumbada, atenazada por el dolor, oyó que el helicóptero partía hacia Las Vegas. Su hermano no tardaría en volver. Rainey se alegraba de ello, porque sabía que necesitaba ayuda para superar la noche. Por fin lo oyó bajar la cremallera de la tienda.

–¿Craig? –dijo automáticamente mientras él entraba.

–No. Soy Payne.

–Eso no tiene gracia, Craig.

–Estoy de acuerdo –dijo una voz profunda y familiar.

Convencida de que estaba alucinando, Rainey agarró la linterna y la encendió. Al ver a Payne agachado junto a ella, tan guapo y lleno de vida, dejó escapar un grito.

–Shh, amor mío –él le dio un suave beso en los labios antes de apagar la luz. Ella no podía creer que aquello estuviera sucediendo–. Te lo explicaré todo más tarde. Todo lo que necesitas saber es que soy libre. Diane nos ha dado su bendición. Ahora, ven aquí y déjame abrazarte.

El corazón de Rainey comenzó a latir enloquecidamente mientras él desabrochaba la cremallera de su saco de dormir y la tomaba en sus brazos.

–Rainey... –susurró él ásperamente, besándole la cara y el cuello–. He estado viviendo para esto.

–Yo me estaba muriendo por esto –confesó ella contra sus labios.

Entonces le entregó su boca y se perdió en el ansia febril de sus besos. Ella dejó escapar leves gemidos de placer. Con cada uno de ellos, Payne la besaba con mayor pasión, hasta que ambos terminaron palpitando de deseo como uno solo. Rainey se aferró a su cuerpo duro como la roca, entrelazando brazos y piernas. Sus labios se deslizaron ansiosamente por aquel rostro inolvidable que había memorizado en sueños.

–Te quiero –musitó febrilmente–. Te quiero con una pasión que nunca podrá disiparse.

Él sujetó su nuca y la besó con ansia. Luego la estrechó contra su pecho.

—Estoy tan enamorado de ti que no creo que haya palabras para describir lo que siento.

—Esas son las palabras que esperaba oír. No necesito otras.

Ella oyó su rápida inspiración.

—Cásate conmigo, Rainey. No puedo vivir sin ti.

—Yo no lo permitiría —de nuevo volvieron a devorarse el uno al otro—. Has cometido un error entrando aquí. Ya soy adicta a tu sabor y a tus caricias —confesó ella cuando él la dejó respirar—. Es posible que no salgas vivo de aquí.

Él escondió la cara en su cuello.

—Qué bien hueles, Rainey... Eres tan maravillosa... Me encanta mirarte. Eres como un milagro.

De pronto, se incorporó sobre ella para mirarla. La luna llena daba suficiente luz como para que se vieran el uno al otro.

—Ahora no veo el color de tus ojos. Lo único que sé es que son oscuros. En este momento, te pareces al *Príncipe de sus sueños*.

La blanca sonrisa de Payne la deslumbró. Nunca lo había visto así. Entonces contuvo el aliento y su sonrisa se desvaneció.

—¿Qué ocurre, amor mío?

—Nada. Es que acabo de acordarme de cuando acabé de pintar la portada para *Fusión en Manhattan*.

Él le besó la punta de la nariz.

—¿Qué ocurrió?

—Que eras la encarnación de mis sueños hecha realidad en un trozo de lienzo. Tenías un pelo castaño oscuro tan bonito que daban ganas de tocarlo. Tus ojos azules, tan nórdicos, parecían ver cosas que nadie más podía siquiera imaginar. Los sobrios rasgos de tu cara denotaban una vida de trabajo duro, sacrificio y triunfos. Debajo del traje, tenías la constitución y el porte de un conquistador, de alguien que se atrevía a explorar nuevas fronteras. Pero eras un hombre que aún no había sido transformado por el amor de una mujer. Ahora, cuando me has sonreído, me he dado cuenta de que ese era el ingrediente que faltaba. Se notaba su falta cuando estabas con Diane, pero yo me negaba a admitirlo. Si tuviera que pintarte ahora, tendrías un aspecto distinto.

—Eso es porque soy distinto —su voz tembló—. Tú me has transformado tanto que ya no me reconozco.

Payne bajó la cabeza. De nuevo comenzaron a besarse con una pasión que rápidamente se desbocaba.

—Rainey... —jadeó él—, no quiero bajar al río mañana.

—Yo tampoco.

—Quiero conocer a tus padres lo antes posible.

—Iremos a casa por la mañana y te los presentaré. A mi madre ya la tienes en el bote. Y papá estará encantado de saber que el gran amor de mi vida va a ser de verdad el gran amor de mi vida.

Payne la abrazó de nuevo.

—Seguro que pensará que vamos demasiado rápido —murmuró entre el pelo reluciente de Rainey.

—Lo mismo pensarán tus padres —ella le besó los labios suavemente—. Pero nadie conoce nuestra historia, salvo tú y yo. Tras la tragedia que se cebó sobre Diane en un abrir y cerrar de ojos, no quiero perder ni un instante más del tiempo que nos tenga reservado el destino. La vida es demasiado preciosa.

—Es cierto.

Él la atrajo hacia sí con un vigor que estremeció a Rainey de la cabeza a los pies.

—Nunca has estado con ningún hombre, ¿verdad?

—No. Estaba esperando que apareciera el hombre adecuado.

—Oh, Rainey... —él la meció un instante—. Como no sé si voy a poder esperar mucho más para hacerte mía, conviene que nos casemos lo antes posible. Por respeto a Diane y a su familia, quiero que todo se haga con discreción.

—Yo también. Siempre he querido casarme en la iglesia a la que va mi familia. El momento no podía ser más perfecto. Craig acaba aquí pasado mañana.

—Así a mi familia le dará tiempo a venir en avión. Catherine se pondrá loca de contento.

—Ella te adora, Payne. Claro que quién no —Rainey sintió un nudo en la garganta—. Payne, háblame de Diane.

Él dejó escapar un profundo suspiro y se dio la vuelta, de modo que quedaron tumbados el uno junto al otro. La miró y trazó el arco de sus cejas con un dedo.

—¿Puedes creerte que se llevó *Fusión en Manhattan*? El martes por la tarde, cuando regresé al apartamento, lo había leído y me estaba esperando.

—Oh, amor mío —lágrimas ardientes se deslizaron por las comisuras de sus ojos—. Siempre temí que, si lo leía, se sintiera herida.

—No, no se sintió herida. Se sintió sacudida por la culpa.

Durante los minutos siguientes, Rainey escuchó maravillada cómo Diane le había dado a Payne su libertad y le había pedido perdón.

Ella lo besó en los labios.

—Rezaré para que vuelva a caminar.

—Los dos lo haremos.

—Le debo a Diane la vida. Ella te ha dejado marchar para que podamos tener un futuro juntos —dijo Rainey antes de romper a llorar.

Él la abrazó con fuerza contra su pecho.

—Ella dijo lo mismo de ti. Tus pinturas desencadenaron ciertas fuerzas que han logrado que ella desee volver a andar y enamorarse.

—Algún día llamaré a Bonnie Wrigley y se lo contaré todo. Le entusiasmará saber que una de sus historias ha cambiado la vida de Diane.

—Ha cambiado la vida de todos nosotros, Rainey. Nunca volveré a subestimar el poder de una novela romántica. Quién sabe. Tal vez, para cuando te hayas convertido en la señora Sterling, mi hermana Phyllis también haya entrado por el aro.

Rainey le lanzó una misteriosa sonrisa.

—Si es así, ¿puedo contárselo a Grace Carlow?

Él le dio un beso apasionado.

—¿Por qué es tan importante?

—¿Recuerdas que al final de la vista te preguntó cómo habías averiguado que tu retrato salía en las portadas de las novelas?

—Sí, lo recuerdo todo. Ese fue el día en que Rainey Bennett se cruzó en mi vida.

Ella se comprimió contra él, incapaz todavía de creer que el hombre de sus sueños la tuviera en sus brazos.

—Cuando salimos del juzgado, Grace nos dijo a Bonnie y a mí que al señor Finauer le alegraría el día saber que la hija de la senadora Sterling–Boyce y su doncella leían las novelas de Red Rose Romance.

Payne se echó a reír.

—Puedes decirle a la señora Carlow lo que quieras.

—Eso me recuerda que será mejor que me levante y le diga a Craig que no vamos a ir con ellos mañana.

—Ya lo sabe.

—¿Ah, sí?

—Tuve una pequeña charla con él antes de entrar en tu tienda. Ya me ha dado la bienvenida a la familia.

—Soy tan feliz que creo que voy a estallar.

—No lo hagas —gruñó él contra su cuello con buen humor—. Tengo planes para mañana. El piloto nos recogerá a las ocho. Cuando lleguemos a Las Vegas, tomaremos el avión a Grand Junction. Estoy ansioso por conocer a mi rival.

Ella frunció el ceño.

—¿Qué quieres decir? No hay ningún otro hombre en mi vida.

—Oh, sí que lo hay. Según tu madre, ese tipo y tú no os habéis separado desde que regresaste de Nueva York. Tengo entendido que duerme en tu cama.

—¿Winston? —exclamó ella, riendo.

–¿Quién, si no? –él se echó a reír–. Si va a vivir con nosotros en Crag's Head, quiero empezar a hacerme amigo suyo. Si consigo que me tolere, no iremos mal.

–Tolerarte... –Rainey lo rodeó con sus brazos–. Te va a adorar. No podrá evitarlo, igual que yo. Diane tiene razón. Soy como la arcilla del proverbio en tus manos.

–Una arcilla deliciosa.

El beso que le dio, puso a Rainey en llamas. Cuando él finalmente se apartó, ella no quiso soltarlo.

–Vamos –la respiración de él se había hecho agitada–. No respondo de mí mismo si nos quedamos aquí. Vamos a dar un paseo por el río y a hacer planes mientras esperamos que salga el sol.

«Ya ha salido, amor mío. ¿No sabes que el universo entero se ha llenado de luz en cuanto has puesto el pie en mi tienda?»

El continuo sonido metálico de la boya que marcaba el límite del canal más allá de Punta Fantasma hizo que Payne tomara de nuevo conciencia de su entorno. Extendió a ciegas el brazo hacia la que se había convertido en su esposa veinticuatro horas antes, sintiendo que la necesitaba como el aire que respiraba.

Pero en lugar del calor de su cuerpo, que tantas veces había gravitado hacia él durante la noche, halló una sábana fría. En vez de la ávida boca que ansiaba besar otra vez, sus labios encontraron las almohadas impregnadas de su fragancia.

Despejándose de pronto, Payne se sentó en la cama. La penumbra de la habitación situada bajo la cubierta le reveló que estaba solo. Tal vez ella estuviera en el salón principal del velero.

–¿Rainey?

No hubo respuesta. El velero se zarandeaba con fuerza, a pesar de que estaba anclado en la bahía. Las olas eran más altas que de costumbre. Payne se levantó de un salto y se puso una bata. Volvió a llamarla. Siguió sin obtener respuesta.

Corrió escaleras arriba. Cuando llegó a la cubierta, su corazón latía enloquecidamente. Las olas lo rodeaban y no había rastro de su mujer en la cubierta de popa. Una especie de negrura comenzó a apoderarse de él como si la marejada acabara de arrojarlo por la borda. Corrió hacia la cubierta de proa.

—¿Rainey? —gritó con todas sus fuerzas.

—¡Estoy aquí, amor mío!

El sonido de su voz le pareció el sonido más dulce que había escuchado nunca. Se encontraron en mitad del barco y se arrojaron uno en brazos del otro. Payne la estrechó contra su pecho.

—Cielo santo, creía que te había perdido... —el miedo le hacía temblar tan fuerte que apenas se tenía en pie—. No vuelvas a hacerme esto nunca más.

—No lo haré... te lo prometo... —su voz tembló—. Siento mucho haberte asustado, Payne. Perdóname.

Él no podía parar de besarle el pelo y la cara.

—Si algo te ocurriera...

Ella se apretó contra él.

—Juro que no volveré a hacer nada que te alarme —alzó sus ojos verdes y llorosos hacia él—. Después de esta noche, sabes que te quiero más que a mi vida.

Payne no había sabido lo que era la vida hasta esa noche. El amor de Rainey le había hecho nacer de nuevo.

—Tú eres mi vida, Rainey. Hace unos minutos, cuando extendí el brazo y no estabas ahí...

—Es que te quiero tanto... Quería que durmieras un poco más. Mientras esperaba a que te despertaras, tomé mi cuaderno de dibujo. Había imágenes que me daban vueltas en la cabeza, pero necesitaba luz, así que subí a la cubierta. Hace unos minutos se levantó el viento, así que recogí mis cosas y pensé llevarte la comida a la cama. Volvía de la cocina cuando oí tus gritos. Pensé que algo horrible te había pasado y eché a correr.

Él sintió que ella temblaba y la abrazó con fuerza.

–Me ha ocurrido algo horrible. No estabas allí cuando te deseaba.

–Eso es exactamente lo que sentí yo cuando el helicóptero me alejó de Crag's Head y pensé que no volvería a verte –las lágrimas comenzaron a correr por sus mejillas.

–Todo eso pertenece al pasado –musitó él, besándola con ansia–. Ahora eres mi mujer y me encanta ese plan de comer en la cama. Pero la próxima vez que sientas la necesidad irresistible de ponerte a dibujar, avísame. Mi corazón no resistiría otro susto como éste.

–Ni el mío tampoco. Te adoro, Payne. No podría vivir sin ti.

–Entonces, nos entendemos el uno al otro –susurró él contra sus labios–. Vamos. Refugiémonos de este viento dándonos una buena ducha caliente.

Las mejillas de Rainey se sonrojaron.

–Si nos duchamos primero, luego estarás muerto de hambre.

Él respiró hondo.

–Ya estoy muerto de hambre. De hambre de ti.

Payne la tomó en brazos y la llevó al dormitorio. Hasta media tarde no volvieron a salir para preparar la comida. Luego se la llevaron a la cama. Después de comer, Rainey se acurrucó a su lado apoyando la rubia cabeza entre el cuello y el hombro de Payne. Este sintió su suspiro de placer. Antes de que se diera cuenta, ella cayó en un profundo sueño.

Y no era de extrañar. Tras la ceremonia, que se había celebrado a las diez y media de la mañana en la iglesia a la que asistía la familia de Rainey y a la que había seguido un banquete en casa de los padres de ella, el piloto del avión privado de Payne los había llevado de vuelta a Nueva York, junto con la familia de él y sus guardaespaldas. Después, Rainey y él habían tomando el helicóptero para ir a Crag's Head, donde habían embarcado inmediatamente en el velero para emprender su luna de miel.

Una vez en el mar, Payne había anclado en la bahía

para poder dedicarse por entero a su flamante esposa. Hasta las últimas horas, ninguno de los dos había dormido. Preocupado porque su insaciable deseo hubiera fatigado a Rainey, Payne había descubierto con emoción que la pasión que ella sentía era tan ilimitada como la suya.

Se había casado con una mujer generosa, sensible y llena de talento cuya pasión por la vida conmovía profundamente su espíritu. Casarse con Rainey era como haber emprendido una aventura que duraría toda la vida.

Ella deseaba tener hijos de inmediato. Él en el fondo también quería, pero le había dicho que no quería meterle prisa. Entonces, Rainey le había pedido que cerrara los ojos mientras ella tomaba su cuaderno de dibujo. Al darle permiso para que volviera a abrirlos, Payne había mirado el cuaderno. Ella había titulado el dibujo «Nuestro primer pequeño ingeniero». Había dibujado a un niño de seis meses, vestido con sombrero y botas. Iba montado sobre los hombros de Payne. El parecido entre padre e hijo era inconfundible. Aquello había tocado una parte del corazón de Payne cuya existencia éste desconocía. Los ojos verdes de Rainey brillaban.

–Hice este dibujo la primera noche que pasaste en casa de mis padres. Como no podía meterme en la cama contigo a escondidas, hice lo que pude para sentirme cerca de ti.

Payne sabía por experiencia que su esposa tenía el don de la clarividencia. Como si tuviera una revelación, comprendió que aquel bebé haría su aparición en algún momento. Dejó el cuaderno a un lado y le tendió los brazos.

–A partir de ahora, pienso estar tan cerca de ti que acabarás pidiendo clemencia.

–Me temo que será al revés –admitió ella con un trémulo susurro.

–Entonces, somos el hombre y la mujer más afortunados de la tierra.

–Sí, lo somos –musitó ella antes de que la pasión volviera a apoderarse de ellos el resto de la noche.

Payne apretó contra su pecho a Rainey, que seguía durmiendo. Luego se apartó de ella y salió sigilosamente de la cama, ansioso por ver lo que había estado dibujando. Encontró su mochila y sacó el cuaderno de dibujo. Tras observar otra vez al pequeño ingeniero, volvió la página y se encontró cara a cara consigo mismo.

Era la ilustración de la portada de *Fusión en Manhattan*. Pero entre sus brazos había una mujer diferente y la mirada de sus ojos también era distinta. Esta vez, sostenía en un abrazo a su adorable esposa. Los dos iban vestidos con trajes de boda. Él llevaba la alianza de oro en el dedo y ella el anillo de compromiso y la sortija de boda. El cuadro que colgaba de la pared de su despacho mostraba ahora la casa de Crag's Head y el velero. Sobre la mesa, junto a la de Winston, había otra fotografía. En ella se veía a Bruno.

La expresión trémula y apasionada de sus rostros hizo que se le llenaran los ojos de lágrimas. Rainey había fechado el dibujo, titulándolo «La mirada del amor». La emoción le puso un nudo en la garganta.

—Quería plasmar nuestra noche de bodas para que la tuviéramos para siempre —Rainey, que se había acercado a él por detrás, rodeó su pecho con los brazos y apoyó la mejilla contra su espalda—. Te amo tanto que no quiero que esa mirada desaparezca nunca.

Él dejó el cuaderno de dibujo a los pies de la cama. Se dio la vuelta y tomó la preciosa cara de Rainey entre sus manos.

—Lo colgaremos en nuestra habitación. Será la estrella que nos guíe en nuestra travesía por la vida.

—Sí... —musitó ella mientras sus ojos se llenaban de lágrimas.

Payne bajó la cabeza y besó sus ojos salobres antes de arrastrarlos a ambos al lugar que el destino les tenía reservado.

EPÍLOGO

RAINEY...
   —¿Sí, Betty?
   —Hay alguien que quiere verte.
   Rainey estaba esperando que su marido llegara a casa en cualquier momento.
   —¿Quién es?
   —Quiere que sea una sorpresa.
   Por razones de seguridad, nadie entraba en Crag's Head a no ser que fuera de la familia. A menos que... ¿Sería Drew Wallace? Drew y su mujer habían estado de vacaciones en Canadá. Tal vez Drew hubiera decidido hacerles una visita a su regreso. El pobre Payne tenía una montaña de trabajo.
   Cuando Rainey le recordaba que no debía esforzarse tanto, él le contestaba que aquella montaña de trabajo significaba que su compañía seguía funcionando, por lo cuál debían mostrarse agradecidos.
   —Enseguida bajo, Betty.
   Rainey estaba embarazada de ocho meses y ya no se movía con tanta agilidad como antes. A veces tenía que pararse en las escaleras para librarse de un calambre en la pierna antes de dar otro paso. Winston era un encanto. Se paraba en el escalón, junto a ella, y la esperaba. A Payne todo aquello le parecía muy divertido. Sus ojos azules brillaban cada vez que la veía. Estaba deseando ser padre. Iban a tener un niño. Catherine y Linda ya se habían ofrecido a cuidarlo. Los abuelos estaban encantados. Los padres de Rainey llegarían en avión desde Colorado en cuanto su hija se pusiera de

parto. Craig iría para el bautizo. Todo estaba preparado para el gran acontecimiento.

Todavía ataviada con su bata de pintor, que funcionaba a las mil maravillas como vestido de premamá, Rainey dejó el pincel y salió de la habitación del niño para ver quién había llegado. Sólo le quedaba pintar un búho asomado al agujero del árbol para completar el mural que estaba haciendo.

Winston estaba a su lado. Cuando llegaron al escalón de abajo, Rainey oyó que la llamaban y se volvió hacia el cuarto de estar. Una guapa morena de largas piernas, vestida con un traje lila, echó a andar hacia ella.

—¡Diane! —exclamó Rainey, incrédula—. ¡Pero mírate...!

La otra mujer sonrió, radiante.

—Lo mismo iba a decirte yo.

Diane se detuvo ante Rainey. Se miraron la una a la otra un momento mientras silenciosos mensajes fluían entre ellas. Luego se abrazaron. Cuando al fin se soltaron, las dos reían y lloraban al mismo tiempo.

Rainey se enjugó los ojos.

—No sabes lo que va a significar esto para Payne.

—Sí que lo sé —dijo Diane—. Y ver esto le quitará todos los remordimientos —alzó la mano y Rainey vio una alianza de oro en su dedo anular—. Ahora soy la señora Unte. Karl, mi marido, es uno de los médicos que conocí en la clínica de Suiza. También estamos esperando un hijo, pero yo sólo estoy de seis semanas. Vivimos en Zúrich y esta es la primera vez que venimos de visita a casa de mis padres. Me gustaría que Payne y tú vinierais a cenar esta noche, si podéis. Sé que es muy precipitado, pero acabamos de llegar y estaba deseando veros.

—Has hecho muy bien en venir —el corazón de Rainey palpitaba con fuerza de emoción—. Creo que oigo llegar el helicóptero. ¿Por qué no sales y le invitas en persona?

—¿Crees que estará bien?

—¿Cómo se te ocurre hacerme esa pregunta?

Diane sonrió y se dirigió al vestíbulo. Rainey la siguió lentamente, maravillada porque la otra mujer pudiera caminar después de todo lo que había sufrido.

Aquel era un momento delicado para dos personas que habían vivido juntas una espantosa experiencia. Rainey se quedó en la puerta para observarlos desde lejos.

Payne ya había visto a Diane. El helicóptero había tomado tierra. Diane corrió hacia él, agitando las manos.

Cuando vio que su marido se bajaba de un salto y abrazaba a Diane con todas sus fuerzas, Rainey sintió que le faltaba la respiración. Payne y Diane pasaron dos o tres minutos conversando. Las risas de ambos llenaban el aire.

Dos personas habían salido de prisión. Su felicidad era completa. Y la de Rainey también.

Ésta se apoyó contra la jamba de la puerta, esperando que el hombre más maravilloso del mundo se lo contara todo. No tuvo que esperar mucho. En cuanto Diane se marchó en su coche, Payne se acercó corriendo a ella.

Mientras él se acercaba, Rainey advirtió en su rostro un ingrediente que hasta entonces había faltado en su matrimonio. Una expresión de paz. El único e inestimable regalo que hacía falta para que su amor fuera completo.

Rainey comprendió que aquello era lo que Payne intentaba decirle cuando la estrechó entre sus brazos y rompió a llorar.

JAZMÍN™

CAROLINE ANDERSON
AMOR
VERDADERO

CAPÍTULO 1

OTRA VEZ, no!
Patrick colgó el teléfono y se levantó de la silla. Al hacerlo, estuvo a punto de pillarle el rabo al perro que se limitó a moverlo creyendo que lo iban a sacar de paseo.

–Lo siento, Dog, no te toca –murmuró Patrick poniéndose la cazadora.

El perro lo miró con ojos lastimeros, así que Patrick le dio una galleta y se fue. No iba a tardar mucho. No solía tardar mucho la verdad aunque la última vez la chica le había dado pena.

Sacudió la cabeza para apartar los recuerdos de aquella ocasión y fue hacia el ascensor. Si aquella chica creía que iba a ganarle en un juicio por paternidad, ya podía ir dándose cuenta de que tenía más posibilidades de que le tocara la lotería.

Patrick se acordaba perfectamente de todas las mujeres con las que había tenido relaciones sexuales. De hecho, seguía siendo amigo de todas, así que era imposible que una desconocida le hiciera creer que era el padre de su hijo.

Cuando se abrieron las puertas del ascensor,

Patrick vio a una jovencita con un bebé llorando en brazos.

¿Es que todas empleaban las mismas tácticas? Muy bien, pero no le había dado resultado a la primera y no le iba a servir tampoco a aquella.

–¿El señor Cameron?

Al menos, en eso era diferente. No lo había llamado «Patrick, cariño». Se quedó mirándola unos segundos, fijándose en su pelo rubio recogido en una coleta, en sus ojos claros y decididos, los labios carnosos y desprovistos de maquillaje y la cazadora que marcaba sus voluminosos pechos y su estrecha cintura.

–¿Nos conocemos? –preguntó Patrick sabiendo cuál era la respuesta y sintiéndolo de alguna manera.

Qué estupidez. Aquella chica no era más que otra cazafortunas.

–No… no nos conocemos –contestó arrullando al niño.

A Patrick su voz le pareció dulce, melosa y atractiva.

–Conocía a mi hermana… Amy Franklin. Vino hace unas semanas a verlo.

Ajá.

–Y ya le dije que no la conocía de nada.

–Y yo no lo creo. Tengo pruebas…

–Perdone, pero, ¿es ese su coche?

Ambos se giraron hacia Kate, la recepcionista, que estaba señalando un vehículo que estaba formando un atasco fenomenal y que se estaba llevando la grúa.

—Madre mía —comentó Patrick mirando el dos caballos.

Era rosa con muchas flores y parecía sacado de la época hippy.

—¿Cómo se atreve? —dijo la joven dándole al bebé y yendo a hablar con el conductor de la grúa.

—Madre mía —repitió Patrick entregándole el bebé a las sorprendida recepcionista y siguiendo a la joven.

¿Cuánto le iba a costar aquel episodio? Seguramente, más de lo que costaba el coche.

—Perdone, pero esta joven estaba intentando entrar en nuestro aparcamiento. Lo que ha pasado es que se le ha calado el coche y no ha podido hacerlo —le explicó al conductor de la grúa adelantándose a la chica—. Acababa justo de entrar en el edificio para llamar a una grúa, así que si quiere le pago por las molestias y…

—Lo siento, amigo, pero las normas son las normas —dijo el hombre—. Tengo que llevarme el coche porque está obstruyendo el paso. Tendrá que venir a buscarlo al depósito… aunque no sé si le va a valer la pena porque este coche más que un coche es un cacharro. Si no fuera porque tiene que ir a pagar la multa, yo no iría ni a recogerlo.

Patrick opinaba lo mismo. ¡Menos mal que no era su coche!

—¿Y esa multa de la que habla… de cuánto es?

–preguntó la chica dándole a Patrick un codazo en las costillas.

El conductor de la grúa contestó y la chica no pudo evitar exclamar que aquello era un robo, ante lo que el hombre se limitó a encogerse de hombros.

–Haber venido en metro, guapa.

–¡Pero si se me ha parado! –insistió la chica retomando la mentira de Patrick como una actriz profesional–. Ya se lo ha dicho este señor.

–Sí, y los burros vuelan. Mira, guapa, no lo puedo bajar porque ya he hecho el papeleo y me cuesta más que…

–Mi sueldo –dijeron Patrick y ella al unísono.

El hombre los miró enfadado.

–Cómo se nota que hay algunos que no tienen que preocuparse por el dinero.

Patrick suspiró y se pasó los dedos por el pelo, pero la chica siguió hablando.

–¡No me meta a mí en ese saco! Yo claro que me tengo que preocupar por el dinero. ¿Por qué se cree que tengo si no este coche? ¡No se lo puede llevar! Además, tengo todas las cosas del niño dentro y tiene hambre…

–¿Qué niño? –dijo el hombre mirando a su alrededor preocupado.

–Tranquilo, el niño está dentro –le dijo Patrick–, pero es cierto. Todas sus cosas están en el coche.

El conductor suspiró aliviado. Menos mal que el niño no estaba en el interior del coche.

–No debería hacer esto, pero está bien… Le doy un minuto para que saque sus cosas.

–Pero yo lo que quiero es que me dé el coche.

–Haga lo que le dice –intervino Patrick mirando el enorme atasco que se estaba formando detrás de la grúa–. Ya irá a recogerlo luego.

–Querrá decir, cuando tenga dinero –murmuró ella–. Además, ¿cómo me voy a llevar al niño a casa sin coche?

Patrick sintió que el alma se le caía a los pies. Se tocó la cartera y se dijo que no había otra salida.

–No se preocupe por eso ahora. Limítese a recoger sus cosas.

Cinco minutos después, el vestíbulo de su empresa estaba abarrotado de cosas que, en total, debían de valer menos que la calderilla que llevaba en el bolsillo y la chica estaba mirando cómo se llevaban su coche con la multa en la mano.

–¿Y ahora qué? –se preguntó Patrick.

–Voy por una caja –dijo Kate dándola al niño y desapareciendo.

Patrick miró al niño, que resultó ser una niña, y sintió compasión. La pobre no tenía culpa de nada, pero estaba claro que necesitaba un pañal seco y, probablemente, una siesta.

–Démela –dijo la joven tomándola en brazos y arrullándola como si llevara toda la vida haciéndolo.

–Ya, ya, cariño. Ya está, Jess –le dijo.

Patrick se fijó en que se le había caído la multa al suelo, así que la recogió y se la metió en el bolsillo disimuladamente. Ya se encargaría de eso más tarde.

Kate volvió con un par de cajas de cartón y comenzó a recoger los trastos que habían salido del coche. Patrick se agachó para ayudarla y la niña se puso a berrear.

—Si quiere, ya me ocupo yo de esto —dijo la recepcionista mirando al bebé con pena—. ¿Por qué no sube usted con la señorita Franklin a su casa para que pueda cambiarla?

Patrick suspiró resignado y guió a la chica hasta el ascensor.

—Necesito la silla y la bolsa azul —dijo ella.

Patrick obedeció y le dio las gracias a Kate, que seguía recogiendo.

—Te debo una —le dijo—. ¿Le puedes decir a Sally que se ocupe de mis llamadas?

La recepcionista asintió y Patrick se concentró en el problema que se le iba encima.

—Vamos a cambiarla para que podamos hablar —dijo recordándose que aquella chica no era más que una chantajista a pesar de que tenía un cuerpo de escándalo y la voz más bonita que había oído en su vida...

—Ahora que está dormida, vamos a ver si arreglamos la situación —dijo Patrick decidido a controlar una situación que amenazaba con convertirse en un caos–. Ya le he dicho que no conozco a su hermana. Ya se lo dije a ella cuando vino a verme y lo que no me explico es por qué la ha mandado a usted. Desde que la vi, no ha cambiado nada.

La chica lo miró con sus preciosos ojos grises.

–Se equivoca. Todo ha cambiado. Tres días después de venir a verlo, mi hermana murió de sobredosis, de lo que le hago responsable, por cierto. De eso y de la niña. Como ve, todo ha cambiado.

Patrick sintió que el color le abandonaba el rostro. Recordó a la hermana, delgada y con ojos tristes. Estaba muerta y la señorita Franklin había ido a verlo para pedirle cuentas.

A pesar de lo que ella creía, nada había cambiado. La niña no era hija suya y, el hecho de habérselo dicho a la madre, que lo debía de saber ya, no le hacía responsable de su muerte.

–Siento mucho lo de su hermana –dijo amablemente–. Si pudiera ayudarla lo haría, pero, de verdad, todo esto no tiene nada que ver conmigo.

–Buen intento, pero no me engaña –contestó la chica–. Tengo fotografías.

Patrick sintió que el corazón le dejaba de latir.

–¿Fotografías?

–Sí, fotografías comprometedoras, ya sabe…

Sí, Patrick ya sabía y no pudo evitar estremecerse a pesar de que debían de ser falsas.

–Hoy en día, cualquiera con una cámara digital y un poco de imaginación puede hacer cualquier cosa.

–¿Ah, sí? ¿Aquí? ¿En su casa? ¿En ese sofá de la ventana? ¿En la misma habitación donde he cambiado a Jess? ¿En el jardín de la azotea? ¿Cómo? ¿Alguien de su equipo quizás? Venga, señor Cameron, no puede engañarme. Solo me queda la prueba de ADN y, si no accede a hacérsela por las buenas, se la hará por las malas porque pienso llevarlo a juicio y ganar, se lo aseguro.

A Patrick no le cabía la menor duda.

–Haga que le hagan análisis a la niña. Mi ADN ya está recogido porque no es la primera vez que alguien se intenta aprovechar de mí de esta manera. Su hermana no ha sido la primera a la que se le ocurrió la idea y me temo que no será la última. No se preocupe, le haré llegar la información.

–Muy bien, hágalo porque de lo contrario, en una semana, las fotografías saldrán publicadas en prensa –le dijo sacando una tarjeta doblada de la bolsa azul–. Tenga. Si el lunes que viene no he sabido nada de usted, lo llamará mi abogado. ¿Le importa pedirme un taxi? Vendré a buscar el resto de las cosas uno de estos días.

Patrick estuvo a punto de decirle que se fuera dando un paseo, pero vio a la niña dormida y su ira se evaporó.

La pobrecita no tenía la culpa de todo aquello y además su casa estaba muy lejos. Miró la tarjeta.

Suffolk. Señorita Claire Franklin, Lower Valley Farm, Strugglers Lane, Tuddingfield, Suffolk.

Una dirección muy bonita, pero aquella chica no tenía pinta de ganadera. ¿Por qué vivía en una granja? ¿Trabajaría allí? ¿Sería niñera de los dueños? Desde luego, nada muy bien pagado, a juzgar por su coche y sus comentarios sobre el dinero.

Claire. Bonito nombre. Qué curioso que un nombre que, hasta entonces, le había parecido normal y corriente hubiera adquirido de repente tanta musicalidad.

—¿Cómo va a ir a casa? —le preguntó—. ¿Tiene dinero para el tren?

—Ya me las arreglaré —contestó tras dudar.

Patrick suspiró, abrió la cartera y dejó varios billetes sobre la mesa.

—Tome, con esto supongo que tendrá suficiente para tomar un taxi hasta casa.

Claire miró la cantidad de dinero y enarcó las cejas.

—Se debe usted de sentir muy culpable, señor Cameron.

Patrick consiguió no enfadarse.

—En absoluto, señorita Franklin, tengo la conciencia muy tranquila y así quiero que siga estando. ¿Va a aceptar el dinero como una persona inteligente o va a hacerse la dura y va a conseguir que la niña sufra el largo trayecto de regreso en metro y en tren?

Claire dudó, pero tomó el dinero y se lo metió en el bolsillo del pantalón.

–Se lo devolveré –prometió.

Y, extrañamente, Patrick la creyó.

Se puso el abrigo y se quedó mirándolo.

–Voy a llamar al taxi –dijo Patrick por fin.

Llamó a Kate para que lo hiciera, pero cambió de opinión sobre la marcha.

–Mejor dicho, llama a George. Lo de siempre.

Colgó y escoltó a su visita hasta el ascensor.

–Van a llevarle también sus cosas para que no tenga que volver –le dijo tendiéndole la mano–. Adiós, señorita Franklin.

–Adiós –murmuró ella estrechándosela con gracia y decisión–. Una semana, ya sabe –añadió antes de que las puertas se cerraran–. Luego, el infierno.

Patrick le aguantó la mirada hasta que las puertas se cerraron, se encogió de hombros y entró en su casa. Que hiciera lo que quisiera. Era imposible que la niña, por muy mona que fuera, fuese suya.

Si Will siguiera con vida, le habría echado la culpa a él. No habría sido la primera vez que su hermano lo había metido en un buen lío. Se imaginó a su gemelo recibiendo a mujeres allí, diciéndoles que era Patrick y presumiendo de un dinero que no era suyo.

De pequeños habían vuelto locos a muchos profesores e incluso a alguna novia haciéndose pasar el uno por el otro, pero las cosas habían cambiado.

Habían madurado.

Por lo menos, él.

Will nunca se había parado a pensar en las consecuencias de sus actos. Como, por ejemplo, comprar aquel perro. Le había dado pena verlo en la calle y se lo había llevado a casa, pero poco después se había desentendido de él porque era demasiado trabajo.

Si no hubiera sido por Patrick, Dog habría acabado en la perrera. Él se preocupaba por el perro y lo sacaba a pasear siempre que podía.

¡Aunque todavía no le había puesto nombre!

Llamó al ascensor y, al entrar, vio en el suelo un conejito rosa. Debía de ser de la niña. Maldición. Decidió dárselo a Kate para que se lo hiciera llegar. Parecía que el bebé le había gustado y, además, Sally, su secretaria, le haría demasiadas preguntas.

Al entrar en su despacho, lo metió en un cajón justo cuando entraba Sally.

—¿Todo bien? —preguntó ella con curiosidad.

—Bien —mintió Patrick—. Voy a llevar a Dog un rato al parque —anunció.

Cinco minutos después, estaba en el vestíbulo con el perro y fingió no ver a Kate, que le hacía señas desesperadas mientras hablaba por teléfono. Obviamente, era para él.

Una vez en el parque, en la paz y la serenidad que lo rodeaba, se le ocurrió algo horrible.

Estaban a principios de abril y Will había muerto poco más de un año. Si la niña tenía más de cuatro meses, podía ser suya.

Y, como era gemelos exactos, el ADN era el mismo.

–No tiene usted que pagar nada –dijo el taxista–. Lo ha pagado el señor Cameron.

–Oh –dijo Claire confusa–. ¿Está usted seguro?

–Completamente.

–Pero si me ha dado dinero...

George se rió encantado.

–Si fuera un canalla, se lo aceptaría, pero como no lo soy lo que le digo es que se lo quede y que no se preocupe. El señor Cameron se lo puede permitir.

–Muchas gracias –dijo Claire entrando en su casa de campo.

El dinero que aquel hombre le había dado le quemaba en el pantalón. Pos supuesto, se lo iba a devolver... después de sacar el coche del depósito, claro.

Más bien, en cuanto encontrara un trabajo. Mientras daba de comer a Jess, la bañaba y la acostaba, se preguntó cómo lo iba a hacer si no tenía dinero ni siquiera para pagar el teléfono. Y, sin teléfono, era imposible conseguir el trabajo freelance que ella quería.

La ironía era que Patrick Cameron era arquitecto y que, probablemente, tendría sitio para contratar a una delineante. ¿Y si se lo pedía? ¿Por qué no? Así, podría hacerse cargo de la niña de forma independiente.

¿Independiente? Se rió. Si hiciera eso, sería más dependiente que él que nunca y no quería eso. Tampoco quería que se interesara por la niña. No, lo que quería era que le diera suficiente dinero como para poder pagar a una niñera unas horas al día para poder trabajar y salir de la crisis económica en la que se encontraba.

La idea era saldar sus deudas y poder pedir un crédito al banco para arreglar el cobertizo y convertirlo en un taller de pintura.

Lo tenía todo pensado. Ella podía vivir en la planta de arriba y tener abajo una gran cocina y el estudio. Los huéspedes podrían alojarse en la casa y todo arreglado.

Así, podría ganar dinero, dar rienda suelta a su vena creativa y cuidar de la niña.

Sí, lo tenía todo planeado excepto cómo pagarlo.

Patrick Cameron tenía mucho dinero y debía darle un futuro a su hija, así que no creía que le estuviera pidiendo demasiado.

Estaba segura de que en menos de una semana tendría noticias de él. Teniendo en cuenta su posición social, no podía permitirse un escándalo tan grande. Una vez que hubiera visto las fotografías de Amy, no iba a poder seguir negando que la conocía.

Luego, las pruebas de ADN y ninguna sombra de duda.

Claire se preguntó cómo lo llevaría porque le había parecido todo un caballero. ¿Por qué se empeñaba en negar lo evidente?

¿Cuál de las dos facetas era la verdadera? ¿Quién era el Patrick Cameron de verdad?

Claire se descubrió queriendo verlo de nuevo.

No era porque le interesara. Claro que no. Había sido la pareja de Amy y eso hacía que estuviera fuera de sus límites. Además, aquel pelo oscuro y ondulado y aquellos ojos verdes amables y penetrantes no le habían atraído lo más mínimo. Bueno, un poco, pero sólo porque era el padre de Jess.

Y qué cuerpo. Ejem, no, sólo lo había en las fotos y tampoco le había prestado demasiada atención.

¡Mentirosa!

Prefería no admitirse a sí misma que aquel hombre tan rico, cuyo trabajo admiraba y respetaba tanto y que era el más guapo que había visto en sus veintiséis años de existencia le interesaba.

Y prefería hacerlo porque sabía que no tenía ninguna posibilidad. Ella no era nadie. Sólo una decoradora de interiores frustrada, una artista gráfica que nunca había llegado a nada y que trabajaba en lo que fuera para poder vivir.

Se rió de sí misma con pena.

—Oh, tía Meg, ojalá supiera qué hacer –suspiró

pensando en la mujer que había impedido que la niña y ella estuvieran en la calle.

Miró por la ventana y se fijó en el cobertizo. Podía venderlo, claro, pero eso significaría el final de su sueño.

¿Y si Patrick Cameron resultara ser un ángel disfrazado? Ojalá. Tenía que esperar un poco.

Patrick miró el informe de ADN que el laboratorio le había hecho un año antes. Al final, no había sido necesario porque la joven había confesado que lo había hecho todo para conseguir dinero.

Aun así, allí estaban las pruebas de sus células, las células que lo hacían único e intransferible.

Suspiró.

Will solía bromear diciendo que era su clon y, poco antes de morir, insistió en hacer cosas por sí mismo, en dejar de vivir a la sombra de su hermano.

Por eso, se había ido a Australia y dos semanas después había muerto en un estúpido accidente de surf.

Y ahora resultaba que podría tener una hija.

Patrick guardó el informe en el sobre y se lo metió en el bolsillo de la chaqueta. El dos caballos ya estaba en el aparcamiento y había llegado el momento de irse.

Le puso la correa a Dog y lo subió al coche

mientras se preguntaba si llegaría hasta Suffolk. En la M11 decidió que no.

Andaba mal, era incómodo y peligroso, pero llevárselo a la señorita Franklin le había parecido lo justo. ¿No sería que quería que le diera las gracias? No. ¿Por qué iba a quererlo?

¡Desde luego, ya se las podía dar porque se estaba jugando la vida en aquella chatarra rosa entre todos aquellos camiones!

Aquel coche podía ser todo un clásico, pero debía de tener más de treinta años, más o menos como él, y bastantes más que Claire Franklin.

Claire.

Paladeó su nombre y recordó sus ojos, su boca, su olor...

¿La había visto hacía sólo dos días? Se le antojaba una eternidad.

También llevaba el conejito rosa y se preguntó si la niña lo habría echado de menos. Jess se llamaba, ¿verdad? ¿Jessica? ¿Jessamy? ¿Jessamine?

Se sorprendió al darse cuenta de que le apetecía volver a verla. ¡Pero si él odiaba a los bebés! Sí, pero aquél podía ser la hija de Will, su último legado al mundo y, por lo tanto, sólo por eso quería verla.

¡El hecho de que tuviera una tía muy guapa no tenía nada que ver!

CAPÍTULO 2

CLAIRE oyó el coche mucho antes de verlo.Si la cortadora de césped no se hubiera dado contra una piedra, no lo habría oído, pero como la cuchilla se había partido…

Sudada y enfada, salió de debajo de la cortadora y se encontró con una piernas muy largas enfundadas en unos inmaculados pantalones, con un cuerpo de camisa beis y con unos ojos verdes increíbles.

–Señor Cameron –saludó.

–Señorita Franklin.

Se puso en pie aceptando la mano que aquel hombre le ofrecía y se dijo que no había esperado verlo tan pronto.

Allí estaba el coche de Amy y, a juzgar por la cara de Patrick Cameron, traerlo hasta allí no había sido precisamente un placer.

–¿Dónde está la niña? –preguntó sin más preámbulo.

Claire sintió que el vello de la nuca se le erizaba. Debía de parecerse a la perra, que estaba dentro durmiendo con Jess en lugar de haber salido a ladrar un poco al desconocido.

–Durmiendo. ¿Por qué? –contestó.

Patrick se encogió de hombros.

–No, por nada, porque como usted está aquí fuera… ¿Quién la está cuidando?

–Yo –contestó Claire irritada–. ¿Algún problema?

–Sí, que desde aquí no la oye. Debería estar más cerca.

–Estoy cerca. La casa está sólo a quince metros y, además, la perra está con ella.

En ese momento, apareció Pepper ladrando como una furia.

–Ya, ya –dijo Claire.

Entonces, la perra corrió hacia el coche y se puso a dos patas en la puerta.

–Ah, Dog –dijo Patrick.

–¿Dog? –dijo Claire.

–Sí, mi perro –le aclaró Patrick–. Está en el coche. ¿Pasa algo si lo suelto? Quiero decir, por Pepper…

–No, a Pepper le encanta estar con otros perros. ¿Y a él? Quiero decir, lo último que necesito es una factura del veterinario.

–No, Dog está acostumbrado a estar con otros perros en el parque –contestó abriéndole la puerta.

Dog y Pepper se olieron y se miraron con cautela.

Claire, acostumbrada a su perra, de pelo rubio y orejas pequeñas, se quedó pasmada al ver al otro, que era más pequeño que ella, negro y con unas orejas tan grandes como las de un pastor alemán a pesar de que él debía de ser mezcla de terrier, labrador y collie.

A Pepper no parecía importarle que fuera un chucho.

—Mucho más directos que las personas —murmuró Patrick mientras los perros daban vueltas oliéndose el trasero.

Claire se encontró riendo.

—Aun así, prefiero ser persona —dijo viéndolo sonreír.

Inmediatamente, Claire sintió una fuerza sobrecogedora en la tripa. ¡No era de extrañar que Amy se hubiera enamorado de él!

Amy. Se recordó que eso era lo importante. Amy.

—Gracias por traerme el coche —dijo—. ¿Cuánto le debo?

—¿A mí? —dijo Patrick sorprendido—. Nada. Tenía que venir de alguna manera, ¿no?

—Y mi coche era lo mejor que tenía a mano, ¿verdad? ¡Venga ya!

Patrick se rió.

—Está bien, admito que me alegro de no tener que volver a conducirlo de nuevo, pero hemos llegado bien, ¿eh?, lo que por otra parte me sorprende.

A Claire, también, pero no se lo dijo. Seguro que se estropearía la próxima vez que lo pusiera en marcha, como la cortadora de césped, la lavadora y todo lo demás.

–¿Problemas? –preguntó Patrick mirando la máquina.

Claire puso los ojos en blanco y suspiró.

–Me he dado con una piedra y creo que he partido la cuchilla. Ya le diré a John que me la mire.

–¿John?

–Un mecánico milagroso que conozco –contestó Claire–. Por cierto, George no quiso que le pagara el otro día, así que le debo ese dinero y el que me dio.

Patrick se encogió de hombros.

–Se lo cobraré en especias –dijo–. Ha sido una mañana dura con su coche, así que un café me sentaría bien.

–No tengo. Sólo hay té y no he comprado leche, así que va a tener que dejar que le devuelva el dinero –insistió Claire.

–El té solo me encanta –dijo Patrick.

Claire se encogió de hombros y abrió la marcha hacia la casa. Al llegar a la cocina, donde Jess había abierto ya un ojo, quitó a la gata de la única silla decente que había y le dijo a Patrick que se sentara.

–Una cocina muy bonita –dijo él mirando a su alrededor con curiosidad.

Claire estuvo a punto de soltar una carcajada. La cocina estaba vieja, los armarios medio caídos y las paredes necesitaban una mano de pintura.

—Creía que era arquitecto —dijo con sarcasmo.

—Así es —sonrió él—. Me paso la vida diseñando cocinas de acero dignas de un cohete espacial que no se pueden tocar por si se deja la marca de los dedos. En esta, sin embargo, se puede meter a un perro lleno de barro y no pasa nada. Me recuerda a la de mi abuela... era acogedora, tranquila...

Claire miró a su alrededor con los ojos de Patrick y vio el fogón negro que no podía arreglar por falta de dinero, el fregadero de piedra, los armarios de madera maciza, cosas que todo el mundo quería, pero nuevas aunque con aspecto envejecido.

De locos.

La vajilla de porcelana azul y blanca también estaba de moda. Además, la cocina tenía grandes ventanales que daban al campo y desde los que se veía la torre de la iglesia al fondo.

Sí, lo cierto era que tenía encanto y que a ella le gustaba. Menos mal porque tampoco tenía dinero para reformarla. Lo había hecho sola hasta que había muerto Amy, pero después había tenido que ocuparse de Jess y adiós a la casa.

—¿Le gusta el té muy fuerte? —preguntó.

—No mucho —contestó Patrick—. ¿Tiene limón? No he dicho nada.

—Lo siento, pero no hay. No sé si, al final, le va a merecer la pena haberse tomado la molestia de traerme el coche.

—No he venido por eso.

Claire ya se lo imaginaba y supuso que, de un momento a otro, se iniciaría la pelea.

Sirvió dos tazas de té y por enésima vez aquel día deseó tener leche. Había probado la de Jess, pero no era lo mismo.

—¿Por dónde quiere empezar? —dijo girándose hacia él y agarrando al toro por los cuernos.

—Por las fotografías —contestó Patrick.

—Ya.

Dejó las tazas sobre la mesa y fue por ellas. No le gustaba verlas. No era que fuesen sórdidas, no lo eran, pero eran íntimas, revelaban sentimientos que nadie más que los implicados deberían ver.

Bueno, al fin y al cabo, aquel hombre era uno de ellos, ¿no? Ella, si no quería, no tenía por qué verlas de nuevo.

—Tome —dijo entregándoselas.

Patrick abrió el sobre y miró las fotografías con una expresión extraña. Claire lo observó mirarlas una y otra vez.

Al cabo de un rato, las guardó y la miró con tristeza.

—Será mejor que se siente —le dijo.

Claire obedeció preguntándose por qué se había puesto así al ver las fotografías. ¿Sería porque verdaderamente había amado a Amy?

—El hombre de esas fotos no soy yo —dijo Patrick—. Es mi hermano gemelo.

Claire lo miró fijamente y se rió.

–Muy bueno –dijo–. Podría haber colado, pero Amy se refería a usted llamándolo Patrick. ¿Su gemelo también se llamaba así?

–No, se llamaba Will y, a veces, se hacía pasar por mí. Solíamos hacerlo de pequeños y, por lo visto, a él le gustaba seguir haciéndolo. Murió hace un año en Australia.

–¿Murió? –repitió Claire horrorizada.

Eso quería decir que iba a tener que vender la casa porque con el cobertizo no iba a tener ni para empezar con las deudas de Amy.

–¿En qué fecha se tomaron las fotografías?

–Está puesto en la parte de atrás del sobre –contestó Claire–. Creo que en marzo.

Patrick miró el sobre y asintió.

–Encaja. Entonces, yo estaba en Japón firmando un contrato. Will se quedó en mi casa una semana. ¿Cuándo nació la niña?

–Dos semanas antes de Navidad.

Patrick asintió y miró a Jess.

–No se parece a Will.

–Es igual que Amy.

Patrick volvió a asentir.

–Ojalá se pareciera a mi hermano –suspiró–. Como recuerdo, ¿sabe? Habría sido bonito.

–Le basta con mirarse al espejo todos los días, ¿no? –sonrió Claire con tristeza.

–No es lo mismo –contestó Patrick levantándose–. Le he traído una cosa. Voy por el abrigo–añadió yendo al coche.

Claire lo siguió pensando en lo que acababa de suceder. Así que no era el padre de Jess…Claro que demostrarlo iba a resultar difícil porque, por supuesto, su ADN sería igual que el de su hermano.

Desde luego, físicamente eran exactamente iguales.

¿Acaso no era fácil decir que Jess era de su hermano ahora que estaba muerto?

Pero no parecía una mala persona.

¡Con lo bien que se le daba a ella juzgar a las personas! Sin ir más lejos, su propia hermana la había engañado durante años y había hecho con ella lo que había querido.

Patrick podría ser un mentiroso también y ella no tendría por qué darse cuenta. Aquella situación era horrible. No quería dudar de él, pero no podía evitarlo.

–Tome –le dijo Patrick sacándose un sobre del bolsillo mientras volvían a la cocina.

Claire lo miró con recelo.

¿Una carta de su abogado advirtiéndole que la denunciaría si entregaba las fotografías a la prensa? ¿Un cheque, quizás?

–Es el informe del laboratorio de ADN –dijo Patrick sacándola de dudas–. Está todo explicado. Tiene que llevar a la niña al médico de cabecera y que le hagan unos análisis normales. Luego, los manda con la carta y el cheque que hay en el sobre y ellos se encargarán de hacer las pruebas. Si es hija de Will, y desde luego el de las fotos es él, el ADN será el mismo.

—¿Cómo sé yo eso?

Patrick enarcó una ceja.

—¿Cómo que cómo lo sabe? Porque somos idénticos.

—Exacto. ¿Cómo sé que no es usted?

—Porque ya le he dicho que estaba en el extranjero.

—Sólo tengo su palabra.

—Suele bastar —dijo Patrick secamente—. En cualquier caso, es fácil. Aparte de los visados del pasaporte y las actas de las reuniones a las que fui, a Will lo operaron de apendicitis y a mí, no. Si se fija, en las fotos, tiene una cicatriz —añadió sacándose la camisa del pantalón y bajándose la cinturilla del calzoncillo para mostrarle que lo que decía era cierto—. ¿Ve? No tengo cicatriz.

Claire se dio cuenta de que no le mentía y apartó la mirada de aquel abdomen perfecto y peligroso.

—Es cierto, no es usted el de las fotos.

—No, pero como si lo fuera —dijo Patrick pensativo—. Si es hija de Will, me comprometo a hacerme cargo de ella y a darle todo lo que necesite. Al fin y al cabo, es la hija de mi hermano, sangre de mi sangre —añadió mirando a la niña, que estaba despierta y agitando piernas y brazos.

—Le entiendo perfectamente —dijo Claire—.

¿Por qué cree que no he dado la niña en adopción ni nada por el estilo? Es la hija de mi hermana.

Patrick asintió.

—Sí, veo que nos entendemos. Estamos en el mismo barco.

Claire se percató de que de su bolsillo sobresalía la orejilla rosa de un conejo.

—Señor Cameron, ¿eso es un conejito o se alegra de verme? —le preguntó en tono burlón.

Patrick no contestó durante unos segundos y Claire tuvo la impresión de que se había excedido hasta que lo oyó reírse.

—Se me había olvidado —dijo sacándolo—. Me lo encontré en el ascensor. No sabía si lo echaría de menos...

—Todavía es muy pequeña para echar de menos. Sólo tiene cuatro meses. Muchas gracias.

Patrick se lo dio y sus dedos se rozaron. Claire sintió una descarga por el brazo y se apresuró a quitar la mano y a darle el peluche a la niña, que se metió una oreja en la boca.

—Mira, Jess, este es tu tío Patrick —dijo tomando a la niña en brazos—. Dile hola —añadió sentándola en su regazo.

Patrick se quedó de piedra.

—No se rompe, no se preocupe —dijo Claire.

Patrick sonrió desesperado.

—¿Le tengo que sujetar la cabeza? Es lo único que sé.

—No, ya no hace falta. Si la pone de pie en su

regazo, incluso salta, pero no debe dejar que lo haga durante mucho tiempo.

–¿Y cómo sé lo que es mucho tiempo y lo que no? –preguntó algo nervioso.

Claire se rió.

–No es de acero. Con tal de que no se caiga de cabeza, todo irá bien. Son de goma –dijo yendo hacia la puerta.

Necesitaba un rato a solas para asimilar lo que había ocurrido. Patrick la siguió con la mirada.

–¿Dónde va? –preguntó alarmado.

–Al baño. ¿Le importa?

–No, no, en absoluto… es que creía que…

–¿Que me iba a ir? Vamos por pasos, sin prisas –dijo Claire saliendo de la cocina.

–Bueno, Jess, así que eres la hija de Will, ¿eh? –le dijo a la niña mirándose en sus enormes ojos marrones–. Yo soy tu tío Patrick. ¿Qué te parece?

Por la cara que puso, nada. Patrick sonrió.

–No soy mala persona, ya verás. No sé nada de bebés, pero puedo aprender. Tú tampoco sabrás nada de arquitectos ni de tíos, pero también aprenderás, ya verás.

Patrick asintió y la niña parpadeó, así que lo volvió a hacer y aquella vez la hizo sonreír. Al hacerlo, se le cambió la cara y apareció un dientecillo blanco encantador.

Patrick tragó saliva. Tenía un nudo en la garganta tan grande como una pelota de tenis.

–Te parezco gracioso, ¿eh?

La niña se rió y le agarró la nariz.

–¡Ay, menudas uñas! –bromeó Patrick quitándole la mano para que no le arrancara la piel.

Jess le agarró entonces un dedo y se lo metió en la boca.

–No sé si está muy limpio –protestó Patrick.

Pero Claire había entrado de nuevo en la cocina y, al oler su aroma a hierba recién cortada, se olvidó del dedo.

Era como un afrodisíaco y tuvo que hacer un gran esfuerzo para oír lo que le estaba diciendo.

–No se preocupe, no es bueno que todo alrededor de un bebé esté perfectamente esterilizado. No les va bien. Además, no creo que tenga las manos tan sucias.

–Lo decía porque he tocado al perro.

–Sobrevivirá. ¿Le he oído reírse?

Patrick la miró avergonzado. ¿Lo habría oído también a él hablando como un tonto con aquella vocecilla que los adultos ponían a la hora de dirigirse a los pequeños?

–Un poco –contestó.

–Le gusta reírse, ¿verdad? –sonrió Claire mirándola–. Cuantas más tonterías le haces, más se ríe. Le encanta que los adultos hagamos el tonto.

¡El tonto! Así que lo había oído. Bueno, tal vez, fuera un punto a su favor.

* * * * * * *

«Quiero ocuparme de ella, quiero estar ahí cuando empiece a andar y cuando diga sus primeras palabras».

Aquellas palabras que Patrick había dicho no paraban de dar vueltas en la cabeza de Claire. Viéndolo ahí sentado con Jess en brazos, se preguntó qué querrían decir exactamente.

¿Qué quería decir «ocuparse»? ¿Que le mandara fotos? ¿Verla de vez en cuando? ¿O pedir la custodia?

Sintió un escalofrío y se le aceleró el corazón.

No podía ser. No haría algo así. Además, no ganaría nunca porque era hombre.

Sí, ya, pero siempre podía decir que era suya, que él era el padre y no su hermano.

Claire miró las fotografías, la única prueba que tenía de que el hombre con la cicatriz y no el que no la tenía era el padre de la niña. No había negativos ni otras copias, así que...

–Claire, ¿le pasa algo?

Claire dio un respingo y lo miró a los ojos.

–Ha dicho que quería ocuparse de ella –dijo.

–Sí, así es.

–¿Qué quiere decir exactamente? –preguntó yendo directamente al grano.

–No sé –contestó sinceramente–. Supongo que he querido decir que me gustaría verla a menudo. Ya sé que ella vive aquí con usted y yo en Londres, pero...

–Podrá venir a verla siempre que quiera –le

aseguró Claire para que no se le pasara por la cabeza quitársela–. Se puede quedar con nosotras el tiempo que quiera, hay habitaciones. Nunca impediré que la vea.

Patrick la miró atónito.

–¿Cree que le voy a quitar la custodia?

Claire tragó saliva y desvió la mirada.

–No sé. Lo único que sé es que no puedo perderla. Es lo único que me queda de mi hermana –sollozó.

–No sea tonta –la tranquilizó Patrick–. ¿Cómo le iba a hacer algo así? Claro que no. No estoy casado, vivo en un ático justo encima de la oficina que sólo tiene unos metros de jardín y muchos metros de caída hasta la acera. Usted es mujer y se ha ocupado de ella desde que nació y, además, vive en el campo en una zona segura. ¿Cree usted que un juez en su sano juicio me daría la custodia?

Claire cerró los ojos y suspiró.

–Creo que…

–¿Tenía miedo? No se preocupe, no tiene que tenerlo. Lo que sí le advierto es que mis padres van a querer verla también y que vaya a su casa y siempre están los cumpleaños, las navidades y ese tipo de cosas.

Claire asintió. Patrick tenía razón. No iba a ser fácil, pero estando todos de acuerdo y haciendo las cosas por las buenas, podía funcionar.

–Pero vamos por pasos porque me parece que

este saquito de la risa huele un poco mal y necesita a su tía –sonrió Patrick.

«Quiero ocuparme de ella».

Claire sonrió más tranquila.

–Ha llegado el momento de su primera lección de cambio de pañales –le dijo levantándose–. Vamos.

–Pero... ¡si no sé!

–Pues aprende. No es complicado. Todo el mundo puede hacerlo. La cambiamos, le damos de comer y a dormir –dijo Claire mirándolo.

Patrick puso una cara de horror tal que a Claire le costó no estallar en carcajadas.

–Yo me encargo de la comida –se ofreció para librarse del cambio de pañales.

–Ya está hecha –dijo Claire–, pero la próxima vez la hace usted, no se preocupe.

Qué curioso. No parecía agradecido.

CAPÍTULO 3

UNA HORA después, Jess descansaba de nuevo sobre el regazo de su tío. Dog miraba a su dueño confuso. Estaba encantado con tener una compañera de juegos, pero no le gustaba tener a su amo demasiado lejos y esa cosa que tenía sobre las rodillas, ¿qué sería?

Patrick miró al perro y le rascó detrás de las orejas.

—Sólo es una bebé, Dog —le explicó.

¿Sólo? Le dieron ganas de reírse. La aparición de la hija de su hermano en su vida no se podía calificar ni muchísimo menos de «sólo». Aquello iba a ser un cataclismo.

Recordó las fotografías de la chica que había visto hacía unas semanas con el hombre al que no iba a volver a ver jamás. Había crecido con él, jugado con él, se habían peleado, se habían querido y se habían odiado como todos los hermanos hasta que, ya adultos, el amor había prevalecido por encima de todo.

Debían de ser las últimas fotografías de Will

con vida y estaba decidido a que sus padres no las vieran nunca.

No eran sórdidas, todo lo contrario. Eran cariñosas y emotivas y habían sabido captar sentimientos y emociones muy íntimos, lo que no le extrañó pues Will siempre había sido un buen fotógrafo.

Aun así, era mejor que sus padres no las vieran porque iban a hacer muchas preguntas a las que Patrick no tenía respuesta.

La relación entre Amy y Will no era asunto de nadie, sólo de ellos, pero de ella había nacido aquella niña preciosa que lo emocionaba cada vez que sonreía.

–¿Patrick? ¿Está bien? –le preguntó Claire preocupada.

–Sí, sí, sólo estaba…

–¿Quiere que demos un paseo para airearnos? Suelo sacar a Pepper a esta hora y parece que a Dog también le gustaría salir.

Sí, la idea de respirar aire fresco le pareció bien.

–¿Y la niña?

–Se viene también –contestó Claire–. Le encanta salir de paseo. La suelo llevar en una mochila –añadió tomando la correa de Pepper–. La conoces, ¿eh?

Pepper ladró y movió el rabo encantada.

Patrick miró a Jess, que mordisqueaba feliz un objeto de goma especial para los dientes. Para su sorpresa, estaba disfrutando de la niña hasta tal punto que no le parecía que el episodio de los pañales hubiera sido para tanto.

–Ya la llevo yo –se ofreció.

–¿Seguro? Pesa y babea –dijo Claire poniéndole la correa a la perra.

–Sí, seguro.

Claire le colocó la mochila con Jess dentro. La niña apoyó la cabeza contra su pecho y se dedicó a dar patadas al aire. Un poco más abajo y quizás hubiera sido el último bebé que Patrick tuviera en su vida.

–Ese abrigo no es el más adecuado para salir a pasear –apuntó Claire mirando su gabardina.

–Ya, pero es que la cazadora está en el coche. No pasa nada, sobreviviré.

–Como quiera –dijo Claire saliendo.

–¿No cierra con llave?

–¿Para qué? Además de que no hay nada de valor que robar, estamos en el campo.

–¿Y los ladrones no aprovechan?

–No –sonrió Claire–. Vamos.

Patrick observó a los perros, como locos por correr y se apresuró a alcanzarla.

Jess no tardó en quedarse dormida. Aunque al cabo de un rato empezó a pesarle un poco, la sensación se le antojó increíble.

Pocos días antes, era un soltero sin responsabilidades que paseaba a su perro solo por el parque y, ahora, de repente paseaba al mismo perro, pero con una niña dormida, una perra y una mujer muy guapa a su lado.

Miró a Claire. Sí, era guapa. Deseable, sí. Femenina, sin duda. Alta y delgada aunque fuerte y ágil a la vez y con un encanto inocente capaz de acabar con las defensas de cualquiera. ¡Y qué voz!

Sí, lo cierto era que, si no fuera por el pack que la acompañaba, ya estaría pidiéndole una cita.

Se forzó a pensar en su nueva vida y en cómo iba a acomodar a la pequeña sin sufrir demasiadas variaciones.

Se rió de sí mismo.

Imposible. Por culpa de una relación de su hermano, se veía teniéndose que ocupar, no sólo de su hija, sino también de Claire.

No sabía cómo se ganaba la vida, pero por lo que había visto estaba claro que no ganaba mucho. Lo que más lo confundía era el impecable maletín de piel que había entre los trastos que le había llevado. Era símbolo de otra vida.

¿Y cuál sería la Claire de verdad? ¿La de las zapatillas de deporte rotas o la del maletín?

—Hábleme de usted —le dijo con curiosidad.

Claire lo miró sorprendida.

—¿Qué quiere saber?

—Lo que me quiera contar. Vamos a tener que trabajar codo con codo durante mucho tiempo, así que creo que será mejor que seamos amigos.

—Sí —sonrió.

Acto seguido, lo miró con el ceño fruncido y se concentró en el suelo.

–Tenga cuidado aquí –le indicó–. ¿Quiere saber cosas sobre mí? –sonrió amargamente–. No soy muy interesante, pero en fin... Tengo veintiséis años, soy diseñadora gráfica y tengo la diplomatura en diseño de interiores. No me gusta trabajar en una empresa, pero no hay muchas posibilidades para trabajar desde casa. Supongo que no hay suficiente gente con dinero y la mayoría de los centros comerciales tienen personal que aconseja al cliente, así que.

–Eso la deja fuera de juego.

Claire sonrió.

–Sí, más o menos, pero la tía Meg nos dejó su casa.

–¿Os?

–A Amy y a mí –contestó Claire con tristeza–. Ella tampoco tenía dónde vivir, así que vivíamos juntas, lo que se tradujo en que yo la mantenía y ella no hacía nada –añadió encogiéndose de hombros.

Patrick entendía perfectamente cómo se sentía. Will le había hecho lo mismo. Él había llevado la carga de las responsabilidades mientras su hermano se lo pasaba bien por los dos.

–Entiendo –dijo compartiendo sus sentimientos.

No dijo nada más porque no le gustaba decir nada contra Will. Al fin y al cabo, nada de lo que su hermano hubiera hecho iba a cambiar las cosas.

Hasta ahora…

–Así que les dejó la casa y… ¿algo de dinero para cuidarla?

–¡Ojalá! –rió Claire–. No, sólo la casa y ya ha visto cómo está. Necesita una cocina nueva, un baño nuevo, poner la electricidad y la fontanería nuevas. El tejado ahora está bien, pero cuando nació Jess…

–¿Entonces usted trabajaba?

–Sí, estuve trabajando hasta que Amy enfermó. Tuvo una depresión posparto. Bueno, no sé si fue eso exactamente o que tuvo que enfrentarse a la vida para variar. En cualquier caso, se metió en líos. Tenía deudas y su vida personal era un desastre. Dejé el trabajo para cuidarla, pero estaba en fase de autodestrucción.

–Cuando vino a verme, desde luego, estaba hecha polvo –apuntó Patrick preguntándose no por primera vez si él habría tenido algo que ver en su decisión de suicidarse.

Claire negó con la cabeza como si le hubiera leído el pensamiento.

–Siempre estaba así. Llevaba años con ese aspecto. Era parte de su imagen. Le encantaba la tragedia, sentirse víctima, porque la gente le tenía lástima y la ayudaba.

–Yo no lo hice.

–No, pero no lo culpo –sonrió Claire–. Ahora

que sé la verdad, lo comprendo. No había visto a mi hermana en su vida y pensó que era otra cazafortunas. No tenía por qué ayudarla.

–Pero ella debió de pensar que yo era el padre de su hija y que la dejaba abandonada.

Claire lo miró muy seria.

–No se sienta responsable de su muerte porque no es así –le aclaró–. No era la primera vez que se tomaba una sobredosis de pastillas. Lo que pasó fue que aquella vez yo no estaba en casa para llevarla al hospital. Había aceptado un trabajo porque necesitábamos el dinero. Cuando volvió de hablar con usted, se puso a llorar desesperada porque tenía deudas y usted debía de ser su última esperanza.

–¿Qué clase de deudas?

–De tarjetas de crédito, de prestamistas, de todo. Era un poco boba y se metió en un buen lío. Por eso digo que usted debía de ser su última esperanza.

–Y no le hice caso –dijo Patrick pasándose los dedos por el pelo.

–No se sienta culpable. Ni usted ni yo tuvimos la culpa de lo que hizo.

–Pero usted se siente culpable.

Claire miró hacia otro lado, pero Patrick se dio cuenta de que había dado en el blanco.

–Sí, pero, bueno, a lo que íbamos. Fui al banco e hipotequé la casa para pagar todas sus deudas y dos días después se suicidó mientras yo estaba trabajando para devolver el crédito.

–Y le dejó sus deudas.

–Sí. Se suicidó supongo que porque no veía salida, pero yo creía haber encontrado una. No sé, tal vez no tuviera nada que ver con el dinero. Puede que fuera porque se sentía culpable por haberme cargado a mí con todo.

–¿No dejó una nota?

–Sí, pero no explicaba nada, sólo me pedía perdón por dejarme con todo este lío. Tampoco hacía falta. La conocía bien y no creo que hubiera nada en su vida tan malo como para suicidarse, pero quizás no supe entenderla –dijo volviendo la cabeza.

Patrick se dio cuenta de que debía de dolerle hablar de su hermana. Hacía pocas semanas, seis o siete, que había muerto. Will hacía un año que se había ido y a él todavía le dolía como el primer día.

–¿Volvemos? –preguntó mirando el reloj–. Es tarde y tenemos muchas cosas que hacer.

–Y usted tiene que volver a Londres –apuntó Claire recuperando la compostura.

–Sí, pero antes me gustaría comer algo porque son las dos y me muero de hambre.

Claire se rió amargamente.

–No sé qué vamos a encontrar. Quizás unas cuantas patatas viejas. No creo que mucho más.

–Pues comeremos en el pub y, luego, iremos a hacer la compra.

–No me puedo permitir hacer la compra –objetó Claire.

–Tampoco se puede permitir no comer. Tiene que cuidar de Jess, así que necesita estar fuerte. La necesita, Claire… y yo, también. Yo no puedo hacerme cargo de ella, pero si usted lo hace le pagaré por ello. Sé que lo que usted le está dando no tiene precio.

Claire lo miró fijamente y, sin previo aviso, se le llenaron los ojos de lágrimas.

–Gracias –dijo.

Patrick la tomó de los hombros y la abrazó.

–No llore, todo va a salir bien –murmuró.

Claire se abrazó a él entre sollozos que le sacudían el cuerpo y, al cabo de un rato, ya más tranquila se apartó y se secó los ojos con un pañuelo de papel que había conocido días mejores.

–Lo siento… Es que a veces me siento atrapada. Lo que me pasa es que quiero cuidar de Jess, pero no puedo porque no tengo suficiente trabajo como para pagar el teléfono y sin teléfono no puedo recibir llamadas de clientes, así que… no sé, es un horror.

–¿No tiene teléfono? –dijo Patrick sorprendido–. Pero si vive en mitad de la nada… ¿Y si la niña se pone enferma?

–La llevo al médico.

–¿Cómo? ¿En esa tartana a la que llama coche?

–Era de Amy –contestó Claire–. Bueno, era de la tía Meg, pero Amy se lo quedó porque no tenía. El mío lo tuve que vender cuando dejé el trabajo porque no lo podía pagar. Era precioso, un VW

Golf. No era nuevo, pero tampoco demasiado viejo. Me encantaba, pero no era mío sino del banco, así que me tuve que deshacer de él.

Patrick sintió que aquella frase le llegaba al corazón. Él no sabía lo que era ser pobre. Su padre era un arquitecto de renombre y nunca les había faltado nada. Nada más terminar la carrera, se había unido a su estudio y, desde entonces, las cosas habían ido todavía mejor.

El dinero no era un problema para él, nunca lo había sido y no creía que nunca lo fuera a ser, pero entendía el miedo que daba no tenerlo.

–No se preocupe por el coche –dijo–. Ya se me ocurrirá algo. En cuanto al teléfono, tenemos que poder hablar.

–Se lo devolveré –dijo Claire.

–No puede hacerlo todo sola. Vamos a ver, yo no puedo ocuparme de la niña todos los días y usted no puede ganar lo que yo gano, ¿no? Lo más inteligente es que nos repartamos las tareas –propuso Patrick.

Claire fue a protestar, pero él la hizo callar con una mirada.

–Gracias –dijo.

–No me las dé –sonrió Patrick–. Tengo la impresión de que me ha tocado la parte fácil. Esta niña pesa una tonelada y me parece que se ha hecho pis sobre mi camisa.

* * * * * * *

Claire se sentía confusa. No estaba acostumbrada a que cuidaran de ella y no estaba segura de si le gustaba o no.

No era que Patrick fuera el macho dominante ni nada por el estilo, no. Se había limitado a tomar las riendas de forma tranquila y competente y, en un abrir y cerrar de ojos, Claire tenía teléfono, el frigorífico lleno, el congelador arreglado y otra salida con él.

—¿Dónde vamos? —le preguntó agarrando el volante del coche de Amy con fuerza.

No era que le gustara conducirlo, pero era una de las pocas maneras que le quedaban de imponer su autoridad.

—Al taller VW más próximo —contestó Patrick.

Claire lo miró estupefacta.

—¿Por qué?

—Porque este coche es un trasto y no quiero que mi sobrina viaje en él nunca más. Además, voy a necesitar un coche para los fines de semana. Durante la semana, será suyo con todos los gastos pagados a cambio de que me vaya a buscar a la estación, porque no tengo intención de soportar todos los viernes un atasco para salir de Londres.

Claire lo miró anonadada.

¿Iba a ir todos los fines de semana?

—¿Y si no puedo? —dijo buscando excusas—. ¿Y si tengo que trabajar?

—¿Los viernes por la noche y los lunes por la mañana? No creo, pero si fuera así, pediré un taxi.

Claire consiguió poner en marcha el coche al tercer intento y vio que Patrick hacía una mueca. ¿Qué coche tendría? Como mínimo, un Mercedes, seguro. ¿O tal vez un Porsche?

—¿Qué coche tiene? —preguntó para salir de dudas.

—A ver si lo adivina —contestó él girándose en el asiento y mirándola.

—¿Un Porsche? —aventuró Claire.

Para su sorpresa, Patrick se rió.

—¿Un Porsche? —dijo—. No, yo no. Will quizás, pero yo no. Yo soy más práctico.

—Está bien, un Mercedes.

—Eso ya está mejor.

—Un BMW.

—No.

—Un Audi.

Patrick suspiró y sonrió.

—Soy predecible, ¿eh?

—No, en absoluto. Por ejemplo, nunca habría creído que iba a tener usted un chucho en lugar de un perro de raza.

—Dog no es mi perro —le aclaró Patrick—. Es… era de Will. Se lo compró a una chica que estaba pidiendo limosna en la calle. Tenía a la madre y a tres cachorros y mi hermano le pagó cincuenta libras porque le dio pena. Por lo visto, hacía mucho frío y los cachorros estaban temblando. Tenía buen corazón.

—No como usted, claro.

Patrick la miró y sonrió.

—No como yo, claro —repitió—. Entonces, estaba viviendo conmigo porque, como él decía, no tenía trabajo y me lo trajo al despacho. Lo primero que hizo fue hacerse pis en el proyecto de un cliente y ni se inmutó.

Claire se rió al imaginarse la escena.

—Lo quiere mucho —dijo.

—No es tonto, le doy de comer.

—Y juega con él y le habla. Seguro que se sienta en su despacho mientras trabaja y lo sigue a todas partes.

¿Se había sonrojado o habían sido imaginaciones suyas?

Patrick carraspeó y miró en otra dirección.

—Espero que esté bien con Pepper en la cocina.

—Claro que sí. Pepper cuidará de él —le aseguró Claire al tiempo que llegaban al taller—. Por cierto, en cuanto al coche…

—¿Sí? —dijo Patrick saliendo del vehículo.

—Se lo pagaré.

—Creí que las cosas habían quedado claras. Necesito un coche para los fines de semana.

—Pues yo se lo dejo.

—Prefiero que sea mío.

—Yo, también.

—Pero usted no puede comprarlo de primera mano.

Claire lo miró con la boca abierta. ¿Quería tirar el dinero? ¡Adelante!

Salió del coche y lo siguió al concesionario. El vendedor los había visto salir del dos caballos y los miraba con desconfianza.

—Queremos un turbodiesel grande porque tenemos dos perros y una niña —estaba diciendo Patrick cuando llegó a su lado.

Madre mía, oyéndolo hablar, cualquiera diría que estaban casados. Media hora después, el coche estaba comprado, pagado y asegurado.

—Nos vemos en casa —le dijo tras meter a la niña y dejar a Claire que condujera el nuevo mientras él se hacía cargo del dos caballos.

Qué bien sonaba aquello.

«Qué tontería. Sólo es una forma de hablar», se dijo Claire.

Pero lo cierto era que, a partir de entonces, Patrick Cameron iba a pasar tres de cada siete noches en su casa. Iba a convertirse en una parte muy importante de su vida.

CAPÍTULO 4

ERA INCREÍBLE cómo, en sólo tres semanas, sus viajes a Suffolk para ver a Claire y a la niña se habían convertido en una parte muy importante en la vida de Patrick.

Aquel iba a ser su tercer fin de semana allí y tanto Dog como él estaban felices.

Bueno, Dog no estaba del todo feliz porque no le gustaba el tren. Lo cierto era que era ruidoso e incómodo a pesar de que iban en primera, pero en cuanto llegaban y Dog veía a Pepper y Patrick a Claire a ambos se les olvidaban los males.

Estaban en la estación y Claire les acababa de dar las luces del coche para que la vieran, pero no hacía falta porque parecía que Patrick y Dog tenían un radar.

El perro siguió al amo hasta el vehículo donde los esperaban las féminas y se subió encantado cuando le abrieron la puerta.

Patrick sabía perfectamente lo que sentía su mascota.

—Hola —saludó tras meter la bolsa en el maletero y dar un beso a Jess–. Perdone por tenerla esperando, pero el tren llegó con retraso.

–No pasa nada. Acabamos de llegar. La he tenido que cambiar justo al salir y ha sido un numerito.

–¿Qué tal ha ido la semana?

–Bueno, ya sabe, con momentos buenos y no tan buenos –contestó Claire–. Tengo trabajo por primera vez en años y me está resultando difícil.

–No tiene por qué trabajar –dijo Patrick.

Pero Claire sacudió la cabeza.

–Claro que sí, no puedo vivir de usted.

–No vive de mí.

–¿Cómo que no? No sé, en cualquier caso, a mí me lo parece y quiero devolverle mi parte.

–Como quiera…

–Sí, de hecho, lo he estado pensando y voy a vender el cobertizo.

–¿El cobertizo? –dijo Patrick mientras Claire conducía.

–Sí, seguro que alguien lo quiere para hacerse una casita.

–¡No lo venda! Además, ¿tiene permiso de obra?

–Sí, ya lo he mirado. Se pueden sacar cuatro habitaciones.

–Va a tener vecinos –le advirtió.

Claire se encogió de hombros.

–Qué le voy a hacer. Tengo la casa hipotecada por culpa de las deudas de Amy y tengo que devolver el dinero que me prestó el banco. O vendo el cobertizo o voy a perder la casa entera porque, claro, lo que yo había pensado no puede ser...

—¿Qué había pensado?

—No, nada, es sólo un sueño.

—Cuéntemelo.

—Es sólo un sueño idiota.

—Insisto.

—Bueno, había pensado en dar cursos de pintura, ya sabe, acuarela, óleo, pastel y todo eso. Jess y yo podríamos vivir en la planta de arriba y tener una gran cocina abajo para hacer la comida de los estudiantes. También podríamos tener un estudio e incluso una sala de revelado de fotografía. Así, podría ser independiente, cuidar de Jess a la vez y hacer lo que de verdad me gusta... Pero ya le he dicho que sólo es un sueño. Arreglar la casa es una fortuna y el cobertizo, bueno, ya lo ha visto.

Patrick lo había visto y le había gustado.

—Véndamelo a mí –dijo.

—¿Cómo? –dijo Claire a punto de saltarse un semáforo en rojo.

—Véndamelo a mí –repitió Patrick.

—¿Por qué?

—Porque usted necesita el dinero y yo necesito un lugar donde quedarme cuando vengo. No me parece justo por mi parte que me hospede en su casa los próximos dieciocho años.

—No me importa.

–Pero a mí, sí. Me siento como si me estuviera metiendo en su intimidad y no me parece justo. Estamos los dos en la misma situación y puede que, así, las cosas fueran más fáciles. No tendría vecinos durante la semana, la casa grande seguiría siendo suya y tendría dinero suficiente para pagar las deudas y ser independiente. ¿No le parecen suficientes razones?

Claire se quedó en silencio.

–No sabe lo que voy a pedir –dijo por fin.

–Me lo puedo imaginar y el gasto de la reforma, también.

–Yo ya tenía los planos hechos, pero usted es arquitecto, claro. Supongo que haría los suyos.

–Sí, pero me gusta tener en cuenta el trabajo de los demás –contestó Patrick.

–Todavía no he dicho que sí –le recordó Claire.

Patrick se dijo que no debía apretar demasiado. Era la solución perfecta para los dos porque, por Jess, iban a tener que verse durante años.

Sintió el escalofrío que solía sentir cuando un proyecto lo emocionaba, pero se dijo que debía ser cauto.

Claire todavía no había dicho que sí, pero seguro que lo haría.

Claire se sentía confusa. Ya lo tenía todo hablado con el agente inmobiliario y, ahora, de repente Patrick le hacía semejante propuesta.

Por una parte, le parecía una idea genial y, por otra, una locura.

Lo cierto era que estaban en el mismo barco hasta que Jess fuera mayor.

¡Para cuando su sobrina hubiera cumplido dieciocho años, ella tendría cuarenta y cuatro! ¿Tendría marido e hijos para entonces? Suponía que sí, pero de momento no habría nadie en el horizonte y estando en casa con Jess no tenía muchas posibilidades de conocer a ningún hombre.

De repente, el peso de aquella carga se le antojó insoportable. Hasta que se dio cuenta de que tenía a un hombre a su lado más que dispuesto a compartirla con ella.

Patrick estaba acostando a Jess y Claire estaba haciendo la cena. Le encantaba que él estuviera allí porque era agradable tener alguien con quien hablar.

Cuando Patrick entró en la cocina, Claire estaba poniendo el queso sobre la pasta con pollo.

—¿Todo bien? —le preguntó.

Patrick asintió.

—Se ha quedado dormida enseguida —contestó acercándose—. Qué bien huele. ¿Le puedo ayudar en algo?

—No, gracias.

—¿Le apetece una copa de vino? —preguntó yendo hacia el frigorífico.

Era una costumbre que habían adquirido en aquel poco tiempo que habían pasado juntos. Sí,

Patrick acostaba a la niña mientras hacía la cena y, luego, él abría una botella de vino y se tomaban la primera copa mientras la cena terminaba de hacerse. Después de cenar, hacían café y se lo llevaban al salón, donde se sentaban frente al fuego a charlar.

Una costumbre demasiado adictiva.

Claro que, si Patrick comprara al final el cobertizo, se acabaría.

Iría los fines de semana, se llevaría a Jess y ella tendría dos días enteros para ella solita.

Qué bonito y solitario pensamiento.

–Tome –le dijo Patrick dándole una copa de vino rosado.

–Gracias –contestó Claire.

Sus dedos se rozaron y sintió un escalofrío por la espalda. Claire se apresuró a agacharse a ver cómo estaba la pasta en el horno.

Estaba estupendamente y no necesitaba su atención, así que no había nada que la distrajera de aquellas piernas, aquella cintura, aquellos hombros y aquellos labios.

Patrick brindó con ella y Claire lo observó tragar el vino. ¿Desde cuándo tragar había sido tan excitante?

Sintió ganas de gemir y se dijo que estaba loca.

–¿O sea que quiere comprarlo? –dijo de repente.

–¿Y por qué me sale con eso ahora? –dijo Patrick cruzándose de brazos.

Claire se encogió de hombros.

–Lo he estado pensando mientras hacía la cena y creo que tiene razón, sería perfecto para los dos. ¿Lo quiere o no?

–¿Comprar? Sí –contestó Patrick.

–Bien. Si quiere, después de cenar, le enseñaré los planos.

Patrick asintió y la miró pensativo. Claire bebió vino.

«Lo siento, tía Meg», pensó. «Necesito el dinero y mejor vendérselo al tío de Jess que a un completo desconocido».

La pasta ya estaba gratinada, así que la sacó del horno y la dejó junto a la ensalada. Mientras servía los dos platos, no lo miró a los ojos porque temía no poder aguantarle la mirada.

–Sírvase ensalada –le indicó.

Se sentó y probó la pasta, pero no le supo a nada. De repente, sintió la mano de Patrick sobre la suya y se le llenaron los ojos de lágrimas.

Qué estupidez. No había razón para llorar. Sólo porque iba a vender el cobertizo…

–Claire, no pasa nada –la tranquilizó Patrick–. Todo va a ir bien –le prometió.

Y todo habría sido más fácil sino fuera porque Claire había dejado de creer en las promesas muchos años atrás.

Los planos del cobertizo eran exactos y con ellos Patrick se hacía una idea de las reformas que iba a poder hacer.

Se tomó el café y miró a Claire, que parecía necesitada de hablar.

—Hábleme de la tía Meg —le pidió.

—Era mi tía abuela —dijo Claire haciéndose un ovillo en el sofá—. Lo más parecido a una abuela que he tenido jamás. Cuando éramos pequeñas, veníamos a verla y nos dejaba jugar en el cobertizo. Sólo nos dejaba subir a la parte de arriba si habíamos sido buenas. Era genial. Un lugar tan diferente a Londres, donde vivíamos. Siempre pensé que, cuando fuera mayor, quería vivir en el campo, pero nunca soñé que fuera aquí.

Patrick entendió por qué le costaba tanto vender el cobertizo.

—¿Qué parte ha tenido usted en la realización de los planos? —le preguntó.

—Oh, casi nada —contestó Claire—. Los aparejadores municipales ni me escucharon y lo poco que oyeron no les debió de gustar porque me dijeron que no se podía hacer.

Aquello gustó a Patrick. Ya le extrañaba a él que Claire hubiera tenido nada que ver en un proyecto de reforma tan aburrido.

—¿Y las tierras?

Claire se encogió de hombros.

—No sé, no lo había pensado. El agente inmobiliario me ha dicho que se va a pasar el lunes.

El lunes. ¿Tenía algo que hacer el lunes o podría estar allí cuando fuera el agente?

—¿Hace falta que venga?

Claire lo miró sorprendido y sacudió la cabeza.

—No, claro que no. No he firmado nada. Era sólo para que lo tasaran, pero ya lo hicieron el verano pasado y no creo que haya cambiado mucho.

Patrick asintió y volvió a mirar los planos. El cobertizo necesitaba un espacio abierto en el centro con una escalera hasta el techo. Dos habitaciones y dos baños a cada lado y un trastero abuhardillado arriba del todo.

—Está pensando en ello, ¿eh? —dijo Claire.

—Sí, me apetece verlo a la luz del día —contestó Patrick—. Hay muchas cosas de las que no me acuerdo.

—Hábleme de su trabajo —le pidió por sorpresa.

Patrick la miró confundido, pero se dijo que Claire era diseñadora de interiores y que, seguramente, le interesaba de verdad. No como la mayoría de la gente.

—He hecho muchas cosas en Londres, sobre todo reforma y restauración en los muelles, pero también galerías de arte, casas, oficinas, de todo. Me gusta. Tengo un trabajo muy variado. Nunca tengo rutina, la odio. Además, no creo que sea buena para el estudio. De todas formas, siempre tienes que hacer cosas normalitas. No siempre te van a dar un premio por todo lo que haces.

—No es eso lo que tengo entendido.

Patrick enrojeció orgulloso.

–La gente exagera.

–He estado mirando en Internet y a mí no me parecen exageraciones.

–¿Eso quiere decir que le gusta lo que ha visto?

Claire sonrió y Patrick sintió que se le encogía el corazón. ¡Qué guapa era!

–Sí –admitió.

–¿Confía en mí para reformar el cobertizo?

Claire se encogió de hombros sin dejar de sonreír.

–Creo que sí. Seguro que queda bien.

–Eso espero. Por cierto, ¿tiene una mesa de trabajo?

–Claro –contestó Claire–. ¿Cree que trabajo en la mesa de la cocina?

–Cosas más raras he visto.

–No, tengo una mesa de dibujo. Bueno, de hecho, tengo dos. ¿Por qué?

Patrick se encogió de hombros.

–Porque tenía unas cuantas ideas y, a lo mejor, por la mañana podría dibujarlas.

–Sin problema –dijo Claire–. Están en mi despacho.

–Gracias.

Durante un rato, se hizo un agradable silencio y Patrick aprovechó para echar la cabeza hacia atrás y cerrar los ojos. Le encantaba aquella tranquilidad, nada que ver con su vida de Londres.

Le encantaba estar allí con Claire, tomando

café, mientras los perros roncaban y la niña dormía arriba. Era precioso, como… estar casados.

Estuvo a punto de reírse.

Se debía de estar volviendo loco. Sólo estaban compartiendo la responsabilidad de cuidar de Jess, sólo eso.

Cuanto antes estuviera el cobertizo reformado, mejor.

El sábado hizo un precioso día de primavera.

Patrick se despertó pronto, se duchó, se vistió y a las siete ya estaba en el jardín. Fue al cobertizo y abrió la enorme puerta de madera con dificultad. Se preguntó cómo demonios podía Claire con ella.

«Porque es terca y decidida», pensó sintiéndose absurdamente orgulloso de ella.

Desde luego, tenía arrojo. No debía de haber sido fácil para ella asimilar la muerte de su hermana y la responsabilidad de tener que cuidar de su hija. Aun así, lo había hecho sin plantearse otra posibilidad y estaba seguro de que iba a seguir haciéndolo.

Se preguntó cuáles serían las ramificaciones de la tutela de Jess y decidió averiguarlo, pero hasta entonces podía explorar el cobertizo.

Abrió las puertas de ambos lados para que la luz de la mañana inundara el edificio. Se colocó en el medio y miró hacia el horizonte, donde se veía el campanario de la iglesia.

Una vista maravillosa que debía aprovechar,

así que decidió abrir un ventanal a mitad de la escalera para convertirlo en lugar de lectura.

Vio una escalera de mano apoyada en un agujero que comunicaba con el suelo del piso de arriba y subió por ella. Al llegar, recorrió con cuidado la parte superior por si las tablas de madera estuviera podridas.

Miró a su alrededor, estudió las vigas y decidió mantener todas las que pudiera aunque hubiera que poner refuerzos de hierro.

El tejado era precioso y sería una pena taparlo con un falso techo de escayola, como había sugerido el técnico del Ayuntamiento en su proyecto. No, Patrick lo quería dejar al descubierto y hacer una especia de loft, todo diáfano.

Bajó por la escalera y se dirigió al colgadizo. Habría que reformarlo también, pero podía quedar bien. Patrick sabía que, con dinero, se podía hacer todo y estaba dispuesto a gastar lo que fuera necesario porque, dadas las circunstancias, le parecía más que justificado.

Salió al jardín y miró el tejado. Pensó que ojalá se pudieran aprovechar las tejas. También había visto unas cuantas piedras de York en el interior que le gustaría incluir en el proyecto de reforma.

Llamó a los perros y volvió a la cocina, donde encontró a Claire con Jess apoyada en la cadera y calentando un biberón.

–¿Quiere que se la agarre? –le preguntó tomándola.

Jess sonrió encantada.

—Hola, preciosa —le dijo su tío dándole un beso en la punta de la nariz.

Claire sonrió también.

—Creí que me lo decía a mí —comentó.

De repente, el ambiente se electrizó y Claire se sonrojó.

—¿Ha dormido bien? —le preguntó para romper el silencio.

—Sí, eh, gracias —contestó Patrick sonándose a sí mismo como un tonto.

Lo que no le sorprendía ya porque se había empezado a dar cuenta de que pasar demasiado tiempo con Claire le freía el cerebro.

¡Por no hablar de lo que hacía con sus hormonas!

Claire probó el biberón en la parte interna del antebrazo y lo agitó dos veces hasta que no tuvo más remedio que girarse hacia él para dar de desayunar a Jess.

—Ya lo hago yo —se ofreció Patrick tomando el biberón—. Usted, si quiere, vaya a vestirse. Ya preparo yo el té.

—Buena idea —contestó Claire encantada poder huir un rato.

¿Cómo demonios se le había ocurrido hacer semejante comentario? Debía de estar volviéndose loca. Estaba claro que Patrick había pasado tanta vergüenza como ella. Idiota.

Cuando bajó, se encontró a Patrick y a Jess nariz con nariz riéndose felices y, en un segundo, pasó de querer verlo fuera de su casa cuanto antes a temer el momento en el que el cobertizo estuviera terminado y ya no durmiera allí.

Iba a echar mucho de menos verlo con la niña. Era un placer verlos juntos. Se preguntó cómo reaccionarían los padres de Patrick.

—¿Les ha hablado a sus padres de Jess? —preguntó.

Jess negó con la cabeza.

—No, había pensado esperar hasta que tengamos los resultados de las pruebas de ADN para que todo sea más oficial. ¿Qué le parece?

Lo que le parecía a Claire era que todavía no había llevado a Jess a que le extrajeran una muestra de sangre y se sintió culpable.

—¿Por qué no se lo dice de todas formas? Lo del ADN es un formalismo. Quiero decir, con las fotografías es suficiente, ¿no?

Patrick asintió.

—Sí, pero no sé cómo sacarles el tema. Lo pasaron fatal cuando Will murió y no hablan de él.

—Seguro que les hace ilusión…

Patrick la miró a los ojos y Claire vio tal tristeza en ellos que, por primera vez, se paró a pensar por lo que había pasado. Ella había pasado por lo mismo y sabía lo que era. Primero, la sorpresa, luego la culpabilidad, el dolor y, por último, la horrible tristeza.

–Tiene razón –contestó Patrick–. Van a estar encantados. La próxima vez que los llame, se lo diré. Mientras tanto, a esta niña hay que cambiarla de pañales y ponerla a dormir. ¿Qué le parece si cuando haya terminado vemos el cobertizo juntos?

–¿Y mi té? –preguntó Claire pensando que no le había dado tiempo a hacerlo.

–Enfriándose en la tetera –sonrió Patrick subiendo las escaleras con Jess en brazos.

Su corazón, órgano de lo más tonto, dio un brinco.

–¡Estás loca! –dijo cuando Patrick no la podía oír–. Sólo es amable. Las sonrisas y los guiños no quieren decir nada. Es un hombre y tontea sin darse cuenta, como todos. Ellos son así, lo hace con tanta naturalidad como respiran y ven la tele. No te confundas o te vas a llevar una buena decepción.

Sí, pero tenía una sonrisa tan bonita...

CAPÍTULO 5

EL RESTO de la mañana lo pasaron recorriendo el cobertizo, mirando todas y cada una de las grietas y hendiduras, mientras Claire le contaba a Patrick travesuras de su infancia, como aquella vez en la que Amy y ella se habían escondido. La pobre tía Meg, tras buscarlas por todas partes, había llamado a la policía.

Les cayó una buena reprimenda, pero Amy lo arregló todo con unas cuantas lágrimas y acabaron haciendo magdalenas en la cocina, en el viejo fogón.

Patrick le propuso arreglarlo y Claire decidió que era buena idea para, así, poder hacer magdalenas con Jess cuando creciera.

Le contó que una vez una gata había tenido gatitos en el altillo y que las dos hermanas, acompañadas por la tía Meg, se habían pasado toda la noche en vela observando y también le habló de aquella vez en la que un niño la siguió desde el colegio e intentó besarla.

–Grité y huí –rió Claire al recordarlo.

–¿Harías lo mismo si lo intentara yo? –preguntó Patrick, tuteándola con intimidad.

–¡Por supuesto! –contestó porque estaba claro que Patrick estaba bromeando.

En el fondo, le hubiera gustado que lo intentara porque lo último que hubiera hecho habría salido salir corriendo.

Pero Patrick se limitó a sonreír.

–Muy bien por tu parte –dijo yendo hacia una pared para examinar una grieta.

Claire se lo quedó mirando con la boca abierta. ¿De verdad la habría besado si le hubiera dicho que lo hiciera?

–¿Sacamos de paseo a los perro? –dijo Patrick girándose.

Claire se dijo que lo mejor que podía hacer era reaccionar. Ya bastaba de preguntarse cómo habría sido un beso de aquel hombre.

Tenían que ser amigos durante, por lo menos, dieciocho años, así que lo peor que podían hacer era besarse y estropear las cosas.

De todas formas, no lo había dicho en serio. Los hombres, además de tontear, bromeaban con naturalidad.

«Tengo que salir más», se dijo siguiéndolo fuera del cobertizo.

«Debo de estar loco», pensó Patrick.

¿Cómo se le había ocurrido tontear así con ella? No había podido evitarlo.

Tras pasear a los perros, estuvo un rato jugando con Jess tumbados en una manta en el jardín hasta que la niña tuvo hambre. Tras darle de comer y acostarla, comieron ellos y, luego, Patrick se puso a plasmar en el papel algunas ideas que había tenido.

La ventana estaba abierta y oía a las abejas zumbando bajo el sol. Cuando, a media tarde, Claire le llevó una taza de té se lo encontró mirando a la nada.

—¿Descansando? —le preguntó haciéndolo sonreír.

—Disfrutando del ambiente bucólico que se respira por aquí —contestó.

—Uy, de eso tenemos mucho, sí —sonrió Claire apoyándose en su silla.

—Tengo hambre —anunció Patrick estirándose.

—He hecho un bizcocho.

—Ya lo huelo, pero supongo que me vas a decir que es para mañana.

—Por supuesto. Ya sabes que no se debe comer bizcocho caliente porque sienta mal —contestó Claire yendo hacia la cocina.

Patrick tomó su taza de té y la siguió. Al llegar, Claire cortó un pedazo de bizcocho de jengibre y se lo pasó por las narices.

Patrick no sabía si estrangularla o besarla. Al final, se decidió por la opción fácil, así que le arrebató el bizcocho, lo dejó sobre la encimera y le tomó la cara entre las manos. Claire lo miró con los ojos muy abiertos y los cerró cuando Patrick la besó de forma casta.

—Eso por tomarme el pelo —le dijo con voz ronca.

Acto seguido, tomó el bizcocho y el té y se fue al estudio de nuevo.

Claire se quedó mirando la puerta cerrada sorprendida mientras se tocaba los labios.

¿Qué había pasado?

Se cortó un pedazo de bizcocho, tomó su taza de té y salió al jardín a pensar sobre ello.

Al cabo de un rato, decidió que no había sido para tanto, que había sido un beso de lo más infantil y que, tal vez, estaba exagerando.

Sí. Exactamente. Debía de haber sido una broma.

Lo curioso era que no tenía ganas de reírse sino de tirarse al suelo y patalear de rabia. Como no podía hacerlo, se limitó a comerse el bizcocho por el que había empezado todo y se preguntó cómo iba a aguantar los próximos dieciocho años.

La semana siguiente fue un caos. Patrick tenía un montón de trabajo, pero no era capaz de solucionar nada porque lo único en lo que podía pensar era en el cobertizo.

Contrató a un técnico independiente para que

le echara un vistazo y le pusiera precio y, cuando estuvo seguro de que a Claire le parecía bien lo estipulado, habló con su abogado para que hiciera los papeles e ir poniendo en marcha la maquinaria.

Lo primero que quería hacer era hablar con los técnicos del Ayuntamiento, así que, después de doce o trece horas en el trabajo, se subía a casa a pasarse otras dos o tres con los planos del cobertizo.

El viernes terminó tarde de trabajar, pero se fue satisfecho porque había quedado con los técnicos del Ayuntamiento para el lunes y se había tomado el martes y el miércoles libres.

Metió la bolsa y el perro en el coche con unos nervios que hacía mucho tiempo que no sentía y puso rumbo a la estación.

Decidió no ir en tren sino en coche y se dio cuenta de que iba a llegar muy tarde, así que llamó a Claire para decirle que no fuera a buscarlo. Sin embargo, cuando llegó a su casa, vio que la luz del salón estaba encendida a pesar de que eran las doce de la noche y que Claire estaba dormida en un sofá.

Pepper se puso a ladrar en cuanto los vio y la despertó. Claire se retiró el pelo de la cara y se levantó a abrirles.

Patrick sintió que algo dentro de él se revolvía. Era algo elemental, no deseo exactamente, pero relacionado. Era algo bonito e inesperado que acabó con la soledad y la tristeza que lo acompañaban siempre.

–Perdona por despertarte –se disculpó.

Claire sonrió medio dormida y Patrick no pudo evitar besarla.

–Hola –dijo viéndola enrojecer.

–Hola –contestó Claire–. ¿Has cenado? Hay guiso.

–He cenado, gracias –contestó recordando el café y el insípido bollo que se había tomado en una cafetería en la carretera–, pero mataría por una taza de té.

–Voy a poner la tetera.

Patrick la siguió hasta la cocina con los perros corriendo encantados a su alrededor. Mientras Claire ponía la tetera al fuego, se quedó mirándola.

Estuvo a punto de decirle lo mucho que la había echado de menos, pero se mordió la lengua a tiempo.

–¿Qué tal está Jess?

–Genial –contestó Claire–. Le ha salido otro diente. Ya tiene tres. Está muy guapa –sonrió.

Patrick pensó que ella, también, pero no dijo nada e intentó ni fijarse demasiado en el jersey de lana que llevaba y que le marcaba los pechos.

–¿Y aparte del diente nuevo qué tal tu semana? –le preguntó intentando volver a la normalidad.

–Bueno, ya sabes. Hice el encargo el lunes y se

lo llevé el martes. Les gustó, así que a lo mejor me dan más. Estaría bien, ¡eh?

–No tienes por qué…

–Ya hemos hablado de ello –lo interrumpió Claire.

Patrick se limitó a sonreír y a dejar que hiciera lo que quisiera.

–¿Y tú qué tal? ¿Cómo te ha ido la semana?

Patrick se rió.

–Fatal, gracias por preguntar –contestó–. Menos mal que se ha terminado, los clientes no tienen tu número y el resto de la semana se va a ocupar otra persona. Me he tomado unos días libres para ponerme con el cobertizo y hablar con los técnicos del Ayuntamiento en persona… Si no te importa que me quede, claro.

De repente, a Patrick se le ocurrió que tendría que haberle preguntado a Claire antes de nada. Menos mal que no pareció molestarla.

–Fenomenal –dijo–. ¿Eso quiere decir que te puedes quedar con Jess el lunes por la tarde? Tengo dentista a las cuatro.

–Claro, no te preocupes –contestó Patrick.

Se quedaron en silencio y Claire bajó la mirada y se concentró en su té mientras él se concentraba en ella, en el hoyito que tenía en la barbilla y en las pecas que le cubrían el puente de la nariz. Debía de haber estado al aire libre aquella semana. No era de extrañar pues había hecho un tiempo glorioso.

Él se lo había perdido, claro, siempre metido en su despacho.

Lo cierto era que estaba cansado, muy cansado. Llevaba años trabajando sin vacaciones y estaba llegando a su límite.

—¿Qué te parecería que me quedara una temporada? —preguntó en un arranque de espontaneidad.

—¿Un temporada? —dijo Claire.

—Sí, un par de meses. No te pido que me hospedes en tu casa, por supuesto. Me podría comprar una caravana. Lo que quiero es supervisar las obras del cobertizo, descansar un poco de la ciudad y esas cosas.

—¡Cómo vas a vivir en una caravana! —protestó Claire—. De eso, nada. Hay sitio de sobra en casa.

Patrick la miró y se preguntó si no sería de locos vivir con ella, día y noche, durante un par de meses. ¿Sería capaz de no abalanzarse sobre ella? Iba a tener que serlo, decidió con un suspiro.

Un poco de trabajo físico en el cobertizo seguro que lo ayudaba a mantener la libido a raya. Si por él fuera, podría haber empezado ya mismo, pero era de noche, así que iba a tener que esperar.

Otra noche de tormento.

«Oh, Claire, si tú supieras…», pensó.

A la mañana siguiente, Patrick llamó a sus padres a Cambridgeshire.

—¿Vais a estar en casa? —les preguntó—. Os tengo

que contar una cosa. ¿Quedamos dentro de una hora?

–Muy bien –contestó su madre.

Patrick colgó y fue a buscar a Claire, que estaba en el jardín cortando el césped con unas tijeras de podar.

–¿La cortadora no funciona?

–No, me han dicho que no merece la pena arreglarla, así que…

Patrick volvió a entrar en casa, buscó las *Páginas Amarillas* y llamó a un distribuidor de cortadoras automáticas. Eligió una con recogida incorporada, les dio la dirección, pagó con la tarjeta de crédito y les pidió que la llevaran cuanto antes.

–He comprado una cortadora –anunció volviendo al jardín–. La van a traer hoy mismo. Si no te gusta, la cambias.

Claire se quedó mirándolo fijamente.

–Te encanta, ¿eh? Me refiero a que te encanta ser el señor Loarreglotodo.

Patrick suspiró y se pasó los dedos por el pelo.

–Es sólo una cortadora, Claire. Yo también la voy a necesitar para el cobertizo. No es para tanto.

–¡Para mí, sí lo es!

Patrick la miró frustrado ante su nuevo arrebato de independencia. ¿Es que iba a ser así siempre?

–¿Por qué? –le preguntó–. ¿Te gusta cortar la hierba a cuatro patas con unas tijeras?

–¿Qué te parece si me compro una cabra?

–Estupendo. Otra boca que alimentar.

–Comen hierba.

–Se comen todo lo que ven. Se comería tus flores, tus rosas, los bulbos, todo y, luego, en invierno hay que darles pienso. Definitivamente, la solución es una cortadora automática. Acéptalo, Claire. Es mía y yo te la dejo, ¿de acuerdo?

Claire suspiró y miró al horizonte. A Patrick le pareció que le brillaban los ojos. ¿No serían lágrimas? Oh, no, no podía soportar ver llorar a una mujer. Sobre todo, cuando sabía que era sincera y, para colmo, por su culpa.

¡Señor Loarreglotodo!

–Me voy a ver a mis padres –anunció–. Supongo que, cuando les hable de Jess, van a querer venir a conocerla. Viven a solo una hora, así que había pensado traérmelos conmigo y salir todos a comer.

–¿Sin avisar! ¡Patrick! –exclamó levantándose y entrando en la casa.

Patrick la siguió y la encontró en la cocina abriendo y cerrando armarios, furiosa.

–¡No me vuelvas a hacer jamás algo así! –le gritó–. ¡Mira cómo está todo!

Patrick miró a su alrededor y no vio nada mal. Al contrario, a él le encantaba aquella casa, pero no le pareció sabio decírselo a Claire tal y como estaba.

–¿Y si me llevo a Jess? –propuso.

–No –contestó Claire–. Es absurdo que te presentes allí con ella. Primero, se lo tienes que decir. Se van a llevar una buena sorpresa, Patrick —añadió más suavemente—. Tienes que darles tiempo para que reaccionen.

—Tienes razón —dijo él mirándola a los ojos—. Mira, perdona, pero es que los he llamado sin pensarlo. Llevaba tiempo dejándolo pasar y esta mañana me ha dado el arrebato y he llamado. Lo debería haber pensado mejor y habértelo dicho antes.

—No te preocupes, ya recogeré la casa mientras estás fuera. Con un poco de suerte, podremos comer fuera. Por cierto, de comer en un restaurante ni hablar. No quiero que tus padres piensen que no sé cocinar y cuidar de su nieta.

Patrick sintió deseos de abrazarla, pero el último comentario lo había hecho en tono picajoso, así que se retiró sin hacerlo.

—¿Cómo? ¿Una hija? ¡Oh, Patrick! ¿Y cómo es la madre? ¿La conoces? ¿La has visto? No sabíamos que Will saliera con una chica...

—Ha muerto —les dijo.

—¿Ha muerto?

Patrick no quería entrar en detalles, así que se limitó a asentir.

—Qué horror... ¿Y quién se ocupa entonces de la niña?

—Claire Franklin, su tía. Amy, la madre de Jess, era su hermana pequeña.

Su madre se giró hacia su padre con lágrimas en los ojos.

–Oh, Gerald, ¿nos la podríamos quedar? ¿Podría vivir con nosotros?

–No –contestó Patrick–. Ya tiene un hogar. Vive con Claire… y conmigo los fines de semana. Le he comprado a Claire el cobertizo de su casa y lo voy a arreglar para mí. Podéis venir a verla y ella vendrá a veros, pero no te la vas a traer aquí a vivir.

–¿Por qué no? –insistió su madre.

–Porque somos muy mayores –intervino su marido–. Porque sería una estupidez por nuestra parte y, además, parece que sus tíos tienen las cosas muy claras, así que…

–Pero es nuestra nieta… la hija de Will… –lloró su madre amargamente.

Patrick se sentó junto a ella y la abrazó.

–¿Se parece a tu hermano? –le preguntó entre sollozos.

–No mucho, la verdad. Es igual que Amy.

–¿Cómo murió? –quiso saber su madre.

Patrick no tuvo más remedio que contárselo.

–Quiero conocerla.

–Lo suponía, así que Claire nos espera para comer –sonrió su hijo.

Claire no sabía qué iba a poner de comida. Dos personas más y sin avisar. Sacó todo lo que había en el frigorífico y lo puso sobre la mesa.

«Una quiche», decidió.

Sí, beicon, tomates y espárragos con hierbas del jardín y patatas del huerto. Todavía no tenía lechuga propia, pero había comprado una el día anterior en el supermercado.

Y, de postre, sacó una tarta de manzana del congelador. La había hecho con manzanas de su manzano y no tenía más que meterla en el horno y lista.

Toda la comida a base de pasta, pero no tenía tiempo de hacer otra cosa.

Mientras lavaba, cortaba y cocinaba, fue pensando en todas las formas posibles de matar a Patrick. Algo lento y doloroso sería lo mejor, sí.

Puso los tomates y el beicon sobre la pasta y lo cubrió con los huevos, el queso, la leche y las hierbas aromáticas. Le puso un poco más de queso por encima y al horno.

«Y ahora a esperar al salón», decidió.

Jess se puso a llorar y tuvo que cambiarla y darle de comer, pero seguía llorando. Limpió el salón con ella en brazos pensando que era por los dientes y, entonces, oyó el coche de Patrick.

Claire salió a recibirlos seguida por los perros y Jess, que no paraba de llorar.

–Vamos, pequeña, han venido tus abuelos –le dijo.

Nada. La niña estaba inconsolable.

Claire miró a Patrick desesperada.

–Creo que le está saliendo otro diente.

Patrick la tomó en brazos.

–No pasa nada, preciosa. El tío Patrick está aquí –intentó consolarla.

Su madre se tapó la boca con la mano y se le llenaron los ojos de lágrimas mientras observaba cómo su hijo conseguía calmar un poco a la pequeña.

–Mamá, papá, os presento a Jess –dijo Patrick con aire solemne.

–Pobre, ¿te están saliendo los dientes? –dijo su madre tomándola en brazos y acunándola por el jardín canturreando hasta que consiguió distraerla de sus encías doloridas.

–Papá, te presento a Claire –dijo Patrick.

–Encantado de conocerla –dijo su padre estrechando la mano de Claire–. Gerald Cameron… y esa que ha raptado a su sobrina es Jean, mi mujer. Perdone por presentarnos así, sin avisar, pero Patrick nos ha dicho que nos había invitado usted a comer. Muchas gracias.

–De nada, es un placer –contestó Claire dándose cuenta de repente de que, verdaderamente, lo era–. Ahora que lo dice, voy a mirar el horno. Enseguida vuelvo.

Llegó a la cocina justo a tiempo de sacar la quiche del horno y meter la tarta. Puso las patatas a hervir e hizo té.

Patrick se materializó a sus espaldas.

–Eso tiene muy buena pinta.

–Por supuesto –dijo Claire tranquila ahora que

había comprobado que no se había quemado–. ¿Qué te creías? –sonrió–. ¿Qué tal Jess?

–Tranquila. Mi madre está encantada –contestó–. Gracias, de verdad. Se han llevado una buena sorpresa, pero su primera reacción ha sido querer ver a la niña y es mucho más fácil aquí, sobre todo si le está saliendo un diente... Te lo agradecen y... yo también. Mucho.

Claire se olvidó de los planes que había hecho para deshacerse de él.

–No te preocupes. Tu padre me ha caído bien. Se parece mucho a ti.

–Más bien, yo me parezco mucho a él –sonrió Patrick–. ¿Dónde vamos a comer?

–¿Qué te parece en el jardín? Podemos sacar la mesa y las sillas y comer debajo del manzano, si quieres.

–Estupendo –contestó Patrick sacando la mesa–. ¿Han traído la cortadora? –preguntó al volver por las sillas.

–No, no era para hoy, ¿no? –contestó Claire.

–Acaba de llegar un camión –anunció en ese momento su padre asomando la cabeza por la puerta de la cocina.

Patrick la tomó del brazo y la sacó a verla. Claire había esperado que fuera demasiado grande o demasiado pesada o demasiado algo para poder pensar que lo había hecho mal, que se había equivocado, pero no era así.

Era perfecta. La cortadora que ella habría elegido de haber tenido el dinero para comprarla.

–¿Te gusta? –preguntó Patrick.

Claire asintió sintiendo un nudo en la garganta. «¡Qué tontería!», se dijo. «Sólo es una cortadora nueva».

–Perfecta –contestó–. Puedes empezar después de comer –añadió volviendo a la cocina mientras el padre de Patrick se reía a carcajadas.

CAPÍTULO 6

LA COMIDA resultó un éxito.

Jess se la pasó entera en el regazo de su abuela, encantada de tantos mimos. Como estaban comiendo en el jardín y hacía un tiempo maravillosa, el ambiente era relajado y festivo a la vez.

Patrick suspiró aliviado viendo que Claire lo estaba llevando muy bien, sus padres no estaban preguntando demasiado y Jess se estaba comportando. ¿Qué más podía pedir un hombre?

La comida estaba riquísima. Nada elaborado. Productos frescos cocinados de forma sana y servidos en un ambiente maravilloso.

Claire le había dicho que la tarta de manzana la había hecho con los frutos que había recogido el otoño pasado del árbol bajo el que estaban comiendo y aquello lo emocionó. Había algo especial en aquel detalle, toda una forma de vida.

Llevaba tiempo pensando que tenía que haber un estilo de vida más sencillo y cercano a la Naturaleza. Qué tranquilidad, allí sentado, con el regusto de la tarta todavía en la boca y el zumbido de las abejas.

«Podría estar bien tener gallinas», pensó. A Jess le encantaría darles de comer y jugar con los polluelos. Estuvo a punto de reírse al imaginárselo.

Miró a su sobrina, que había dejado por fin de mordisquear el aro de plástico y estaba durmiendo pacíficamente. Miró a su madre, que le sonrió atontada y se preguntó por qué había tardado casi un mes en hablarles de Jess.

Estaban encantados con la niña y Claire les había gustado de verdad, lo que constituía todo un alivio para él porque, si se fiaban de ella, no le darían la lata.

Por lo menos, con la educación de la niña. Ya buscarían otros asuntos en los que aconsejarle, eso seguro.

Mientras su madre y Claire hablaban de Jess, Patrick miró a su padre, que estaba observando el cobertizo.

—¿Este es el edificio que quieres reformar? —le preguntó.

—Sí. ¿Quieres echar un vistazo?

Gerald Cameron asintió.

—¿Os importa que nos ausentemos un rato? —le preguntó a las señoras.

—Claro que no —contestó Claire—. ¿Té o café?

—Lo que quieras. No tardaremos.

Al llegar al cobertizo, Patrick abrió una de las dos enormes puertas, que había engrasado, y su padre miró a su alrededor con ojos expertos.

–Mmm. Interesante. ¿Qué tal es la vista?

Patrick abrió la otra puerta y su padre sonrió encantado.

–Me lo debería de haber figurado. Siempre te encantaron las buenas vistas –apuntó fingiendo que le interesaba una pequeña grieta–. Así que te vas a venir a vivir aquí, ¿eh? Cerca de Claire… Es una chica encantadora, por cierto –añadió con aparente inocencia.

–Bueno, lo hago para estar cerca de Jess y sólo serán los fines de semana –apuntó Patrick.

–Ya veremos –sonrió su padre.

Patrick puso los ojos en blanco.

–Papá, esto es sobre Jess y Will, no sobre Claire y yo.

–Claro, claro –dijo su padre sin convencer a su hijo.

Patrick se preguntó hasta qué punto su decisión de arreglar el cobertizo e irse allí a vivir mientras duraban las obras había sido por Jess o por Claire.

Decidió que por la niña. ¿Por qué iba a ser por la tía? Claro que no. Al fin y al cabo, no había demostrado ningún interés por él y las pocas veces que Patrick había intentado algo, lo había desmotivado.

Como aquel tonto intento en el cobertizo de la semana anterior cuando le había preguntado si saldría corriendo si la besara.

Le había dicho que sí, pero, más tarde cuando la había besado junto al bizcocho de jengibre, no había corrido. Tal vez, tendría que haber seguido.

O tal vez, no. La situación ya era lo suficientemente complicada.

Volvió a ocuparse de su padre y, tras ir a buscar
los planos, se los enseñó.

—Así que estáis aquí —dijo su madre apareciendo en el cobertizo con la niña en brazos.

Patrick se giró hacia ella y sonrió.

—Perdona, le estaba enseñando los planos a
papá.

—Claire ha hecho té. ¿Venís?

Patrick asintió y dobló los planos.

—¿Qué te parece, mamá?

—Encantadora.

—Me refería al cobertizo, no a Jess.

—Y yo me refería a Claire.

—Mamá, Claire y yo somos ambos tíos de Jess,
pero nada más. No hay nada entre nosotros ni lo
va a haber. Somos amigos. Punto.

Fue hacia la puerta y se encontró con Claire
mirándolo con una expresión extraña en el rostro
y la bandeja del té en las manos.

—Como no veníais, he venido yo —dijo en tono
jovial, pero Patrick se dio cuenta de que le pasaba
algo.

—Ya íbamos —dijo.

—Entonces, vamos —dijo Claire volviendo a la
casa con la bandeja.

—Os esperamos en el salón —dijo la madre de
Patrick mirando a su marido de forma significa-
tiva.

Patrick se dio cuenta y suspiró horrorizado. Iban a intentar emparejarlos. Aquello iba a ser espantoso, su relación con Claire iba a verse seriamente perjudicada.

Sacudió la cabeza desesperado. No necesitaba la ayuda de sus padres para nada. ¡Se bastaba y sobraba él solito para estropearlo todo con Claire!

«¿Qué creía?», se preguntó Claire.

Las palabras de Patrick habían sido muy claras, ¿verdad?

«Pero me ha besado», pensó.

Dos besos en una semana. No estaba mal, pero tampoco era para tirar cohetes.

«Me debo de estar haciendo vieja. Debería salir más», decidió.

–¿Qué te parecen las ideas que Patrick tiene para reformar el cobertizo? –le preguntó Gerald mientras tomaban té en el salón.

–Todavía no he visto los planos. Al fin y al cabo, tampoco tiene nada que ver conmigo–contestó disimulando su dolor porque no se los había enseñado–. Lo cierto es que Patrick llegó ayer muy tarde y esta mañana…

–Has tenido que ponerte a hacer la comida para nosotros –dijo Jean–. Por cierto, estaba todo buenísimo. Muchas gracias. Siento mucho que te hayamos causado tantas molestias.

–No ha sido una molestia en absoluto –dijo

Claire sinceramente–. Ha sido un placer verlos con Jess.

Al oír su nombre, la niña sonrió encantada. ¿Por qué había tenido tanto miedo cuando Patrick le había dicho que sus padres iban a ir a comer? ¿Temía que le quitaran a Jess? Sí, había sido eso, pero ya no lo tenía. Había comprendido que Gerald y Jean sólo querían conocer a su nieta, no arrebatársela.

–A mí me gustaría ver esos planos –dijo Jean–. Cuéntanos qué se te ha ocurrido, hijo.

–Son sólo un primer proyecto…

–No quiero un informe técnico –rió su madre–. Sólo una idea de lo que vas a reformar.

Patrick los colocó sobre la alfombra y se arrodilló en el suelo. Nada más verlos, Claire olvidó su decepción por que no se los hubiera enseñado.

Eran ideas preciosas para hacer del cobertizo un lugar luminoso y espacioso, con paredes abiertas hacia el tejado y pocas habitaciones.

–Es sólo para Jess y para mí –apuntó Patrick como si le hubiera leído el pensamiento–. Por eso, no necesito muchas habitaciones.

–¿Y esto? –preguntó su madre.

–Eso es una posible ampliación para el futuro –contestó Patrick–. Había pensado en ponerme un despacho para pasar aquí las vacaciones escolares con la niña cuando sea un poco mayor.

A Claire le dio un vuelco el corazón. Se fijó y vio que el futuro despacho daba al otro lado de la casa, así que no podría verlo trabajar.

Aquella idea la llenó de tristeza, pero entendió perfectamente que Patrick hubiera elegido aquella ubicación pues las vistas eran impresionantes.

Las mismas que habría tenido ella si hubiera podido montar su taller en el cobertizo. La decepción la invadió unos segundos, pero se dijo que con el dinero que Patrick le iba a pagar por el cobertizo su vida iba a ser mucho más fácil, así que no debía arrepentirse.

Además, así lo iba a ver todos los fines de semana.

Le volvió a dar un vuelco el corazón y se dijo que no debía comportarse como una tonta.

«Somos amigos. Punto», recordó.

Maldición.

Patrick sacó la cortadora del cobertizo y se dispuso a cortar el césped. La máquina era una maravilla, pero aquel jardín era de lo más difícil, estaba lleno de árboles y no era fácil avanzar en línea recta.

Al cabo de un rato, descubrió que Claire lo estaba mirando desde la puerta y se sintió de lo más tonto.

–¿Qué pasa? –dijo.

–Nada –contestó ella–, estaba pasando un buen rato.

Patrick la miró molesto.

–¿Quieres hacerlo tú, que parece que se te va a dar mejor? –le espetó.

–Por supuesto –contestó Claire con decisión.

Dicho y hecho. Se subió a la cortadora, la puso en marcha y comenzó a cortar el césped sin dificultad, sorteando los árboles y llegando a todos los recovecos.

Patrick pensó enfurecido que le había dado una buena lección. Entonces, se fijó en que, debido al movimiento de la máquina y al relieve del suelo, los pechos de Claire botaban arriba y abajo y aquello lo compensó por la afrenta sufrida.

«¿Eso es un conejito o se alegra de verme?», recordó.

Gimió y se fue. Había maneras más fáciles de torturarse, como por ejemplo arrancarse las uñas de los pies. Se metió en el estudio, de espaldas a la puerta, y se concentró en los planos.

Claire apenas había comentado nada sobre ellos y aquello le había molestado. Su falta de interés incluso le había herido.

«No tiene nada que ver conmigo», había dicho Claire arrebatándole todo su entusiasmo.

Pero, ¿por qué? Al fin y al cabo, no hacía la reforma por ella.

¿No sería que Claire estaba dolida por haber tenido que vender el cobertizo? Se giró en la silla y la observó a través de la ventana.

Allí estaba, cortando el césped, con los pechos arriba y abajo y la cara sonrosada por el sol. Realmente guapa.

Patrick deseó por enésima vez que no estuvieran embarcados en aquel tipo de relación que tenían, pero así eran las cosas. Su relación era especial debido a Jess y no podía permitirse el estropearla por dejar que el deseo hiciera de las suyas.

Lo cierto era que temía que no fuera simplemente deseo.

En ese momento, Claire dio un buen salto con la cortadora y sus pechos se movieron con fuerza. Patrick tuvo que hacer un esfuerzo sobrehumano para dejar de mirarla y concentrarse en los planos pues al día siguiente había quedado con el constructor y no tenía tiempo para imaginarse cómo sería tocarlos.

—¿Qué tal la cortadora? —le preguntó Patrick.

—Bien —contestó Claire.

—¿Sólo bien? —insistió él con una ceja arqueada.

—Está bien, es la mejor cortadora del mundo, tenías razón, necesitábamos una cortadora así, nos va a hacer la vida mucho más fácil… ¿Mejor así?

Patrick se rió y Claire sintió que le flaqueaban las piernas.

—Un poco exagerado, pero sí, mucho mejor —dijo acercándose a ella con las manos en los bolsillos—. He estado echándoles un último vistazo a los planos. ¿Te gustaría verlos?

Claire sintió que el corazón le daba un vuelco.

—Si quieres —contestó llenando la tetera de agua para ganar tiempo.

No quería meter las narices en un asunto que no la incumbía, pues el cobertizo ya no era suyo, pero se moría de curiosidad.

El cobertizo ya no era suyo. Punto.

«¿Y qué?», se dijo. «Mejor un arquitecto que sólo viene los fines de semana que una ruidosa familia con hijos que hagan fiestas».

–¿Claire?

–Dime.

–Perdona. He sido un poco insensible con todo este asunto. No me había dado cuenta de que te había arrebatado tu sueño.

–No, no digas tonterías. No ha sido así para nada –le aseguró–. Era sólo un sueño y hay que vivir en la realidad. No ha sido culpa tuya sino de Amy y… no lo hizo adrede –añadió con los ojos llenos de lágrimas.

Salió corriendo de la cocina y fue a refugiarse, precisamente, al cobertizo como había hecho siempre. Al darse cuenta de que pronto no sería suyo, se preguntó dónde iba a ir a lamerse las heridas.

Patrick la había seguido y la abrazó para consolarla.

–No pasa nada, preciosa. No fue culpa tuya. Hiciste todo lo que pudiste. Se destruyó ella sola –murmuró.

Claire se dio cuenta de que, efectivamente, no estaba llorando por el cobertizo sino por su hermana y se abrazó a él con fuerza.

Cuando se hubo tranquilizado, se soltó y Patrick la miró a los ojos.

–No me mires, debo de estar horrible –musitó.

Patrick le limpió las lágrimas con un pañuelo de papel y la volvió a abrazar.

–¿Estás mejor?

Claire asintió y quiso salir corriendo y esconderse porque temía estar verdaderamente horrible.

–Sé por lo que estás pasando –le dijo Patrick–. Sólo te voy a decir una cosa. Tu hermana era una mujer adulta que sabía lo que hacía. Tú no eres responsable de todos sus actos, no eras su ángel de la guarda.

Claire asintió. Sabía que Patrick tenía razón, pero no acababa de creérselo.

–Ya basta –insistió Patrick besándola.

Fue un beso menos casto que los demás, pero tampoco apasionado.

Claire se apartó de él porque temía hacer una tontería y avanzó con dignidad hacia su casa. Patrick la alcanzó, pero no la tocó aunque le dejó la mano cerca por si se la quería agarrar.

–Jess está llorando –anunció adelantándose para hacerse cargo del bebé.

Llevaba durmiendo muchas horas y Claire se había preguntado antes de ir a ocuparse de la pradera cuándo se iba a despertar. Como había tardado menos que de costumbre en cortar el césped gracias a la nueva cortadora…

Sonrió con amargura. Se había mostrado de lo más desagradable con aquel tema, pero había sido porque era muy fácil para Patrick ir por ahí haciendo las cosas fáciles con tanto dinero.

Aquello la hacía sentirse en deuda y en desigualdad de condiciones, pero ya se estaba acostumbrando. Primero, había sido el coche y, luego, la cortadora y el dinero.

Maldición.

Cuanto más dinero había entre ellos, más obligada se sentía ella. Y lo del coche había sido un engaño porque Patrick se había llevado el suyo porque se iba a quedar un par de meses.

Gimió al pensarlo. Había conseguido controlarse aquella vez a pesar de que había sentido su erección, pero, claro, Patrick era un hombre y ellos se excitaban con facilidad. Si se hubiera dado a él, la habría tomado sin pensárselo.

Y, luego, ¿qué? Le habría roto el corazón y Claire no tendría lugar donde esconderse.

¡Menos mal que se había controlado!

¿Por qué la había besado?

Tan cerca y tan lejos. Era un idiota.

Cambió a Jess y la bajó a la cocina para darle de comer.

Allí estaba Claire, preparando té. El biberón de Jess ya estaba listo sobre la mesa, así que Patrick se sentó y la dio de comer.

«Se me va dando mejor», pensó.

Miró a Claire mientras le metía a Jess una cucharada de papilla de cereales en la boca y la vio cerrar los labios como si se tomara ella la papilla. Enarcó una ceja y Claire se giró sonrojada y se concentró en el té.

—Es un reflejo –dijo–. Tú también lo haces.

—Yo, no –protestó Patrick.

Unos segundos después, se dio cuenta de que estaba cerrando y abriendo la boca al ritmo de Jess. ¡Maldición!

Claire se rió y aquel sonido le pareció tan maravilloso que no dijo nada. Ya se vengaría más tarde con otra cosa.

Mientras tanto, debía tener cuidado para que su sobrina no le llenara la camisa de cereales. Cuando la niña se hartó de comer, tomó una frambuesa gigante y se la espachurró en la camisa.

Claire se rió y Jess también. Patrick las miró y se rió también.

Los perros estaban bajo la mesa para ver si les caía algo, la gata observando desde la distancia y los pájaros, cantando.

¿El paraíso?

Eso parecía, pero en realidad estaba viviendo la vida de Will, estaba dando de comer a su hija, con su perro a los pies, mirando a la hermana de su novia.

«Maldita sea, hermano, deberías estar aquí dando de comer a tu hija», pensó con amargura. «Deberías estar aquí con Amy y Claire y yo...»

¿Qué? ¿Dónde deberían estar ellos? Desde

luego, no embarcados en una relación como la que tenían.

Suspiró y se levantó.

–Me voy a cambiar –le dijo a Claire entregándole a la niña.

Subió a su habitación y apoyó la cabeza contra la puerta. Si Will y Amy no hubieran muerto, Claire y él se habrían conocido de otra manera, de una forma mucho más informal y habrían podido tontear y ligar.

Tal vez, estarían juntos y no se pasarían el día deseando lo que no podían tener.

Por lo menos, eso era lo que le pasaba a él. Parecía que a ella no le interesaba porque no lo había besado. Se había limitado a dejar que él la besara, pero se había apartado y se había ido.

Maldición, maldición, maldición.

Volvió a la cocina cambiado. Claire estaba dándole el biberón a Jess.

–¿Te apetece una sopa para cenar? –le preguntó.

Patrick no podía aguantar más su proximidad.

–No tengo hambre –contestó–. Voy a pasear a los perros.

Sin esperarla, llamó a Pepper y a Dog y se fue.

CAPÍTULO 7

PARA SORPRESA de Claire, Patrick la invitó al día siguiente a ir con él a hablar con los técnicos del Ayuntamiento.

La sorprendió porque había estado de un humor raro la noche anterior sobre todo porque, al volver del paseo con los perros, Jess le había tirado la papilla de cereales por la cabeza y había tenido que subir a su habitación a cambiarse.

¿Habría sido por el beso? Claire no tenía ni idea y había decidido dejar de intentar dilucidar cómo funcionaba la cabeza de Patrick porque era todo un misterio. Lo único que sabía era que, de vez en cuando, parecía que él le leía el pensamiento y ella no tenía ni idea de lo que estaba pensando él.

—No creo que les importe que te vengas con la niña. Al fin y al cabo, el primer proyecto para reformar el cobertizo era tuyo, así que, si te interesa...

Claire se preguntó si lo decía en serio y decidió que, de no haber querido que estuviera presente, no se lo habría dicho.

–Claro que me interesa –contestó–, pero no sé si mi presencia va a servir de algo porque, comparada con un arquitecto, no sé nada.

Patrick la miró con una ceja enarcada.

–Sabes perfectamente a lo que me refiero –insistió Claire.

–¿Cuánto tiempo se tarda en llegar al Ayuntamiento?

–Unos veinticinco minutos.

–¿Nos da tiempo de tomar un café?

–Prepáralo tú mientras yo doy de comer a la niña. Si no, me temo que nos va a estropear la reunión.

Era fascinante ser como una mosca en la pared mientras Patrick y los técnicos hablaban.

Mientras lo escuchaba exponer sus ideas para la reforma, se dio cuenta de que estaba verdaderamente entregado y decidió que había hecho bien vendiéndoselo.

Los técnicos pusieron objeciones a ciertos aspectos del proyecto de Patrick, pero él supo dirigir la reunión y acabó con todos los obstáculos, menos uno en el que los técnicos se mostraron intransigentes.

La escalera de acero de la que Claire ni había oído hablar tenía que ser de madera de roble. Para su sorpresa, Patrick estuvo de acuerdo y le concedieron la licencia.

–¿Puedo empezar ya?

Los técnicos asintieron.

Tras abandonar el edificio y llegar al coche, Patrick se dio la vuelta hacia Claire y sonrió.

–Excelente –rió ella–, pero no vas a poder construir la escalera de acero... –añadió dubitativa.

–No pasa nada, ya contaba con ello. De hecho, lo incluí adrede en el proyecto para tenerlos contentos. Mi idea desde el principio era ponerla de madera.

–Qué astuto –sonrió Claire.

–Para algo tenían que servir tantos años de experiencia, ¿no? ¿Comemos?

Los siguientes días fueron febriles. Patrick tuvo que volver a Londres y se llevó el Golf, pero le dejó el Audi y Dog a Claire.

Se le hizo raro volver sin él, pero el perro estaba encantado con Pepper y Claire no había puesto ningún problema.

Kate lo recibió con una sonrisa.

–¿Qué tal? –le preguntó.

–Bien. Los técnicos del Ayuntamiento se han mostrado muy razonables y el cobertizo va a quedar de maravilla.

–¿Y Claire y la niña?

Desde luego, Kate siempre había sido una mujer muy directa.

–Bien –contestó Patrick sin entrar en detalles–. ¿Está Sally?

–Sí, en su oficina, pero ella creía que no iba a volver usted hoy.

–No lo iba a hacer, pero ha surgido. ¿Están también Mike y David?

–Mike, sí, pero David está en una reunión. Volverá en una hora más o menos.

Patrick asintió y se dirigió al ascensor. Tenía muchas cosas que hacer, así que una hora se le pasaría volando. Realmente, tenía que hablar con Mike y con David para contarles cuáles eran sus planes. No les iba a gustar lo que iban a oír, pero...

Ya había entregado muchos años al estudio y, especialmente el último, había sido durísimo. Había llegado el momento de tomarse tiempo para sí mismo. Eso quería decir que sus socios iban a tener que hacerse cargo de más responsabilidades, pero no se iban a morir por ello.

Incluso a David le iba a venir bien porque tenía la impresión de que estaba un tanto infravalorado.

Además, no se iba a vivir al extranjero. Iba a estar a dos horas en coche de Londres y siempre estaba el teléfono. Podrían arreglárselas sin él perfectamente.

–Buenos días, Sally –saludó con una sonrisa.

–Vaya, no lo esperaba hoy –sonrió su secretaria–. ¿Y el perro?

–En Suffolk –contestó Patrick–. He venido

sólo a arreglar un par de cosas y no me parecía que mereciera la pena traérmelo.

Sally lo miró como si fuera un extraterrestre.

–¿Cómo que no merecía la pena? –dijo confusa–. ¿Pero no me dijo ayer que volvía mañana para quedarse el resto de la semana?

–Sí, pero ha habido cambio de planes –sonrió Patrick–. La verdad es que he decidido tomarme dos meses de vacaciones para supervisar las obras de reforma del cobertizo –le explicó.

Sally lo miró con la boca abierta. Patrick se acercó a ella, le puso un dedo en la barbilla y se la cerró.

–¿Cómo? –dijo su secretaria–. Tiene mil reuniones concertadas, el proyecto del río, la casa de Hampstead, las oficinas de Ealing ¿y a usted no se le ocurre otra cosa mejor que irse a Suffolk a supervisar las obras del cobertizo?

Patrick enarcó una ceja.

–Efectivamente –contestó sonriente–. ¿Me traes un café, por favor?

Se metió en su despacho y cerró la puerta. Contó tres y oyó un bufido y un golpe en la mesa. Sonrió, se quitó la chaqueta y la dejó en el respaldo de la silla, se sentó, cruzó las piernas sobre la mesa, se puso las manos en la nuca y volvió a sonreír.

Estaba seguro de que Sally se calmaría en breve y, luego, le llevaría el café y la prensa y todo volvería a la normalidad.

Hasta que no hablara con Mike y con David, sin embargo, no iba a poder seguir adelante pues lo primero era que se dividieran los proyectos que él estaba dirigiendo en aquellos momentos.

Había decidido que David se ocupara del proyecto de Battersea. Era perfecto para él, la ocasión ideal para demostrar su valía. Patrick estaba seguro de que estaba preparado para ello.

«Por favor», rogó.

Sally entró con el café y el periódico.

—¿Lo saben Mike y David? –preguntó.

—Todavía, no –contestó Patrick.

—Se va a armar una buena. Lo sabe, ¿verdad?

—Sobrevivirán –sonrió Patrick–. Llevan años aquí. Ya va siendo hora de que sean jefes. No se van a morir.

—No, pero puede que lo maten a usted –sonrió Sally.

Veintitantas difíciles horas después, Patrick metió en el coche ropa, el fax, una fotocopiadora y una mesa de trabajo y puso rumbo a Suffolk.

Dog y Pepper salieron a recibirlo seguidos por Claire con Jess en brazos.

Patrick sintió deseos de decir alguna estupidez como «Hola, cariño, ya estoy en casa», pero se limitó a sonreír y a agarrar a Jess, que estaba encantada de verlo.

—¿Cómo está mi pequeña? –sonrió.

—Le ha salido otro diente —contestó Claire sonando sospechosamente a madre orgullosa.

Patrick le miró la boca a su sobrina y le dio la enhorabuena. Un día sin verla y ya había cambiado. De repente, se encontró preguntándose cómo llevarían los militares volver a casa después de un destino prolongado y encontrarse con sus hijos completamente cambiados.

Y eso que Jess no era hija suya.

Qué pensamiento tan peculiar.

Se la devolvió a Claire y descargó el coche.

—Puedes ponerla en el salón —sugirió ella al ver que se había llevado su mesa de trabajo.

Pero a Patrick no le pareció una buena idea. Para empezar, porque desde el salón no veía a los obreros trabajando en el cobertizo y, además, Claire no trabajaba en el salón.

No quiso analizar esa última razón.

—No, si no te importa, prefiero meterlo todo en tu estudio —contestó—. Así podré vigilar a los obreros y, además, el fax y todo eso te vendrá bien para tu trabajo también.

—¿Qué trabajo? —se mofó Claire.

Patrick se dio cuenta de que llevaba un par de semanas sin hacer nada. ¿Porque no había querido o porque no le había salido nada? Si era lo último, de lo que Patrick estaba prácticamente seguro, ¿qué habría hecho sin él?

Durante los fines de semana que habían pasado juntos, se había enterado de que Amy y ella habían perdido a sus padres hacía cuatro años, justo un año antes de que muriera la tía Meg, así que Claire estaba muy sola.

Patrick se preguntó si lo estaría pasando muy mal. Él tenía a sus padres que, aunque se metieran en todo, eran cariñosos y lo apoyaban siempre. La idea de no tenerlos a ellos ni a nadie era horrible.

Decidió darle trabajo disimuladamente porque sospechaba que a Claire la tenía muy preocupada no tener ingresos a pesar de que él le había asegurado que no le importaba mantenerla. Lo cierto era que, una vez que le hubiera pagado el cobertizo, viviría mucho más tranquila.

–¿Qué tal por Londres? –le preguntó Claire mientras se tomaban un té minutos después.

–Bien. Mis socios se han quedado un poco alucinados de que haya tomado esta decisión, pero han reaccionado bien. Sé que no va a haber ningún problema. Son los dos muy buenos.

Claire sonrió y Patrick pensó que no había ningún lugar en el mundo como el hogar.

¿El hogar? ¿Eso era ahora para él aquella casa? ¿El cobertizo o la cocina con Claire, la niña, los perros y la gata?

Prefería no pensarlo.

–He hablado con un constructor con el que he trabajado en otras ocasiones –dijo–. Va a venir mañana para ver el cobertizo y va a empezar en cuanto pueda. Me ha dicho que le ha fallado un cliente, así que puede que tengamos suerte.

Claire asintió, pero no dijo nada y Patrick se preguntó si le seguía molestando que fuera él y no ella el que fuera a reformar el cobertizo.

–Claire, ¿te parece bien?

–Sí –contestó ella sinceramente–. De verdad, me muero de ganas por verlo reformado –sonrió–. De hecho, creo que me vas a tener que echar con aceite hirviendo de allí.

Patrick se rió.

–No creo que lo haga nunca –le dijo.

–Bueno, bueno, espera y verás –se rió ella también.

Patrick se sintió completamente aliviado y decidió que Claire tenía todo el derecho del mundo a supervisar la reforma porque, al fin y al cabo, el cobertizo era parte de su vida.

Al día siguiente, el constructor le confirmó que tenía un hueco para encargarse de su reforma y la cuadrilla de obreros se puso rápidamente manos a la obra. A mediodía, ya estaban montando los andamios y despejando el tejado.

Claire los observaba con atención intentando que los perros no se metieran por el medio, tanto para que no les cayera nada encima como para que no se comieran los sándwiches de los obreros.

Al principio, temió que el ruido fuera a despertar a Jess, pero su habitación estaba al otro lado de la casa y allí no se oía nada.

Como suponía, Patrick estuvo con ellos toda la mañana y, en cuanto el andamio estuvo colocado, se puso un casco, se arremangó la camisa y se subió a lo alto con tanta soltura como si hubiera nacido en uno.

Claire sonrió y se fue a preparar té, café y chocolate para todos.

—Nos está usted acostumbrando muy mal, señora —sonrió el capataz haciéndola reír.

—¿Hay té? —preguntó Patrick apareciendo al cabo de un rato.

—No queda —dijo el hombre alejándose.

—¿No?

—Claro que sí —contestó Claire—. Hay otra tetera entera en la cocina—. Me iba a hacer uno para mí y justamente te iba a preguntar si te apetecía.

Al oírse su propia voz, le entraron ganas de gritar, así que se giró y fue hacia la cocina esperando que él la siguiera.

Por supuesto, lo hizo, pero Claire tuvo claro que era por el té y no por ella. Estar trabajando a pleno sol daba sed, así que supuso que tomaría la taza y se iría fuera, pero no fue así.

Patrick se sentó en una silla y se quedó mirándola.

—¿Qué te parece? —le preguntó—. ¿Vas a poder con todo?

—¿A qué te refieres? ¿A los obreros?

—Me refiero a que debes de estar loca para querer pasarte los próximos tres meses preparando té veinticinco veces al día.

Claire sonrió y se encogió de hombros.

–No podemos dejar que se deshidraten. Tu buena reputación se vería afectada –bromeó.

–En eso, tienes razón –sonrió Patrick metiendo la mano en la caja de las galletas.

Claire se dio cuenta de lo mucho que lo había echado de menos la noche que había pasado en Londres. Sabía que había ido por motivos de trabajo, pero, ¿quién le aseguraba que no había sido también por algo personal?

Sabía que estaba soltero y las únicas mujeres que lo llamaban eran su madre y su secretaria. En realidad, Sally sólo había llamado una vez, ella estaba delante y era obvio que sólo tenían una relación de trabajo.

Siempre podía preguntárselo, pero no quería hacerlo. Patrick le había contado muchas cosas de su vida y, si hubiera habido una mujer en ella, se lo habría dicho.

Claro que poco importaba, la verdad, porque, tal y como les había asegurado a sus padres, «sólo eran amigos».

Una pena.

El sábado por la noche, Claire oyó gritar a la gata. No la había oído en todo el día, pero aquello no la había sorprendido porque era un animal muy independiente.

Estaba en el jardín, recogiendo hojas, se paró y escuchó.

Sí, efectivamente, estaba gritando en el cobertizo.

La buscó entre los andamios, pero no la encontró así que fue a buscar a Patrick, que estaba en el estudio trabajando.

–La gata está llorando. Creo que está en el cobertizo.

–¿Has entrado a buscarla?

–He mirado desde abajo, pero no la veo. No me he atrevido a subirme a los andamios sin casco y, además, no me gustan las alturas.

Patrick puso los ojos en blanco.

–Ya voy.

Salieron al jardín y la gata volvió a gritar angustiada. Patrick suspiró y tomó una escalera de mano.

–Agárrala –le indicó a Claire.

–No llevas casco –le advirtió ella.

Patrick se encogió de hombros.

–Ya tengo bastante con la gata como para, además, tener que preocuparme de que no se me caiga el estúpido casco.

Claire agarró la escalera y lo vio subir llamando a la gata.

–Está en el tejado –anunció Patrick–. No sé si voy a poder llegar hasta ella. Lo voy a intentar.

Con el corazón en un puño, Claire lo observó trepar por la frágil estructura del tejado. Debía de estar loco. Aquello era para matarse.

–La tengo –gritó.

Claire respiró tranquila al verlo bajar por el andamio hasta la escalera de mano de nuevo. Cerró los ojos y controló las náuseas. Si la estructura del tejado hubiera cedido...

–Gracias –dijo fervientemente agarrando a la gata.

En animal saltó de sus brazos, salió disparada por el jardín y se subió al manzano, desde donde miró a Patrick con cara de pocos amigos.

Claire sonrió y lo miró también. El pobre estaba palpándose el hombro por dentro de la camisa. Al sacar la mano, vio que tenía sangre.

–No le ha hecho ninguna gracia que la agarrara –se lamentó.

–Vamos dentro a curarte eso –indicó Claire.

Una vez en la cocina, Patrick se quitó la camisa y Claire comprobó que, efectivamente, tenía varios arañazos en la espalda.

–Vaya con la gata –murmuró yendo al botiquín.

–Me vas a decir que me va a escocer un poco y, en realidad, voy a ver las estrellas, ¿verdad?

Claire sonrió.

–Efectivamente –se burló.

–¿Te alegras? –bromeó él.

Claire puso agua oxigenada en un algodón y le desinfectó las heridas. Patrick maldijo en voz baja y Claire tuvo que morderse la lengua para no reírse.

Lo cierto era que no tenía gracia. Si el tejado hubiera cedido...

Se puso seria al instante. Siguió desinfectándole los arañazos y le puso antiséptico.

–Ya está –anunció.

–Gracias –murmuró Patrick mirándola.

Claire supo inmediatamente lo que iba a pasar. Fue como verlo a cámara lenta. Patrick le tomó la cara entre las manos y la besó en los labios.

Aquella vez, sin embargo, no se conformó con un beso casto sino que la tomó en brazos y la besó con pasión.

Sus lenguas se encontraron y juguetearon, por fin, explorando y enredándose hasta que Claire sintió que las piernas le flojeaban y que lo único que quería era acostarse con él.

Allí y ya.

Lo apartó y lo miró a los ojos. No vio más que deseo, como él debía de estar viendo en lo suyos. Tragó saliva y dio un paso atrás. Y después otro y otro hasta que llegó a las escaleras.

Aquello iba a ser un error. Para Patrick, sólo eran amigos.

Sí, claro.

Claire corrió escaleras arriba y se metió en su habitación con el corazón latiéndole aceleradamente y preguntándose qué iba a pasar a continuación.

Ella tenía muy claro lo que quería que pasara, pero dudaba de que Patrick fuera a subir porque era un hombre muy controlado… aunque hacía un momento no lo parecía tanto.

Lo oyó subir las escaleras y pronto lo tuvo ante sí de nuevo. Se había abrochado la camisa, pero a Claire le daba igual. Ya había visto sus músculos y su piel y…

¡Oh, Dios!

–Entiendo –dijo–. No hace falta que me vengas con el sermón de «sólo somos amigos» –le dijo.

Patrick sonrió.

–No iba a hacerlo –le aseguró–. Iba a decirte que acabáramos lo que hemos empezado –añadió dejándola sin aliento.

CAPÍTULO 8

CLAIRE sintió que el corazón se le subía a la garganta y entró andando de espaldas en la habitación. Se topó con la cama y se sentó.

–Pero… ¿no habías dicho que éramos sólo amigos?

–Tonterías –contestó Patrick.

No intentó tocarla ni convencerla. Se quedó de pie, esperando…

Al cabo de unos segundos que a Claire le parecieron una eternidad, se encogió de hombros y se giró dispuesto a irse.

–¡Espera! –le gritó. Tomó aire–. Patrick, por favor… espera.

Patrick se volvió a girar y esperó. Claire alargó el brazo y le ofreció la mano.

Jess estaba durmiendo y los perros estaban recogidos en la cocina para pasar la noche, así que no había nada ni nadie que los fuera a molestar.

Excepto el sentido común, del que Claire se había olvidado por completo.

Patrick se acercó lentamente y aceptó su mano.

–Gracias a Dios –gruñó abrazándola.

La besó en los labios, en las mejillas y por el cuello. Al llegar allí, dibujó con la punta de la lengua el contorno de su clavícula dejando un reguero de pasión a su paso.

Entonces, le acarició los brazos hasta llegar a sus pechos. Gimió de placer al tenerlos en las manos y pronto los tenía cerca de la boca.

–Quiero verte –jadeó levantándole la camiseta.

Claire se quedó un poco perpleja, pero al ver la ternura y el cariño con los que la miraba, las dudas se disiparon.

–Oh, Claire, eres tan… –dijo quitándose la camisa.

–¿Tan qué? –dijo ella sin respiración.

–Guapa, exquisita, maravillosa.

Qué curioso. Claire estaba pensando lo mismo de él. Le plantó las palmas de las manos en el torso y sintió los latidos de su corazón. Lo miró a los ojos y tragó saliva.

Intentó decir su nombre, pero no encontró voz.

Patrick la abrazó con fuerza.

–Cuánto tiempo llevaba deseando abrazarte así –musitó–. Te necesito.

Sus bocas se buscaron y se encontraron y Claire pensó que se moriría sin aquel hombre. Patrick la tomó en brazos, la depositó en la cama con cuidado y se tumbó a su lado.

Se volvieron a besar hasta que Patrick decidió tomar otros derroteros y deslizó su boca sobre el sujetador de Claire, que recibió la idea arqueando la espalda y jadeó de placer. Patrick la acarició con maestría hasta derretirla por completo.

–Por favor –suplicó.

Patrick se arrodilló en la cama y le quitó los vaqueros con una desesperante lentitud. A continuación, las braguitas de encaje corrieron la misma suerte. Estaba desnuda a su lado y Patrick estaba encantado regocijándose en su cuerpo.

La acarició dejándole la piel de gallina a su paso.

–Eres increíble –le dijo con la voz tomada por el deseo.

A continuación, se sacó un paquetito del bolsillo del vaquero.

–Toma, sujétamelo –le dijo.

Claire lo miró y se dio cuenta de lo que era.

¡Ni se había acordado!

Lo miró y se quedó sin aliento. Se había quitado los pantalones y los calzoncillos y estaba tumbado, desnudo a su lado.

–¿Te vas a quedar con eso toda la noche en la mano o vas a hacer algo útil con ello? –bromeó.

–Hazlo tú. Seguro que yo lo haría mal.

–Lo dudo –sonrió él obedeciendo.

Se colocó entre sus piernas y la besó.

–Por favor –rogó Claire.

Patrick obedeció, le tomó la cara entre las manos y la penetró sin dejar de mirarla a los ojos.

Ambos gimieron de placer y sus bocas volvieron a encontrarse. Sus movimientos se acompasaron hasta que, en una carrera desbocada, alcanzaron juntos el clímax.

Claire gritó su nombre varias veces y cayó exhausta bajo el peso de su cuerpo.

–Está bien, está bien, cariño –la tranquilizó él.

Y, por primera vez hacía mucho tiempo, Claire pensó que era cierto.

Patrick estaba tumbado junto a Claire en la cama, mirando el techo e intentando controlar la oleada de sentimientos que amenazaban con apoderarse de él.

No había vuelto a sentir nada desde la muerte de Will, no se lo había permitido a sí mismo porque era demasiado fuerte, pero con Claire al lado y la pequeña Jess durmiendo cerca, no podía controlar por más tiempo sus sentimientos.

Cerró los ojos con fuerza para no llorar, pero no lo consiguió.

La amabilidad de Claire lo había conquistado, su tierna reticencia y sus caricias. Hacía mucho tiempo, más de un año y medio, que no se acostaba con una mujer y se le había olvidado lo que podían hacer las manos de una persona.

Se le escapó un sollozo, pero se controló porque Claire estaba dormida y necesitaba descansar después de los duros meses que había pasado.

La miró y se dio cuenta de que se había enamorado de ella.

«¿Y ahora qué?», se preguntó.

Claire se movió hacia él y Patrick la abrazó y la besó el pelo.

Ya se preocuparía de ello por la mañana.

Claire se despertó al oír llorar a Jess y se dio cuenta de que le dolía todo el cuerpo. Debía de ser por la falta de costumbre de hacer el amor.

Estaba desnuda, así que se puso el camisón que guardaba bajo la almohada y bajó las escaleras hasta la cocina.

Eran las cinco, pero Jess ya tenía hambre y Patrick le estaba preparando un biberón.

—Hola —la saludó sonriente.

—Hola —sonrió Claire—. ¿Te ayudo?

—No hace falta —contestó Patrick encogiéndose de hombros—. La he cambiado de pañales y le estaba calentando un biberón, he sacado a los perros y... ¿te importaría preparar té?

Claire asintió y puso la tetera al fuego intentando no mirarlo demasiado. No era fácil porque era muy guapo, así que cedió a sus deseos y lo miró.

Cuando Patrick la sorprendió, se sonrojó.

—¿Quieres ver algo más? —sonrió con picardía.

Claire tragó saliva.

—¿Qué?

–Algo muy grande –bromeó Patrick haciéndola reír.

Se acercó a él, que se acababa de sentar con Jess en brazos, y lo besó en la frente.

–¿Tú crees que se volverá a quedar dormida? –preguntó Patrick con voz ronca.

Claire se sonrojó de nuevo.

–Seguramente –contestó con el corazón acelerado.

–Bien –murmuró Patrick–. Lo que más me apetece del mundo es despertarme a tu lado.

Claire sintió que el corazón se le salía del pecho. Se debía de estar volviendo loca. Nadie la había hecho nunca sentir así. Ni siquiera había sospechado que se pudiera sentir algo parecido.

Claro que, pensándolo bien, tenía que haber algo que hiciera que las parejas siguieran juntas en los malos momentos, ¿no?

Sí. ¿Qué sería? Estaba claro.

El amor.

Claire se quedó sin aliento.

¿Amor? Pero, ¿cómo podía haberse enamorado de él si apenas lo conocía?

Muy fácil, porque era bueno, divertido y generoso, muy generoso, y sabía tocarla...

Lujuria. Era lujuria. Sólo era una atracción física. Normal. Nunca salía a divertirse, nunca dejaba que un hombre se acercara a ella.

No como Amy. Su hermana había tenido montones y montones de hombres detrás de ella y más de una vez se había despertado por las mañanas preguntándose cómo se llamaba el que estaba a su lado.

Sin embargo, con Will había sido diferente.

Dado que eran gemelos, Claire entendía perfectamente que su hermana se hubiera enamorado del hermano de Patrick.

Pero ella, Claire, no hacía ese tipo de cosas. Nunca, en su vida, se había despertado por la mañana con un hombre a su lado al que no conocía. Más bien, nunca se había despertado con un hombre a su lado. Punto.

Patrick la miró y Claire decidió que era el día perfecto para ser el primero.

Hacer el amor con Patrick era un viaje al centro del placer.

No había prisas y para cuando alcanzaban ambos el orgasmo estaban exhaustos.

Era maravilloso. Aquel domingo lo pasaron haciendo el amor, jugando con los perros y con la niña y diciéndose el uno al otro lo que se iban a hacer la próxima vez que se encontraran en la cama.

Por la noche, bastante saciados de sexo, cenaron en el sofá del salón mientras veían una película.

Una hora después, los perros estaban durmiendo, la niña acostada y ellos felices de dormir abrazados.

–¿Claire?

Abrió los ojos y lo vio sentado en el borde de la cama vestido y con una taza en la mano.

–Te he traído un té –anunció–. Los obreros están a punto de llegar.

–Uy, me he dormido –contestó Claire incorporándose–. ¿Qué hora es?

–Las siete. Le he dado a Jess el biberón y la he vuelto a acostar. Voy a sacar a los perros. No tardaré –dijo besándola–. Hasta luego.

Claire se pasó el día entero observando a Patrick, que estaba trabajando en el cobertizo con los obreros, y se asustó de sus sentimientos. Nunca en su vida había sentido algo tan fuerte y no sabía cómo lidiar con ello.

Nunca había pensado en que iban a acabar en la cama. Nunca se le había ocurrido que le pudiera gustar a Patrick. En el fondo de su corazón, sabía que era algo pasajero, que no podía durar porque eran de dos mundos completamente diferentes.

Patrick podía conseguir todo lo que se propusiera y ella era una mera distracción pasajera. Estaba segura de que pronto se aburriría y el juego se habría acabado.

Se dio cuenta de que si, tal y como creía, Patrick estaba jugando con ella, se moriría y decidió que no podía permitirlo, que por encima de ellos estaba Jess.

Era su obligación cuidar de la niña y, si eso quería decir distanciarse de Patrick, así sería.

Empezando por aquella misma noche.

Patrick entró por la puerta y se le cayó el corazón a los pies.

Por la cara que tenía, Claire se había arrepentido de lo sucedido.

Se sentó y aceptó la taza de té que ella le había dejado sobre la mesa.

—He estado pensando —dijo ella.

—¿Sobre qué? —preguntó Patrick preocupado.

—Sobre nosotros.

Patrick dejó la taza en la mesa lentamente y la miró a los ojos. Claire desvió la mirada.

—No me parece bien —dijo por fin.

—¿Por qué? —preguntó Patrick compungido.

—Por Jess —contestó Claire—. Tenemos que ser amigos. Vamos a tener que vivir juntos los fines de semana y, cuando lo dejemos, va a ser mucho más difícil.

—¿Y si no lo dejamos nunca? —sugirió Patrick.

Claire lo miró como si estuviera loco.

–No lo dices en serio, claro –le espetó.

«Claro que no», pensó Patrick. Al fin y al cabo, si con las demás había terminado acabando siempre, ¿por qué con ella iba a ser diferente? Había querido a todas las mujeres con las que había tenido una relación, que tampoco habían sido muchas.

Entonces, ¿por qué nunca había durado? ¿Tal vez porque no había entregado el corazón al cien por cien?

Sintió una punzada de dolor. Aquella vez, estaba dispuesto a hacerlo.

–Creo que deberíamos olvidar esta… esta…

–¿Aventura? –la ayudó Patrick intentando sonar como si tal cosa.

Claire asintió.

–Sí, aventura –dijo–. Creo que deberíamos olvidarla –insistió sin mirarlo a los ojos–. Por el bien de Jess, que es la que importa.

Patrick no podía discutir aquel punto, así que no se molestó en intentarlo. Iba a tener que probar con otra táctica: la paciencia.

Nunca había sido su fuerte, pero estaba dispuesto a intentarlo.

Empezando por dejarle creer que había ganado el primer asalto.

–Muy bien –dijo.

–¿Muy bien? –dijo Claire mirándolo.

–Sí, olvidemos lo ocurrido.

–Ah. Eh, sí, claro… ¿Tienes hambre?

Claire se había quedado tan anonadada que a Patrick le entraron ganas de reír. Lo habría hecho si no hubiera sido porque le apetecía más gritar y romper algo.

—No mucha —contestó—. Creo que me voy a ir a la ciudad a comprar el periódico y a dar una vuelta por el puerto. Nos vemos luego.

Subió a su habitación, se duchó, se cambió y se fue sin despedirse. Sabía que estaba en la habitación de Jess y vio cómo se movían las cortinas cuando se montó en el coche, pero no quería hablar con ella en aquellos momentos.

No podía. Primero tenía que poner en orden su cabeza.

Fue a Ipswich y se dio una vuelta por la zona de Waterfront, que acababan de reformar. Observó el proyecto con ojos de arquitecto e intentó no pensar en Claire, pero terminó sentado en la barandilla mirando el reflejo de las luces en el agua y deseando que, por una vez, la vida fuera fácil.

Estaba harto de tener que controlar sus sentimientos y de tener que ser siempre el fuerte.

Tras la muerte de Will, había pensado que jamás iba a tener que cuidar de nadie, pero ahora Jess había aparecido en su vida y lo necesitaba de verdad, así que iba a tener que ser fuerte una vez más.

No se iba a morir, ¿no? Además, ya estaba acostumbrado a ese papel. A Jess le perdonaba todo porque la adoraba. La quería tanto como si fuera suya.

Estaba dispuesto a hacer lo que fuera por ella, incluso perder a Claire, pero no iba a ser sin oponer resistencia.

Claire había ganado la primera batalla, pero no la guerra. No se iba a dar por vencido tan fácilmente porque estaba seguro de que ella lo amaba también. Estaba asustada, eso era lo que le pasaba.

Tenía que convencerla de que no la iba a dejar jamás. Sólo así su relación tendría futuro. Tenía que conquistarla lentamente y hacerle creer que había sido ella.

La alternativa era demasiado dolorosa.

Claire bajó al salón tras acostar a Jess. Estaba inquieta y no pudo comer más que un trozo de pan. Recogió un poco la cocina y se fue al salón, pero tampoco le apetecía ver la televisión.

«Aventura», pensó.

¿De verdad había sido una aventura para Patrick?

A pesar de que ya se lo temía, le había dolido mucho oírselo decir.

Se sorprendió entrando en el estudio y sentándose en su silla sólo para estar cerca de él. Se quedó mirando los planos, pero no veía nada porque las lágrimas se lo impedían.

Se las limpió, pero volvieron a aparecer.

Maldición.

Fue a la cocina a sonarse la nariz y a servirse una copa de vino. Volvió al estudio y miró a su alrededor. Aquello estaba hecho un horror y era demasiado pequeño para los dos. Estaba claro que Patrick necesitaba más sitio.

Además, ella no iba a necesitar su mesa porque no tenía trabajo…

Miró entre sus papeles y se encontró con el informe de ADN. Con todo lo que había pasado, se le había olvidado llevar a Jess al médico para que le extrajeran sangre. Sintiéndose culpable, guardó el sobre en el bolso y se dijo que debía llamar a la mañana siguiente.

Tampoco hacía falta, la verdad, porque estaba convencida de que Jess era hija de Will y Patrick no había vuelto a hablar del tema desde hacía semanas.

Aun así, había que hacer las cosas bien.

Como no sabía qué hacer, se puso a ordenar todos sus papeles, que no eran pocos. Estaba a punto de acostarse cuando llegó Patrick. Lo oyó saludar a los perros e ir hacia el estudio.

Se enfadó con él porque parecía tan tranquilo. Por lo menos, podía estar un poco molesto, ¿no?

Eso demostraba, por otra parte, que había hecho lo correcto.

—Hola. ¿Qué haces? —le preguntó.

—Limpiándote un poco la mesa para que tengas sitio —contestó Claire—. He quitado todos mis papelotes, la mayoría de los cuales han ido a la papelera —confesó haciéndole sonreír—. Hay cosas en los cajones, así que si los necesitas me lo dices y los limpio también.

—¿Tú no necesitas la mesa?

—¿Con la cantidad de trabajo que tengo? No, no creo —contestó mirando el montón de facturas.

Se mordió el labio. Tenía que encontrar trabajo pronto porque Patrick todavía no le había pagado el cobertizo.

—¿Qué te pasa? —le preguntó colocándose detrás de ella y poniéndole las manos en los hombros.

Claire se tensó y Patrick las retiró.

—Tranquila, no me voy a abalanzar sobre ti —le aseguró.

Claire pensó que era una pena, pero se recordó que sólo había sido una aventura.

—He estado mirando las facturas —dijo por fin porque le parecía un tema más apropiado.

—¿Qué facturas?

—Las de la casa, la electricidad, el agua, el gas y esas cosas. Ojalá tuviera más trabajo.

—Dijimos que yo me hacía cargo de los gastos de la casa.

—Pero son de hace mucho.

—¿De antes de que Jess naciera?

—No.

—Entonces, las pago yo. Déjalas en la mesa. Me haré cargo por la mañana.

–También hay una del coche de Amy. Esa es mía.

–¿De cuánto es?

–De veinticinco libras.

–El mecánico de Londres dijo que valía mucho dinero porque es un clásico. Tal vez, deberías hablar con él. Déjamela también. Sí, sí, antes de que lo digas te lo digo yo. Ya me lo devolverás cuando tengas dinero.

Claire se rió y asintió.

–Gracias, Patrick, estás siendo muy comprensivo con todo esto.

–¿A qué te refieres?

Claire lo miró a los ojos y vio una expresión rara en su rostro. ¿O habrían sido imaginaciones suyas? Había desaparecido.

–A las facturas, al dinero, a... nosotros.

–Ah, a nosotros –sonrió–. No te preocupes, Claire, estoy encantado de hacerlo. Al fin y al cabo, estuvo muy bien. Si cambias de opinión, ya sabes dónde encontrarme...

–Jamás –prometió.

No sabía si a él o a sí misma.

–Me voy a la cama –anunció.

–Muy bien, hasta mañana –contestó Patrick abrazándola–. Que duermas bien y... no te tortures con arrepentimientos. Fue una experiencia buena a pesar de haber sido un error.

Claire asintió y se fue escaleras arriba antes de

ponerse a llorar o de abalanzarse a su cuello como una loca.

Al llegar, se dio cuenta de que las sábanas olían a Patrick. ¿Cómo no se le había ocurrido cambiarlas?

Verse entre ellas fue una sublime tortura.

¿No debería, quizás, tomárselo como él, como una buena experiencia? No podía. Aunque era cierto que lo había sido, había sido una tontería, algo de lo que se arrepentiría toda su vida.

CAPÍTULO 9

PATRICK no estaba jugando limpiamente. Podría haberle dado más espacio, haberse mantenido más distante, pero no lo estaba haciendo. Estaba todo el día cerca de ella y la estaba volviendo loca.

Para empezar, tenía su despacho ocupado, lo que no le había importado durante semanas pues no había tenido trabajo, pero ahora que lo tenía no sabía dónde ir.

«Esto es como el autobús», pensó. «Esperas años uno y, luego, de repente llegan todos juntos».

No tenía ni idea de dónde había salido tanto trabajo, pero lo cierto era que aprovechaba cualquier rato que Jess estaba dormida para ponerse a dibujar como una loca para poder adelantar algo.

¿Y dónde estaba Patrick? Ahí mismo, al otro lado de la habitación, en su mesa. Por si no fuera suficiente, había empezado a ocuparse de ella, a llevarle té y café, a decirle lo bueno que era su trabajo y a ocuparse de Jess siempre que podía para que ella tuviera más tiempo.

Sus padres solían ir bastante a menudo. Gerald se perdía en el cobertizo con su hijo mientras Jean se quedaba con su nieta jugando.

La niña estaba tan encantada con su abuela como la madre de Patrick con ella. Simplemente, se adoraban.

Jess había empezado a hablar. Cada vez que decía «mamá» y «papá» a Claire le entraban ganas de llorar. Además de porque Amy no estuviera allí sino para oírla, porque ni Patrick ni ella tenían derecho a que los llamara así. No eran sus padres, pero sería tan maravilloso y natural que lo fueran.

Por eso, había empezado a pensar en adoptarla. Las autoridades le habían asegurado que no hacía falta que lo hiciera porque al ser el único pariente con vida de la niña era su tutora legal automáticamente.

Claire quería que, si le pasara algo a ella, Jess heredara la casa y el dinero que hubiera quedado de la venta del cobertizo. Si le sucediera algo a ella, Jess dependería de Patrick para vivir.

¿Y si le pasara algo a él también? Prefería no pensarlo, pero tampoco era una idea tan estrambótica. Al fin y al cabo, Amy y Will habían muerto los dos, ¿no?

¿Por qué no les podía pasar a Patrick y a ella? ¿Y quién cuidaría, entonces, de Jess? ¿Heredaría la pequeña el dinero de su tío automáticamente?

¿La darían en adopción? ¿Quién la iba a salvar de que la quisieran sólo por su dinero?

En mitad de la noche, Claire decidió que necesitaba hacer testamento. Bajó al estudio en busca de papel y bolígrafo, pero no los encontró. Se había desvelado, así que no volvió a la cama.

Además, tenía mucho calor, pero como Patrick dormía en la habitación que había junto al baño decidió no darse una ducha para no molestarlo. Por la noche era el único momento en el que no lo veía, el único momento de paz que tenía.

Fue a la cocina y puso la tetera al fuego antes de agacharse a acariciar a los perros, que dormían en sus cestas bajo la mesa.

Suspiró y se sentó en una silla. A pesar del calor que tenía, cuando Pepper apoyó la cabeza en uno de sus pies y Dog comenzó a lamerle el otro, no tuvo corazón para apartarlos.

Había algo muy reconfortante en su afecto.

Era ilimitado e incuestionable.

Ojalá Patrick la quisiera la mitad.

Ojalá pudiera confiar en que iba a estar allí para ayudarlas siempre que lo necesitaran, tanto si la quería como si no.

La solución ideal sería adoptar a Jess, pero para eso, para que la niña tuviera una vida segura, tendrían que casarse.

Y eso no iba a poder ser. Un hombre como Patrick Cameron no querría casarse con ella por muy bien que se entendieran en la cama. La debía de encontrar demasiado aburrida y provinciana.

Por otro parte, tampoco era que él fuera de la jet set y parecía muy a gusto en Suffolk, pero aun así no le parecía que tuviera intención de casarse con ella.

Una pena porque sería la solución perfecta para todos.

—Patrick y yo deberíamos casarnos —les dijo a los perros.

—Me parece bien.

Se giró con la mano en el pecho y la boca abierta.

—Qué susto me has dado —dijo queriéndose morir—. No me lo puedo creer —añadió tapándose la cara con las manos.

—¿Qué pasa? A mí me parece una idea maravillosa.

Claire levantó la cara y lo miró a través de dos dedos.

Patrick se había sentado enfrente y no parecía que se estuviera riendo de ella, así que bajó las manos.

—¿Cómo?

—He dicho que casarnos me parece una buena idea.

—Patrick… era una broma —dijo Claire para no quedar como una idiota.

Patrick se encogió de hombros.

–Ah, bueno, pues entonces nada –dijo–. ¿Estabas haciendo té?

¿Té? ¿Pero desde cuándo estaban hablando de té?

–No, eh... me voy a duchar –contestó levantándose–. La tetera está en el fuego, si quieres té. Hasta mañana.

Claire salió de la cocina con el corazón latiéndole aceleradamente y no se tranquilizó hasta que lo oyó acostarse una hora después.

Una idea interesante.

A él ya se le había ocurrido, pero no había dicho nada porque creía que a Claire le iba a parecer una auténtica locura.

Sin embargo, parecía que, a pesar de haber dicho que era una broma, a ella también se le había pasado por la cabeza.

Cuanto más lo pensaba, más se convencía. Era la solución perfecta a muchos de sus problemas. Aunque, desde luego, no al que le asaltaba cada vez que la tenía cerca y aspiraba el aroma de su champú.

No sabía exactamente qué era, pero le recordaba las dos noches y el día que habían pasado haciendo el amor hacía unas semanas.

Cada vez que lo recordaba, se atormentaba.

Se moría por ella y todas las noches se tenía que forzar a no salir de su habitación, entrar en la de Claire y besarla hasta volverla cuerda porque él se estaba volviendo loco.

Como en la cocina hacía un rato…

No podía seguir así. Casarse era una buena solución. Así, se acostaría y se despertaría todos los días a su lado, como aquel maravilloso fin de semana, pero para toda la vida.

Se quedó mirando el techo intentando dilucidar cómo convencerla. A pesar de que había dicho que estaba bromeando, Patrick no la había creído.

Estaba claro que a ella también le parecía una buena idea.

Era un buen principio.

Patrick la iba a volver loca. Lo tenía al lado todo el día. Ya la estaba volviendo loca.

Para colmo, tenía la impresión de que se estaba riendo de ella por lo que le había oído decir en la cocina. Se sentía humillada y quería estrangularlo.

Entró en el estudio canturreando con un vaso de zumo en la mano y lo dejó sobre la mesa de Claire.

–Muy bien –comentó mirando sus diseños.

Claire dejó el lápiz y agarró el vaso.

Lo tenía tan cerca que, al hacerlo, le rozó el pecho y sintió una descarga eléctrica hasta el hombro.

–¿Te importaría no acercarte tanto? –le espetó–. Cada vez que me doy la vuelta, me encuentro contigo.

–Perdón, sólo estaba mirando…

–Pues no lo hagas –gruñó–. Ya tengo bastante con aguantarte en la misma habitación como para que, encima, te pongas detrás a supervisar lo que hago.

–Muy bien, me iré a otro sitio a trabajar –dijo Patrick poniéndose manos a la obra sin perder el tiempo.

En pocos minutos, se había instalado en el comedor.

«Bien», pensó Claire bebiéndose el zumo.

Pero no fue así. Ahora, se sentía terriblemente sola. Al final del día, se sentía fatal sin oír el repiquetear del lápiz sobre la regla cuando estaba pensando o la silla adelante y atrás mientras se balanceaba.

«Mejor, así me podré concentrar en lo mío», se dijo varias veces para convencerse.

Dejó de llevarle té y café y, por supuesto, dejó de ir a ver su trabajo.

Claire comenzó a echar de menos los momentos en los que Patrick le enseñaba sus dibujos del cobertizo y compartían ideas de decoración.

«No se puede tener todo», se dijo.

Pero le sirvió de poco. Lo echaba de menos sin remedio.

Aquel viernes por la noche, tras una semana de

lo más solitaria, lo vio entrar en casa con los perros después de haber estado todo el día trabajando en el cobertizo con los obreros y se sintió marginada.

Era una tontería pues el cobertizo ya no era suyo, pero aun así, se sentía fuera de lugar y sola. Hacía mucho calor y ni siquiera la gata le hacía caso pues estaba tumbada en el suelo agotada.

—¡Ay! —lo oyó quejarse.

—¿Qué te pasa? —le preguntó.

—Me he quitado la camisa para trabajar y creo que me he quemado la espalda.

—A ver —dijo Claire levantándole la camisa—. Madre mía, estás abrasado.

—Sí, tiene mala pinta —dijo Patrick—. Me tendría que haber puesto crema, pero como no tenía a nadie para que me la diera…

—¿Cómo dices eso? Si me lo hubieras dicho, yo te la habría dado —protestó Claire.

—¿No habías dicho que no querías tenerme cerca?

Claire lo miró enarcando una ceja.

—Lo habría hecho. De todas formas te voy a tener que poner ahora aftersun, ¿no?

—Me voy a duchar primero —dijo Patrick desapareciendo escaleras arriba.

Claire se quedó pasmada negándose a sentirse culpable.

Además, no era para tanto. Sí, le había dado el sol durante unas horas, pero no se iba a morir.

Cuando Claire acababa de terminar de dar de comer a los perros, Patrick bajó sin camiseta, sólo con vaqueros, y Claire que se derretía.

Estaba más delgado y más fuerte... más apetecible.

Maldición. ¡Y lo iba a tener que tocar!

Tomó el aftersun, se lo puso en las manos y se lo extendió por los hombros con fuerza. Patrick maldijo y Claire se sintió culpable.

–Perdón –se disculpó aplicándole el gel con más delicadeza–. Lo que peor tienes son los hombros, pero lo demás no está tan mal.

¿Tan mal? Le dieron ganas de reírse a carcajadas.

Era lo mejor que había visto en muchos años.

–¿Y por delante? –preguntó Patrick girándose hacia ella.

Claire se dio cuenta de que, efectivamente, también se había quemado el cuello y el pecho.

–Eso lo puedes hacer tú –le dijo entregándole el tubo de crema.

Patrick la tomó de la mano y la miró a los ojos.

Claire le aguantó la mirada y...

Oyó el tubo cayendo al suelo y, de repente, el mundo dejó de existir. Sólo existía aquella cocina, sus brazos, sus manos, sus bocas, sus lenguas...

–¿Y Jess? –preguntó Patrick.

–Durmiendo –contestó Claire.

–Vámonos a la cama.

Claire no podía hablar, así que se limitó a aceptar su mano y a seguirlo escaleras arriba hasta su habitación.

Una vez allí, Patrick cerró la puerta y, sin decir nada, la besó y la desnudó con lentitud para, a continuación, hacerle el amor con la misma delicadeza.

–No ha estado tan mal, ¿no? –le preguntó al cabo de un rato mientras reposaban tumbados en la cama.

–Creí que habíamos dicho que era un error y que no lo íbamos a repetir.

–A mí nunca me ha parecido un error –dijo Patrick.

Claire suspiró desesperada.

–No, pero, aun así, no está bien. Además, a mí no me gustan las aventuras.

–A mí, tampoco. Por eso he estado pensando… en que podríamos tener algo permanente –sugirió acariciándole el brazo–. Ya sé que dijiste que era una broma, pero a mí me parece que podríamos casarnos.

Claire giró la cabeza y lo miró estupefacta.

–¿Por qué? –preguntó con voz trémula.

Patrick sonrió.

–Porque sería lo mejor para Jess y resolvería nuestra actual situación, esto que hay entre nosotros… –se interrumpió un momento–. ¿Y porque te quiero?

Claire lo miró fijamente, anonadada, y se dio cuenta de que lo decía en serio.

—¿Me quieres?

—Con todo mi corazón —contestó Patrick—. Creo que me enamoré de ti en el mismo momento en el que te vi sacudiendo los brazos delante del pobre hombre de la grúa.

Claire se sintió la persona más feliz del mundo.

—Oh, Patrick, ¿lo dices en serio? ¿No me estás tomando el pelo?

—Claro que no —le aseguró él—. Te quiero, Claire. Quiero casarme contigo y tener hijos contigo y vivir aquí para siempre. No estoy de broma. De hecho, no he hablado más en serio en mi vida.

Claire lo abrazó con lágrimas en los ojos y se rió nerviosa.

—Oh, Patrick, yo también te quiero.

—¿Eso es un sí?

—Claro que sí —exclamó Claire—. Me caso contigo, me caso contigo…

Patrick la abrazó todavía más fuerte con gran alivio.

Al cabo de un rato, bajaron a la cocina e improvisaron una comida.

Claire tenía muchas preguntas en la cabeza, como dónde iban a vivir y si Patrick quería adoptar a Jess, y no podía esperar.

—¿Dónde vamos a vivir? —le preguntó.

–Aquí –contestó Patrick mirándola como si estuviera loca–. Bueno, yo tendré que ir todas las semanas a Londres unos días, pero voy a trabajar desde aquí para que no estés sola.

Claire asintió.

–¿Y el cobertizo?

–Eso depende de ti, pero a mí me gustaría vivir en él. Me gusta mucho.

–¿Y entonces qué hacemos con la casa?

Patrick se encogió de hombros.

–¿Qué hay de aquello que querías hacer? Unos cursos de pintura, ¿no? Puedes utilizarla para eso o podemos utilizarla como estudio para los dos o podemos conectar los dos edificios…

–¡Sería inmenso!

–Sí, pero podríamos tener habitaciones de invitados y para los niños.

–¿Niños? –rió Claire.

–Claro, montones de niños. No quiero que Jess sea hija única… me gustaría adoptarla, por cierto para que tenga los mismos derechos que los demás. ¿Qué te parece?

Claire asintió encantada.

–Me parece maravilloso.

Patrick se levantó y recogió los platos.

–Ya va siendo hora de volver a la cama –anunció–. Tenemos mucho tiempo que recuperar.

–¿De sueño? –preguntó Claire.

–Sí, pero no estaba pensando precisamente en eso –sonrió Patrick.

Claire lo siguió escaleras arriba más feliz que en su vida.

–Tengo que ir a la ciudad a hacer unas copias de los planos. ¿Me recoges y nos vamos a comer y a elegir un anillo en Hatton Garden?

–¿En Hatton Garden? –dijo Claire mirándolo como si se hubiera vuelto loco.

–¿Te gustaría de diamantes?

–Oh... ¿Para qué necesito yo un anillo de diamantes?

–Creía que todas las mujeres necesitabais diamantes.

Claire sonrió con Jess en brazos.

–Yo lo único que necesito es teneros a Jess y a ti.

–Ya veremos. Mi madre nunca me perdonaría que no hiciera una boda como Dios manda –rió Patrick.

–Bueno, está bien, entonces. Un diamante pequeño, pero sólo por tu madre, ¿eh? –bromeó Claire despidiéndolo con un beso.

Al cabo de un rato, llegó el cartero y le entregó su correo.

Claire cerró la puerta y fue al estudio para leerlo tranquilamente. Entre los sobres estaba el informe de ADN que decía que Will era el padre de la hija de Amy.

Pero no era eso lo que decía.

Claire lo leyó una y otra vez. No podía creerlo.

«No es el padre biológico».

Aquellas cinco palabras debían de estar mal. Tenía que haber un error.

Si Will no era el padre de Jess, Patrick no era su tío y Gerald y Jean no eran sus abuelos. Claire sintió un desagradable escalofrío por todo el cuerpo.

¿Qué iba a hacer? ¿Cómo se lo iba a decir? La familia de Will amaba a la niña con todo su corazón. Harían lo que fuera por ella.

¿Cómo se lo iba a decir a Patrick? ¿Debía decírselo? ¿Era tan importante? Patrick quería a Jess. Llevaba semanas sin hablar de las pruebas de ADN. ¿No se habría olvidado ya?

En cualquier caso, debía decírselo. ¿Y qué iba a ser de ella? Patrick había comprado el cobertizo y le había pedido que se casara con él por el bien de Jess. ¿Seguirían las cosas igual entre ellos?

Se dio cuenta de que podía perderlo.

«Oh, Patrick, ¿qué debo hacer?», se preguntó desesperada.

Metió la carta en el último cajón y fue a la cocina con Jess. Una vez allí, llamó a los perros y se fue a dar un paseo.

Necesitaba aire fresco para pensar cómo se lo iba a decir a Patrick. Le parecía tan cruel…

Patrick estaba llegando a la ciudad cuando se dio cuenta de que se había dejado en casa uno de los planos que tenía que copiar.

–Maldita sea –se lamentó dando la vuelta.

Mientras conducía hacia casa, pensó que tal vez si Claire estuviera preparada podrían irse ya todos juntos para comer y comprar el anillo.

Al llegar, entró por la puerta de la cocina que, como siempre, estaba abierta. Claire no estaba y supuso que estaba con los perros por ahí.

Rebuscó entre sus papeles en el comedor, pero no encontró el documento que necesitaba. ¿No estaría en el despacho de Claire?

Abrió los cajones, pero nada. Sacó el último porque no era la primera vez que le ocurría que un papel se colaba por detrás y aparecía en el de abajo.

–Aquí está –dijo viendo una hoja arrugada.

Lo miró y se quedó helado.

–Dios mío –exclamó–. Jess no es hija de Will.

Lo leyó varias veces. No era su sobrina, no era la nieta de sus padres. Qué disgusto se iban a llevar. El mismo que se acababa de llevar él.

Adoraba a Jess... la quería adoptar... pero no era hija de Will.

Y Claire lo sabía.

Lo debía de saber hacía semanas y se lo había ocultado. Habían hablado de hacerle los análisis a la niña en abril y el laboratorio sólo tardaba unas semanas en llevar a cabo las pruebas. Estaban a últimos de julio, así que debía de saberlo desde, por lo menos, mayo.

Desde luego, lo sabía la noche anterior cuando

le había pedido que se casara con él y habían hablado de adoptar a Jess.

Y lo debía de saber aquella noche cuando les dijo a los perros que se deberían casar. Claro, era la única forma que tenía de no perderlo.

En ese momento, oyó la puerta que se abría y entraron los perros. Esperó y entró Claire con Jess en brazos.

Patrick no esperó y arrojó la carta sobre la mesa. La vio palidecer.

—Ah, la has encontrado —se lamentó.

—Estaba buscando un documento… —contestó levantándose furioso—. Me vuelvo a Londres. No sé qué haré con el cobertizo, venderlo supongo. Quédate con el coche, pero no esperes más dinero ni más trabajo.

Claire lo miró atónita.

—¿Cómo? ¿De qué me hablas? —preguntó con voz trémula.

Patrick pensó que era una actriz estupenda. ¿También fingiría en la cama?

—¿De dónde te crees que te llegaba el trabajo de repente? ¿De un hada madrina? Despierta, Claire.

Claire dio un paso atrás con los ojos llenos de lágrimas.

—No entiendo nada, Patrick. ¿Qué está pasando?

—¿Qué está pasando? ¿Por qué no me lo dices tú? —le espetó tirándole la carta a la cara y subiendo los escalones de dos en dos para hacer la maleta.

Pocos minutos después, bajó corriendo, metió a Dog en el coche, lo puso en marcha y se alejó de aquel cobertizo que se había convertido en mucho más que un proyecto de reforma, de la niña a la que había llegado a querer como si fuera suya y de la mujer por la que hubiera dado la vida...

PATRICK se fue a casa de sus padres porque no podía soportar la idea de estar solo en su ático. El edificio estaría demasiado silencioso porque era fin de semana y él necesitaba algo que lo distrajera.

Con toda la delicadeza que pudo, les contó que Jess no era hija de Will.

–Ya lo sabíamos –dijo su madre–. Hace semanas.

–¿Os lo ha dicho Claire? –preguntó sorprendido.

–No ha hecho falta –le aseguró Jean–. Si recuerdas tus clases de ciencias naturales del colegio, entenderás por qué Jess es rubia, como Claire y Amy. En nuestra familia, somos todos morenos, por ambas partes, desde hace generaciones. Para ser rubio, hay que tener un gen recesivo en cada padre.

–¿Y? Will lo podía tener, ¿no?

–No. Si lo hubiéramos tenido en la familia, ya habría salido, habría alguien rubio. Ningún bebé de la familia se parece a Jess.

Patrick miró a su madre estupefacto.

–Pero… seguisteis viniendo a verla como si fuera de Will.

–Por supuesto. No ha sido ningún sacrificio, te lo aseguro. Además, aparte de nuestras razones egoístas, la estás criando con Claire.

–Estaba –la corrigió su hijo–. Ya no, eso se ha acabado.

Su madre lo miró preocupada y le agarró la mano.

–¿Qué ha pasado?

Patrick desvió la mirada herido.

–Que lo sabía y no me lo dijo –contestó–. Escondió la carta. Anoche le pedí que se casara conmigo –explicó con la voz quebrada–. Qué idiota… sólo he sido para ella un montón de dinero.

–No me lo puedo creer. ¿Cuándo te lo ha dicho?

–No me lo ha dicho. He encontrado yo la carta.

–Ah –intervino su padre–. ¿Y qué ha dicho ella?

–¿Decir?

–¿Qué te ha dicho Claire cuando le has dicho que lo sabías todo? ¿Te ha dicho por qué no te lo había dicho?

–No se lo he preguntado –admitió Patrick.

–Te has ido llevándote al perro y todas tus cosas.

–Más o menos.

–Entiendo.

Patrick suspiró y se pasó los dedos por el pelo.

—Mamá, de verdad, lo último que necesito es una reprimenda. No me lo ha dicho adrede. ¿De qué me iba a servir hablar con ella? ¿De qué me va a servir que me regañes? Me estoy muriendo de dolor, por Dios.

Se levantó y fue hacia la ventana, pero las lágrimas no le dejaban ver el jardín. Apretó los ojos y se llevó las manos a la cara.

Sintió a Dog a su lado, consolándolo.

—Voy a dar un paseo —anunció yendo hacia la puerta.

Anduvo durante horas por el bosque y el campo y volvió a media tarde medio deshidratado. Su madre lo recibió con una jarra de agua y un bizcocho de jengibre.

«No está tan bueno como el de Claire», pensó.

Qué estupidez, el de su madre estaba delicioso. Se lo comió con desgana deseando que hubiera sido ron para poder ahogar las penas.

Su madre estaba sentada frente a él con una taza de té y le pasó un vaso de agua para que se lo bebiera, cosa que Patrick hizo enseguida. Su madre se lo volvió a llenar y Patrick lo volvió a vaciar y comenzó a sentirse mejor.

—Perdonad —se disculpó—. No me he portado bien antes, pero es que… Sé que sólo intentáis ayudarme.

—Estás mal y te entiendo. Lo que no entiendo

es por qué crees que Claire, que es una joven encantadora, sólo te quiere por tu dinero.

–¿Cómo? ¿Pero no es obvio? Mira todo lo que le he dado… el coche, el frigorífico, la cortadora, el dinero del cobertizo…

–Pero ha sido idea tuya, como el coche y el frigorífico y todo lo demás, así que no seas injusto, hijo. No sé por qué no te habrá hablado de la carta, pero sé que te quiere.

–No, no me quiere –dijo Patrick negando con la cabeza–. Sólo me ha utilizado. De verdad, mamá, es muy buena actriz.

–La Claire que yo conozco no es así.

–¡Mamá, escondió la carta!

–¿Y tu copia?

–¿Cómo?

–¿Te ha llegado tu copia?

–No, supongo que estará en Londres.

–¿No le has dicho a tu secretaria que te lo mande a Suffolk?

–Sí

–¿Entonces?

–La habrá interceptado ella –sugirió.

–¿Quién suele recoger el correo?

–Cualquiera de los dos –contestó Patrick encogiéndose de hombros.

–¿Y si la carta hubiera llegado hace poco?

–Imposible. Le dije que le hiciera los análisis a la niña en abril.

–Pero Claire es un poco despistada, ¿verdad? ¿Y si hubiera tardado un poco en hacérselos?

Era una posibilidad, pero Patrick no quería ni considerarla porque, de ser así, habría hecho el ridículo más espantoso de su vida.

–No, creo que lo tenía todo planeado para sacarme dinero. Si no fuera por las fotografías…

–¿Qué fotografías?

Patrick miró a su madre preocupado.

–Nada –contestó.

–Patrick, ¿qué fotografías? –insistió Jean.

–Unas de Will y Amy –suspiró Patrick cerrando los ojos–. Las hizo Will…

–Quiero verlas.

–No, mamá. Son privadas.

–¿Sórdidas?

–No, claro que no, son incluso bonitas.

–Quiero verlas.

–Mamá, son… íntimas.

–Patrick, soy una mujer hecha y derecha, no me voy a asustar. Probablemente sean las últimas fotografías de mi hijo y no me queda mucho de él, sobre todo ahora que no tenemos a Jess… Quiero verlas –insistió.

–Las tiene Claire.

–Muy bien, la próxima vez que vaya a ver a la niña, se las pediré.

–¿Cómo? –dijo Patrick estupefacto–. ¿Vas a ir? No, mamá, no puedes ir.

–¿Cómo que no? Claro que puedo ir. Y tú, también. No pienso perder el contacto con Claire ni con Jess. Deberías hablar con ella, dejar que te cuente su versión de la historia... si es que la quieres.

–Claro que la quiero –confesó Patrick mirando a su madre con tristeza–. Por eso estoy así de mal.

–Entonces, habla con ella. Ahora mismo.

–No, ahora no. Necesito tiempo para pensar con claridad.

–Cuando tengas su versión, te será mucho más fácil –le dijo su padre poniéndole una mano sobre el hombro–. Ve a hablar con ella, hijo. No dejes que el orgullo se interponga entre vosotros.

Hacía fresco en el cobertizo y se estaba bien a la luz del atardecer. Claire estaba sentada en el suelo de lo que habrían sido el dormitorio principal, donde hubieran colocado la cama.

Se sentía vacía. Patrick la había dejado, sin más, porque Jess no era hija de Will.

La había dejado, se había llevado su fuente de ingresos y le iba a vender el cobertizo a unos desconocidos. Conclusión: lo había perdido todo.

Y lo peor era que no sabía por qué. ¿La quería de verdad? No, obviamente, todo lo que le había dicho debía de haber sido por Jess, pero cuando hacían el amor parecía de verdad.

Entonces, ¿qué diferencia había en que Jess fuera o no hija de su hermano?

¿Y por qué se había ido diciéndole aquellas maldades sobre el dinero? Ella siempre había insistido en que no quería que le comprara nada, que le quería devolver todo lo que gastara en ellas.

Suspiró y tragó saliva con lágrimas en los ojos.

No se había dado cuenta de que los trabajos que le habían ofrecido últimamente venían por él. Si se hubiera parado a pensar un poco, lo habría supuesto, pero no había tenido tiempo.

Miró a su alrededor y se maravilló de lo bonita que estaba quedando la reforma. Otra familia iba a disfrutar aquella casa. Desde luego, no Patrick y ella con sus perros y sus niños.

—¿Claire?

Se giró y vio aparecer por el agujero del suelo la cabeza y los hombros de Patrick.

—¿Puedo sentarme contigo?

Claire se encogió de hombros con el corazón a mil por hora.

—El cobertizo es tuyo.

Patrick terminó de subir, recorrió la distancia que lo separaba de ella y se sentó a su lado. Se mantuvo en silencio unos minutos, mirando la vista sobre el valle.

—¿Podemos hablar?

—¿De la carta?

—Y de otras cosas.

—No sé qué tenemos que decirnos —dijo Claire—. Creí que me querías, pero resulta que no es así y me acusas de estar interesada sólo en tu dinero. No me resulta fácil de asimilar.

—¿Por qué no me lo dijiste?

Claire lo miró furiosa.

—¿Qué? ¿Que no soy una cazafortunas?

—No, que habían llegado los resultados de la prueba de ADN y Will no es el padre de Jess.

—¡Porque no he tenido tiempo! —contestó atónita.

—¿Cómo que no? Has tenido semanas.

—De eso nada. La carta ha llegado hoy.

—¿Hoy? —repitió Patrick estupefacto—. ¿Han tardado tres meses? No me lo creo.

—Tardé un poco en llevar a Jess a que le extrajeran sangre —confesó Claire sonrojándose—. No me pareció importante.

—Por cierto, ¿dónde está?

A Claire le gustó ver que se seguía preocupando por la niña.

—Dormida. Está con Pepper. Ya sabes que ladra si se despierta y se pone a llorar.

Patrick asintió.

—Entonces… ¿Ayer, cuando hablamos de adoptarla, no lo sabías?

—¡Claro que no! Te lo iba a decir cuando volvieras de la ciudad. No sabía cómo, la verdad… Sé que la quieres mucho y que para tus padres significa mucho, así que escondí la carta para tener tiempo de pensar. Lo siento, tendría que haberte llamado al móvil, pero no sabía cómo decírtelo, cómo quitarte lo último que te quedaba de tu hermano —dijo mientras las lágrimas le resbalaban por las mejillas–. Lo siento, Patrick. Siento mucho haberte metido en todo esto para nada. Amy me dijo que era el padre y las fotos parecían confirmarlo. Tú estabas tan contento y ni siquiera habías vuelto a mencionar el tema del ADN.

–Se me había olvidado –admitió Patrick–. Me había hecho a la idea de que Jess era hija de Will y, poco a poco, me parecía que era…nuestra.

Claire asintió y cerró los ojos para no llorar más.

–Lo sé.

–¿Tienes idea de quién podría ser?

–No, pero puede que haya alguna pista entre las cosas de Amy. En cualquier caso, no sé si quiero saberlo. No sé si podría soportar volver a pasar por lo mismo con otra persona.

–No te estoy diciendo que lo hagas, pero Jess querrá saberlo de mayor.

–Tienes razón. Tengo su diario, pero es tan privado…

–Cuando murió Will a mí me pasó lo mismo y en él descubrí aspectos de mi hermano que no conocía y que me hubiera gustado conocer mientras estaba vivo, pero ya era demasiado tarde –dijo Patrick–. Claire, lo siento mucho. Lo que te he dicho esta mañana ha sido muy injusto. Encontré la carta y creí que lo sabías hacía tiempo, pero que no me lo habías dicho para que te pidiera que te casaras conmigo para que no te dejara cuando me enterara de que Jess no es hija de Will.

–¿Y lo vas a hacer? –le preguntó con voz neutral a pesar de que se le estaba rompiendo el corazón–. ¿Me vas a dejar?

–No –contestó Patrick agonizando–. Si me dejas que vuelva a tu lado, claro. A mí no me importa que Jess no sea hija de mi hermano, lo que me ha dolido es creer que me habías mentido. Te quiero y quiero estar contigo, si tú me quieres.

Claire quería decirle que sí, pero no podía.

–Me has hecho mucho daño –dijo tapándose la boca para no llorar–. No podía asimilar que creyeras cosas tan terribles de mí. No entendía nada… – se interrumpió y corrió escaleras abajo.

Se encerró en casa y quiso cerrar con llave, pero, por supuesto, no estaba por ninguna parte. Siempre le pasaba lo mismo.

–¿Claire?

Patrick entró y la abrazó.

–Lo siento, me he portado como un idiota –se lamentó.

–¿Cómo has podido pensar algo así de mí? –protestó ella golpeándole en el pecho con los puños cerrados.

–No lo sé. Estaba muy confuso.

–¿Y qué te ha hecho cambiar de parecer? –le preguntó apartándose de él y mirando por la ventana que había sobre el fregadero.

–Mi madre, que me ha hecho ver que tú nunca me pediste nada de lo que te compré.

–Menos mal que alguien de tu familia tiene

sentido común. Y pensar que estaba preocupada creyendo que no era suficientemente buena para ti. Menos mal que Jess no es tu sobrina. Así, al menos, no me recordará a ti cada vez que la mire.

Hubo un silencio y, luego, Patrick abrió la puerta y llamó a Dog.

—Lo único que puedo decirte es que te pido perdón y que te quiero. Si cambias de opinión, ya sabes dónde encontrarme.

La puerta se cerró y Claire sintió el hocico húmedo de Pepper en la mano. Miró a la perra y el animal la miró con ojos tristes.

—Lo sé, lo sé —dijo arrodillándose, abrazándola y llorando amargamente.

El diario le reveló muchas cosas. Amy había descrito con todo detalle su encuentro con Will y había terminado poniendo «lo quiero».

Lo había llamado al día siguiente, pero le habían dicho que Patrick estaba en una reunión de negocios en Japón. Unos días después, había descubierto que estaba embarazada.

Espero que sea de Patrick, pero no creo porque tuvimos cuidado menos una vez, pero las fechas no coinciden. Debe de ser de alguien de la fiesta. Oh, Dios mío, qué voy a hacer. Un hijo.

Pocos días antes del fin de semana que pasó con Will, había ido a una fiesta y todo parecía encajar. Claire pasó las páginas hasta una de las últimas, en la que describía su encuentro con el verdadero Patrick.

Ni me ha reconocido. Me ha dado mucho dinero para el tren, pero no suficiente para las deudas que tengo. Ha estado muy amable, pero no parecía el mismo. Ha sido muy extraño, como si le faltara algo. No parecía el hombre del que me enamoré, pero ha merecido la pena verlo. La niña no es suya, pero yo esperaba... Claro que no es justo, ¿verdad? No sé quién es el padre de Jess, pero le estoy agradecida porque mi hija es lo más maravilloso que me ha pasado en la vida. Es una pena que no vaya a poder cuidar de ella, pero Claire lo hará y mucho mejor que yo, como todo. Sé que contigo estará bien, hermana. Si algún día lees esto, muchas gracias por todo y perdón.

Estaba escrito el mismo día que murió.

Claire, que creía haber llorado ya todo lo que tenía que llorar, abrazó el diario, se tumbó en la cama de su hermana y lloró amargamente hasta que amaneció.

La despertó el teléfono.

—¿Sí?

—¿Claire? Soy Jean Cameron. Perdona por llamarte tan pronto, pero Patrick ha tenido un accidente. Está en el hospital de Ipswich. ¿Podrías venir? Está medio inconsciente, pero pregunta por ti todo el tiempo.

Claire se incorporó en la cama asustada.

—¿Está bien? ¿Qué le ha pasado?

—No lo saben. Lo encontraron en una zanja hace una hora. Tiene una herida en la cabeza y varias costillas rotas. Todavía no saben la gravedad de la lesión de la cabeza.

—Ahora mismo voy —contestó—. Dígale que ya voy, dígale que… lo quiero.

—Se lo vas a poder decir tú, cariño. Ten cuidado con el coche. Ahora nos vemos. Por cierto, Dog está bien. Lo tiene la policía.

Claire se peinó, preparó un biberón para Jess, le cambió de pañales y, acompañada por Pepper, se montó en el coche. Intentó conducir despacio, pero no pudo. Por fin, llegó, aparcó, se dio cuenta de que se había olvidado el bolso en casa, así que no pudo pagar el parquímetro, y se dijo que le daba igual. Sacó a Jess de la parte trasera del coche, dejó una nota en el parabrisas y corrió al interior del hospital.

—Busco a Patrick Cameron. Me han dicho que ha ingresado…

—Claire.

Se giró y se encontró con Gerald.

—Ven —le dijo el padre de Patrick conduciéndola por un pasillo.

Llegaron a una habitación en la que estaba Patrick rodeado de todo tipo de máquinas y tubos y su madre sentada a su lado, acariciándole la mano.

Jean levantó la cabeza con los ojos llenos de lágrimas.

–Claire, qué gusto que has llegado… ven, dame a la niña. Ven aquí, mi amor, con la abuela…

–¿Patrick? Patrick, despierta, háblame –dijo Claire acercándose a la cama.

Patrick abrió los ojos, la miró e intentó sonreír.

–Has venido –dijo con voz pastosa.

–Por supuesto –dijo Claire llorando–. Te quiero.

–Yo, también. Me duele la cabeza.

–Porque has intentado pensar y no se te da bien. Eres un idiota. Lo de pensar déjamelo a mí.

–Sí –sonrió él–. Tienes razón, como siempre. Quédate conmigo.

–Para siempre.

Patrick la miró a los ojos y se le cerraron los párpados.

Claire miró horrorizada a la enfermera.

–¿Está…?

–Dormido –dijo la joven–. Está bien. Le han hecho un escáner y la herida de la cabeza no es grave. Ha sido un golpe fuerte y por eso le duele, pero nada más. Se va a poner bien. En un par de días estará en casa.

Claire le besó la mano, se la puso en la mejilla y cerró los ojos.

–Así que presintió que yo no era Will.

Patrick dejó el diario y descansó aliviado la cabeza sobre la almohada.

—Me alegro de que estuviera enamorada de mi hermano y de que no me culpara de nada. Ya no me siento tan culpable.

—Seguimos sin saber quién es el padre de Jess y no creo que haya manera de averiguarlo.

Patrick tomó la mano de Claire entre las suyas.

—No importa. Tiene una madre y un padre y, con el tiempo, tendrá hermanos. ¿Sabías que mis padres ya se habían dado cuenta?

—No. ¿Cómo?

—Por el pelo. No les importa lo más mínimo porque la adoran y a ti, también.

—¿Y tú?

—A mí también, claro.

Claire le dio un golpe en el hombro.

—Cuidado, que me duele todo.

—Pues no bromees con esas cosas.

Patrick sonrió.

—Yo también te quiero mucho –le aseguró–. Lo sabes. Ven, que te lo voy a demostrar.

—Hace sólo dos días que te han dado el alta.

—Por eso, ya estoy mejor. Ven, que quiero ver qué progresos he hecho –dijo agarrándola y tumbándola a su lado.

—La niña se ha despertado.

—Sí, ya la oigo. ¿Vas a buscarla? –propuso Patrick besándola.

Claire la llevó a la cama, donde Jess se puso a jugar con un juguetito mientras su padre pensaba que era el hombre más afortunado del mundo. Había sobrevivido al accidente, había vuelto con Claire, estaba con Jess, y Dog y Pepper estaban juntos en la cocina.

–Si no hubiera tenido el accidente, ¿habrías venido a verme? –le preguntó.

–Sí porque, en cuanto me hubiera calmado, me habría dado cuenta de que había sido todo una estupidez. Pero hay condiciones.

–¿Cómo? –dijo Patrick asustado.

–No vuelvas a sacar conclusiones, ¿de acuerdo? Habla conmigo primero siempre. Confía en mí.

Patrick asintió con un nudo en la garganta.

–Lo siento. Te prometo que así lo haré. No volveré a dudar de ti.

–Y, ahora, como ya estás mucho mejor –anunció Claire–, te vas a levantar a cambiarle los pañales a Jess –añadió haciéndole reír.

Patrick obedeció. Al agarrar a Jess en brazos, la niña le dio un beso baboso y gigante y Patrick pensó en lo afortunado que era.

Tras cambiarla, los tres bajaron a la cocina, desde donde se oía trabajar a los obreros. El cobertizo estaba casi terminado y, en cuanto estuviera bien, quería ayudarlos porque era el sueño de Claire y el suyo y en la vida es importante tener sueños.

JAZMÍN™

JUDITH McWILLIAMS
ENAMORADA DE SU JEFE

Poco podía imaginar el director general de la empresa que aquella mujer que lo miraba con cara de amor no era otra que su secretaria, Jocelyn Stemic. Cuando empezó a recuperar la memoria, Lucas Forester se dio cuenta de que nada de lo que recordaba hacía pensar que Jocelyn fuera su esposa... Lo que sí sabía era que deseaba ser el marido de aquella encantadora dama por encima de todo.

REBECCA WINTERS
EL HÉROE DE SUS SUEÑOS

El millonario Payne Sterling estaba acostumbrado a ser famoso, pero no esperaba encontrarse su foto en la portada de varias novelas románticas. Jamás había posado para tal retrato y estaba empeñado en localizar a quien tanto lo había avergonzado. Rainey Bennett había visto la fotografía de Payne entre las que había tomado su hermano en las vacaciones; ahora aquel hombre quería llevarla a juicio... hasta que le propuso otra manera de compensarle por el daño.

N.º 575

CAROLINE ANDERSON
AMOR VERDADERO

Tras la muerte de su hermana, Claire Franklin se había quedado al cuidado de su pequeña sobrina y pensaba que Patrick Cameron era el padre de la niña, por mucho que él lo negara. Con la sospecha de que tal vez su difunto hermano fuera el padre, Patrick insistió en ayudar a Claire y a la pequeña Jess. A medida que iba formando parte de sus vidas, Patrick se dio cuenta de que la obligación se había convertido en devoción por Jess... y atracción hacia Claire.

JULIA™

STELLA BAGWELL
AMOR TRAIDOR

La periodista Juliet Madsen había sufrido varios desengaños amorosos y, de hecho, había huido de Dallas y se había instalado en un pueblecito de Texas huyendo del amor, pero no contaba con conocer al ganadero Matt Sánchez.

Matt era inteligente, sensual, leal a su familia y muy entregado a su hija adolescente, cualidades que ella siempre había buscado en un hombre.

El problema era que su jefe le había pedido que escribiera un artículo sacando a la luz ciertos trapos sucios de la familia de Matt y Juliet sabía que si él se enteraba, ella perdería lo que siempre había querido tener: una familia.

N.º 470

TERESA HILL
CARICIAS MUY ÍNTIMAS

Para Lily Tanner los hombres atractivos eran como los dulces: deliciosos, irresistibles y peligrosamente adictivos. Como Nick Malone, su nuevo vecino, toda una tentación para chuparse los dedos...

Sin embargo, después de un matrimonio horrible, Lily no quería saber nada más de los hombres. Aunque no le quedó más remedio que ayudar a Nick cuando éste se vio acosado por todas las mujeres del vecindario. El plan de Nick era muy simple: hacerse pasar por su pareja para contener a sus admiradoras. Pero sus métodos, a base de íntimas y profusas caricias, estaban causando estragos en la férrea determinación de Lily.

¡YA EN TU PUNTO DE VENTA!

Secretos de verano
Maureen Child

Esperando un hijo tuyo

El cirujano Sam Lonergan tenía una vida sin ningún tipo de ataduras… hasta que conoció a Maggie Collins, la joven y atractiva ama de llaves del rancho de su familia. Tuvieron un encuentro increíblemente apasionado, tras el cual Maggie descubrió que estaba embarazada.

Aunque se estaba enamorando, Maggie sabía que él no era de los que se casaban…

Seducida por el jefe

Harta de que el hombre del que llevaba años enamorada ni siquiera la viera, Kara Sloan decidió hacer las maletas y marcharse. Pero justo cuando estaba a punto de irse, Cooper Lonergan, su adorado jefe, la sorprendió con una noche de pasión.

No podía dejar que se le escapara la única mujer que ponía orden en su caos. El plan de Cooper era hacer todo lo que estuviera en sus manos para que Kara no saliera de su vida… incluyendo llevársela a la cama.

Ahora y siempre

No se habían vuelto a rozar desde aquella noche de hacía quince años, pero Donna Barreto aún reconocía el deseo en los ojos de Jake Lonergan. El deseo y la culpa. Tenía remordimientos por haber tratado de hacerla suya mientras ella era la novia de su primo. Aquel había sido su secreto… hasta que ella se había marchado de la ciudad con un secreto aún mayor.

Ahora Jake pretendía darle al hijo de Donna el apellido que merecía por derecho, el honor le obligaba a hacerlo. Pero era la pasión la que lo impulsaba a luchar por la mujer con la que solo había estado una vez.

N.° 65

Las mejores novelas de...
MATRIMONIO DE CONVENIENCIA

SHARON KENDRICK
Luna de miel griega

Finn Delaney era un tipo muy guapo; un irlandés alto y moreno que la londinense Catherine Walker encontraba irresistible. Entre ellos había surgido una pasión irrefrenable... y semanas después Catherine había descubierto que estaba embarazada. No se imaginó que el millonario Finn le hiciera una proposición de matrimonio, pero no se hacía la menor ilusión de que fuera por amor; no, aquello no era más que el típico matrimonio de conveniencia. Sin embargo, no les disgustaba lo más mínimo tener que compartir el lecho...

LINDSAY ARMSTRONG
Perlas de amor

Alex Constantin aceptó aquel matrimonio de conveniencia con Tatiana Beaufort porque se sentía intrigado por aquella mujer bella e ingenua. Pero la noche de bodas Tatiana le pidió un año antes de consumar su unión... Hasta entonces dormirían en camas separadas.
Un año después, el deseo estaba haciéndose irresistible y Tattie se sintió tentada cuando su guapísimo y enigmático marido le sugirió que se convirtieran en amantes de una vez por todas. Pero ella estaba empeñada en no convertirse en una verdadera esposa hasta que él no estuviera locamente enamorado de ella.

N.º 88

¡YA EN TU PUNTO DE VENTA!

MICHELLE WILLINGHAM

El silencio del vikingo

Caragh O'Brannon se había defendido valientemente ante la llegada del enemigo. Y, al final, se había encontrado a solas con un vikingo. Un vikingo furioso...

Styr Hardrata había navegado hasta Irlanda con la intención de comerciar, pero jamás se habría imaginado a sí mismo hecho cautivo y encadenado por una hermosa doncella irlandesa.

El salvaje y atractivo guerrero aterrorizaba y atraía a Caragh a partes iguales, pero le estaba totalmente prohibido. Era un enemigo, y además estaba casado. Aun así, Styr poseía muchos secretos por desvelar...

La tentación del vikingo

El guerrero vikingo Ragnar Olafsson había sido testigo de cómo su mejor amigo había reclamado a la mujer que más deseaba.

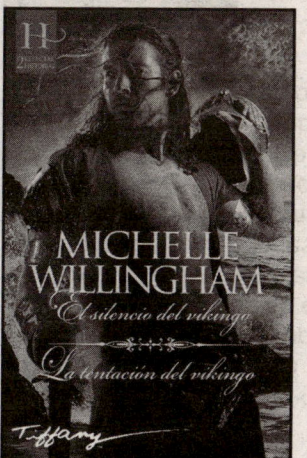

Solo había un modo de ahogar la profunda oscuridad que habitaba en su interior: convertirse en un despiadado guerrero.

Elena había sido hecha prisionera y Ragnar lo había arriesgado todo por salvarla. Aislados, sin nada más que su respectiva compañía, cada deseo, cada mirada, cada caricia se volvería de repente prohibida. Elena podría haber tentado a un santo, y el pecador Ragnar sabía que no iba a poder aguantar mucho tiempo...

No. 81

¡YA EN TU PUNTO DE VENTA!

DESEO

PEGGY MORELAND

CINCO HERMANOS Y UN PROBLEMA

Al ver a aquella mujer con un pequeño en sus brazos, Ace comenzó a preguntarse qué iban a hacer sus cuatro hermanos y él con una niña tan pequeña.

Lo único que había hecho Maggie había sido entregar una niña huérfana a la familia a la que pertenecía por derecho. Pero Ace le había pedido que viviera con ellos..., así que poco tiempo después el atractivo ranchero y ella comenzaron a compartir algo más que los biberones a media noche.

TÚ SERÁS MÍA

N.º 544

La familia Tanner estaba a punto de adoptar a una pequeña, solo quedaba que Woodrow Tanner se lo comunicara a la doctora Elizabeth Montgomery, la única familiar que podía reclamar también la custodia del bebé. Pero él sabía perfectamente cómo conseguir lo que deseaba de una mujer. Claro que no había contado con que desearía tanto de aquella mujer...

Elizabeth siempre había querido tener una verdadera familia y cuando aquel atractivo cowboy le dio noticias de la pequeña, pensó que aquello era más de lo que habría podido soñar.